ELIAS MATEO

EIN SICHERER HAFEN

Kriminalroman

Kellner VERLAG

Dieses Buch ist bei der Deutschen Nationalbibliothek registriert. Die bibliografischen Daten können online angesehen werden:
http://dnb.d-nb.de

Der Text enthält explizite Darstellungen von Gewalt. Die im Roman dargestellten Personen und Ereignisse sind vom Autor frei erfunden – der historische Hintergrund nicht.

Impressum

Inhaber: Manuel Dotzauer e.K.

St.-Pauli-Deich 3 • 28199 Bremen
Tel. 0421 77866
info@kellnerverlag.de
www.kellnerverlag.de

Lektorat: Ann Britt Krüger
Layout: Angelina Schellin
Umschlag: Jennifer Chowanietz
Gesamtherstellung: Der DruckKellner, Bremen

ISBN 978-3-95651-361-9

ZUM AUTOR

Elias Mateo arbeitete zunächst als Musiker und im Kulturmanagement, bevor er Germanistik und Italianistik studierte. Er promovierte mit einer Arbeit über den Sprachgebrauch in extremistischen Gruppierungen und forschte unter anderem zum Thema Hass-Sprache. Er arbeitet als freier Autor, Lektor, Übersetzer und als Dozent in mehreren europäischen Ländern. »Ein sicherer Hafen« heißt sein erster Kriminalroman.

Für Thomas, Maja & Holger

MONTAG, 25. FEBRUAR 2002, 8 UHR MORGENS

Seit gestern hatte es nahezu ununterbrochen gepladdert, und Jozef hatte insgeheim gehofft, es würde noch ein paar Tage weiter so stark regnen. Denn dann hätten er und seine Kollegen frei und könnten sich weiterhin mit der Analyse des Duells »*Dinamo*« gegen »*Roter Stern*« befassen. Aus dem letzten Spiel mussten endlich mal die richtigen Schlüsse gezogen werden, die zu unabdingbaren Konsequenzen für die Aufstellung der Mannschaft und vor allem für die Besetzung der Trainerposition führen würden. Aber der Gott der Protestanten, die hier oben im Norden die Deutungshoheit über Kirche, Sitten, Feiertage und alles andere hatten, – sie hatten hier sogar weibliche Pfarrerinnen, man stelle sich vor! –, ihr unbarmherziger Gott also hatte Jozefs Pläne entschlossen durchkreuzt und für den heutigen Montagmorgen strahlenden Sonnenschein angesetzt. Zudem hatte er Jozefs eklatanten Mangel an protestantischer Erwerbsethik mit einem unangenehm scharfkalten Wind bestraft.

Jozef und seine Kollegen stampften also schicksalsergeben über den regenschweren Boden. Bis sie an dem Rohbau ankamen, an dem sie zurzeit arbeiteten, wogen ihre Sicherheitsschuhe dank des tiefen Sohlenprofils ein Mehrfaches ihres ohnehin nicht geringen Gewichts. Infolgedessen hinterließen sie jede Menge Lehm und Schlammreste auf dem Betonboden des künftigen Hochhauses, Hotels, Museums oder was immer der Bauherr hier Unnötiges für die ehemaligen Kaianlagen geplant hatte. Seit die Werften aufgegeben hatten und der Güterhandel verlagert worden war, dienten die Häfen der meisten Küstenorte nur noch touristischer Beschaulichkeit. Von der Fischerei ganz zu schweigen – die meisten Fischer hatten längst aus bürokratischer Überforderung und mangelndem Profit ihren Beruf aufgegeben. Viele Kommunen folgten daher dem Vorbild einer nahegelegenen Metropole und nutzten ihre einstigen Hafengebiete als städtebauliche Investitionsobjekte. Warum, zum Teufel, investierten die nicht lieber in die Rettung vernünftiger, überschaubarer Berufe, die ein normaler Mensch ausüben konnte, wie zum Beispiel die Fischerei? Jozef verstand diese Nordeuropäer nicht. Oder vielleicht waren es auch die neuen Zeiten, die nur Chaos verursachten und die Dinge so verrückten, dass nichts mehr seinen Platz in der natürlichen Ordnung hatte. In der Heimat war er schon so lange nicht mehr gewesen, dass er nicht sagen konnte, ob sich die Leute da unten auch in diesen wahnwitzigen Strudel gestürzt hatten. Überraschen würde es ihn nicht. Eigentlich hatte das alles schon mit den Kommunisten begonnen, befand er, auch wenn Jozef selbst gar keinen Vergleich mit der Zeit *vor* deren Regierung anstellen konnte, weil er da nämlich noch gar nicht gelebt hatte. Aber seine Eltern und vor allem die Großeltern hatten das immer gesagt, und denen schenkte man besser Glauben. Auch das gehörte zur natürlichen Ordnung der Dinge. Nun ja. Heute also Hotels und Museen. Was ging's ihn an, hier oben im Norden? War ja schließlich nicht sein Land, schloss er bockig.

Der Polier war noch nicht eingetroffen, deswegen wollte Jozef zunächst mal einen Blick auf das Untergeschoss werfen, ob es durch den Regen vielleicht vollgelaufen war. Er stieg die Stufen aus dem noch rohen Beton hinunter und traute seinen Augen kaum. Was für eine Sauerei war das?

»*Dođi, dođi*[1]«, schrie Jozef aus der Tiefe seinen Kollegen zu, die mehr oder weniger eilig herbeigestiefelt kamen. Jozef wies mit der Hand auf den Boden einige Meter vor ihm.

---

1 Komm, komm!

»*Jebo te*«, entfuhr einem seiner Kollegen ein heftiger Fluch, woraufhin er sich bekreuzigte.

»*Pička materina*«, fluchte der andere und verzichtete dabei angemessen auf religiöse Gesten. Stumm starrten die drei auf den ausgestreckt vor ihnen liegenden Mann, den Flüche, Religion und das Wetter nicht mehr beeindrucken konnten.

Nun war es nicht so, dass Jozef und seine Kollegen noch nie einen Toten zu Gesicht bekommen hätten. Es hatte ihrer im Verlauf des vergangenen Jahrzehnts mehr als genug gegeben. Aber das war *dort* gewesen, unten, im Süden. Hier oben im Norden wirkte ein toter Mann irgendwie fehl am Platz, umso mehr, weil er offenbar nicht eines natürlichen Todes gestorben war. Als die drei sich in ausreichendem Maße ihrer meditativen Betrachtung des Szenarios hingegeben hatten, brach einer von ihnen die Stille und äußerte mit Bedacht:

»Wir müssen Polier Bescheid sagen.«

»Und der Polizei«, beeilte sich ein anderer, der Jüngste, hinzuzufügen. Er handelte sich einen tadelnden Blick des Älteren ein.

»Was Polizei. Willst du unbedingt Ärger?«

Junior sah ihn fragend an.

»Warum? Wir haben doch nichts gemacht.«

»Besser keine Polizei. Polizei ist immer Ärger«, belehrte ihn sein älterer Kollege.

Und nach einigen Sekunden unentschlossenen Schweigens entschied Jozef, der Älteste: »Wir warten auf Polier.«

Sie stiegen die Treppe wieder hinauf, zündeten sich erst mal Zigaretten an, und nach wenigen Minuten sahen sie schon das Auto des Poliers am entfernten Rande des Baugrundstücks parken. Gleichmütig rauchend warteten sie ab, während sich ihr Vorgesetzter durch das schwere Geläuf auf sie zu bewegte.

»Moin«, grüßte er kurz und gab jedem die Hand. Jozef bot auch ihm eine Zigarette an. Das Verhältnis war gut, ihre

Arbeit wurde geschätzt. Die drei warteten schweigend, bis ihr Vorgesetzter den ersten Zug genommen und wieder ausgestoßen hatte, dann sagte Jozef unaufgeregt:

»Guckst du, *šef*«, und machte eine Bewegung mit dem Kopf, der seinem Chef die Richtung anzeigte. Etwas erstaunt folgte der Polier seinen drei Mitarbeitern ins Gebäude, hinunter in den Keller, und starrte schließlich schockiert auf den dort liegenden Leichnam.

»Verdammte Scheiße«, entfuhr es ihm. Im Unterschied zu seinen Mitarbeitern hatte er noch nie eine Leiche gesehen.

»Was machen wir?«, fragte ihn einer der Männer, Ivan, der Zweitälteste. »Wegbringen?«

Sein Chef guckte ihn an, als habe er vorgeschlagen, den Mann wiederzubeleben. Ivan zuckte mit den Achseln und verfiel mangels anderweitiger Vorschläge wieder in Schweigen.

Kurt Möhle, der Polier, griff in seine Tasche und zog sein Mobiltelefon heraus. Stumm und schicksalsergeben nahmen seine drei Arbeiter zur Kenntnis, dass er mit der Polizei telefonierte und sie deshalb aus dem Keller heraus und nach oben scheuchte. Sie rauchten schweigend, bis mit Blaulicht und großem Getöse das Unvermeidliche eintraf – die Polizei.

* * *

Kriminalhauptkommissar Manuel Álvarez fluchte innerlich und wünschte sich Gummistiefel, als er sich über die Schlammlandschaft auf den Rohbau zubewegte. Wie ein Deichschaf balancierte er zwischen Pfützen von tümpelhaftem Ausmaß und Spuren von LKW-Reifen, die den Boden wie Wetterungen durchzogen. Er fand diese Art der Fortbewegung eines Mannes unwürdig. Einer Frau natürlich auch, aber die Kriminaltechnikerin, die ihm an der zementierten Fundamentkante des Rohbaus entgegenkam, hatte in ihrem Arbeitsoverall und ihrer warmen Kleidung darunter wenig Ähnlichkeit mit einem Menschen, gleich welchen Geschlechts. Man erkannte die Spezies eigentlich nur anhand des aufrechten Ganges und der Befähigung zur Sprache. Álvarez wies sich routinemäßig aus, obwohl er die Kollegin flüchtig kannte, und sie ihn sicherlich auch.

»Kommen Sie, ich führe Sie hinunter«, empfing sie ihn und reichte ihm ebenfalls eine dieser würdelosen, entmenschlichenden Bekleidungen, die zum Betreten des Tatorts Vorschrift waren.

Der Treppenabgang, der in den Keller des Gebäudes führte, war mit Baulampen ausgeleuchtet. Während Álvarez die Stufen hinunterstieg, dachte er mit Verdruss an die Schlammkrusten auf seinen vor einer Viertelstunde noch makellos glänzenden Halbschuhen. Frischgeputzte Schuhe waren eine Manie von ihm: er würde sich morgens niemals mit staubigem Schuhwerk aus dem Haus wagen. Das hatte sein Vater ihm einst mitgegeben. Unten angekommen, präsentierte sich ihm der Fundort eher unspektakulär; er hatte in seiner Dienstlaufbahn schon üblere Szenarien vor sich gehabt. Etwas rechts, gegenüber der Treppe, die Álvarez hinuntergekommen war, lag der Tote; ein Mann circa Ende zwanzig mit kurz geschorenem blondem Haar, das sich trotz des noch relativ jungen Alters seines Besitzers bereits etwas gelichtet hatte. Er lag annähernd rücklings auf dem Boden, ein wenig schräg und so dicht an der gegenüberliegenden Wand, dass sein Kopf nach vorne abgeknickt war und das Kinn auf das Brustbein drückte. Der rechte Arm lag seitlich ausgestreckt, parallel zur Wand, der linke etwas dichter am Körper. Die Beine waren leicht angewinkelt. Der Mann war vermutlich rückwärts in sich zusammengesackt und gefallen, der Sturz wurde dann jedoch durch die Wand aufgehalten. An der linken Brust, nahe der Achsel, erkannte man auch die mutmaßliche Ursache des Sturzes: ein Einschussloch von nicht allzu großem Durchmesser. Aber der Schuss hatte gesessen.

»Ist das die einzige Wunde?«, fragte Álvarez.

»Sieht so aus«, antwortete der Rechtsmediziner Dr. Landis, der bereits vor dem Kommissar am Tatort eingetroffen war und gleich begonnen hatte, die Leiche in Augenschein zu nehmen, »aber Genaueres ...« Er führte den Satz nicht zu Ende, da Álvarez signalisierte, dass er verstand: Details erst nach der Untersuchung in der Rechtsmedizin.

»Der Schuss ist nicht mit aufgesetzter Waffe abgegeben worden«, erläuterte der Mediziner, »so viel kann ich schon mal sagen.«

»Das heißt, der Schütze war offenbar nicht ungeübt?«, fragte sein ermittelnder Kollege angesichts dieses einzelnen, so zielsicheren Treffers.

»Wohl kaum. Es sei denn, er hatte das sprichwörtliche Glück des Anfängers.«

Álvarez nickte.

»Kannst du schon was zum Todeszeitpunkt sagen?«

Der Kommissar wusste, dass er die Kollegen von der Rechtsmedizin mit seiner Frage zu diesem frühen Zeitpunkt zur Weißglut bringen konnte. Dass er sie dennoch stets so früh stellte, betrachtete er als eine Art Sport. Allerdings hatte er sich in Dr. Landis keine gute Zielscheibe dafür ausgesucht, denn dieser ließ sich von Manuel Álvarez nicht provozieren.

»Vorbehaltlich späterer Korrekturen würde ich sagen: gestern am frühen Abend. Die Totenstarre ist praktisch voll ausgeprägt, bei den herrschenden Temperaturen muss sie eher früher als später eingetreten sein, daher würde ich sagen: vor 12 bis 14 Stunden hat er sein Leben ausgehaucht.«

Álvarez bedankte sich, beendete das Gespräch mit »Ok, dann bis später« und wandte sich einer Mitarbeiterin der Spurensicherung zu.

»Habt ihr irgendwas?«

»Sieht mau aus. Das feuchte Wetter, der ganze Baudreck, zig Mitarbeiter der Baufirma, die hier tagsüber rumwuseln ...«

Die Kriminaltechnikerin klang so, als nähme sie es den Bauarbeitern geradezu übel, dass sie hier in den letzten Monaten ihrer beruflichen Tätigkeit nachgegangen waren; als betrachte sie dies als ein abgemachtes Komplott mit der Absicht, ihr die Arbeit zu erschweren.

»Transportspuren?«, fragte Álvarez

Die Kollegin schüttelte den Kopf.

»Sieht so aus, als sei das hier auch der Tatort. Keine Schleifspuren, dafür aber Blut auf dem Beton im Umfeld der Leiche.« Sie deutete mit der Hand in Richtung Fundort. Das schien die Einschätzung des Mediziners zu bestätigen. »Ausweispapiere hatte das Opfer übrigens keine bei sich«, fügte sie hinzu, »dafür aber ein Schnappmesser. Ob das in letzter Zeit auch benutzt wurde, müssen wir noch auswerten.«

Álvarez beschränkte sich verdrossen auf ein kurzes Kopfnicken, das »verstehe«, »danke«, »na, dann« und »bis später« gleichzeitig bedeuten konnte und sollte. In Anbetracht des Zustands seiner eleganten hellbraunen Halbschuhe war er froh, dass er hier nichts weiter ausrichten konnte – schlimm genug, dass er den Rückweg durch den ganzen Schlamm noch vor sich hatte. Bis es soweit war, würde er jedoch die vier Männer befragen müssen, die neben einem uniformierten Beamten hinter der Absperrung standen und im Umfeld des hochbeschäftigten Polizeiaufgebots etwas verloren aussahen. Auf der anderen Seite des Flatterbandes angekommen, stellte Hauptkommissar Álvarez sich vor und wies sich aus. Drei der Männer zogen mit erkennbarem Gleichmut an ihren streng riechenden Zigaretten. Der vierte, der sich als der Polier herausstellte, rauchte nicht und wirkte deutlich unentspannter. Álvarez machte sich jedoch keine Hoffnungen, dass die Nervosität des Mannschaftskapitäns mit der Tat an ihrem Arbeitsplatz zu tun hatte – vielmehr wohl mit der Verzögerung im Betriebsablauf, die er vor der Bauleitung würde rechtfertigen müssen.

»Wann können wir hier weitermachen?«, fragte der Polier nun den Ermittler, bevor dieser seinerseits eine erste Frage gestellt hatte.

»Vorerst nicht«, erwiderte Álvarez knapp.

Der Vorarbeiter schnappte nach Luft. »Aber …«, doch der Kommissar unterbrach ihn.

»Ich kann es Ihnen nicht genau sagen, aber definitiv nicht bevor meine Leute hier fertig sind. Sobald der Tatort wieder freigegeben wird, werden Sie informiert.«

Sein Gegenüber klappte den Mund wieder zu und sah irgendwie unzufrieden drein.

»Wir geben der Bauleitung dann Bescheid. Einstweilen hätte ich noch ein paar Fragen an Sie.«

»Wir haben doch schon alles Ihrem Kollegen gesagt«, begann der Polier erneut zu protestieren.

»Dann erzählen Sie es mir eben noch mal.« Álvarez hatte keine Lust auf Faxen, seine Schuhe bedurften dringend der Pflege und seine Füße würden sich über trockene Socken freuen.

»*Pička* …«, knurrte der Älteste der vier Männer und warf seine Zigarettenkippe mit Nachdruck auf den Boden. Der Kommissar verstand das Wort zwar nicht, interpretierte es jedoch im Rahmen der gegebenen Situation als Ausdruck von Unzufriedenheit, den er allerdings geflissentlich überhörte.

»Also, wann haben Sie den Toten entdeckt?«

Der Polier zuckte, noch etwas bockig, mit den Schultern.

»So gegen acht. Das heißt, eigentlich habe gar nicht ich ihn entdeckt, sondern die Jungs. Sie waren vor mir da.«

Álvarez nickte. »Verstehe.« Und an die »Jungs« gewandt, deren Alter wohl so zwischen zwanzig und Mitte fünfzig lag, fragte er: »Dann waren Sie also schon vor acht hier?«

Die drei wechselten untereinander Blicke, die wohl der gegenseitigen Versicherung dienten.

»*Hajde*[2]«, sagte dann der Älteste, der wohl aufgrund seines Alters als Wortführer bestimmt war, »so gegen acht, ja.« Gesprächig schien er allerdings nicht zu sein. Álvarez merkte, dass er die Geduld zu verlieren begann. Geduld war ohnehin nicht seine Stärke.

»Das heißt«, fasste er energisch dem Gruppenältesten zugewandt zusammen, »Sie waren so gegen acht hier, und Sie«, er wandte sich wieder an den Polier, »kamen dann später dazu?«

Beide nickten.

»Wie viel später?«

»No, vielleicht so zehn, fünfzehn Minuten?«, erwiderte der Älteste fragend.

»Oder zwanzig?«, schlug Álvarez vor und hoffte dann, er habe nicht zu sarkastisch geklungen. Die Männer wechselten erneut Blicke untereinander.

»Glaub' ich nicht«, antwortete schließlich der Mittlere, und der Jüngste nickte eifrig zur Bekräftigung.

»Ich glaub' auch, es waren höchstens fünfzehn.« Er war außer dem Polier der Einzige, dessen Deutsch keine Spur von einem Akzent aufwies.

Álvarez nickte.

»Also kamen Sie drei hier gegen acht an und fanden diesen toten Mann?« Irgendwie kam er mit seiner Befragung nicht voran. Immerhin schienen sie sich damit auf ein Szenario geeinigt zu haben, denn die drei bekräftigten das Resümee des Kommissars mit allgemeinem Kopfnicken. Dieser musste sich zusammennehmen, um die Männer nicht für seine nasskalten Füße abzustrafen, und dafür, dass man ihnen wohl jede weitere Information würde aus der Nase ziehen müssen.

---

2 Universell verwendbares Füllwort, eigentlich *los*, hier im Sinne von *also* ... als Einleitungspartikel.

»Können Sie mir beschreiben, wie das abgelaufen ist?«

»No«, begann wieder der Älteste nach einer kurzen Pause, »wir sind angekommen und gegangen zur Tür. Wollten sehen, ob viel Wasser ist gegangen in Keller, wegen Regen, verstehst?«

Der Kommissar nickte und ignorierte das unbeabsichtigte Duzen.

»Wasser gab nicht, aber toten Mann. So.« Das letzte Wort hatte er mit einem Achselzucken hinzugefügt, um das Ende seines Berichts zu signalisieren.

»Aha. Und dann? Haben Sie die Leiche angefasst?« Álvarez ließ ihn noch nicht von der Angel. Sein Gegenüber guckte ihn erstaunt an.

»Nein, wozu? War tot.«

»Das konnten Sie auf die Entfernung erkennen?«

Der Zweitälteste der drei gab einen etwas verächtlichen Laut von sich, während der Älteste Álvarez mit einer Mischung aus Milde und Überlegenheit betrachtete – fast schien es, als blicke er von oben auf ihn herab, obwohl er deutlich kleiner war als der Kommissar.

»Glauben Sie mir, ich erkenne tot, wenn ich sehe.«

Álvarez fühlte sich etwas unbehaglich, wie ein gescholtener Junge. Um sein Unbehagen auf sein Gegenüber abzuwälzen, schoss er seine nächste Frage etwas offensiv auf die drei Männer vom Bau ab.

»Kannten Sie den Toten?«

Der Zweitälteste kräuselte zynisch die Oberlippe.

»Sie meinen …«

Doch der Kommissar unterbrach ihn barsch, bevor der Typ seinen Satz in respektloser Manier mit »als er noch lebte« beenden konnte.

»Ich meine, ob Ihnen der Mann bekannt war«, formulierte er seine Frage kurz angebunden um.

Die drei wechselten wieder Blicke, von denen Álvarez nicht wusste, ob er sie als irritiert oder verschwörerisch deuten sollte. Und um ihren Trotz nicht zu stark herauszufordern, fügte er in etwas gemäßigterem Ton hinzu: »Zu Lebzeiten.«

Alle drei schüttelten den Kopf.

»Ne«, antwortete der Älteste, das »ne« mit einem kurzen, offenen »e«, das fast wie ein »ä« klang, und er fügte etwas hinzu, das wie »*nismo*« klang.

»Bitte?«, fragte der Kommissar höflich nach.

»Haben wir nicht«, erläuterte der Mittelalte etwas arrogant. Álvarez hob die Augenbrauen und blickte ihn direkt an. Der Typ war ihm wirklich unsympathisch. Zu sehr, um eine neutrale Haltung zu bewahren. Deswegen fühlte er sich genötigt, noch einen draufzusetzen.

»Sicher?« – und er merkte selbst, wie unnötig das gewesen war. Der Bauarbeiter nickte.

»Sicher. Noch nie gesehen«, und er schnippte die Zigarette weg. Álvarez ließ es gut sein.

»Und dann haben Sie gleich die Polizei gerufen?«, hakte er nach.

Der Zweitälteste zündete sich eine neue Zigarette an. Es war offensichtlich, dass er von allen dreien und dem Polier am wenigsten Respekt vor der Staatsgewalt hatte.

»Dann kam schon unser Chef. Er hat 110 gewählt«, erläuterte er herablassend, nachdem er den ersten Zug genommen hatte.

»Danach haben wir hier oben gewartet«, fügte der Jüngste eilfertig hinzu.

Der Kommissar nickte. Viel weiter schienen die drei ihn nicht bringen zu können, daher wandte er sich an den jungen Uniformierten, der etwas abseits der Gruppe die Absperrung bewachte.

»Haben Sie die Personalien der Herren aufgenommen?«

Der junge Kollege nickte und reichte dem Kommissar seinen Block. Álvarez riss die oberen Blätter ab, steckte sie ein und gab den Schreibblock an seinen Besitzer zurück. Unkorrekt, aber er hatte keine Lust, freihändig im Sumpf stehend mit klammen Fingern eigene Notizen zu machen. Der Uniformierte guckte etwas verunsichert, er würde schließlich einen Bericht schreiben müssen.

»Kriegen Sie später wieder«, beruhigte ihn der Kommissar. Dann wandte er sich wieder den drei Arbeitern und ihrem Vorarbeiter zu.

»Bitte bleiben Sie in den nächsten Tagen in der Stadt und erreichbar, falls wir noch Fragen haben, ja?«

Der Mittlere blickte erwartungsgemäß unzufrieden und etwas patzig drein, aber der Älteste zuckte schicksalsergeben mit den Schultern, und der Junge nickte brav. Álvarez nickte allen Vieren zu.

»Danke, das wär's dann erst mal«, sagte er in versöhnlicherem Ton. Und dann konnte er endlich diese Schlammschlacht verlassen und zu dem Auto zurückkehren, das ihn hierhergebracht hatte und in dem ein Kollege es sich bei hochgedrehter Heizung gemütlich gemacht hatte.

»Fahr mich bloß hier weg«, knurrte Álvarez ihn an. »Und zwar erst einmal nach Hause, ich brauche saubere Schuhe.«

MONTAG, 25. FEBRUAR 2002, 13:30 UHR

Die ersten Befunde des Erkennungsdienstes trafen bei Hauptkommissar Álvarez ein, nachdem dieser von einer umständehalber ausgedehnteren Mittagspause zurückgekommen war. Die Umstände hatten in einem weiteren ergebnislosen Gespräch mit seiner Ex-Freundin bestanden, zu dem er sich unnötigerweise hatte breitschlagen lassen. Er fragte sich wirklich, warum er sich schicksalsergeben in mehr oder weniger regelmäßigen Abständen vorwerfen ließ, lieblos, empathielos und rücksichtslos zu sein und alles andere wichtiger zu nehmen als die Beziehung zu seiner Jetzt-nicht-mehr-Freundin Mareike. Ob er denn nicht merke, wie er andere mit seinem Mangel an Einfühlungsvermögen ständig verletze. Und er würde schon sehen, wohin das über kurz oder lang führe: in ein Leben als einsamer und verbitterter alter Mann. Manuel fühlte sich beflissen schuldig, konnte aber nun mal nicht aus seiner Haut heraus, er war eben ein schlechter Mensch und als Partner ganz offensichtlich nicht geeignet, was sollte man da noch viel sagen. Am Ende wollte er die Rechnung bezahlen, sie ließ es jedoch nicht zu und warf ihm einen giftigen Blick zu. Sie zahlten getrennt und gingen wieder einmal beide ihrer eigenen Wege; Manuels führte ihn zurück ins Büro.

Álvarez' Kollege, der frischgebackene Kriminalkommissar Jonas Bargfrede, hatte inzwischen ein Dossier zu dem Fall angelegt. Neben den Notizen von der morgendlichen Tatortbesichtigung enthielt es sogar einige Angaben zu dem Bauvorhaben an den ehemaligen Kaianlagen; immerhin war die Leiche im Keller eines Rohbaus von nicht unbeträchtlicher Größe und Bedeutung gefunden worden. Selbst wenn der abgelegene Betonklotz nur ein mehr oder weniger klug gewählter Ort war, der die nötige Diskretion für ein Delikt geboten hatte, ging man doch auf Nummer sicher, wenn man auch den Hintergrund des Tatorts zumindest in groben Zügen skizzierte. Álvarez würdigte die Voraussicht seines abwesenden Mitarbeiters, indem er das Dossier oberflächlich überflog. Auf den ersten Blick enthielt es keine Auffälligkeiten zur Sache. Auch hatte Jonas noch keinen seiner farbenfrohen Klebezettel angeheftet, die er üblicherweise auf Dossiers mit zu klärenden Inhalten verteilte, bis sie aussahen wie Buntsittiche. Dass die Akten in Papierform auf dem Schreibtisch seines Vorgesetzten landeten, war dessen eigenwilligem Festhalten an analogen Datenbeständen geschuldet. So konnte er sie konzentrierter studieren, behauptete Álvarez stur. Bargfrede, *digital by nature*, hatte sich achselzuckend gefügt.

Álvarez klappte den Papphefter zu. Fast im gleichen Augenblick klopfte es an der Tür.

»Herein«, rief Álvarez und hoffte, es würde jemand sein, der ihm endlich was brachte, mit dem er etwas anfangen konnte.

Jonas Bargfrede trat ein, und seine Miene, die im weiteren Verlauf seiner Karriere erst noch den Modus *Pokerface* würde lernen müssen, schien vielversprechend.

»Hast du was Brauchbares?«, fragte Álvarez seinen jüngeren Kollegen. Sie arbeiteten noch nicht lange zusammen, aber er hatte Jonas' Arbeit bereits zu schätzen gelernt, und der Kollege war ihm überdies sympathisch, auch wenn der eher distanzierte Hauptkommissar solche Gefühlsanwandlungen nur ungern zugab. Bargfrede nickte mit einem breiten Grinsen.

»Von den Kollegen, die du mit dem Foto des Opfers losgeschickt hattest. Der Mann war offenbar in der näheren Umgebung der ehemaligen Kaianlagen kein Unbekannter. Die beiden Kollegen mussten höchstens zwei, drei Kneipen abklappern, um fündig zu werden. Die weiteren Personendaten habe ich dann überprüft.«

»Und was wissen wir nun über ihn?«, drängte der Hauptkommissar seinen Kollegen und ließ diesem wenig Zeit, den Stolz auf seinen Ermittlungserfolg allzu ausgiebig auszukosten.

Jonas Bargfrede betrachtete seine Notizen. »Zlatan Tadić, geboren am zwölften Februar neunzehnhundertsechsundsiebzig in Vi-še-grad …« Das letzte Wort buchstabierte er nahezu.

»Ein Tscheche?«, fragte sein Vorgesetzter etwas überrascht. Bargfrede blickte verwirrt auf.

»Nein, das ist Vyšehrad«, ließ sich hinter ihm die Stimme von Nuria Aydin vernehmen. Die junge Polizeimeisterin war erst seit Kurzem Mitglied im Team und beeindruckte ihren Chef fortwährend mit ihren Kenntnissen – und auch mit ihrem Ehrgeiz, diese ständig zu erweitern. Álvarez hoffte einerseits, dass er sie nicht allzu schnell wieder an die Polizeihochschule verlieren würde, andererseits wollte er ihrer Weiterbildung jedoch auch nicht im Wege stehen. Als nun keiner reagierte, fügte sie hinzu: »Die Festung bei Prag. Über der Moldau.«

»Was du nicht alles weißt«, brummte Bargfrede etwas ärgerlich, weil sie ihm die Show gestohlen hatte. Nuria Aydin ließ sich davon nicht beirren.

»Und dann gibt's noch das ungarische Visegrád. Das ist das, nach dem die Visegrád-Staaten sich benannt haben. Liegt an der Donau«, spulte Aydin ihren enzyklopädischen Wissensschatz weiter ab.

»Nuria, kommen Sie auf den Punkt«, intervenierte ihr Dienstvorgesetzter nun.

»Das Višegrad unseres Toten liegt an der Drina. Das ist in Bosnien und Herzegowina. Genauer gesagt, in Bosnien, nahe der Grenze zu Serbien.«

Álvarez hob die Hand, sonst wäre das noch minutenlang so weitergegangen.

»Danke, Nuria, wir sind im Bilde.« Und zu Bargfrede gewandt: »Also war er Bosnier?«

Jonas sah erst ihn, dann Nuria etwas hilflos an und erwiderte dann unschlüssig: »Ja, wahrscheinlich.«

Seine Kollegin ergänzte flugs: »Oder Serbe. In diesem Teil Bosniens leben viele Serben, besonders in Višegrad.«

Genervt resümierte Bargfrede: »Ja, oder Serbe.«

Den Hauptkommissar hätte das Wissensquiz seiner beiden Teammitglieder amüsiert, wenn er nicht so ungeduldig auf verwertbare Informationen gewartet hätte, die ihm ermöglichen würden, sich ein Bild von dem Getöteten zu machen. Dennoch konnte er es sich nicht verkneifen, etwas ironisch hinterherzuschieben: »Oder vielleicht Kroate?«

Einen kurzen Moment lang war Ruhe, dann meinte Nuria: »Ja, oder Kroate. Kroaten leben dort auch.« Und nach einer weiteren kurzen Pause fügte sie hinzu: »Bis vor elf, zwölf Jahren war das ja auch allen egal.«

Álvarez ließ durchblicken, dass er die ethnopolitische Diskussion für nicht zielführend hielt und schloss die diesbezüglichen Spekulationen ab mit einem unwirschen »Ok, das habe ich jetzt verstanden. Was gibt's sonst noch?«

Jonas Bargfrede blickte wieder auf den Zettel in seiner Hand.

»Nicht übermäßig viel. In der Kneipe, in der man Tadić kannte, hieß es, er sei wohl ein … so eine Art Zuhälter gewesen – jedenfalls irgendeine zwielichtige Gestalt im Milieu.«

Sein Vorgesetzter hob die Augenbrauen.

»Was, der junge Bengel?«

Bargfrede verzog das Gesicht, da er kaum älter war als das Opfer.

»Naja, genau haben die es dort in der Kneipe nicht gewusst.« Und fügte auf den kritischen Blick seines Chefs kleinlaut hinzu: »Oder nicht gesagt.«

Dann nahm sein Selbstbewusstsein wieder Fahrt auf, weil er immerhin Tadićs Wohnsitz hatte feststellen können. Der lag in Walle, einem Stadtviertel, das an die Kaianlagen grenzte. Dort lebten viele Migranten und Leute, deren Einkommen nicht gerade am oberen Ende der Skala lag. Ob die Anwohnerschaft von dem Ausbau der Überseestadt und der touristischen Angebote völlig unbeeinträchtigt bliebe, würde sich erst zeigen. Bislang bot dieser Teil der Stadt die eher weniger eleganten Möglichkeiten allfälligen Amüsements – Glücksspiel, Drogenverkauf und mehr oder weniger gut verborgene Prostitution. Möglicherweise würde sich dies auch nach der zu erwartenden Gentrifizierung nicht grundsätzlich ändern, außer in Hinblick auf die Preislage. Roulette statt Automaten, Koks statt Meth und Callgirls statt Strichmädchen. Tadićs Nachbarn hatte man, sofern es ohne Dolmetscher möglich gewesen war, bereits befragt, aber kaum einer schien ihn zu kennen, geschweige denn zu wissen, wovon er lebte.

Álvarez schüttelte ungeduldig den Kopf, als Bargfrede seinen kurzen Rapport erstattet hatte. Dieser beeilte sich, seinem ungnädigen Chef zu versichern, dass er und die uniformierten Kollegen selbstverständlich dranblieben, nur in der Kürze der Zeit und so weiter … Sein Vorgesetzter schob einige Papiere über die Oberfläche seines Schreibtischs. Dann hielt er inne und sagte: »Diese Bauarbeiter, die Tadićs Leiche gefunden haben, sind auch von da unten.«

»Meinst du, aus Jugoslawien?«, fragte Jonas zurück und wandte schnell den Blick von Nuria ab, die bereits wieder die Stirn runzelte und Luft holte, um ihn darüber zu belehren, dass dieser Staat als solcher nicht mehr existierte.

»Jaja«, bestätigte Álvarez geistesabwesend.

»Drei von ihnen zumindest. Dem Namen nach. Der Polier, ein gewisser Kurt Möhle, wohl nicht. Und der Jüngste, Jaka Pavičić, ist hier geboren und hat die deutsche Staatsbürgerschaft.

Die beiden älteren, Jozef Vuk und Ivan Mornar, aber nicht. Vuk ist 55 Jahre alt und stammt aus Međugorje«, erinnerte sich Bargfrede an die Daten, die er von dem Notizzettel des Kollegen in die Fallakte übertragen hatte. Er fügte mit einem selbstbewussten Blick in Richtung seiner Kollegin Aydin hinzu: »Das ist in der Herzegowina, nicht sehr weit von Mostar.«

»Bekommst ein Fleißsternchen«, brummte sein Chef. Bargfrede nahm den Sarkasmus nicht wahr und fuhr eifrig mit seinen Ausführungen fort:

»Ivan Mornar ist etwas jünger, achtundvierzig. Als Geburtsort ist in seinem Ausweis Rijeka angegeben.«

»Danke, wir wissen, wo das liegt«, kam Álvarez näheren Erläuterungen zur Geographie zuvor und ergänzte nachdenklich: »Zumindest den beiden fühlen wir noch mal auf den Zahn.«

»Sie kannten das Opfer nicht«, erinnerte Bargfrede. Und da sein Vorgesetzter demonstrativ nicht antwortete, beeilte er sich hinterherzuschieben: »Haben sie zumindest behauptet.«

Und weil auch hierauf eine Erwiderung ausblieb, murmelte er einsichtig: »Ja, nehmen wir sie noch mal in die Mangel.«

Sein Dienstvorgesetzter nickte und fügte hinzu: »Und wir müssen checken, wie lange die schon hier sind.«

Álvarez war völlig klar, dass der Umstand, dass der Tote und die drei, die ihn aufgefunden hatten, aus der gleichen Großregion Europas stammten, nicht zwangsläufig bedeuten musste, dass sie einander auch kannten. Der Jüngste gehörte sogar schon der zweiten Einwanderergeneration an und war hier geboren, da kämen höchstens seine Eltern ins Spiel, wenn es um den Bekanntenkreis des Opfers ging. Manuel Álvarez, selbst Kind von Einwanderern, konnte zwar auch von sich selbst nicht behaupten, alle Spanischstämmigen hier in Bremen zu kennen, aber es konnte nicht schaden, sich in der Community ein wenig umzuhören. Vielleicht erhielten sie im Zuge dessen ja Hinweise auf soziale Treffpunkte und

Netzwerke wie Kirchengemeinden, Freundschaftskreise oder andere Einrichtungen der Kulturpflege südosteuropäischer Expatriierter. In den meisten Großstädten gab es solche innerhalb der unterschiedlichen Migrations-Communities. Sie sorgten unter anderem dafür, dass die Kinder der zweiten Generation die Sprache ihrer Eltern besser lernen konnten und etwas über deren Herkunftsland erfuhren. An sich keine schlechte Sache, fand Álvarez, doch in manchen dieser Lerngruppen waren die Inhalte von eingeschränkter politischer Neutralität. Daher hatten Álvarez' Eltern, die aus dem damals frankistischen Spanien geflohen waren, solchen Kulturinstitutionen für Expatriierte misstrauisch gegenübergestanden und ihren Sohn trotz allen Protests beflissenerer Bekannter von diesem Bildungsangebot ferngehalten. Wenn es solche Einrichtungen allerdings auch für ex-jugoslawische Emigranten gab, konnte man sich von dort aus vorarbeiten, um sich ein besseres Bild von dem Getöteten zu machen.

Er teilte Jonas Bargfrede und Nuria Aydin seine Überlegungen mit und trug seinen beiden jüngeren und netzaffineren Mitarbeitern in Anbetracht dieser Umstände auf: »Prüft doch mal im Internet, ob ihr Institutionen dieser Art dort findet. Wenn ja, erstellt bitte eine Liste. Mit den Links dazu.«

Polizeimeisterin Aydin sah ihn bei der letzten Anweisung an, als hätte der Chef ihr aufgetragen, das Alphabet zu lernen. Álvarez konnte sich noch nicht daran gewöhnen, dass ihm seine beiden Teammitglieder in Sachen Internet immer einen Schritt voraus waren.

Um seinem angeschlagenen Selbstbewusstsein einen weiteren Hieb zu versetzen, machte sich der Kommissar auf den Weg in die Rechtsmedizin, von der er genauso wenig verstand. Musste er zwar auch nicht, weil es auch hierfür Experten im Team gab. Aber da er gerne die Kontrolle über das große Ganze behielt, versetzten ihm Wissenslücken stets einen Stich. Der Rechtsmediziner, Dr. Volker Landis, hatte ihm telefonisch Bescheid gegeben, dass er erste Befunde präsentieren konnte, und empfing ihn mit einem entmutigendem »Mach dir keine allzu großen Hoffnungen.« Manuel fühlte sich an Dantes *Göttliche Komödie* erinnert, die er in den zwei Semestern seines abgebrochenen Romanistikstudiums immerhin geschafft hatte zu lesen: »*Lasciate ogni speranza, voi ch'entrate*[3].« Manuel Álvarez fiel kein besseres Motto für einen rechtsmedizinischen Obduktionssaal ein.

»Was meinst Du?«, fragte er den grüngewandeten Kollegen. Dieser lüftete das Tuch, mit dem Tadićs Leichnam abgedeckt war, damit der Kommissar einen Blick auf den Körper werfen konnte.

»Nichts Spektakuläres. Ein einzelner, gutsitzender Steckschuss in der linken Seite des Brustkorbs.« Landis hatte sich schnell abgewöhnt, mit den ermittelnden Kollegen medizinische Fachsprache zu sprechen. Die Kommunikation gestaltete sich auf diese Weise einfach unproblematischer.

»Das war's?«, fragte Manuel, fast etwas enttäuscht. Volker Landis nickte.

»Keine Abwehrspuren, nichts, was auf eine körperliche Auseinandersetzung schließen ließe. Keine anderweitigen Verletzungen, Erkrankungen, was auch immer. Nur der eine Schuss. Alles andere habe ich dir diktiert, bekommst du von deiner Mitarbeiterin. Gibt aber nüscht.«

Álvarez nickte.

»Kannst du was zur Schussdistanz sagen?«

»Mmmh …«, der Mediziner wiegte seinen Kopf, »so um die vier Meter. Leicht abwärtsführend.«

Manuel nickte erneut. Das passte zum Tatort; der Schuss musste also von der Treppe aus abgegeben worden sein, in einem Moment, in dem Tadić seine Flossen in der Luft ge-

---

3 »Ihr, die Ihr hier eintretet, lasst alle Hoffnung fahren« (Dante, Göttliche Komödie, Teil I: Inferno, Dritter Gesang, Vers 9).

habt haben musste, sonst wäre die Kugel im Arm gelandet. Er warf einen letzten Blick auf die Leiche.

»Alt ist er nicht geworden«, sinnierte er.

Volker schüttelte den Kopf.

»Mitte, Ende zwanzig.«

»Sechsundzwanzig«, präzisierte Manuel, »die Personendaten hat Bargfrede schon ermittelt.«

»Macht sich gut, der Junge?«, fragte Landis, weil er an Álvarez' Zurückhaltung bezüglich Lobes gewohnt war.

»Mmh, ganz ok«, gestand der Kommissar seinem jungen Mitarbeiter zu. Das war schon was – dem Mediziner reichte der Kommentar zum Verständnis.

»Na gut, ich muss los«, sagte Álvarez und dankte dem Kollegen kurz, bevor er verschwand. Landis deckte den Körper zu und schob ihn zurück in die Kühlung.

Kaum war Álvarez wieder in seinem Dienstzimmer, klopfte ein Mitarbeiter der Kriminaltechnik an die Tür und trat ein, ohne das »Herein« des Büroinhabers abzuwarten. Bei überfallartigen Grenzverletzungen wie diesen konnte Álvarez jedes Mal an die Decke gehen. Aber er riss sich zusammen, weil er auf die Ergebnisse des Erkennungsdienstes dringend wartete und zudem den eintretenden Kollegen schätzte. Dieser legte dem Ermittler die ersten Ergebnisse seines Teams auf den Tisch. Álvarez blätterte den Schnellhefter durch.

»Da ist ja wohl die halbe Stadt schon mal durchmarschiert«, stellte er missgelaunt fest, als der die Befunde vom Fundort der Leiche einer ersten Sichtung unterzogen hatte.

»Naja, es ist eine Baustelle«, meinte der Kollege trocken, »da arbeiten eben viele Leute.«

»Dafür geht das dort allerdings ganz schön langsam voran«, beschwerte sich der Hauptkommissar, der dem Fundort immer noch nicht das Paar ruinierter Schuhe verziehen hatte. »In den letzten Monaten habe ich da keine Entwicklung feststellen können, wenn ich vorbeikam.«

Der Kollege zuckte desinteressiert mit den Achseln.

»Personalmangel bei den Baufirmen. Komplizierte Bewilligungsprozesse bei den Behörden. Gibt 'ne Menge möglicher Gründe. Bauen in Deutschland ist eine Katastrophe. Frag mich mal. Meine Familie und ich hätten eigentlich schon vor Monaten in unsere Hütte einziehen wollen.«

»Wo wohnt ihr jetzt?«

»Halb auf der Baustelle, halb bei meinen Schwiegereltern. Meine Frau dreht bald durch. Sie ist kurz davor, in die Schule zu ziehen, in der sie unterrichtet. Obwohl die mangels Investitionen ins Bildungssystem auch bald zusammenkracht.«

Álvarez musste trotz seiner schlechten Laune lächeln.

»Tut mir leid. Danke für die Ergebnisse.«

Der Kollege nickte und verschwand.

Abgesehen von der Tatsache, dass der Fundort der Leiche eindeutig auch der Tatort gewesen sein musste, gaben die Befunde einige Rätsel auf. Zunächst einmal hatten die Kolleginnen und Kollegen der Spurensicherung in dem Kellerraum keine Patronenhülse gefunden. Da die Schussrichtung recht eindeutig war, nämlich von der Treppe ausgehend, und die kahlen Betonflächen des Rohbaus nicht viele Möglichkeiten des Verschwindens solcher Gegenstände boten, ließ dieser Umstand drei Alternativen zu: Entweder war die Tatwaffe ein Revolver gewesen, der keine Patronenhülsen auswarf. Die beiden anderen Möglichkeiten bestanden darin, dass entweder der Täter, beziehungsweise die Täterin, oder aber eine dritte Person die Hülse nach der Tat an sich genommen hatte. Manuel Álvarez merkte schon jetzt, dass er auf letztere dieser beiden Möglichkeiten keine Lust hatte, denn sie würde bedeuten, dass auch noch nach dieser dritten Person gesucht werden musste. Er seufzte tief, bevor er sich an das weitere Material machte. Die zahlreichen Fingerabdrücke und DNA-Spuren waren bis auf weiteres wenig aussagekräftig, zumindest solange keine Vergleichswerte vorlagen, denen sie zugeordnet werden konnten. Dazu hätten sie die kompletten Belegschaften aller beteiligten Firmen testen müssen, und das war erstens viel zu aufwändig, solange man die Befunde auf keine relevanten Daten eingrenzen konnte, und zweitens wäre es zum jetzigen Stand der Ermittlungen viel zu teuer gewesen, eine so umfassende Testreihe durchzuführen. Der Landesrechnungshof würde ihnen den Hintern aufreißen, wenn er die Ausgaben bei nächster Gelegenheit prüfte.

Auffallend waren Befunde, die darauf schließen ließen, dass jemand an das Gitter, das den Raum links zwischen Treppe und Rückwand teilte, angebunden, also gefesselt gewesen sein musste. Im Unterschied zu den Patronenhülsen hatten die Hanfschnüre noch durchgeschnitten vor Ort gelegen, und die Spurensicherung hatte sie dort eingesammelt. Ob verwertbare Haut- oder Blutspuren anhafteten, wurde im Labor des Erkennungsdienstes noch untersucht. Sie wiesen jedenfalls starke Scheuerspuren auf; der- oder diejenige musste sich also heftig gegen seine, beziehungsweise ihre missliche Lage gewehrt haben. Die Frage war, um wen es sich dabei gehandelt haben mochte. Tadić selbst konnte es nicht gewesen sein, sein Körper wies keine solchen Spuren an den Hand- und Fußgelenken auf. Möglicherweise war der Tote also nicht nur Opfer, sondern auch Täter gewesen, was bedeutete, dass er sich längere Zeit in Begleitung einer zweiten Person befunden haben musste. Eines von Tadićs Mädchen, das er hatte disziplinieren wollen, oder ein möglicher Konkurrent?

Dass Tadić einen säumigen Freier hatte unter Druck setzen wollen, war nicht sehr wahrscheinlich, denn die zahlten im Voraus. Aber dass jemand Tadić eventuell ans Messer hatte liefern wollen, weil er vielleicht ein geschäftliches oder privates Auge auf eins seiner Mädchen geworfen hatte, wäre auch eines der bislang noch zahlreichen denkbaren Motive. Zudem bestand durchaus Grund zur Annahme, dass der Tatort in einem noch zu klärenden Zusammenhang mit dem Tatmotiv stand, denn das eigentliche Rotlichtmilieu lag eine ganze Ecke von dieser Einöde entfernt. Allenfalls frequentierte man die nahegelegene Cuxhavener Straße, wenn ein Besuch in einem der etablierten Bordelle nicht in Frage kam. Zu ermitteln war ferner, ob diese zweite Person am Tatort nach ihrer Befreiung (durch wen?) zur Täterin oder zum Täter geworden und auf welche Weise sie oder er an die Tatwaffe gekommen war. Wie man es drehte und wendete – man kam augenscheinlich um die Annahme einer dritten Person nicht umhin.

Álvarez notierte zu all diesen noch spekulativen Hypothesen Stichpunkte. Klar schien nur, dass Tadić sich da unten jemanden vorgeknöpft hatte. Unklar, ob der- oder diejenige ihm daraufhin auch das Lebenslicht ausgeblasen hatte. Und ziemlich sicher konnte Tadić zumindest zu Beginn des Szenarios nicht ganz allein gehandelt haben. Die Mühe, nach Dritten zu suchen, würden er und sein Team sich also machen müssen. Eine Idee, wie sich dieser Geist materialisieren und die Gestalt einer konkreten Person annehmen könnte, hatte er noch nicht, aber vielleicht würden ja die anstehenden Befragungen und Recherchen in den Kreisen der Expatriierten irgendwelche Hinweise liefern. Außer Aydins und Bargfredes Internetrecherche würden hoffentlich auch die Arbeit der Kollegen vor Ort sowie ein erneutes Gespräch mit den vier Herren von der Baustelle weiterführende Hinweise liefern. Um die Befragungen im Milieu würden sich die Kollegen der Dienststellen vor Ort während ihrer Spätschicht kümmern. Álvarez dachte über den anderen Teil der anstehenden Aufgaben nach. Er hätte gerne noch mehr Informationen zu dieser Großbaustelle gehabt, auch wenn es noch keinerlei Hinweise darauf gab, dass das Bauvorhaben in irgendeinem anderen Zusammenhang mit dem Körperdelikt in Verbindung stand als dessen Tatort zu bilden. Bargfrede hatte ja immerhin schon einen Anfang gemacht, und weil Álvarez wusste, dass der Kollege – im Gegensatz zu ihm selbst – ein Ass war, wenn es darum ging, sich durch Verwaltungsunterlagen zu fressen, bat er ihn, sich am nächsten Tag gleich morgens zum Bremer Baubetrieb, dem ehemaligen Hochbauamt, zu begeben und alles herauszufinden, was es über das nunmehr involvierte Bauprojekt zu wissen gab: »Bauherr, beauftragte Baufirmen, Subunternehmer … vor allem das, was sich auf die Personalsituation bezieht. Und check bitte auch das Ausschreibungsverfahren nochmal, Genehmigungen, pipapo, ob das alles ordnungsgemäß gelaufen ist oder ob es Auffälligkeiten gab.«

»Haben wir denn schon Vermutungen in dieser Richtung?«, wunderte sich Bargfrede.

»Nein, bislang haben wir noch gar nichts, abgesehen davon, dass die Baustelle wohl der Tatort war. Die ist allerdings im Prinzip für jeden zugänglich, der es unbedingt darauf anlegt, und die vier Bauarbeiter behaupten zudem, das Opfer nicht zu kennen. Aber ich will den Kram auf jeden Fall schon mal eruiert haben, damit wir uns ein Bild von den Rahmenbedingungen verschaffen können. Nur für den Fall, dass sie eine Rolle spielen. Ich werde morgen nochmal auf die Baustelle marschieren und diese vier Zeugen weitergehend befragen.«

Der Mann sah sie oft auf dem Weg zur Arbeit, wenn sie in der Nähe des ehemaligen Hafengeländes nicht selten schon mittags herumstand, ein wenig verloren wirkend, aber mit eindeutigen Absichten. Häufig hatte Er sich gefragt, wer um alles in der Welt um diese Uhrzeit schon auf die Idee kommen könnte, mit einem Straßenmädchen zu verschwinden. Aber sie war da, unermüdlich, fast jeden Tag.

Gelegentlich strich sie um die Stehtische der diversen Schnellimbissbuden herum, wohl in der Hoffnung darauf, dass jemand sie auf einen Snack einladen würde. Vielleicht angelte sie sich auch die Reste von den Tischplatten, sobald die vormaligen Konsumenten sich eilig wieder von dannen gemacht hatten. Zeit hatte hier kaum jemand, auch Er nicht.

Das Mädchen war jung, sehr jung, vielleicht gerade mal volljährig, schätzte Er, und sie wirkte, als könne sie wirklich mal eine vernünftige Mahlzeit vertragen. Deswegen hatte Er sie eines Tages, denn herzlos war Er nicht, gefragt, was sie denn gerne hätte. Zuerst schreckte sie zusammen und erweckte den Eindruck, als würde sie im nächsten Moment fluchtartig verschwinden, aber dann sah sie Ihn mit hungrigen Augen an und sagte:

– Tramezzini.

Es gab davon drei Sorten, Er bestellte sie alle drei, und als fürchtete sie, Er würde sie ihr gleich wieder wegnehmen, machte sie sich gierig darüber her.

– Lass dir Zeit,

mahnte Er sie, als ob Er selber welche hätte.

Sie schlang nicht mehr ganz so geschwinde, und Er bestellte ihr noch eine Orangenlimo, ohne zu wissen, ob sie sie überhaupt mochte. Es schien aber so.

Er konnte nicht warten, bis sie fertig war, deswegen verabschiedete Er sich unverbindlich von ihr und eilte weiter. Er konnte sich ausmalen, wie sie erstaunt hinter Ihm herblickte.

So schüchtern, als dass sie sich fortan nicht mehr getraut hätte, Seine Nähe zu suchen, war sie dann allerdings doch nicht. Jedoch auch nicht aufdringlich. Sie stellte Ihn nicht öffentlich bloß, indem sie Ihn gegrüßt hätte, sondern betrachtete Ihn nur aufmerksam, während Er, wie tausend andere, an ihr vorbeieilte. Sie kam auch nicht fortwährend an Seinen Tisch, um zu betteln – Er aß allerdings auch nicht jeden Tag dort –, sondern lungerte in der Nähe herum und tauchte nur bei Ihm auf, wenn Er ihr eine entsprechende Geste zukommen ließ.

Sie sprachen praktisch nicht miteinander und wussten nichts voneinander. Nach Wochen des Wartens – oder waren es Monate? – sagte Er eines Mittags zu ihr:

– Heute Nachmittag hätte ich anderthalb Stunden Zeit.

Sie nickte und nannte Ihm einen Treffpunkt, der diskret genug war, als dass nicht alle Welt Ihn dort in Begleitung einer Hure hätte sehen können. Es gab dort einige Hotels, die nicht elegant, aber auch nicht so schäbig waren, dass das Ganze sich wie ein Müllhaldenkoitus anfühlen würde.

Als es soweit war, zahlte Er an der Rezeption das Zimmer vorab in bar, dann gingen sie zusammen hinauf. Das Zimmer war erstaunlich sauber, wahrscheinlich stiegen hier auch einfache Geschäftsreisende, Vertreter oder Monteure ab.

Sie stand vor Ihm und sah, abzüglich der Spuren von Müdigkeit in Form leichter Schatten unter den Augen, so jung aus, dass Er sich genötigt fühlte, sicherheitshalber zu fragen:

– Wie alt bist du denn überhaupt?

– Achtzehn,

sagte sie, und weil ihr klar war, dass eine solche Angabe in ihrem Metier noch lange nichts hieß, schob sie mit dunkler Stimme hinterher:

– Bin ich wirklich, keine Angst.

Er fühlte sich angesichts dieser Versicherung nur mäßig beruhigt und setzte sich zunächst, da die Sitzfläche deutlich höher war als das sehr niedrige Bett, auf den Stuhl, der vor einem äußerst schmalen Schreibtischchen an der Wand stand.

Sie kam auf Ihn zu, begann etwas zögerlich die Knöpfe seines Hemdes zu lösen, dann fasste Er – sie war noch nicht ganz fertig – mit beiden Händen nach ihrem Po und zog sie zu sich heran. Sie trug einen Minirock aus billigem schwarzem Lederimitat, darunter Strumpfhalter und Strümpfe und, wie Er mit den Spitzen seiner Finger ertasten konnte, einen Stringtanga aus etwas Ähnlichem wie Spitze. Er schob seine Finger an dem String vorbei in Richtung ihrer Vagina.

– Zieh das aus,

sagte Er harsch, in einer Anwandlung, sie zu demütigen, aus welchem dunklen Winkel Seines Kopfes dieser Wunsch auch immer kommen mochte.

Sie folgte Seiner Anweisung und begann sich zu entkleiden, während Er sich Seinerseits Seiner Kleidung entledigte. Schließlich stand sie vor Ihm, und ihr Körper war sogar recht hübsch, sehr schlank zwar, aber mit geeigneten Rundungen an den passenden Stellen. Volle Brüste, nicht zu groß und nicht zu klein, die Er fest von unten packte und deren Knospen Er zwischen Daumen und Zeigefinger rieb, während Er das Mädchen an die Zimmerwand drückte. Dann packte Er mit einer Hand in ihren Nacken, über den lange, dunkle und sehr glatte Haare auf ihren Rücken fielen, und zog sie mit sich, während Er sich wieder auf den Stuhl setzte und sie nötigte, sich vor Ihn zu knien und Sein halb erigiertes Glied in den Mund zu nehmen. Als es schließlich steinhart war, zog Er sie am Nacken zurück.

– Warte,

sagte Er und griff hinter sich in die Tasche Seines ordentlich über die Stuhllehne gehängten Jacketts. Er hatte vor dem Treffen noch daran gedacht, eine Packung Kondome zu kaufen und riss nun eine der Hüllen auf, entnahm den Inhalt und streifte sich den Gummi über.

Sie hatte die Szene etwas unsicher beobachtet, und Er wies sie nun mit einer schrägen, schnellen Bewegung seines Kopfes an, sich auf das Bett zu begeben. Sie gehorchte, und nachdem Er ihr gefolgt war, dirigierte Er sie mit einer kräftigen Armbewegung in die Position, in der Er sie haben wollte und drang ohne viele Umstände von hinten in sie ein, bearbeitete sie mit harten Stößen, bis die Wand am Kopfende ihrem Körper Einhalt gebot, und ließ erst von ihr ab, als Er mit einem Ihm selbst unheimlichen Laut gekommen war und so heftig ejakuliert hatte, dass Er befürchtete, das Kondom könnte nicht gehalten haben. Er verharrte noch einige Momente lang keuchend und schweißgebadet in dem Mädchen, das nicht wagte, sich zu bewegen oder irgendeinen Laut von sich zu geben, bis Er sich schließlich aus ihr herausgleiten ließ. Der Gummi war zum Glück intakt. Er zog ihn vorsichtig ab und ging in die kleine Nasszelle, um das Präservativ unvorschriftsmäßig im Klo zu entsorgen.

Als Er zurückkam, lag das Mädchen zusammengerollt auf dem Bett. Ein wenig tat es Ihm leid, dass Er so die Beherrschung verloren hatte, deswegen zog Er die Bettdecke über sie, damit sie sich etwas geschützter fühlte. Weil auch Ihm etwas frisch war, kroch Er neben sie und betrachtete sie mit seitlich aufgestütztem Kopf.

– Tut mir leid,

sagte Er schließlich; es klang nüchtern, fast ein wenig unterkühlt.

– Schon ok,

erwiderte sie.

Er begann, unter der Decke ihre Taille zu streicheln, ihre Haut fühlte sich sehr jugendlich an. Die ganze Aktion hatte seit ihrem Eintreffen mit Sicherheit keine halbe Stunde gedauert.

– Ich hab noch ne gute Stunde Zeit,

sagte Er. Das Mädchen antwortete nicht.

– Wie heißt du eigentlich?,

fragte Er, damit sie Ihm nicht von der Angel geriet.

– Jasna,

antwortete sie, und Er wiederholte:

– Jasna. Schöner Name. Wo kommst du denn her, Jasna?

Sie nannte undeutlich einen Ort, dessen Name irgendwie slawisch klang.

Er verstand sie nicht, wollte aber Interesse vorgeben.

– Hm, kenn ich nicht.

– Ist nur kleiner Ort, an bosnisch-serbischer Grenze,

erklärte sie etwas beschämt und fügte zaghaft hinzu:

– Warst du schon mal in Bosnien? Oder in Serbien?

Er war vor Urzeiten mal einen Tag in der serbischen Hauptstadt gewesen, beruflich. Das sagte Er ihr, um sie etwas aufzuheitern.

– Und, hat dir gefallen?,

fragte sie scheu.

Er hatte kaum Erinnerungen an die Stadt, die Ihm überwiegend chaotisch und viel zu heiß vorgekommen war, doch Er formte dem Mädchen zuliebe eine gefällige Schnute und meinte:

– Mmh. Soweit man das an einem Tag beurteilen kann.

Ihm schien, sie habe nun wieder mehr Zutrauen zu Ihm gefasst. Weil Er sich beim ersten Mal so rücksichtslos an ihr abreagiert hatte, gab Er sich zur Wiedergutmachung in der zweiten Runde etwas mehr Mühe. Er machte sich keine Illusionen darüber, dass sie diesen im Grunde widerwärtigen Job etwa freiwillig machen würde. Das traf wohl auf keines der vielen Mädchen aus dem Osten und Südosten Europas zu, die der Fluss der momentan eher ruhmlosen europäischen Geschichte hier an Land gespült hatte. Dennoch strengte sie sich an, damit wenigstens Er Spaß an der Sache hatte, und das gelang ihr tatsächlich ganz ordentlich. Als Er schließlich zum zweiten Mal gekommen war und entspannt auf ihrem Bauch lag, bemerkte Er, dass quer über die mittleren Glieder der Finger ihrer rechten Hand ein breiter blauroter Streifen verlief.

– Was hast du denn gemacht?,

fragte Er.

– Eingeklemmt. In Tür,

antwortete sie ausweichend.

Er strich mit Seinen Fingern darüber, sie aber zog ruckartig die Hand weg.

– Tut das weh?

Sie nickte.

– Zeig mal her.

Er rollte sich von ihr ab, zur Seite, während sie Ihm etwas zögernd ihre Hand hinhielt. Vorsichtig tastete Er die betroffenen Glieder seitlich ab.

– Scheint nicht gebrochen zu sein. Zeig das trotzdem mal einem Arzt,

empfahl Er etwas besorgt.

Sie nickte.

Wahrscheinlich hatte sie nicht einmal eine Krankenversicherung.

DIENSTAG, 26. FEBRUAR 2002

In der Nacht hatte Manuel Álvarez nur wenig Schlaf bekommen. Unruhig hatte er sich in seinem Bett hin und her gewälzt, bis das Laken zu allen Seiten heraushing. Das lag zum einen an dem neuen Fall – neue Fälle bescherten ihm anfangs stets schlafarme Nächte, weil sein Gehirn viele mögliche Szenarien entfaltete, die sich erst im Lauf der weiteren Ermittlungsarbeit nach und nach reduzierten. In seiner Jugend hatte Manuel Álvarez ursprünglich eine Laufbahn als international gefeierter Dramatiker geplant. Seine Werke würden an allen großen Häusern von niemandem Geringerem als Luis Buñuel inszeniert, der dann allerdings unglücklicherweise kurz vor Manuels zwanzigstem Geburtstag hochbetagt gestorben war. Nach zwei Semestern Studium der Romanistik und Theaterwissenschaft, das aufgrund der Theorielastigkeit die Erwartungen des hoffnungsvollen Studenten Álvarez nicht erfüllte und seine Kreativität geradezu zu beleidigen schien, war er zähneknirschend dem Rat seiner sehr pragmatischen Mutter gefolgt, eine Laufbahn im öffentlichen Dienst anzustreben. Manuel Álvarez hatte folglich eine Polizeiausbildung begonnen, was seinen dem repressiven Franco-Spanien entkommenen Eltern wiederum weniger behagt hatte. Für Kriminalistik hatte sich Álvarez Junior jedoch erwärmen können, und sein Talent zur Verknüpfung einzelner Fakten zu schlüssigen Szenarien stand ihm für eine Laufbahn bei der Kripo nicht im Weg.

Der andere Faktor, der seinen Schlaf behindert hatte, war das unerfreuliche Gespräch mit Mareike, seiner Ex-Freundin, während des gestrigen Mittagessens gewesen. Auch sie verfügte über großes Talent, nämlich dem, Manuel das Gefühl zu geben, ein unfähiger Wicht zu sein, zumindest wenn es um Gefühls- und Beziehungsdinge ging. Mochte sein, dass sie Recht hatte – als Ausbund an Empathie würde Manuel sich auch selbst nicht bezeichnen, aber er fühlte sich unfair behandelt, wenn sie dauernd auf ihm herumhackte. Er hatte es ja begriffen – wusste aber einfach nicht, wie er es ihr (oder einer anderen Partnerin) recht machen sollte, da halfen alle Vorwürfe und spitzen Bemerkungen nichts.

»Was willst du eigentlich?«, hatte er Mareike beim Mittagessen schließlich gefragt; es war nicht das erste Mal gewesen, und es war eigentlich nicht provokant, sondern als aufrichtiger Wunsch nach Erkenntniszuwachs gemeint. Er wusste es wirklich nicht. Sie verstand die Frage aber als Provokation und bescheinigte ihm, ein hoffnungsloser Fall zu sein. Nach dem Bezahlen ihres Anteils an der Rechnung hatte sie sich aus dem Staub gemacht und Manuel in seiner Ratlosigkeit sitzen lassen. Sogar nach Feierabend hatte er sich noch stundenlang den Kopf zerbrochen, was er in seinen Beziehungen eigentlich dauernd falsch machte.

Diese Grübeleien hatten ihn den größten Teil seines Schlafes gekostet, und nach dieser wenig erholsamen Nacht stand ihm heute auch noch der Besuch auf diesem Schlammloch von einer Baustelle bevor. Er beschloss, die Befragungen dort gleich morgens durchzuführen. Dieses Mal war er vorausschauend genug, in Gummistiefeln aus dem Haus zu gehen, auch wenn er solches Schuhwerk als seinem Bedürfnis nach Eleganz zutiefst abträglich betrachtete. Aber immer noch besser als ein weiteres Paar ruinierter Budapester. Vor Ort traf er zumindest drei der vier Zeugen an. Der älteste, Jozef Vuk, der die Leiche entdeckt hatte, fehlte.

»Seine Frau«, gab der Polier als Begründung an. Der Kommissar glaubte ein wenig Verdruss aus der knappen Antwort herauszuhören und ermunterte Möhle mit ostentativem Schweigen dazu, weiterzusprechen. »Sie ist nicht ganz gesund, und er muss sich um sie kümmern.«

»Kommt das häufiger vor?«, fragte Álvarez. Im Grunde war es unerheblich, aber er hoffte, den Vorarbeiter durch diese Nachfrage zu etwas mehr Kooperation zu motivieren.

Möhle zuckte mit den Schultern.

»Ab und an. Manchmal muss er sie zum Arzt bringen. Keine Ahnung.«

Álvarez ließ es in dieser Hinsicht gut sein.

»Sie haben das Opfer nicht gekannt?«, nahm er den Gesprächsfaden vom Vortag wieder auf. Er hielt dem Polier das Foto von Tadić vor die Nase, für den Fall, dass dessen Erinnerung an den Toten seit gestern verblasst war oder er die Leiche gar nicht genauer betrachtet hatte. Möhle warf einen flüchtigen Blick auf das Bild und schüttelte den Kopf.

»Nie gesehen, tut mir leid.«

»Er war eine recht bekannte Kiezgröße.«

Achselzucken.

»Darf ich Sie etwas, hm, sehr Privates fragen?« Der Ermittler bemühte sich, wenigstens hier im Beruf mit mehr Fingerspitzengefühl heranzugehen, als seine diversen Ex-Freundinnen ihm das zugestehen wollten. Dennoch warf ihm der Polier einen alarmierten Blick zu. Álvarez fuhr indes unbekümmert fort:

»Nehmen Sie nach der Arbeit gelegentlich – gewisse Dienstleistungen in Anspruch?«

Möhle sah aus, als hätte ihm der Hauptkommissar soeben einen Stahlträger um die Ohren gezogen. Und als würde er am liebsten Gleiches mit Gleichem vergelten.

»Also, bitte«, erwiderte er puterrot.

Seine Gesichtsfarbe war für den Ermittler Antwort genug. Da er aber jetzt gerade keine Zeit und grundsätzlich auch keine Lust hatte, Fragen zu Ethik und Moral zu erläutern, bemerkte Álvarez trocken:

»Das Opfer war als Zuhälter tätig, und es hätte ja sein können, dass man ihm mal über den Weg läuft, wenn man abends unterwegs ist.« Álvarez war nicht ganz klar, ob der abschweifende Blick des Poliers als beleidigt oder als peinlich berührt zu interpretieren war. Er vermutete eher Letzteres. Allerdings musste sich daraus noch nicht zwingend eine Bekanntschaft zwischen Tadić und Möhle ergeben. Falls die berufliche Tätigkeit des Opfers und Möhles Freizeitgestaltung dennoch zu Konvergenzen der beiden Männer oder gar zu einem Konflikt geführt haben sollten, würde der Kommissar hier und jetzt nicht davon erfahren, deswegen wandte er sich fürs Erste dem Jüngsten der drei Anwesenden zu. Jaka Pavičić war Azubi auf der Baustelle und machte auf Álvarez den Eindruck, als sei er im Grunde guten Willens, dem Ermittler behilflich zu sein. Er schien sich aber wegen der beiden Älteren und ihres Misstrauens der Polizei gegenüber nicht ganz aus der Deckung zu wagen. 1984 hier in Bremen geboren, war er der Sohn eines Paares, das bereits in den späten Siebzigerjahren nach Deutschland gekommen war. Da hatte Tadić gerade mal die Vorschule besucht, und zwar weit weg vom Herkunftsort von Jakas Eltern, dem Ehepaar Pavičić, das aus Nordkroatien stammte. Verwandte in anderen Republiken der Region hatten sie nicht, und falls Jaka oder sein Vater nicht heimlich nach Feierabend Stammkunden im Rotlichtmilieu waren, gab es eigentlich keinen Anlass zur Vermutung, dass sie Tadić jemals über den Weg gelaufen wären. Álvarez sparte sich die Frage, ob der knapp achtzehnjährige Bengel solcherlei Beziehungen pflegte. Ob sein Vater es tat, würde der Ermittler ihn allenfalls selbst fragen müssen. Der Kommissar beließ es einstweilen dabei.

Was Ivan Mornar anbelangte, würde Álvarez allerdings in dieser Hinsicht keine Hand ins Feuer legen, er zöge sich wohl Verbrennungen dritten Grades zu. Mornar war, kaum hatte der Ermittler das Wort an ihn gerichtet, sofort auf hundertachtzig und ließ seiner Wut auf den Kommissar freien Lauf, den er als Vertreter eines »verdammten Polizeistaats«

betrachtete, welcher keinen Deut besser sei als diese »verfickten Kommunisten da unten, früher«. Als der Bauarbeiter Luft holen musste, mahnte Álvarez ihn, sich zu beruhigen.

»Wir befragen Sie nur als Zeugen, der das Opfer der Gewalttat gefunden hat. Sie stehen in keiner Weise unter irgendeinem Verdacht«, erklärte der Kommissar mit erzwungener Geduld.

»Ich hab ihn nicht gefunden, das war Jozef«, maulte Mornar noch ein wenig, um sein Gesicht zu wahren, aber schon deutlich weniger aufgebracht.

»Ja, aber Sie waren dabei. Und ich will von Ihnen auch nur wissen, ob Sie dem Mann wirklich nie über den Weg gelaufen sind. Er war auf dem Kiez ja eine recht ... umtriebige Person, und Sie trinken doch bestimmt ab und zu mal ein Feierabendbier und haben ein bisschen Spaß, oder nicht?« Letzteres war zwar eindeutig eine Suggestivfrage, aber sie trug zumindest dazu bei, dass Mornar sich weiter entspannte.

»*Normalno*«, räumte er wortkarg mit einer wegwerfenden Geste ein.

»Na, sehen Sie. Ist ganz normal. Und da hätte es ja durchaus sein können, dass Sie den Typen mal gesehen haben.«

»Hab ich aber nicht.« Mornar klang immer noch etwas pampig.

Álvarez merkte, dass er im Moment mit ihm nicht weiterkommen würde. Da gegen den Mann keinerlei Verdachtsmomente vorlagen, beschränkte er sich fürs Erste auf die Frage nach Institutionen und Treffpunkten, die für die Community der expatriierten Ex-Jugoslawen von Bedeutung waren.

»Wissen Sie«, erklärte der Ermittler, um gutes Wetter und Mornars Bereitschaft zur Kooperation bemüht, »wir müssen herausfinden, wo das Opfer möglicherweise soziale Kontakte gepflegt hat, damit wir irgendjemanden ausfindig machen, der den Mann vielleicht näher gekannt hat.«

Es war hoffnungslos. Außer auf einen Supermarkt mit heimatlichen Lebensmitteln und auf eine Kirchengemeinde gab Mornar keinerlei Hinweise. Auf diese Orte waren Aydin und Bargfrede gestern im Zuge ihrer Recherche vermutlich ohnehin schon gestoßen. Álvarez gab das Unternehmen Mornar erstmal auf und beschloss, den ältesten der Arbeiter, Jozef Vuk, zuhause aufzusuchen, wo er vermutlich gerade anzutreffen war. Zuvor wollte sich der Ermittler jedoch ein etwas manierlicheres Erscheinungsbild verleihen. Außerdem brauchte er für Befragungen in Privatwohnungen einen zweiten Kollegen oder eine Kollegin an seiner Seite, das war Vorschrift. Daher fuhr er erstmal nach Hause, um sich mit einer ausgiebigen Dusche, frischer Kleidung, gut frisierten Haaren und zwei Tassen kräftigen italienischen Kaffees auf Vordermann zu bringen.

Als er ins Büro kam, hatte ihm Nuria Aydin nicht nur den diktierten medizinischen Bericht auf den Schreibtisch gelegt, vielmehr hatte sie auch die Ergebnisse der Kollegen zusammengestellt, die sich die Hacken abgelaufen hatten, um weitere Informationen über das Mordopfer zusammenzutragen. Álvarez fragte sich, wie früh die junge Kollegin wohl ins Büro gekommen war, denn die Erkenntnisse zu Tadićs Person resultierten ja erst aus den Befragungen, die die Kollegen aus der Nachtschicht vorgenommen hatten. Wahrscheinlich hatten sich die unfreiwilligen Informanten dabei nicht immer durch einen ausgeprägten Kooperationswillen ausgezeichnet. Aber die erhaltenen Informationen zeichneten zumindest schon mal ein grobes Bild von dem Getöteten.

Tatsächlich schien Tadić ein lukratives Geschäft im Rotlichtmilieu zu unterhalten. Den Aussagen einiger Protagonisten der örtlichen Szene zufolge »beschützte« Tadić mit Hilfe mindestens zweier gut trainierter Angestellter ein paar junge Mädchen, die durchweg aus Südosteuropa stammten. Fast alle Befragten waren sich sicher, dass die meisten der Damen nach einigen Monaten wieder verschwanden und durch andere ersetzt wurden. Álvarez vermutete, dass die Ablauffrist des Personalstamms bei drei Monaten lag, denn so lange galten Touristenvisa für die Bundesrepublik Deutschland. Wenn die Damen denn überhaupt über solche verfügten und nicht ihren Weg auf verschlungenen Pfaden hier in den Norden gefunden hatten. Beim Lesen dieses Abschnitts des Berichts seufzte der Kommissar leise, was weniger seinem Bedauern für die mutmaßlich belogenen und genötigten jungen Frauen Ausdruck verleihen sollte. Vielmehr galt er dem möglichen Rattenschwanz an nachgeordneten Ermittlungen in Richtung Organisierte Kriminalität, in diesem Fall Menschenhandel. Das fiel zwar nicht in seine Zuständigkeit, aber er wäre auf die Ergebnisse der Einheit für Strukturdelikte angewiesen, was seine Ermittlungen potentiell in die Länge ziehen würde.

Tadić selbst schien, so jung er war, im Milieu einigen Respekt zu genießen, oder anders ausgedrückt: Man vermied es lieber, sich mit ihm anzulegen. Er galt als skrupellos, wenn es darum ging, anderen ihre Grenzen aufzuzeigen. Und obwohl er über geschultes Personal verfügte, scheute er nicht davor zurück, auch selbst mit anzupacken, wenn er es für nötig hielt. Eine der Befragten, die verängstigte Kollegin einer von Tadićs Sexarbeiterinnen, hatte es so ausgedrückt: »Als er ihr mal ein paar Finger brach, einen nach dem anderen, schien er es bei jedem einzelnen zu genießen.« Álvarez schüttelte sich innerlich, als diese Szene bei der Lektüre des Berichts unweigerlich vor seinem inneren Auge ablief. Er hatte wenig Hoffnung, dass Tadić mit »seinen« Mädchen sonst rücksichtsvoller umgegangen war, wenn sie nicht spurten. In der Tat war es den Kollegen gelungen, wenigstens zwei von Tadićs Galoppern des Monats ausfindig zu machen. Erwartungsgemäß hatten sie sich, eingeschüchtert, wie sie waren, zu keinerlei Aussagen durchringen können, obwohl ihr Meister ja nun in höhere Sphären aufgestiegen war und keine unmittelbare Gefahr mehr für sie darstellte. Ihre Angst richtete sich wohl auch auf seinen potentiellen Nachfolger oder auf sein kleines Team geschulter Fachkräfte, in dem es sicherlich einen hoffnungsvollen Anwärter auf die Thronfolge gab. Wahrscheinlich war die Befragung des Bodenpersonals allerdings auch an dessen geringen Sprachkenntnissen gescheitert.

Allerdings betrieb, den Kollegen des Reviers vor Ort zufolge, ein Sozialverband im Stadtviertel eine Straßenambulanz. Dort arbeitete ein Team von Sozialarbeiterinnen und Streetworkern, das sich um die Sexarbeiterinnen kümmerte und die Mädchen mit dem Nötigsten versorgte, sofern ihre Zuhälter dies zuließen. Im Normalfall beschränkte sich diese Hilfeleistung auf das Verteilen von Getränken, belegten Brötchen und kostenlosen Kondomen, aber das Team stand im Bedarfsfall auch für die Vermittlung in kleineren Konflikten zur Verfügung und fungierte als Kontaktinstanz zwischen dem illustren Personal des Kiezes und dem lokalen Polizeirevier. Die Streetworker hatten zum Teil selbst Migrationshintergrund und waren meist mehrsprachig, so dass sie von den Kollegen vor Ort auch als Dolmetscher herangezogen werden konnten, selbst wenn sie als solche nicht staatlich beeidigt waren. Vor einigen Jahren, so ging aus dem Bericht hervor, hatte der Sozialverband sogar einen zusätzlichen Streetworker eingestellt, der aus dem ehemaligen Jugoslawien stammte. Dies hatte sich als notwendig erwiesen, um der großen Zahl junger Frauen aus Südosteuropa gerecht zu werden, die es im Zuge der dortigen Kriege in alle möglichen Länder Europas verschlagen hatte. So auch in nicht geringer Zahl auf den Bremer Straßenstrich. *Bingo*, dachte Álvarez, *das ist unser Mann*. Er beschloss, zum nächstmöglichen Zeitpunkt loszuziehen, um sich mit diesem Sozialarbeiter ausführlich zu unterhalten.

Zunächst einmal musste er allerdings noch den vierten Bauarbeiter, Jozef Vuk, unter die Lupe nehmen. Weil Bargfrede noch im BBB, dem *Bremer Baubetrieb,* beschäftigt war und auch bei der Bremer Polizei chronischer Personalmangel herrschte, bat Álvarez seinen Kollegen, Kriminalhauptkommissar Christoph Eschbach, ihm Kommissaranwärter Ilan Weiss zur Verfügung zu stellen, der Eschbachs Team zugeteilt worden war. Der konnte dann gleich auch noch was für seine Ausbildung mitnehmen, denn obwohl Álvarez für Weiss eigentlich nicht zuständig war, fand er, dass dieser ein bisschen zu selten an die frische Luft kam. Gemeinsam mit dem jungen Kommissarsanwärter machte er sich auf den Weg, um Vuk zuhause aufzusuchen. Wahrscheinlich war dieser von seinen Kollegen schon telefonisch informiert worden, dass hoher Besuch ins Haus stand.

Die Vuks wohnten in einer kleinen Mietwohnung in einem der etwas heruntergekommenen Nachkriegsbauten, die das Bild einiger Straßenzüge im Umfeld der früheren Frachtkais prägten. Bisher waren die Mieten noch halbwegs bezahlbar, aber Álvarez befürchtete, dass sich das in absehbarer Zeit ändern würde, sobald das stadtplanerische Nutzungskonzept zur Wiederbelebung der ehemaligen Frachtkais abgeschlossen wäre. Er selbst hatte vor einigen Jahren noch rechtzeitig eine kleine Altbauwohnung in einem bisher noch eher alternativ geprägten Innenstadtviertel gekauft. Die würde er zwar noch lange abbezahlen müssen, aber ihr Wert war bereits in den wenigen Jahren seines Eigentums deutlich gestiegen. Glück gehabt – doch er schämte sich ein wenig dafür, dass man von den Banken gleich als viel kreditwürdiger eingestuft wurde, nur weil man als Beamter im öffentlichen Dienst arbeitete.

Das Ehepaar Vuk hingegen würde wohl für den Rest seines Lebens nicht mehr auf einen grüneren Zweig kommen als den, auf dem sie jetzt saßen – und der war dürr. Nach

Deutschland war Jozef Vuk in den Achtzigerjahren gekommen, ebenso wie Mornar. Das erfuhr der Ermittler im Zuge des Gesprächs mit dem eher maulfaulen Vuk, dem man wirklich jedes Wort aus der Nase ziehen musste. Vuk war zunächst alleine aus Jugoslawien emigriert, um in Deutschland zu arbeiten und Geld nach Hause zu schicken. Jeden Sommer hatte er jedoch in der Heimat verbracht, auch als der Krieg dort bereits ausgebrochen war. Wie viele Männer seiner Generation fühlte er sich zunächst verpflichtet, vier bis sechs Wochen im Jahr tatkräftig zur Verteidigung des Vaterlandes beizutragen, oder vielmehr zu dessen Befreiung, wie sie es empfanden. Als die Lage dort eskalierte, kam seine Frau als Kriegsflüchtling mit ihm nach Deutschland. Sie hatte als Bosnierin nicht in dem herzegowinischen Heimatort ihres Mannes bleiben können und war sogar in das berüchtigte Lager Dretelj deportiert worden. Darüber, was sie in dieser Zeit dort erlebt hatte, sprachen beide nicht.

Frau Vuks gesundheitliche Probleme bestanden unter anderem darin, dass sie trank, was Álvarez angesichts ihrer Vorgeschichte nicht wunderte. Er empfand Mitleid mit der Frau, die ihre besten Jahre eindeutig hinter sich hatte, wenn es diese jemals gegeben hatte. Álvarez hätte schwören können, dass auch Vuk, wie Mornar, ab und an Dienstleistungen horizontaler Natur in Anspruch nahm, sobald das Gehalt auf dem Konto eingetroffen war. Danach fragen wollte er ihn in Anwesenheit seiner Frau natürlich nicht. So beschränkte sich der Kommissar darauf, ihm Tadićs Foto unter die Nase zu halten und ihn noch einmal zu fragen, ob er diesem wirklich nie begegnet war, was Vuk erneut verneinte. Auch seine Frau schüttelte diesbezüglich den Kopf. Trotz ihrer entrückten Verfassung schien sie Álvarez in diesem Punkt von allen bisher Befragten noch am glaubwürdigsten. Aber selbst, wenn zwei oder drei der Herren sich einmal durch Tadićs Galerie gepimpert hatten, ergab das noch keinen zwingenden Grund, den Zuhälter umzulegen. Auch lagen ihre Herkunftsorte so weit voneinander und von dem Tadićs entfernt, dass eine frühere Bekanntschaft nicht wahrscheinlich schien.

An diesem Punkt kam Álvarez nicht weiter. Er würde mit seinem Team wohl tiefer in das Gewirr von Tadićs Umfeld eindringen müssen, um auf irgendeinen Faden zu stoßen, mittels dessen man ein plausibles Szenario abspulen konnte. Das würde eine Kooperation mit den Kollegen von der Sitte erfordern, was die Ermittlungen nicht gerade verkürzen würde. Aber immerhin hatte er als Joker noch diesen Sozialarbeiter auf dem Zettel. Vielleicht ergaben sich aus diesem Gespräch ja aufschlussreichere Erkenntnisse. Am Ende der insgesamt wenig ergiebigen Unterhaltung mit dem Ehepaar Vuk machten sich die beiden jedoch zumindest die Mühe, dem jungen Kommissaranwärter Weiss gemeinsam eine Liste mit Treffpunkten und Freundeskreisen zu diktieren, bei denen Álvarez' Team seine Ermittlungen gegebenenfalls fortführen konnte.

Der Mann traf sie in immer kürzeren Abständen wieder. Anfänglich lagen zwischen ihren Treffen knappe zwei Wochen, die sich rasch auf zehn Tage verkürzten, dann auf eine Woche, mehr oder weniger, bis sie sich schließlich zweimal pro Woche trafen. Häufiger wagte Er es nicht. Es war schon schwierig genug, den Ort ihrer Treffen jeweils so zu wählen, dass die Angestellten des jeweiligen Hotels sie nicht als Stammgäste betrachteten. Manchmal mussten sie auf Touristenhotels ausweichen, dann fiel die Rechnung für das Zimmer etwas höher aus, aber das war es Ihm wert, Er konnte nicht mehr auf diese Treffen verzichten, auch wenn Ihm selbst nicht klar war, ob Ihn die schiere Gier dazu trieb oder ob auch Liebe im Spiel war. Über Jasnas Motivation wagte Er nicht zu spekulieren; die ein oder andere mögliche Antwort hätte Ihn wahrscheinlich beunruhigt. Dennoch musste auch Er sich mit der Zeit eingestehen, dass Seine Gefühle für Jasna über die rein sinnliche Befriedigung hinausgingen. Ja, sie hatte einen Körper zum Niederknien (was Er jedoch niemals vor ihr tun würde). Die Monate oder vielleicht auch Jahre, die sie ihren Leib schon gierigen Kunden zur Verfügung stellte, hatten der seidigen Textur ihrer Haut nichts anhaben können, und obwohl Ihm klar war, dass diese Feststellung das reinste Klischee war, fand Er keine zutreffendere Beschreibung. Aber all das war es nicht. Er fühlte sich zu ihr hingezogen, weil … Ja, vielleicht weil Er nicht herausfinden konnte, ob ihr schweigsames, zurückgenommenes, auf gewisse Weise hingegebenes Wesen einfach ein Resultat jahrelanger gewaltsamer Unterwerfung oder ein ihr eigener Charakterzug war und schlicht das perfekte Komplement zu Seinem Charakter bildete. Er wollte sie haben – mit ihrer zarten Haut und ihrem langen, sehr glatten Haar, das Ihn gleichermaßen um den Verstand brachte, wenn es auf Seine nackte Brust fiel oder wenn Er sie daran im Nacken packte.

– Ich will dich,

sagte Er schließlich eines Tages zu ihr, zwischen den zwei Ficks, die Er sich pro Treffen mit ihr gönnte.

Sie wagte ein Lächeln. Meist war ihr Blick ernst.

– Du hast mich doch schon,

wandte sie vorsichtig ein.

Er betrachtete mit unbewegter Miene die gegenüberliegende Wand, sah das Mädchen nicht an.

– Nein. Ich meine ganz. Ich will dich ganz und für mich allein. Dich heiraten. Kinder mit dir haben. Abends zu dir nach Hause kommen. Von dir verwöhnt werden und dich Nacht für Nacht lieben.

Er stieß diese Aufzählung bürgerlicher Erstrebsamkeiten immer schneller und atemloser hervor. Seine Fantasie ging mit Ihm durch. Er musste sich zügeln, ihr nicht zu viel zuzugestehen. Sie sah Ihn mit großen Augen an. Es entstand ein Moment des Schweigens.

– Das willst du alles mit mir?,

fragte sie schließlich, und es klang ehrlich erstaunt.

Er zeigte ein kurzes, fast herrisches Nicken.

– Ja,

sagte Er knapp. Bevor Er sich auf weitere Diskussionen mit ihr einließ, rollte Er sich auf sie, drang ungeschützt in sie ein und zog am Ende seines Orgasmus einen letzten Impuls der Befriedigung aus dem Risiko, dass Er gerade eben ein Kind gezeugt haben könnte und damit das höchstmögliche Maß an Macht über sie gewonnen hätte.

– Du hast kein Kondom benutzt,

sagte sie ängstlich, fast schwang ein wenig Panik mit.

Er küsste sie kurz und kühl.

– Ich mein's ernst,

stellte Er klar. Er konnte sich einfach nicht von ihrem Schoß trennen und blieb, auf Seine Unterarme gestützt, auf ihr liegen. Sie wagte nicht, sich zu bewegen.

– Zlatan wird mich umbringen,

sagte sie und meinte es ebenfalls ernst.

Er küsste sie ein weiteres Mal, diesmal, um ihr Mut zu machen.

– Wir finden einen Weg,

sagte Er.

Geht nicht, gab's in Seiner Welt nicht.

DIENSTAG, 26. FEBRUAR 2002

Der Mitarbeiter der Baubehörde, den Bargfrede gleich am Morgen aufgesucht hatte, erwies sich als sehr kooperativ. Er ermöglichte dem Ermittler vollen Zugang zu allen relevanten Akten, die mit dem Bauvorhaben auf dem ehemaligen Hafengelände in Verbindung standen. Anträge, Bau- und Finanzierungspläne, Gutachten, Bewilligungen sowie einige Vorgänge, aus denen hervorging, dass es bei einzelnen Projektabschnitten zunächst Probleme mit der Bewilligung gegeben hatte, die inzwischen aber gelöst schienen. In den Unterlagen der antragsstellenden Baufirma tauchte häufiger der Name von deren Geschäftsführer auf. Er kam Bargfrede zwar irgendwie bekannt vor, der Ermittler konnte sich jedoch partout nicht erinnern, woher. Er tippte umfassende Notizen in sein Notebook, fragte bei einigen Blättern, ob er sie fotokopieren dürfe, verbrachte fast den ganzen Tag im Besprechungsraum der Behörde. Erst gegen drei Uhr sortierte er die Ordner und Hefter wieder so, dass sie auf einen Griff abgelegt werden konnten. Notebook und Kopien packte er in seine hippe Umhängetasche aus LKW-Plane. Viel Papier war es nicht – Scans wären ihm dennoch lieber gewesen, waren aber anscheinend aus Gründen des Datenschutzes nicht möglich. Bargfrede klopfte an die Tür des Mitarbeiters, der ihm auf Anweisung seines Dienstvorgesetzten bei der Beschaffung des Materials behilflich gewesen war, bedankte und verabschiedete sich.

»Keine Ursache«, erwiderte der Mitarbeiter, erleichtert, dass er pünktlich würde Feierabend machen können. »Wenn Sie noch was brauchen, kommen Sie einfach vorbei.«

Bargfrede war sich nicht sicher, ob dieses Angebot wirklich aufrichtig gemeint gewesen war, dankte sicherheitshalber nochmal und zog ab. Er hatte einen Mordshunger, weil er seit seinem sehr frühen Frühstücksmüsli nichts mehr gegessen hatte, aber er wollte heute unbedingt noch mit dem Geschäftsführer der Baufirma sprechen und hoffte, dass dieser als guter Vertreter der gewinnorientierten Privatwirtschaft nicht so pünktlich Feierabend machen würde. Er überlegte kurz, ob er eine Pause riskieren sollte, doch dann entschieden sein Magen und sein Blutzucker gemeinschaftlich, dass zumindest ein kurzer Imbiss einzunehmen sei.

Jonas wusste, dass es direkt am Fluss einen Grillwagen gab, der für seine ganz hervorragenden dänischen Pølser bekannt war. Nichts wie hin! Und während er schließlich auf einer Bank sitzend der Sonne zusah, wie sie unterging und dabei das abfließende Wasser in Richtung Flussmündung mit sich nahm, kam ihm der Gedanke, dass es wahrscheinlich vorteilhafter war, erst einmal die Befunde aus dem BBB zu sichten, bevor er mit dem Vertreter der Baufirma sprach. Denn dann könnte er für die Befragung auf Informationen zurückgreifen, die möglicherweise relevant und Gegenstand des Gesprächs sein könnten. Daher beschloss er, als er aufgegessen hatte, das Gespräch mit dem Bauunternehmer auf den nächsten Tag zu verschieben und lieber zurück ins Präsidium zu fahren, um sich dort auf das Gespräch vorzubereiten. Sein Chef würde maulen, aber es gab, Bargfredes Ansicht nach, gute Gründe für diese Entscheidung.

MITTWOCH, 27. FEBRUAR 2002

Jonas Bargfrede hatte noch den ganzen vorigen Abend damit verbracht, die Ergebnisse seines Aktenstudiums im BBB so übersichtlich zusammenzustellen, dass er nicht nur bei seinem Chef einen aussagefähigen Bericht würde abliefern können, sondern dass er selbst auch gut vorbereitet in das Gespräch mit dem Geschäftsführer der für den Neubau federführenden *GropeBau GmbH* gehen konnte, dessen Name ihm so bekannt vorkam. Am nächsten Morgen radelte er von zuhause aus direkt zum Gebäude der *GropeBau*. Es lag in nicht allzu weiter Entfernung von den Kaianlagen. Diese hatten in den letzten Jahrzehnten denselben Niedergang erlebt, der vielen Hafenstädten Europas im Zuge der Globalisierung und einer marktradikalen Wirtschaftspolitik seit den Achtzigerjahren beschert worden war. Jonas fand es daher nicht schlimm, dass seine Heimatstadt, wie auch das nahegelegene Bremerhaven, für den nicht mehr genutzten und verwahrlosten Teil der alten Hafenanlagen ein neues Nutzungskonzept beschlossen hatte, das auch den wachsenden Tourismus berücksichtigte und – wie er fand – in nicht ungeschickter Weise Wohnen, Freizeitvergnügen, Kultur und Bildung miteinander verband. Allerdings störte ihn, dass die Zielgruppe dieses Vorhabens mal wieder weit oberhalb der durchschnittlichen Einkommensgruppe der Bevölkerung lag. Zudem schien es ihm nicht sehr sinnvoll, Gäste aus nah und fern mit familienorientierten Angeboten zu locken, die neugeschaffenen Übernachtungsmöglichkeiten jedoch im oberen Preissegment anzusiedeln. Ganz davon abgesehen, dass das Stadtplanungskonzept den einkommensschwachen Bewohnern des angrenzenden Stadtviertels den Garaus bereiten würde. Wo würden sie ihren Platz in dieser neuen, hippen Welt finden? Und würde es auch künftig noch bezahlbare Wohnungen in der Stadt geben? Die Situation war jetzt schon prekär genug, sogar für jemanden aus seiner eigenen Besoldungsgruppe. Darüber, so schien es dem sozial engagierten Kommissar, hatte sich wahrscheinlich mal wieder im Vorfeld niemand Gedanken gemacht, oder es war den Planern schlicht egal gewesen.

Jonas war gespannt darauf, sich gleich ein Bild von jemandem machen zu können, der an der Ausführung dieses stadtplanerischen Großprojekts beteiligt war. Natürlich zählte der Geschäftsführer der *GropeBau* zu den Profiteuren dieses Vorhabens. Aber im Grunde konnte man Auftragnehmern wie ihm keinen Vorwurf machen. Sie waren Geschäftsleute und Arbeitgeber und setzten die zuvor beschlossenen Projekte ja nur um. Dafür konnte man sie moralisch nicht haftbar machen. Auch hier fegte das Totschlagargument »Arbeitsplätze« wieder mal alle anderen Erwägungen vom Tisch. Kannte man ja schon von der Autoindustrie, dachte Jonas und stellte sein Fahrrad vor dem Gebäude ab.

Die Firma gehörte zu dem Konzern eines Investors aus den Vereinigten Arabischen Emiraten. Bargfrede hoffte, dass die Geschäftsunterlagen zumindest auf Englisch abgefasst waren. Als er in den Geschäftsräumen der *GropeBau* aufkreuzte, war er fast etwas überrascht, dass sie jedwede Opulenz vermissen ließen, die er aufgrund des Herkunftslandes der Firma diffus erwartet hatte. Die Räume der hiesigen Niederlassung zeichneten sich durch eine schlichte Eleganz in Glas, Beton und Holz aus, und die junge Frau am Empfang hörte sich erkennbar hanseatisch an, als sie den Besucher in unverbindlichem Ton begrüßte. Zunächst guckte sie etwas überrascht, als Bargfrede sich vorstellte und auswies.

»Könnte ich bitte mit dem Geschäftsführer sprechen?«, fragte dieser, und sie blickte noch beunruhigter drein.

»Jaja, sicher ...«, erwiderte sie etwas unsicher.

Bargfrede wusste, dass diese Irritation noch nichts bedeuten musste – sie war eine häufige Reaktion von Leuten, die noch nie mit der Kriminalpolizei zu tun gehabt hatten. Er wartete geduldig ab, bis die junge Frau offenbar mit der Sekretärin telefoniert hatte.

»Sie können gleich nach oben fahren. Zimmer 503 – das letzte Zimmer im Gang ganz hinten links. Herr Kohlruschs Sekretärin erwartet sie.«

Ich hoffe, er auch, dachte Bargfrede und vergewisserte sich außerdem:

»Er spricht doch Deutsch?«

Die junge Frau blickte ihn verblüfft an und fragte zurück: »Wer? Der Chef?«

Jonas nickte und fühlte sich etwas belämmert. Was auch daran liegen mochte, dass er aus irgendeinem Grunde vor seiner gut aussehenden Gesprächspartnerin gut dastehen wollte.

»Ja, natürlich. Er ist Deutscher«, antwortete die Empfangsdame amüsiert.

»Ich meine nur, weil die Firma ja ihren Hauptsitz in den VAE zu haben scheint ...«, versuchte Jonas eine Rechtfertigung und hoffte, dass er nicht rot geworden war.

Die junge Frau nickte.

»Stimmt, aber in dieser Niederlassung sprechen wir überwiegend Deutsch, außer, wenn mal jemand von der Zentrale kommt. Dann natürlich Englisch.«

»Natürlich«, wiederholte Jonas erleichtert und bedankte sich.

»Der Aufzug ist dort um die Ecke«, half ihm die Rezeptionistin mit einer Geste.

Bargfrede nickte ihr nochmals zu und machte sich auf den Weg. Aus der Zimmernummer schloss er, dass das Büro sich im fünften Stock des Gebäudes befand, was auch zutraf. Die Sekretärin erwartete ihn bereits und führte ihn gleich in den Nebenraum, der vom Gang aus nicht zugänglich war. Dafür war die Aussicht nicht schlecht, weil die meisten der benachbarten Gebäude niedriger waren. Ein 1a-Blick über die Dächer auf das dahinter liegende Wasser.

Der Mann, der dieses Privileg genoss, erhob sich hinter seinem Schreibtisch. Bargfrede war überrascht, wie jung er war – nur wenig älter als er selbst, auch wenn das hellbraune Haar bereits deutlich lichter war. Die Figur war jedoch recht sportlich, mit nur einem kleinen Ansatz von büroarbeitbedingtem Bauch.

»Stefan Kohlrusch. Ich grüße Sie«, stellte sich der Geschäftsführer jovial vor und schüttelte dem Besucher die Hand.

»Kriminalkommissar Jonas Bargfrede«, erwiderte dieser. Beide betrachteten einander einen Moment lang nachdenklich, bis Jonas das Schweigen brach und fragte: »Kennen wir uns?«

Sein Gegenüber brauchte noch einige Sekunden und fragte zurück:

»Handball? BHV-Jugend?«

Bei Jonas fiel der Groschen.

»Du?? Ich fass es nicht«, er lachte fröhlich, wie auch Kohlrusch. Sie klopften einander kräftig auf den Oberarm.

»Mann, wie lange ist das her«, grinste der Geschäftsführer. Jonas überlegte.

»Ich hab vor ungefähr zehn Jahren aufgehört. Du schon eher, oder?«

Stefan nickte.

»Ja, ich war ja nicht so talentiert wie du, hatte dann auch mit der Schule so viel um die Ohren und bin für eine ambitioniertere Handballkarriere ohnehin etwas zu klein.«

»Ach, komm …«, meinte Jonas mit gespieltem Mitleid. Dann aber mit echtem Interesse: »Du hast es ja richtig weit gebracht, Mann, ich bin beeindruckt. Geschäftsführer von so einem Mordskahn – wie alt bist du jetzt? 34?« – Er erinnerte sich, dass Stefan etwas älter als er gewesen war und zunächst in einer höheren Jugendklasse gespielt hatte, bis Jonas dann mächtig in seinen Leistungen nachgezogen hatte, während Stefan sich kaum noch entwickelt hatte. Dieser hatte es jedoch sportlich genommen, als der Jüngere schließlich Teil der gleichen Mannschaft geworden war, und hatte den Handball dann ohnehin recht bald aufgegeben.

Kohlrusch nickte.

»Ja. Du bist gut. Ich hatte echt Glück. Bauingenieurstudium, dann noch einen MBA[4] draufgesattelt. Dann die Wahl, ob in einer Riesenfirma langsam oder in einer kleineren Firma schnell Karriere machen. Als die *GropeBau* als Tochter eines größeren Konzerns hier in Bremen ein Büro aufmachte, konnte ich eben als Mitarbeiter der kleinen Tochter einer großen Firma schnell Karriere machen. Glück gehabt …«

Sein Bericht kam in dem lässigen Ton eines Mannes, der um seine beruflichen Qualitäten wusste. Aber er ließ auch erkennen, dass Kohlrusch die Unwägbarkeiten von Laufbahnen in seiner krisenanfälligen Branche nicht unterschätzte. Man brauchte tatsächlich eben auch etwas Glück.

»Und du?«, fragte Stefan aufrichtig interessiert. »Ich dachte wirklich, du würdest mal Profi. Du warst echt gut.«

Jonas lächelte und musste einräumen, dass es ihm für eine Karriere als Profihandballer dann doch an Ehrgeiz gefehlt hatte. Aber das Training hatte ihm immerhin ermöglicht, die Aufnahmeprüfung bei der Polizei mit richtig beeindruckenden Resultaten zu bestehen und auch die Ausbildung flott und erfolgreich zu absolvieren.

»Und jetzt bist du Beamter«, stellte sein ehemaliger Sportkumpel fast ohne Spott fest.

---

4 Master of Business and Administration

Jonas wiegte den Kopf.

»Ja«, erwiderte er schlicht.

»Was führt dich zu mir?«, wechselte Kohlrusch das Thema. Er schien gewohnt, Gespräche zu leiten, was angesichts seiner Position nicht verwunderlich war. Mit einer Geste lud er Jonas ein, in einer kleinen Sitzecke Platz zu nehmen, die aus einem eleganten, aber recht bequemen Designersofa und einem dazu passenden Sessel bestand. Auf einem kleinen Beistelltischchen standen Getränke, und Stefan drehte zwei der auf dem Kopf stehenden Gläser um.

»Kaffee oder Tee?«, bot er an, doch Jonas winkte ab.

»Danke, aber ein Wasser nehme ich gerne.«

Als das erledigt war, fragte er den Geschäftsmann: »Von dem Toten auf eurer Baustelle hast du gehört?«

Stefan nickte mit ernster Miene.

»Ja. Schlimm. Wisst ihr, wer es ist?«

Jonas ließ sich mit der Antwort etwas Zeit, indem er einen Schluck von seinem Wasser nahm.

»Ein gewisser Zlatan Tadić. Wohl keiner von euren Leuten. Die vier Bauarbeiter, die ihn gefunden haben, kannten ihn jedenfalls nicht.«

»Das will nichts heißen«, meinte Stefan trocken. »Wenn er von einem anderen Gewerk war, ist es gut möglich, dass sie einander nicht kannten. Offen gestanden«, er verzog etwas bitter das Gesicht, »wäre es mir aber natürlich lieber, wenn er tatsächlich nicht von uns wäre, denn das würde ein Riesen-Tamtam wegen des Arbeitsschutzes bedeuten.« Er hielt kurz inne, dann guckte er Jonas entschuldigend an.

»Sorry. Klingt pietätlos, ich weiß …«

Jonas fand das zwar auch, aber diese Bewertung brachte sie nicht weiter, deswegen winkte er ab.

»Schon gut, ist mir klar. Dafür, dass wildfremde Leute einfach die Sicherheitsabsperrungen durchbrechen, könnt ihr nichts.« Ganz ohne Spitze wollte er den anderen dann doch nicht davonkommen lassen.

Stefan warf ihm einen wenig amüsierten Blick zu, reagierte aber professionell.

»Stimmt. Wer da unbedingt rein will, schafft das auch.«

Sie schwiegen kurz, dann zog Bargfrede das Foto des Opfers aus seiner Umhängetasche und hielt es Kohlrusch vor die Nase.

»Das ist er.«

Stefan nahm das Bild und betrachtete es einen Moment. Er schüttelte den Kopf.

»Ist wohl wirklich keiner von unseren Arbeitern. Ich habe ihn jedenfalls noch nie gesehen. Aber ihr könnt natürlich jederzeit die Kollegen auf dem Bau auch nochmal fragen, ob ihn jemand kennt.«

Jonas lächelte milde und unterließ es, seinen alten Sportkumpel darauf hinzuweisen, dass es der Polizei selbstverständlich freistand, im Zuge von Ermittlungen jederzeit jeden zu befragen, der möglicherweise sachdienliche Hinweise geben konnte. Er steckte das Foto wieder ein und wechselte das Thema.

»Was uns ungemein helfen würde, wäre eine Übersicht, welche Firmen beziehungsweise Subunternehmen an dem Bau beteiligt sind. Vor allem im Hinblick auf das eingesetzte Personal.« Nachdem Stefan ja schon selbst darauf hingewiesen hatte, dass zwischen den einzelnen Gewerken nur wenig persönliche Verbindungen bestanden, konnte er jetzt schlecht einen Rückzieher machen.

»Natürlich. Meine Sekretärin wird dir alles zusammenstellen, was du brauchst. Kann aber sein, dass ihr für detaillierte Auskünfte bei den einzelnen Firmen selbst nachhaken müsst. Bei uns laufen zwar alle Fäden zusammen, aber die internen Strukturen und das Personal der Subunternehmen kennen wir natürlich nicht im Einzelnen.«

Jonas nickte und war froh, dass Stefan sich so kooperativ zeigte. Es wäre ihm unangenehm gewesen, wenn er seinem früheren Kumpel gegenüber seine Autorität hätte ausspielen müssen.

»Schon klar. Danke dir.«

Stefan stand auf, bedeutete Jonas jedoch, sitzen zu bleiben. Er öffnete die Tür und bat seine Sekretärin um die Zusammenstellung der Unterlagen, damit der Herr von der Kripo sie in Kopie mitnehmen konnte. Dann kam er zu Jonas zurück, machte es sich bequem und fragte fröhlicher:

»Und wie sieht's sonst bei dir aus, Herr Kommissar? Schon Häuschen, Frau und Kinder?«

Jonas musste lachen.

»Du hast vielleicht Vorstellungen … Ich hab gar keine Zeit für sowas.«

»Deine Beamten-Kollegen vom Bremer Baubetrieb schon. Da bin ich mir sicher«, bemerkte Stefan, nicht ohne einen Anflug von Sarkasmus.

»Habt ihr lange auf die Baugenehmigung warten müssen?«, erkundigte sich Jonas. Stefan verzog lässig die Mundwinkel.

»Ging so. Manches hat sich schon ärgerlich in die Länge gezogen. Aber im Großen und Ganzen lief's ganz ok. Wir waren mit dem technischen Entwurf und der Kalkulation gut vorbereitet. Also, falls du doch mal bauen willst …«

Erneut musste Jonas schallend lachen.

»Du überschätzt meine Besoldungsklasse. Ich hab zwar eine sichere Stelle und einen spannenden Job, das ist aber auch alles. Aber wie sieht's bei dir denn privat aus? Alles für die Karriere oder ist da noch Raum für Familie?«

Stefan lächelte versonnen.

»Ich bin schon so weit. Eine kleine Tochter haben wir schon und bald auch noch einen Sohn.«

Jonas freute sich aufrichtig.

»Glückwunsch! Wie lange seid ihr denn schon verheiratet?«

»Drei Jahre. Anna ist ebenfalls Bauingenieurin, macht jetzt aber erstmal eine Pause. Finde ich übrigens großartig von ihr, denn im Grunde bin ich ja genauso in der Pflicht, was die Kiddies anbelangt.«

»Kennt ihr euch vom Studium?«

»Ja. Witzigerweise haben wir uns aber erst während unseres Auslandssemesters in London kennengelernt, obwohl wir beide gemeinsam in Hannover studiert haben. Während ich später einige Zeit in Dubai war, hat sie tatsächlich auf mich gewartet«, Stefan lächelte und sah sehr glücklich aus, »und in der Zeit für ein Architekturbüro in der Schweiz gearbeitet. Danach haben wir ziemlich zackig geheiratet.«

Jonas nickte und kam sich angesichts dieser internationalen Karrieren und kosmopolitischen Lebensläufe etwas provinziell vor.

»Und gebaut«, ergänzte er, bemüht scherzhaft.

Stefan lachte.

»Das kommt noch. Damit haben wir uns dann doch etwas Zeit gelassen. Alles auf einmal ging einfach nicht.«

Die Sekretärin klopfte. Stefan rief »herein«, und sie trat halb ein.

»Ich wäre erstmal so weit. Vielleicht, wenn der Herr Hauptkommissar noch konkret sagen könnte, was er sucht?«

»Hauptkommissar bin ich noch nicht«, entgegnete Jonas lächelnd, »aber vielen Dank, ich komme raus.«

Die beiden Männer erhoben sich und verabschiedeten sich mit einem Handschlag.

»Fand ich echt toll, dass wir uns wiedergesehen haben. Meld' dich jederzeit bei mir. Und komm mal zum Essen, dann lernst du auch Anna und Line kennen.«

»Gerne«, bedankte sich Jonas. Die Einladung würde wohl noch bis zum Abschluss des Falles warten müssen, aber falls sich keine weiteren Verstrickungen ergaben, freute er sich darauf. Mit den Unterlagen im Gepäck machte er sich auf den Weg zurück ins Büro.

* * *

Der Arbeitstag von Hauptkommissar Álvarez hatte zunächst erstmal mit Büroarbeit begonnen. Seine letzte Nacht war erholsamer als die vorige verlaufen, und so fühlte er sich deutlich frischer als am Vortag. Er hatte sich für heute eine Befragung dieses ex-jugoslawischen Sozialarbeiters in den Kalender geschrieben, von dem er sich weiterführende Informationen zu Tadićs Umfeld erhoffte. Dazu wollte er die *WaSOS* aufsuchen, eine Einrichtung für Sozial- und Straßenarbeit in den Stadtvierteln Walle und Gröpelingen, die an die alten Frachtkais angrenzten. Dass deren Sozialstation allerdings morgens schon so früh besetzt war, schien ihm unwahrscheinlich, deswegen sichtete der Kommissar erstmal, was an Berichten der verschiedenen am Fall beteiligten Ermittlerinnen und Ermittler dazugekommen war. Das Dossier enthielt unter anderem eine übersichtlich gestaltete Darstellung der Ergebnisse der Recherchen, die Bargfrede gestern auf dem Bauamt angestellt hatte. Jonas hatte seine Ergänzung des Dossiers noch am Vorabend in ausgedruckter Form auf den Schreibtisch seines Vorgesetzten gelegt. Über so viel Rücksichtnahme des jungen Kriminalkommissars auf die Lesegewohnheiten der älteren Generation war Manuel Álvarez sehr erfreut. Er vertiefte sich in die zusammengehefteten Blätter und bemerkte, dass Bargfrede ein Exemplar aus seinem schier unerschöpflichen Arsenal an grellbunten Haftmerkern an eine der Seiten geklebt hatte. Gelb – also weniger brisant, gemäß dem persönlichen Farbcode seines jüngeren Kollegen. Und breit – also musste er etwas darauf notiert haben. Bargfredes Vermerk betraf eines der Subunternehmen, die das Personal auf der Baustelle zur Verfügung stellten. »Sollte überprüft werden – bin dran«, stand dort in

Bargfredes krakeliger Handschrift, die erkennen ließ, dass der *digital native* den überwiegenden Teil seiner Texte mittels Tastatur verfasste. Handschrift war *old school* – wie auch Bargfredes 38-jähriger und damit gerade mal sechs Jahre älterer Dienstvorgesetzter. Dieser griff sich gegen 10:15 Uhr wieder seinen Mantel.

»Ich geh dann mal und befrag' diesen Streetworker«, informierte er Nuria Aydin, die in irgendetwas unglaublich Spannendes vertieft war, zu dem ihr das Fenster zur digitalen Welt Zugang gewährte. Álvarez eilte zügigen Schrittes aus dem Büro, ohne auf eine Reaktion seitens der Kollegin zu warten, die – wie er wusste – ohnehin ausgeblieben wäre. Wenn Nuria Aydin sich auf etwas konzentrierte, hörte die Umgebung auf zu existieren. Multitasking war nicht ihr Ding.

Mit dem für ihn typischen Widerwillen stieg Álvarez in seinen Dienstwagen. Er fuhr weder besonders gerne noch besonders gut Auto. Aber er musste einmal quer durch die Stadt fahren, um vom Polizeipräsidium in der Vahr zur Straßenambulanz der *WaSOS* zu gelangen, in der Krlić arbeitete, wenn er nicht gerade auf der Straße unterwegs war. Dort angekommen, betrat Álvarez das ehemalige Ladenlokal, in der nun die Sozialstation untergebracht war. Auf der linken Seite standen zwei rechteckige Tische quer zur Wand; die dazugehörenden Stühle waren voll besetzt mit Menschen, von denen sich einige an ihren Kaffeebechern festhielten oder an einer belegten Brötchenhälfte kauten. Die rechte Raumhälfte wurde dominiert durch eine Art Tresen, vor dem an die zehn Menschen in eine mehr oder weniger geordnete Schlange eingereiht standen.

Hinter dem Tresen, von dessen Ecken und Rändern sich das billige weiße Furnier ablöste, saß eine Frau schwer zu schätzenden Alters; möglicherweise so um die fünfzig. Sie wirkte unendlich ruhig und ließ sich durch keinen der nicht immer geduldig Wartenden aus der Balance bringen. Der Hauptkommissar vermutete, dass sie die meisten ihrer Klienten kannte und umgekehrt. Er erntete aufgebrachte Beschwerden, als er an der Schlange vorbeischritt und sich direkt an die Frau hinter dem Tresen wandte. Auch damit deren vom Leben gezeichnete Klientel sich wieder beruhigte, wies er sich der Sozialarbeiterin gegenüber aus und fragte, wo er ihren Kollegen Krlić wohl finden könne. Die Frau blickte ihn aus dunkel umringten Augen an, und Álvarez sah, dass sie aus der Nähe weitaus erschöpfter wirkte, als es auf den ersten Blick und aus der Entfernung den Anschein gehabt hatte. Sie sah aus wie die Kollegen vom Streifendienst, wenn sie ihm hohläugig am Morgen nach ihrer Nachtschicht über den Weg liefen.

»Geht es um einen unserer Klienten?«, fragte sie mit einem Tonfall, der Geduld, aber auch eine gewisse Autorität in sich vereinte und durchblicken ließ, dass die Sprecherin keinerlei Sperenzchen zuzulassen gewohnt war. Der Kommissar schüttelte den Kopf: Eigentlich hatte er sich der Frau gegenüber nicht weiter äußern wollen, aber ihre bestimmte Art verfehlte auch auf ihn ihre Wirkung nicht.

»Nein, ich muss ihn in einer Angelegenheit befragen.« Er hatte seine Antwort so neutral und ausdruckslos wie möglich formulieren wollen, aber sie hatte dennoch irgendwie beunruhigend geklungen, stellte er im Nachhinein fest. Zum Glück blieb die Sozialarbeiterin gelassen, wohl aus Gewohnheit.

»Wahrscheinlich finden Sie ihn zuhause in seinem Bett. Er hat zurzeit Nachtschicht. Haben Sie seine Adresse?«

Álvarez verneinte. Die Frau schrieb etwas auf einen quadratischen gelben Haftmerker, zog ihn vom Block ab und reichte ihn über den Tresen. Der Kommissar bedankte sich und ging wieder hinaus auf die Straße. Es war kurz vor elf, und da er Befragungen in Privatwohnungen nicht alleine durchführen durfte und folglich einen Kollegen herbeirufen musste, beschloss er, in einer gegenüberliegenden Bäckerei erst mal ein kurzes Frühstück zu sich zu nehmen und den Kollegen Eschbach anzurufen, um sich ein weiteres Mal KA Weiss »auszuborgen«. KHK Eschbach war nicht wirklich glücklich darüber, auf seinen Kommissaranwärter erneut verzichten zu müssen, aber in Anbetracht des Personalmangels gab es keine andere Möglichkeit, das sah auch er ein. Nach der kurzen Verhandlung am Telefon bestellte sich Álvarez ein Schinkenbrötchen und einen schwarzen Kaffee und nahm dann an einem der Tischchen Platz. Da es etwas dauern würde, bis Weiss einträfe, griff er sich das lokale Revolverblatt zur Lektüre.

Über den Fall selbst stand bereits nichts mehr darin, nur ein vorgeblich aktuelles (und natürlich »exklusives!«) Interview mit einem ehemaligen, mittlerweile pensionierten Ersten Kriminalhauptkommissar, welches in Wahrheit aus den Pressekonferenzen zu früheren Fällen zusammengeschnitten war. Dieser äußerte sich darin besorgt über die zunehmenden Aktivitäten mafiaähnlicher Vereinigungen von Immigranten aus Osteuropa und »vom Balkan« (worunter er alles zu verstehen schien, was südlich der Alpen lag), über die massiv ansteigende Zahl von Gewalttaten und über den Werteverfall im Allgemeinen. Wenn man unbedingt wollte, konnte man das zusammengestückelte »Interview« in Zusammenhang mit dem aktuellen Leichenfund setzen, aber Álvarez bezweifelte, dass das kollektive Gedächtnis der Leserschaft weiter als eine Ausgabe zurückreichte.

Gegen halb zwölf tauchte Ilan Weiss auf. Manuel Álvarez faltete das Blatt zusammen, stellte Teller und Kaffeetasse zurück auf die Theke und verließ die Bäckerei. Die Adresse, die Krlićs Kollegin aufgeschrieben hatte, lag nicht allzu weit entfernt; nach ein paar Minuten Fußweg hatten sie den etwas angegrauten Nachkriegsbau erreicht, in dem Krlićs Wohnung lag. Tatsächlich wohnte der Mann nicht weit von dem Ehepaar Vuk entfernt, und die beiden gesichtslosen Einheitsmietshäuser sahen einander zum Verwechseln ähnlich. Álvarez klingelte nicht zu kurz und wartete eine Weile. Der Kommissar wusste aus eigener Erfahrung um die Vormittagsbefindlichkeit eines Nachtschichtlers – wahrscheinlich hatte der Mann noch geschlafen und musste sich überhaupt erstmal was anziehen, um die Tür öffnen zu können. Schließlich ertönte ein kratziger Summton, und die Haustür ließ sich mit einem knackenden Geräusch aufdrücken. Álvarez und sein Kollege stiegen die Treppen hinauf; auf den Stufen Bodenplatten aus schwarz-weiß gesprenkeltem Stein und ein Geländer im klassischen 50er-Jahre-Stil: weißlackierte Stangen, der Handlauf versehen mit einem abgegriffenen Überzug aus schwarzem Kunststoff. Auf jedem Stockwerk gab es zwei Wohnungstüren, links und rechts, an der Wand in der Mitte jeweils ein Metallkasten, der vermutlich die Stromzähler und Sicherungen enthielt. Im ersten Stockwerk war dessen Tür aus grauem Blech auf der einen Seite an der unteren Ecke verbogen; wahrscheinlich hatte einer der Mieter gehofft, den letzten Maßnahmen der Stromversorgungsfirma in irgendeiner Form entgegenzuwirken. Die Tür der linken Wohnung im zweiten Stock war geöffnet; ein Mann etwa in Álvarez' Alter erwartete den überraschenden Besuch. Krlić war von recht imposanter Statur: gut einen Meter neunzig hoch und von athletischem, gut trainiertem Körperbau. Bekleidet mit einem weißen T-Shirt und grauer Jogginghose stand er verschlafen vor den beiden Polizisten. Álvarez war es immer etwas unangenehm, wenn Menschen, die er befragen musste, ihn um ein gutes Stück überragten – offen gestanden kratzte es ein wenig an seinem Selbstbewusstsein. Aber auf dem Kiez machte der Mann bestimmt Eindruck.

»Ja bitte?«, fragte der Hüne mit vom Schlaf noch verdunkelter Stimme. Álvarez zeigte seinen Dienstausweis und stellte sich und den Kollegen vor. Dann fragte er, ob sie hereinkommen können. Etwas verwirrt erwiderte Krlić: »Ja, sicher«, und ließ die Polizisten ein. Die Wohnung hatte zwei Zimmer; links von der Tür das Wohnzimmer mit zwei Fenstern zur Straße. Vom Wohnzimmer aus gelangte man rechts in das Schlafzimmer und von der langen Seite aus in eine winzige Küche sowie, durch die Tür daneben, in ein kaum größeres Bad.

»Tut mir leid, ich hatte Nachtschicht«, entschuldigte sich Krlić, ohne dass ihm jemand dazu Veranlassung gegeben hatte.

Álvarez nickte kurz und entgegnete: »Ich weiß, Ihre Kollegin hatte mich schon vorgewarnt.«

Krlić ließ zunächst für einen kurzen Moment Überraschung erkennen, schien dann aber zu verstehen.

»Kaffee?«, fragte er.

»Danke, für mich nicht«, antwortete der Kommissar, und auch Ilan Weiss schüttelte den Kopf.

Der Streetworker strich sich mit der Hand durch seine dunkelblonden, vom Schlaf noch verstrubbelten Haare. Sie wurden dadurch nicht glatter.

»Kann ich mir trotzdem einen machen?«

»Natürlich«, gab Álvarez zurück, zunächst etwas verwundert über die Frage, bis ihm einfiel, dass der Mann wahrscheinlich den größten Teil seines Lebens in einem autoritär geführten Staat verbracht hatte, in dem das Respektgefälle zwischen Polizei und Bürgern deutlich ausgeprägter gewesen war als heutzutage und hierzulande. »Ich habe auch nur ein paar Fragen«, fügte er daher beschwichtigend hinzu.

Krlić bot den beiden Beamten mit der Hand einen Platz an dem Tisch links neben der Küchentür an und verschwand durch dieselbe.

»Worum geht es?«, fragte der Streetworker aus der Küche, während er sich offenbar an einer Espressokanne zu schaffen machte. Der Kommissar hörte, wie Krlić die

Caffettiera auf- und nach Befüllen wieder zuschraubte und auf den Herd stellte; es folgte das Geräusch eines Gasanzünders. Álvarez und Weiss hatten Platz genommen und warteten, bis Krlić wieder aus der Küche auftauchte.

»Sie wissen sicherlich von dem Toten, der vor zwei Tagen an den Kaianlagen aufgefunden wurde?«

»Ja, davon hab ich gehört«, gab Krlić zurück, und es ärgerte Álvarez ein wenig, dass sein Gegenüber sich just in diesem Moment wieder umgewandt hatte, um nach der Caffettiera zu sehen. Das nahm dem Kommissar die Möglichkeit, das Gesicht des Sozialarbeiters während seiner Antwort zu beobachten. Nebenan auf dem Herd verdampften zischend ein paar Wassertropfen.

»Was und wie viel haben Sie denn davon gehört?«, wollte Álvarez wissen. Da er dem Mann nun bei seiner ersten Frage nicht direkt hatte ins Gesicht sehen können, wollte er ihn dazu bringen, etwas ausführlicher zu erzählen, um dabei nicht nur auf den Inhalt achten zu können. Sein Gegenüber indes zeigte sich wenig redselig.

»Was eben gestern in der Zeitung stand. Mann, Ende zwanzig, tot.«

Die knappe Antwort hinterließ bei Álvarez ein komisches Gefühl. Irgendwie glaubte er dem Streetworker nicht, auch wenn er nicht direkt den Eindruck hatte, dass er log. Aber möglicherweise enthielt er dem Kommissar etwas vor.

»Wir vermuten, dass er aus dem ehemaligen Jugoslawien stammt, Serbe oder Bosnier war«, warf er Krlić das nächste Bröckchen hin. Und um Nurias Präzision Genüge zu tun, ergänzte er: »Oder vielleicht auch Kroate.«

Sein Gegenüber, als sei er unangenehm berührt, wischte sich durch sein ungekämmtes Haar.

»Und Sie glauben jetzt, dass wir Ex-Jugos uns alle untereinander kennen. Und den Bürgerkrieg hier in Deutschland in Form von mafiosen Bandenkriegen weiterführen.« Der

Mann wirkte etwas genervt, aber nicht ernsthaft zornig. Seine Feststellung fasste im Grunde nur die Vorurteile zusammen, die in der Bevölkerung verbreitet waren. Álvarez wollte nicht das gleiche Bild wie sein ehemaliger Chef heute in der Zeitung abgeben, fragte aber dennoch mit provozierender Ruhe: »Ist dem so?«

Krlić erhob sich ungeduldig, sagte »nein, natürlich nicht«, und fügte etwas patzig hinzu: »Kennen Sie denn alle Spanier, die hier eine Tapas-Bar nach der anderen eröffnen, mit was für Geld auch immer?« Anlass zu diesem Vergleich hatte wohl der spanische Name des Ermittlers gegeben, mit dem dieser sich vorgestellt hatte.

Álvarez antwortete auf diese rhetorische Frage nicht, weil Krlićs unverschämte Unterstellung nur der Provokation diente und keiner Antwort bedurfte. Ohne es zu wissen, hatte der Streetworker einen wunden Punkt des Hauptkommissars getroffen, denn in der Tat hatten auch dessen Eltern einige Jahre nach ihrer Einwanderung ein kleines Restaurant eröffnet. Álvarez zügelte seinen aufwallenden Unmut jedoch und wartete, bis Krlić sich aus der Küche seinen mittlerweile fertigen Kaffee geholt und sich wieder hingesetzt hatte. Dann fuhr er fort.

»Ich bin zu Ihnen gekommen, weil Sie durch Ihren Beruf zu vielen Leuten hier in diesem Teil der Stadt Kontakt haben und mir vielleicht bei meinen Ermittlungen weiterhelfen könnten.«

Krlić antwortete nicht. Er schien nun sehr vorsichtig zu sein, und wieder hatte Álvarez das Gefühl, dass da noch irgendetwas anderes war, ohne dass er die leiseste Ahnung hatte, was »etwas« hätte sein können.

»Kennen Sie die Identität des Toten?«, fragte Krlić nach einer Weile.

Álvarez nickte, nannte den Namen und hielt dem Sozialarbeiter das Foto unter die Nase, wobei er seinem Gegenüber direkt ins Gesicht blickte, um sich dieses Mal keine Regung entgehen zu lassen. Seine Aufmerksamkeit wurde belohnt, es schien ihm, als zucke es ganz kurz um Mund und Augen des Mannes.

»Kennen Sie ihn?«, hakte er nach. Krlić nickte leicht.

»Ein kleiner Zuhälter«, sagte er müde, und Álvarez fiel auf, dass er das Wort »Zuhälter« auf der zweiten anstelle der ersten Silbe betonte und das *h* wie *ch* aussprach. Aber im Großen und Ganzen war das Deutsch des Streetworkers beeindruckend gut. »Er hat ein paar Mädchen auf der Cuxhavener, aber ich vermute, dass er für eins der größeren Tiere arbeitet.« Er pausierte kurz und fuhr dann fort: »Die haben das natürlich nicht so gerne.«

»Sie wissen aber schon, dass Zuhälterei, oder nennen wir es: Förderung der Prostitution, eine Straftat ist«, wandte der Kommissar ein und bemühte sich, nicht zu amtlich zu klingen, um die Kooperationsbereitschaft des anderen nicht aufs Spiel zu setzen. Beinahe wäre es schiefgegangen. Krlić warf ihm einen Blick zu, in der sich Müdigkeit, Langeweile und die Frage »hältst-du-mich-für-blöd?« mischten.

»Schon gut«, beschwichtigte Álvarez, »ich bin nicht von der Sitte.«

»Wenn wir jeden kleinen Luden gleich bei Ihren Kollegen abliefern würden, könnten wir hier einpacken. Dann wäre unsere Arbeit schlicht unmöglich. Wir müssen uns irgendwie arrangieren, und Ihre Kollegen hier vor Ort machen das übrigens genauso.« Die Erläuterung des Mannes war eine Kapitulation von Moral und Gesetz vor der Macht des Faktischen. Wahrscheinlich blieb einem in diesem Milieu keine andere Möglichkeit. Álvarez ging deswegen nicht weiter darauf ein.

»Wissen Sie, mit wem Tadić sich sonst noch umgeben hat? Wen er so kannte? Mit wem er Ärger hatte?«

Krlić schüttelte den Kopf. Der kurze Anflug von Selbstsicherheit, der seine letzte Äußerung begleitet hatte, war ihm wieder abhandengekommen, doch durch den Wechsel in seiner Gemütslage gelang es dem Kommissar endlich, dieses »irgendetwas« zu fassen und zu benennen: Es war blanke Angst. Sobald er dies erkannt hatte, begann er, den Mann unter Druck zu setzen.

»Kommen Sie«, forderte er ihn auf, »Sie arbeiten hier mit den Leuten, Sie kennen die Mädchen, ihre Luden, den ganzen Kiez, und Sie haben keine Ahnung, mit wem Tadić so zu tun hatte? Wem er zum Beispiel durch seinen kleinen ›Nebenerwerb‹ in die Quere gekommen ist?«

»Der hatte bestimmt mit jemandem Ärger. Er gehörte zu der Sorte Menschen, die sich schon durch ihr Auftreten allein unbeliebt machen. Aber ich weiß leider nicht, bei wem.« Der letzte Satz wurde hastig, fast atemlos herausgepresst.

»Sie waren es aber nicht?«, hakte Álvarez provokant nach. Krlić wirkte nun deutlich nervöser als zu Beginn ihrer Unterhaltung, aber er versuchte, sich nichts anmerken zu lassen.

»Eines seiner Mädchen wollte aussteigen. Wir vom Sozialdienst drängen sie nicht dazu, aber wenn sie selbst es wollen, unterstützen wir sie dabei. Das sorgt natürlich für Ärger mit den jeweiligen Luden. Aber zu Mord und Totschlag ist es in solchen Situationen noch nicht gekommen. Zum Glück. Es gibt zwar immer mal wieder Drohungen gegen jemanden von uns«, er pausierte kurz und fügte dann etwas zögerlich hinzu: »oder man kriegt auch mal was ab.« Das war wohl ziemlich untertrieben, doch Krlić fuhr müde fort: »Aber dabei bleibt es auch. Die meisten Aussteigerinnen sind ohnehin schon etwas älter und bringen nicht mehr so viel ein. Man arrangiert sich.«

Der Kommissar bemerkte, dass Krlić sich immer wieder zur Ruhe zwingen musste und ihm todsicher nicht alles offenbarte.

»Wurden Sie auch bedroht oder angegriffen?«, fragte er. Krlić machte eine Handbewegung.

»Jeder von uns. Aber wie Sie sehen, lebe ich noch.« Seine Antwort klang leicht ironisch, doch seine Ironie war an Álvarez verschwendet.

»Auch von Tadić?«, bohrte dieser ungerührt weiter.

Wieder flackerte bei dem Sozialarbeiter Unruhe auf, die fast schon an Panik zu grenzen schien. Álvarez glaubte sogar, einige Schweißperlen am oberen Rand seiner Stirn zu bemerken.

»Nein.«

Das war so auffällig gelogen, dass dem Kommissar der Geduldsfaden riss.

»Herr Krlić, ich hatte mir eigentlich nur ein paar Insiderinformationen von Ihnen erhofft, die bei der Untersuchung dieses Falles helfen könnten. Aber mein Eindruck ist jetzt eher, dass Sie mir noch viel mehr erzählen könnten, als ich zunächst vermutete. Ich würde Sie daher bitten, mit uns ins Präsidium zu kommen, damit wir Sie dort umfassender befragen können.«

Er beobachtete, wie Krlić sich im Verlauf dieser Ansprache mit beiden Händen an seiner Kaffeetasse festkrallte und beinahe zu zittern begann. Eine deutliche Veränderung seiner bis dahin recht souverän wirkenden Gemütslage, die die Aufmerksamkeit des Ermittlers weckte und dessen Entschluss festigte.

»Mein Kollege und ich warten hier, bis Sie sich angezogen haben«, schloss Álvarez seine Rede deshalb nach einer kurzen Pause. Krlić suchte mit dumpfem Blick Erlösung in den Tiefen seiner Kaffeetasse, doch da diese ihm offenbar nicht zuteilwurde, nickte er schicksalsergeben und stand mit unbeholfenen Bewegungen auf. Fast wirkte es, als habe er Schmerzen. Er hob seinen gesenkten Kopf kurz an und sagte mit heiserer Stimme: »Ich habe ihn nicht umgebracht«, und in diesem Satz lag so viel Verzweiflung, dass Álvarez ihm fast zu glauben geneigt war. Andererseits war diese Äußerung auch ein implizites Eingeständnis, dass Krlić offenbar mehr wusste, als er zugab.

Die Polizisten warteten einige Minuten, während derer sich Krlić die Zähne putzte, rasierte und dann mit schwerfälligen Schritten im Schlafzimmer verschwand, um sich anzuziehen. Álvarez hoffte, dass das Zimmer nicht wie in amerikanischen Filmen eine Feuerleiter vor dem Fenster hatte, über die Krlić sich hätte absetzen können, aber dieser trat wenige Minuten später mit einem frischen weißen T-Shirt, Kapuzenjacke und Jeans wieder ins Wohnzimmer und nickte dem Kommissar kurz zu. An der Garderobe, gegenüber der Eingangstür, zog er sich Schnürboots aus dunkelbraunem Leder an und griff sich eine gefütterte Lederjacke, die wohl schon einige Modesaisons hinter sich hatte, aber im abendlichen Außendienst bestimmt warm hielt. Álvarez selbst besaß solch ein verdientes Kleidungsstück, das dem des Streetworkers so ähnlich sah, dass der Kommissar einen irritierten Blick an sich herunterlaufen ließ, um sich seiner heutigen Kleidungsauswahl zu vergewissern. Schweigend gingen die drei Männer schließlich die Treppe hinunter und stiegen unten ins Auto. Krlić schien alles nur schnell hinter sich bringen zu wollen. Das wollte auch Álvarez. Warum dem Streetworker jedes Mal, wenn die Rede auf Tadić kam, der Angstschweiß ausbrach, musste geklärt werden.

Im Polizeipräsidium angekommen, ließ er Krlić durch Ilan Weiss und einen uniformierten Kollegen in den Befragungsraum verfrachten. Er selbst eilte erst einmal in sein Dienstzimmer, hängte seinen Mantel auf den Garderobenständer und schnappte sich ein Aufnahmegerät, mit dem er zu seinem »Kunden« zurückkehrte. Als sie zu dritt am Tisch saßen – der Uniformierte blieb an der Tür stehen – sprach Álvarez Datum, Uhrzeit und alle weiteren erforderlichen Angaben auf das Band. Im Grunde wollte er Krlić mit dieser formalen Befragung nur ein wenig auf Trab bringen, damit er etwas großzügiger mit seinen Informationen rüberkam.

»Herr Krlić, war der Verstorbene Zlatan Tadić Ihnen bekannt?«

Krlić nickte stumm zur Antwort, und Manuel deutete mit dem Finger auf das Mikrophon. Der Sozialarbeiter wiederholte seine Antwort mit einem gepressten »Ja.«

»Woher kannten Sie ihn?«

»Von meiner Arbeit. Er ist einer der Zuhälter von ein paar Mädchen, die in der Nähe der alten Kais anschaffen gehen.«

»Welcher Art war Ihre Bekanntschaft mit dem Opfer?« Wieder schien es Álvarez, als flackere in Krlićs Augen Angst auf, zumindest aber deutlich erkennbares Unbehagen.

»Ich kannte ihn eher flüchtig. Ich hatte als Sozialarbeiter mehr mit den Mädchen zu tun als mit ihren Zuhältern.«

»Sind die Zuhälter damit einverstanden?« Diese Frage war eher rhetorischer Natur, um Krlićs Redefluss am Laufen zu halten, doch dieser zögerte kurz, bevor er schließlich antwortete.

»Was heißt einverstanden. Glücklicher wären sie natürlich, wenn niemand ihnen ins Geschäft pfuschen würde. Andererseits hätten sie ohne uns auch häufiger Ärger mit der Polizei. Wir arbeiten auch als Konfliktlotsen. In Abstimmung übrigens mit Ihren Kollegen vor Ort.«

»Hm«, der Kommissar war von der Angemessenheit oder gar Rechtmäßigkeit dieses Konzepts nicht durchweg überzeugt, aber es fiel nicht in seinen Aufgabenbereich. Deswegen konzentrierte er sich auf seinen Fall. »Nochmal zu Tadić. Hatten Sie in der letzten Zeit speziell mit ihm Ärger, wegen seiner Sexarbeiterinnen?«

»Wie ich vorhin schon sagte. Eines seiner Mädchen hatte sich entschlossen, auszusteigen. Ein recht junges Mädchen. Normalerweise sind sie älter, wenn sie sich zum Ausstieg durchringen. Dann haben sie nicht mehr so viel Angst. Aber diese war noch sehr jung, gerade mal achtzehn. Deswegen war er sauer. Weil wir die Mädchen unterstützen, wenn sie sich zu diesem Schritt entschlossen haben.«

Dem Kommissar kam es vor, als rezitiere Krlić aus einer Informationsbroschüre seines Arbeitgebers. Das machte ihn ungeduldig und aggressiv.

»Nochmal: Hatten Sie direkt mit Tadić Ärger? Wegen dieses Mädchens oder aus irgendeinem anderen Grund?« Er sah förmlich, wie sich Krlić innerlich wandte.

»Er war sauer. Aber das hat er nicht mir selbst gesagt. Ich hatte ihn bis dahin, also, ich meine …« Krlić verhaspelte sich und versuchte offenbar, sich aus der Affäre zu ziehen. *So*, dachte Álvarez, *jetzt wird's interessant.*

»… also, ich hatte ihn eigentlich noch nie gesehen und kannte ihn nur vom Hörensagen …«

»Also, was nun«, der Ermittler griff nun durch. »Kannten Sie ihn oder nicht?«

Sein Gegenüber verlor zusehends an Gelassenheit.

»Bis dahin eigentlich nicht. Nicht persönlich.«

»Bis wohin?«, wollte Álvarez wissen.

»Bis … bis zu der Sache mit dem Mädchen.«

»Was genau meinen Sie damit?«

Krlić antwortete nicht. Er war schweißgebadet. Der Kommissar sah, dass der Streetworker kurz davor war, die Fassung zu verlieren, und ließ ihn gerade deshalb nicht von der Angel.

»So, Herr Krlić, jetzt reden wir mal Tacheles. Was ist mit diesem Mädchen, und wann haben Sie Tadić persönlich kennengelernt?« Krlić schwieg.

»Ja?«, hakte der Kommissar nach. Krlić sank in sich zusammen.

»Ich weiß nicht«, flüsterte er.

Sein Gegenüber blieb unerbittlich. »Was heißt das? Wissen Sie den genauen Tag nicht mehr oder den Monat oder das Jahr? Kommen Sie schon …«

»Er wollte mit mir sprechen«, fiel ihm sein Gegenüber ins Wort.

»Ok, und wann war das?« Schön eine Frage nach der anderen, nicht zwei Antworten auf einmal verlangen.

»Vor ein paar Tagen. Er hat es mir durch zwei seiner Gorillas ausrichten lassen.«

»Vor ein paar Tagen. Geht das genauer?«

»Nein«, erwiderte der Sozialarbeiter bockig. Er schien damit sein Selbstbewusstsein retten zu wollen. Álvarez atmete tief durch. Er wollte sich durch die Halsstarrigkeit des Befragten nicht provozieren lassen, was ihm zugegebenermaßen schwer fiel. Auch hätten ihn dieses Mädchen und die beiden »Gorillas« interessiert, aber er zwang sich, nicht mehrere Fäden auf einmal zu verfolgen.

»Na gut. Er wollte also mit Ihnen sprechen. Kam es dazu?«

Von da an kamen keine Antworten mehr. Krlić starrte wortlos vor sich hin und schüttelte den Kopf.

»Es kam also zu keinem Gespräch?«, insistierte Álvarez. Krlić reagierte nicht. Der Kommissar versuchte es mit einem Themenwechsel.

»Was waren denn das für zwei Typen, die Ihnen die Nachricht von Tadić überbracht haben?«

Auch auf diese Frage erfolgte keine Antwort.

»Herr Krlić?«

Nichts.

»Möchten Sie einen Anwalt?«

Kopfschütteln auf der anderen Seite des Tisches. Álvarez hatte den Eindruck, dass sein Gegenüber kaum noch Herr seiner Sinne war. Er lehnte sich deshalb weiter nach vorne und belehrte den Befragten langsam und ruhig.

»Herr Krlić, wenn Sie befürchten, Sie könnten sich selbst belasten, haben Sie das Recht, einen Anwalt zu konsultieren.«

Keine Reaktion. Álvarez wartete noch ein paar Sekunden, dann informierte er das Aufnahmegerät über eine

Unterbrechung der Befragung und die exakte Uhrzeit. Er schaltete das Gerät aus, sagte zu Krlić: »Bitte warten Sie hier« und verließ den Raum. Er ging den Gang entlang, zurück bis zu seinem Dienstzimmer. Bargfrede war inzwischen von seinem Termin bei der *GropeBau* zurückgekehrt, saß am Schreibtisch und tippte seinen Bericht in den Rechner. Álvarez machte sich durch ein Räuspern bemerkbar, das als Signal an Jonas fungierte, aus der Tiefe des digitalen Universums aufzutauchen und sich in das Habitat technisch weniger entwickelter Lebensformen zu begeben. Kriminalkommisar Bargfrede blickte auf.

»Ich hab gerade diesen Sozialarbeiter im Vernehmungsraum«, ließ ihn Álvarez an seiner Tätigkeit teilhaben. »Irgendwas ist da faul mit dem. Er weiß was, aber er ist so in Panik, dass ich nichts aus ihm rausbekomme. Ich kann nicht mal sagen, ob er vor uns solche Angst hat oder vor jemandem aus seiner Klientel.«

»Behalten wir ihn doch über Nacht hier. Behinderung der Ermittlungen, anfänglicher Tatverdacht. Morgen wird er singen wie ein Zaunkönig«, schlug Bargfrede, stets pragmatisch, vor. Álvarez zog mit zusammengepressten Lippen die Mundwinkel auseinander und wiegte den Kopf hin und her.

»Ich hab nichts gegen ihn in der Hand, außer meinem Eindruck, dass er uns offensichtlich etwas verschweigt. Zwar können wir ihn auch ohne konkreten Tatverdacht erstmal hier behalten, aber ich bin mir nicht sicher, ob Druck bei ihm viel bringt. Momentan ist er in einem Zustand, der befürchten lässt, er spränge eher aus dem Fenster als mit uns zu sprechen, so unter Stress ist er.«

»Selbstgefährdung. Ein Grund mehr, ihn dazubehalten«, wandte Bargfrede trocken ein.

Álvarez grinste und überlegte kurz. Dann meinte er: »Wie gesagt, ich glaub nicht, dass Druck bei ihm viel bringt, aber vielleicht hast du Recht. Bevor er auf dem Heimweg ins Wasser geht. Und er weiß was, so viel ist sicher. Ich bin mir nur nicht im Klaren darüber, ob er Tatbeteiligter oder Zeuge ist.«

»Lassen wir ihn schmoren. Der kocht schon weich«, meinte Bargfrede unerbittlich.

Álvarez erwog den Vorschlag seines Kollegen, gab dann aber, mehr zu sich selbst gewandt, doch zu bedenken: »Manche werden dadurch aber nur noch härter und verstockter. Das mit dem Schmorenlassen bringt nicht bei jedem was. Außerdem haben sie dann genug Zeit, sich irgendeine Geschichte zurechtzulegen.« Er machte eine kurze Pause und beschloss dann: »Trotzdem werd ich's in diesem Fall versuchen. Irgendwas muss bei dem ausgelöst werden. Versuchen wir's halt mit 24 Stunden weichkochen.«

Er rief im Erdgeschoss an und bat einen weiteren uniformierten Kollegen herauf. *Wenn, dann die große Oper*, dachte er. Mit dem zweiten Uniformierten im Schlepptau ging er zurück in das Befragungszimmer, wo Krlić in sich zusammengesunken auf seinem Stuhl unter Aufsicht des anderen Kollegen hockte. Álvarez fragte ihn: »Hat er was gesagt?«

Der Beamte schüttelte den Kopf. Der Kommissar erteilte Krlić daraufhin eine kurze Rechtsbelehrung über den bevorstehenden Gewahrsam, und der Sozialarbeiter blickte ihn ungläubig und völlig entsetzt an.

»Haben Sie mich verstanden?«, fragte Álvarez am Ende seiner Ansprache ungerührt. Und da keine Antwort kam, wiederholte er: »Haben Sie mich verstanden, Herr Krlić?«

Dieser nickte mit einem Ausdruck schieren Horrors. Als die beiden uniformierten Beamten sich links und rechts von ihm aufstellten, während er sich vom Stuhl erhob, geriet er in Panik und versuchte, die beiden Polizisten gleichsam abzuschütteln, die ihn daraufhin erst recht in Griff nahmen. Krlić würgte einen Laut heraus, als litte er unter Schmerzen. Er versuchte sich zu befreien und stürzte dabei fast zu Boden.

»Lassen Sie ihn los«, meinte der Kommissar, und zu Krlić gewandt: »Hören Sie auf, Ärger zu machen.«

Krlić richtete sich mühsam wieder auf, und Álvarez fielen erneut die etwas ungelenken Bewegungen auf, die so gar nicht zu Krlićs sportlicher Figur passten.

»Haben Sie Schmerzen?«, fragte er daher den Mann. Krlić blickte ihn an, und sein Gesicht bejahte die Frage, obwohl er dabei mit dem Kopf schüttelte.

»Ich schicke Ihnen nachher einen Arzt«, entschied der Ermittler.

»Ich bin selber Arzt«, erwiderte der Mann und richtete sich auf, sichtlich bemüht, seine Äußerung durch ein demonstratives Wiederansteigen seines Selbstbewusstseins zu unterstreichen. Álvarez betrachtete ihn überrascht.

»Ich dachte, Sie seien Sozialarbeiter.«

»Ja, hier, aber in … da wo ich herkomme, war ich Arzt.«

Der Kommissar nahm es zur Kenntnis, beschloss jedoch: »Mag sein, aber ich schicke Ihnen trotzdem einen Kollegen. Nicht, dass es hinterher heißt, wir hätten Sie hier misshandelt.« Dann winkte er den beiden Beamten zu, damit sie ihn fortbrächten. Nachdenklich, aber auch etwas verärgert angesichts so beharrlicher Sturheit sah er Matej Krlić hinterher, wie er schicksalsergeben zwischen den beiden Beamten davonschlich.

Álvarez kehrte zurück ins Büro und lud den Kollegen Bargfrede auf ein verspätetes Mittagessen ein. Nuria Aydin hatte offenbar pünktlich Pause gemacht und war noch nicht zurück. Als die beiden Männer in der Kantine saßen, fragte der Hauptkommissar seinen Kollegen nach dessen Termin bei der *GropeBau*.

»Den Geschäftsführer dieser Firma«, begann Bargfrede etwas zögerlich und Álvarez betrachtete ihn in Erwartung bedeutsamer Informationen, »also, den kenn ich von früher.«

»Ach«, signalisierte sein Dienstvorgesetzter seine Ungeduld, weil Bargfrede mit den Informationen, die ihn eigentlich interessierten, nicht aus dem Quark kam.

»Ich meine, privat. Wir haben zusammen Handball gespielt, in der Jugendmannschaft. Ich kannte ihn allerdings nicht sehr gut; er ist etwas älter als ich.«

Den letzten Satz hatte Bargfrede eilig hinterhergeschoben, weil er tatsächlich kein differenziertes Bild von Kohlruschs Persönlichkeit liefern konnte – weder als Kind, noch nach dem kurzen Gespräch heute Nachmittag. Und dann fragte er noch etwas unsicher:

»Ist das ein Problem? Ich meine, wegen Befangenheit oder so?«

Der Kommissar schüttelte den Kopf.

»Ich denke nicht, solange du nicht dick mit ihm befreundet warst oder bist – oder aber verfeindet.«

»Bin ich nicht. War ich auch nicht. Ich kenne ihn wirklich nur oberflächlich als Vereinsmitglied damals. Und ich habe ihn auch seit fast fünfzehn Jahren nicht mehr gesehen. Ich wusste gar nicht, was er in der Zwischenzeit gemacht hat.«

»Nun gut, du konntest nicht wissen, dass deine Jugendbekanntschaft mittlerweile eine Firma leitet, die eventuell in unseren Fall involviert ist. Wenn sie es denn ist. Aber falls wir diesen Kohlrusch nochmal befragen müssen, würd' ich das dann übernehmen. Dann gehen wir auf Nummer sicher, falls da was im Busche sein sollte.«

Jonas Bargfrede nickte, erleichtert, dass er aus dieser Zwickmühle befreit war. Sein Chef wechselte das Thema: »Dieser Sozialarbeiter, Matej Krlić, hat mir gerade erzählt, dass Tadić nicht nur auf eigene Kasse ein paar Mädchen am Start gehabt hat, sondern möglicherweise auch für eines der größeren Tiere gearbeitet hat. Das heißt, wir müssen erstens herausfinden, wer sein Obermotz gewesen ist, falls es tatsächlich einen gegeben hat, denn in diesem Falle hätte natürlich erhebliches Konfliktpotential bestanden. Zweitens müssen wir dieses Mädchen finden, dessentwegen Krlić mit Tadić aneinandergeraten ist. Sie wollte aussteigen und hat Krlić wohl um Hilfe gebeten. Das kann Tadić nicht gefallen haben, und deswegen hat er Krlić ja auch zum Schäferstündchen einbestellt. Und drittens könnte es von Interesse sein zu erfahren, woher diese Mädchen kommen, die für Tadić und seinen Babbo gearbeitet haben. Da könnten uns eventuell die Kollegen von der Sitte oder der Organisierten Kriminalität weiterhelfen. Wenn wir es hier mit organisiertem Mädchenhandel zu tun haben, und das ist schließlich kein abwegiger Gedanke, wird's unter Umständen kompliziert, aber wir müssen auch diese Möglichkeit als Motiv in Betracht ziehen.«

Álvarez pausierte kurz, dann fuhr er mit seiner Ansprache fort: »Was dieses Mädchen anbelangt, da werd' ich Krlić noch einmal auf den Zahn fühlen. Ich denke, diese Information bekommen wir am ehesten von ihm. Aber in Bezug auf Tadićs Interessen und Verbindungen im Milieu möchte ich mich lieber auf die Recherchen unserer eigenen Leute verlassen. Ob Krlić darüber informiert ist, ist fraglich, und wenn, hängt er vielleicht sogar mit drin. Wäre nicht der erste Sozialarbeiter, der seinen kargen Monatslohn durch gewisse Arrangements aufbessert.«

Er fragte sich immer noch, was diesen Mann so sehr hatte in Bedrängnis geraten lassen.

* * *

Bevor Álvarez abends ging, las er noch einen kurzen Bericht des Mediziners, der Krlić untersucht hatte. Er staunte nicht schlecht, als er Zeile für Zeile überflog. Von Schnittverletzungen am Rumpf war dort die Rede, von punktuellen Brandwunden wie von einer Zigarette, Schultergelenk und Rippen wiesen ausgeprägte Hämatome auf und bedurften einer radiologischen Untersuchung. Zu guter Letzt – und das schlug dem Fass den Boden aus – eine zwar annähernd fachkundig, aber nur notdürftig versorgte Schusswunde am linken Oberarm, unmittelbar unterhalb der Schulter. Ferner seien zahlreiche vernarbte Verletzungen auffällig, die aber bedeutend älteren Datums seien. Der Kommissar stieß den Atem in einem überraschten Impuls aus.

»Matej Krlić – ein Mann mit Geheimnissen«, murmelte er. Eigentlich hatte er die Absicht gehabt, den Sozialarbeiter in seiner Zelle erst mal über Nacht schmoren zu lassen und ihn dadurch zu einem kooperativeren Gesprächsverhalten am nächsten Vormittag zu bewegen. Angesichts dieser Faktenlage beschloss er jedoch, noch einmal mit ihm zu sprechen, bevor er ging. Dass der Streetworker tatsächlich nichts mit dem Fall zu tun hatte, erschien Álvarez immer unwahrscheinlicher. Er legte die Akte weg und ging durch die nun nicht mehr so belebten Gänge zu dem Flügel des Gebäudekomplexes, in dem sich die Zellen für den kurzzeitigen Gewahrsam befanden. Dem dort diensthabenden Beamten sagte er, dass er noch einmal mit Krlić sprechen wolle, doch der Kollege zog die Stirn in Falten.

»Er hat vom Arzt ein Beruhigungsmittel bekommen, weil er so unruhig war«, berichtete er.

»Unruhig?«, fragte der Ermittler erstaunt nach.

»Naja, er scheint unter einer ausgeprägten Klaustrophobie zu leiden. Er ist fast ausgeflippt, als wir die Tür geschlossen haben. ›Bitte nicht‹, hat er die ganze Zeit gejammert. Wie ein kleines Kind.« Es klang etwas abschätzig.

»Schlechte Erfahrungen möglicherweise«, mutmaßte der Kommissar geistesabwesend, und fragte sich dann sofort selbst, warum er die Renitenz des Inhaftierten zu entschuldigen versuchte. Aber er musste die ganze Zeit an den ärztlichen Befund denken.

»Ah-ja«, gab der Kollege gedehnt und mit erkennbarem Mangel an Bereitschaft zu Mitgefühl von sich. »Wir waren alle mal irgendwann irgendwo eingeschlossen. Da muss man ja nicht gleich so einen Zirkus veranstalten.«

»Es ist bei ihm wohl ein bisschen mehr als das«, sagte Álvarez in Erinnerung an den medizinischen Bericht. Er klang sehr nach systematischer Folter. »Egal – ich will trotzdem kurz mit ihm sprechen.«

Der Kollege zuckte mit den Schultern und schloss dem Kommissar auf. Krlić saß zusammengekauert am Ende der Liege und hob den Kopf, als Álvarez in die Zelle trat. An seinem trüben Blick erkannte dieser, dass Arzt und Pharmaindustrie ganze Arbeit geleistet hatten. Er setzte sich seitlich an das andere Ende der Pritsche und betrachtete seinen Gefangenen.

»Das hier müsste alles nicht sein«, begann er und fuhr nach einer kurzen Pause fort: »wenn Sie einfach Klartext mit uns reden würden.«

Es kam keine Antwort, stattdessen schloss Krlić sich zusehends in sich selbst ein.

»Hat Tadić Sie so verletzt?«, unternahm der Ermittler einen letzten, fruchtlosen Versuch. Krlić zog sich immer stärker in sich zurück. Álvarez schüttelte den Kopf und meinte dann: »Versuchen Sie zu schlafen. Wir sehen uns morgen wieder.« Er erhob sich, doch bevor er bei der Tür war, drehte er sich nochmal um. Krlić kauerte reglos in seiner Ecke am Kopfende der Liege. Er hatte nur noch wenig Ähnlichkeit mit dem zwar verschlafenen, aber dennoch selbstsicheren Hünen, der dem Hauptkommissar mittags die Tür geöffnet hatte. Jetzt wirkte er kaum noch handlungsfähig. Álvarez beschloss, die Polizeipsychologin zu bitten, bei der Befragung am nächsten Tag dabei zu sein. Vielleicht hatte sie ja eine Idee, wie man noch an Krlić herankam. Nachdem er dessen Gemach verlassen hatte, wählte er Marion Olbrichs

Handynummer und hinterließ ihr eine Nachricht, während er den Gang mit den Zellen entlangschritt. Im Grunde hatte er für Psychologen nicht allzu viel übrig, um nicht zu sagen, rein gar nichts. Die Kollegin Olbrich allerdings schätzte er. Sie hatte eine unaufgeregte, sachliche Art und besaß ein messerscharfes Urteilsvermögen, ohne dass sie andere – wie man bei Menschen dieses Typs häufig beobachten konnte – in irgendeiner Weise vorführte oder abqualifizierte. Manuel Álvarez empfand es als angenehm, mit ihr zusammenzuarbeiten, wenn es die Situation erforderte. Und diese erforderte es eindeutig.

* * *

Zuhause überfielen Manuel wieder die Grübeleien über seinen derzeitigen Beziehungsstatus. Diesen konnte man nun wohl mit dem Vermerk »erledigt« bzw. »wieder solo« versehen, obwohl aus seiner Sicht noch Fragen offenblieben, zum Beispiel die Frage nach Mareikes Motiv. Warum hatten die Charakterzüge, die sie an ihm wahrnahm – unempathisch, rücksichtslos, gefühlsarm – ausgerechnet jetzt dazu geführt, dass sie sich von ihm trennte? Immerhin waren sie fast sechs Monate zusammen gewesen, das war für seine Verhältnisse weit überdurchschnittlich. Wie hatte sie das nur so lange ausgehalten, wo er doch aus ihrer Sicht offenbar jeder charakterlichen Klischeevorstellung entsprach, die man sich gemeinhin von seinem Geschlecht machte. Warum hatte sie sich nicht bereits wenige Wochen oder Monate nach ihrem Kennenlernen wieder getrennt, da ja Frauen angeblich so einen guten Riecher für die Persönlichkeit anderer besaßen. Wahrscheinlich, so schloss er etwas bockig, war auch sie eine typische Vertreterin ihres Geschlechts: Frauen betrachteten Partner als ein zu perfektionierendes *work-in-progress*. Sie lernten einen kennen und nahmen sich vor, ihren Liebsten zu einem noch besseren Menschen zu gestalten.

Er selbst hingegen, als angeblich typischer Mann, wollte einfach seine Ruhe und möglichst wenig Veränderungen in der Partnerschaft. Warum hätte man sich auch sonst für genau diesen Menschen entschieden und nicht für einen, der noch besser passte? Trotz dieses nicht unschlüssigen Gedankenganges ließ ihn seine Argumentationskette allerdings irgendwie unbefriedigt.

KÜSTENLAND, 200X

Zuhause hatte ich häufig an der Küste gesessen und das Wasser betrachtet. Ein wenig Wind legte die Oberfläche in kleine Strichmuster, deren Farbe ständig zwischen schwarz und weiß wechselte. Blickte ich genau geradeaus, sah ich aufs offene Meer. Wendete ich den Kopf ein wenig nach links, war die benachbarte Küste ganz nah – vielleicht vier oder fünf Kilometer. Das ist jetzt Ausland. Eine kleine Bewegung nach rechts und ich erkannte dort ebenfalls eine schwungvoll gezogene Küstenlinie – auch dies ist Ausland, aber schon einige Jahrzehnte länger. Die dort lebenden Nachbarn haben ihre eigene Geschichte, auch wenn sie die unsere, die meiner Eltern und vor allem Großeltern, immer wieder gestreift hat. Die Geschichte der Leute zur Linken, die hat hingegen mehr mit der meinen zu tun. Naja, ziemlich viel sogar. Immerhin waren wir bis vor wenigen Jahren Bürger desselben Staates. Ist aber nun auch schon etwas her. Das offene Meer, dieses kleine Stück Freiheit, das ist nur ein ganz schmales Fenster zwischen den Erzählungen zu meiner Rechten und den Erlebnissen zu meiner Linken. Aber meistens, wenn ich dort auf einer der kleinen weißen Betonbänke saß, die die Stadtverwaltung entlang der aus Zement gegossenen Badeplattform am Ufer aufgestellt hatte, meistens dachte ich nicht so philosophisch nach, sondern betrachtete nur den nicht endenden monochromen Farbwechsel zwischen den kurzen, gekrümmten Strichen.

Auch hier an meinem neuen Lebensort, meinem sicheren Hafen, erholt sich mein Gedächtnis am besten, wenn ich am Flussufer sitze und auf das Wasser starre. Das Meer ist an diesem Abschnitt des großen Stromes noch nicht sichtbar, aber man merkt es schon, denn an diesem Abschnitt des

Flusslaufs gibt es bereits Gezeiten. Zuhause, an meiner Philosophierstelle, standen die Häuser hinter meinem Rücken zuletzt leer und sind wohl mittlerweile stark heruntergekommen. Auch die ehemalige kleine Fabrik dort ist eine Ruine. Und die Küstenbefestigung sieht aus wie nach einem Krieg. Allerdings ist der Krieg nicht ganz bis dorthin gekommen. Sein Arm reichte nur bis etliche Kilometer landeinwärts. Während des Kriegs hatte ich aber schon nicht mehr an der Küste gelebt, sondern in einer Kleinstadt viel weiter im Landesinneren. Hier, wo ich jetzt sitze, ist der letzte Krieg schon fast sechzig Jahre her. Trotzdem sieht der Kai entlang dem Fluss aus, als hätte hier eine Bombe eingeschlagen. Das liegt an den Baustellen. Wie mein Heimatort hat auch diese Stadt beschlossen, mehr Touristen zu locken. Dafür werden jetzt wohl viele Hotels und Museen gebaut, denn im Wesentlichen besteht dieser Teil der Stadt bislang aus einem Handels- und Industriehafen und den dafür erforderlichen Wohn- und Gewerbegebieten. Der Hafen hat seine Blütezeit allerdings schon einige Zeit hinter sich, die Zahl der Menschen ohne Arbeit und regelmäßiges Einkommen ist entsprechend hoch. Der Tourismus soll das jetzt retten. Zumindest darin ähneln sich meine neue und meine alte Heimat.

Marion Olbrich war am nächsten Morgen frühzeitig zur Stelle. Manuel Álvarez informierte sie über die Vorgänge vom Vortag, und sie nickte.

»Mir wäre es lieb, wenn du bei der Befragung dabei wärst«, erläuterte der Ermittler. »Ich will ihn stärker unter Druck setzen, damit der mal mit 'ner belastbaren Aussage rüberkommt. Aber ich kann nicht gut einschätzen, wie weit ich gehen kann, ohne ernsthaften Schaden bei ihm anzurichten. Er scheint unter schwerwiegenden psychischen Problemen zu leiden. Ich will ihn momentan nur als Zeugen befragen, auch wenn es durchaus Hinweise auf eine mögliche Täterschaft gibt. Allerdings hätte ich in diesem Fall ernsthafte Zweifel, ob es tatsächlich Mord war oder etwas anderes, möglicherweise sogar Notwehr. Der medizinische Befund lässt diese Annahme zu. Im Moment jedoch ist er für mich nur ein Zeuge«, schloss Álvarez seine Ausführungen. Marion Olbrich nickte noch einmal. Dann griff der Kommissar zum Telefonhörer und bat die Kollegen, Krlić in den Befragungsraum zu bringen.

Als der Ermittler kurze Zeit später mit Olbrich das Zimmer betrat, sah er sofort, dass sich Krlićs Zustand über Nacht nicht gebessert hatte. Totenbleich und hohläugig hockte er mit krummem Rücken auf seinem Stuhl. Sein T-Shirt war zerknittert und längst nicht mehr so strahlend weiß wie gestern Mittag noch. Álvarez bemerkte, dass die linke Schulter dicker war als die rechte – offenbar hatte der Arzt ihm gestern einen neuen Verband angelegt.

Der Kommissar begrüßte ihn, wobei er sich die Frage sparte, wie es ihm gehe, um nicht zynisch zu wirken. Er stellte die Psychologin zunächst nur mit Namen und »meine

Kollegin« vor. Als er jedoch Krlićs vor Angst geradezu irren Blick bemerkte, erläuterte er: »Frau Olbrich ist Psychologin. Ich habe sie gebeten, bei der Befragung anwesend zu sein, damit sie Sie etwas unterstützen kann, wenn es Ihnen zu schlecht geht.«

Das schien zu helfen, jedenfalls machte Krlić den Eindruck, als entspanne er sich ein bisschen. Álvarez sprach wieder seine Einleitung auf Band und wandte sich dann dem Streetworker zu.

»Herr Krlić, wir hatten zuletzt über Zlatan Tadić gesprochen. Ich würde nach wie vor gerne wissen, wann Sie Herrn Tadić persönlich kennengelernt haben.« *Und in welchem Zusammenhang, aber eins nach dem anderen.* Nach einer kurzen Pause fuhr er fort: »Können Sie sich erinnern?«

Krlić schien sich wirklich Mühe zu geben, sich zu erinnern. Schließlich antwortete er heiser und unsicher:

»Vor drei Tagen.«

»Unwahrscheinlich«, erwiderte der Kommissar trocken, »da war er nämlich schon einen Tag tot.«

»Welchen Tag haben wir heute?«, fragte Krlić unsicher.

»Donnerstag.«

»Oh. Dann muss es davor gewesen sein …«, sagte Krlić zögerlich.

»Ganz offensichtlich.« Álvarez spürte, wie sein Geduldsfaden schon wieder ein kritisches Maß an Spannung erreichte. Dieses ergebnislose Herumgeeiere machte ihn wahnsinnig. Dabei glaubte er nicht einmal, dass Krlić ihn mit seiner Begriffsstutzigkeit provozieren wollte. Er schien tatsächlich völlig neben der Spur zu sein, und dem Ermittler drängte sich immer stärker der Eindruck auf, dass er hier seine Zeit verplemperte. Aus dieser Befragung würde einfach nichts herauskommen. Er raffte sich mithilfe des letzten Rests von Freundlichkeit, der ihm gerade noch zur Verfügung stand, zu einem letzten Vorstoß auf.

»Denken Sie bitte einmal genau nach. Wann haben Sie Tadić getroffen?«

»Er wollte mit mir reden …«, begann Krlić langsam, und Álvarez wollte schon aus der Haut fahren, aber dann redete Krlić wie in Trance weiter. »Er hat mir ausrichten lassen, er wolle mit mir über das Mädchen reden. Die, die aussteigen wollte. Oder will.«

Ja, ja, dachte Manuel ungeduldig, *und weiter? Das hatten wir doch alles schon.* Er trommelte mit den Fingerkuppen auf die Tischplatte. Und als ihm die Pause zu lange dauerte, hakte er nach: »Und dann?«

»Es hieß, ich solle zu dem neuen Haus kommen, dem bei den früheren Frachtkais. Das nicht fertig ist. Da wollte er mit mir sprechen. Das muss am Sonntag gewesen sein.«

Und genau dort wurde er am Montagmorgen tot aufgefunden. Alter, du redest dich gerade um Kopf und Kragen, führte Manuel das Gespräch im Geiste weiter, rief sich aber innerlich zur Ordnung und sagte laut: »Und da sind Sie dann hingegangen?«

Krlić nickte.

»Wissen Sie ungefähr, um welche Uhrzeit das war? Oder zumindest die grobe Tageszeit?«

»Abends. Ich wollte das erledigen, bevor meine Schicht anfängt. Die fängt um sechs an. Muss also so fünf gewesen sein.«

»Und, ist er gekommen?«

Krlić nickte und schien wieder tiefer in sich zusammenzusinken.

Na also, jetzt kommen wir ins Gespräch, frohlockte der Kommissar. Krlićs Angaben schränkten endlich auch die Tatzeit präziser ein. Tadić musste also um fünf auf jeden Fall noch gelebt haben.

»Waren Sie alleine dort? Außer ihm natürlich?«

Krlić schüttelte den Kopf. Álvarez' Aufmerksamkeit erhöhte sich. Diese Antwort eröffnete möglicherweise neue Möglichkeiten.

»Wer war denn noch anwesend?«, fragte er gespannt.

»Zwei seiner Gorillas. Aber nur am Anfang. Er hat sie dann weggeschickt.«

»Aha«, machte Álvarez zweifelnd. Warum hätte Tadić das tun sollen? Der Ermittler wusste nicht, was er von dieser Antwort halten sollte.

»Und Sie? Sind Sie etwa alleine dorthin gegangen?« So irre konnte niemand sein, dennoch nickte der Streetworker zu Álvarez' großer Überraschung.

»Hatten Sie denn keine Angst? Das ist ja völlig …«, Álvarez bremste sich, bevor ihm das Wort »irre« entschlüpfte. »… leichtsinnig«, schloss er.

Krlić zuckte müde mit den Achseln. »Ich kann ja nicht jedes Mal mit einem Polizeiaufgebot kommen, wenn es Zoff gibt.«

»Nein, aber einen Ihrer Kollegen hätten Sie mitnehmen können.«

»Wir sind chronisch unterbesetzt. Aber davon abgesehen musste er davon ausgehen, dass in meiner Arbeitsstelle bekannt ist, dass ich mich mit ihm treffe. Wenn er mir also was getan hätte, wäre er nicht davongekommen.«

Das Argument überzeugte Álvarez wenig. »Es hat ihn oder seine Schläger nicht daran gehindert, Ihnen erhebliche Verletzungen zuzufügen«, wandte er ein. Krlić reagierte nicht darauf. Er sah inzwischen wieder totenbleich und hohläugig aus; die Befragung setzte ihm sichtlich zu. Der Kommissar beschloss, die Sache etwas zügiger voranzutreiben und diesen Aspekt vorerst nicht weiter zu vertiefen.

»Was passierte dann?«

»Seine beiden«, der Streetworker dachte kurz über einen passenden Ausdruck nach, »Schutzmänner warteten schon auf dem großen Platz vor dem Haus, dann brachten sie mich in diesen Keller runter, wo dieser«, es bereitete ihm aus irgendeinem Grund sichtlich Mühe, den Namen auszusprechen, »Tadić wartete. Drinnen war es dunkel. Ich habe ihn kaum sehen können. Er sagte, ich solle die Finger von dem Mädchen lassen. Ich machte ihm klar, dass ich die Mädchen zu gar nichts überrede, sie können machen, was sie wollen. Es ging eine Weile hin und her, dann bin ich wieder gegangen. Das war alles.«

Krlić hatte anfangs leise und stockend gesprochen, aber im Verlauf seiner Erzählung war seine Stimme fester und gleichförmiger geworden. Nun blickte er Manuel direkt ins Gesicht. »Kann ich jetzt gehen?«

Álvarez atmete tief durch und tat, als hätte Krlić die Frage nicht gestellt.

»Und als Sie gingen, da lebte er noch?«

Der Sozialarbeiter versuchte selbstbewusst zu klingen.

»*Ich* hab ihn jedenfalls nicht umgebracht.«

»Das war nicht die Frage, Herr Krlić.« Álvarez wurde etwas laut. Sein Gesprächspartner starrte stumm vor sich hin wie ein bockiges Kind. Der Ermittler hob neu an.

»Wir haben am Tatort Haare und Blutspuren gefunden, die nicht zum Opfer gehören. Was würden wir wohl herausfinden, wenn wir diese Funde mit Ihren Haaren und Ihrem Blut verglichen?«

»Ich war ja da«, verteidigte sich Krlić hektisch.

»Wo? Am Tatort?«

»Ja.«

»Woher wissen Sie, dass das Haus auch der Tatort war und nicht nur der Fundort der Leiche?« Álvarez hatte mit seiner knappen Information versucht, Krlić in eine Falle zu locken. Es war ihm gelungen, und das schien auch dem Streetworker klar zu sein, der eine weitere Antwort verweigerte. Das verbesserte die Laune des Kommissars nicht gerade. »Mann, das sieht verdammt schlecht für Sie aus, Krlić. Wollen Sie nicht endlich den Mund aufmachen und uns die richtige Geschichte erzählen?«

Verstocktes Schweigen.

»Was, zum Beispiel, ist das da mit Ihrer Schulter. Woher kommen die Schnitte an Ihrem Körper und die Brandwunden. Reden Sie, Mann.«

Krlićs Blick wurde glasig. Das anhaltende Schweigen seines Gegenübers brachte den Ermittler in Rage. Es war, als liefe er fortwährend gegen eine Gummiwand. Álvarez wurde ungehalten.

»Hören Sie, als Tatverdächtigen kann ich Sie durchaus noch länger hierbehalten. Sie schmoren in Ihrer Zelle bis zum Sankt Nimmerleinstag, das schwöre ich Ihnen!« Das war sträflich übertrieben, aber Álvarez war wirklich fuchtig. Seine Kollegin schwieg, weil sie ihm noch nicht ins Handwerk pfuschen wollte und Krlić sich bis eben ganz wacker geschlagen hatte, aber jetzt sah sie die Angelegenheit den Bach runtergehen. Trotzdem wartete sie noch ab. Der ermittelnde Kollege schien einen Gang herunterzuschalten.

»Also nochmal von vorne. Sie haben sich am Sonntag gegen fünf Uhr nachmittags alleine in diesem Rohbau mit Tadić getroffen, der zunächst in Begleitung zweier Männer war, die er dann wegschickte, wonach er ebenfalls alleine war, ist das richtig?«

Krlić nickte. »Ja, das ist richtig.«

»Und Ihr Treffen dauerte wie lange?«

Krlić schüttelte den Kopf. »Ich weiß nicht.«

»Wann haben Sie denn *genau* mit Ihrer Arbeit begonnen?«

Kopfschütteln.

»Na hören Sie mal, es gibt doch Dienstpläne mit Uhrzeiten.«

Schweigen.

»Wen haben Sie in der Nacht denn noch alles getroffen?«, leierte Álvarez herunter. Es war der Versuch, dem Mann eine Brücke in Richtung Alibi zu bauen, aber der Versuch erwies sich als hoffnungslos, sie würden nie vorankommen. Erwartungsgemäß kam keine Antwort.

»Mir reicht's jetzt«, brummte er und griff zum Hörer des Haustelefons. »Jonas, ruf mal bitte bei der *WaSOS* an und frag' die Kollegen von Herrn Krlić, wann er am Sonntagabend seinen Dienst begonnen hat.«

»Ich hatte frei«, röchelte Krlić, als ob es ihn seine letzte Kraft kostete.

»Na, das ist doch mal 'ne Ansage. Wenn auch keine besonders gute – für Sie, meine ich. Sie hatten also frei. Und auch sonst keine Verabredung oder Pläne, mit jemandem zusammen den Abend zu verbringen? Außer Herrn Tadić natürlich?«

Krlić schüttelte erkennbar erschöpft den Kopf.

»Und womit haben Sie dann so zu zweit den Abend verbracht, Sie und Herr Tadić, der ja dann im Laufe des Abends verstorben ist?« Álvarez ärgerte sich selbst über seinen Sarkasmus. Sarkasmus war einfach nicht gut bei Befragungen, denn auf diese Weise verspielte er sicherlich jede Chance, noch an seinen Zeugen oder gar möglichen Verdächtigen heranzukommen. Marion Olbrich fasste ihn an den Unterarm und beugte sich ein wenig nach vorne.

»Herr Krlić, bitte helfen Sie doch uns und sich selbst. Mein Kollege will nicht behaupten, dass Sie Tadićs Mörder sind, aber Sie liefern gerade einen Verdachtsmoment nach dem anderen und wenig, was dagegenspräche.«

Krlić blickte auf, aber mit so ausdrucksloser Miene, dass die Psychologin den Eindruck gewann, er sei gar nicht anwesend. Sie sprach dennoch weiter.

»Wir haben den Bericht über Ihre medizinische Untersuchung gelesen. Da stehen reihenweise schwerwiegende Verletzungen drin. Stammen die von dem Abend mit Tadić? Waren das seine ...«, Olbrich pausierte kurz, »Wachleute oder hat er selbst Sie misshandelt?« Immerhin eröffnete diese Frage der Psychologin Krlić die Möglichkeit der Notwehr. Der Kommissar beobachtete den Streetworker, während die

Kollegin ihr Feuerwerk von Fragen auf den Mann abfeuerte. Krlić antwortete zwar nicht, aber sein Gesicht schien ein wenig zum Leben zu erwachen.

»Woher, zum Beispiel, stammt Ihre Schussverletzung? Hatte Tadić eine Waffe bei sich?«

»Ja«, entfuhr es den Lippen des inzwischen völlig überforderten Sozialarbeiters, »eine Waffe hatte er.«

Der Ermittler dankte seiner Kollegin mit einem Nicken und übernahm sofort. »Kennen Sie das Modell oder können Sie es beschreiben?«

Krlić starrte ihn an, als spräche er eine ihm unbekannte Sprache.

»Ich glaube, es war ein Revolver. Sah aus wie eines von diesen Spielzeugdingern, mit denen die Kinder Cowboy spielen.«

Álvarez hatte grundsätzliche Vorbehalte gegen die Waffenausgabe an Kinder, seit sein Klassenkamerad in der Grundschule just zur Faschingszeit einen solchen Spielzeugrevolver mit Platzpatronen neben seinem Ohr abgefeuert hatte. Tagelang hatte Manuel auf dem rechten Ohr nichts gehört außer einem Pfeifton, der ihm den letzten Nerv geraubt hatte. Davon einmal abgesehen, konnte Álvarez sich nicht vorstellen, dass Krlić, ein Mann ungefähr seines Alters, der in Jugoslawien aufgewachsen war und dort mit Sicherheit Wehrdienst geleistet hatte, so völlig unbeleckt von Waffenkunde sein sollte und nicht auf den ersten Blick einen Revolver von einer Pistole unterscheiden konnte. Offenbar wollte er auf blöd machen, um den Kommissar zu provozieren. *Das* allerdings war blöd. Álvarez beschloss, sich erstmal nicht darauf einzulassen.

»Ein Revolver also.« Das erklärte das Fehlen von Patronenhülsen am Tatort, zumindest, was Krlićs Schussverletzung anbelangte, so sie denn von Tadić verursacht worden war. Die Frage war nur, wann und unter welchen

Umständen die Kugel dann in die andere Richtung geflogen war und Tadić tödlich getroffen hatte. Wenn denn Krlić der Schütze gewesen sein sollte und die Waffe dieselbe gewesen war. Wenn, wenn, wenn … Ob das Projektil vom gleichen Typ gewesen war und aus derselben Waffe gestammt hatte, ließ sich im Nachhinein nicht mehr feststellen, da es zu Krlićs Wunde kein Projektil gab, das man mit dem aus Tadićs Körper hätte vergleichen können.

»Und Sie haben seine Waffe nicht gesehen, als Sie in den Keller kamen?«

Das konnte alle möglichen Gründe gehabt haben. Sicherlich hatte Tadić die Puffe unter seiner Jacke getragen. Krlić aber lieferte eine andere Erklärung:

»Es war stockdunkel da unten. Als ich von oben runter kam, hab ich erstmal gar nichts gesehen, nicht mal Tadić.«

»Woher aber wussten Sie dann, dass der Mann tatsächlich Tadić war? Hätte ja auch jemand anderes sein können.«

»Wusste ich nicht. Er hatte auf mich gewartet und sprach mich an, deswegen bin ich davon ausgegangen, dass er es ist.«

Das klang plausibel, dennoch hakte der Ermittler noch einmal nach.

»Und Sie hatten sich vorher nie gesehen?«

Krlić neigte sich vornüber, stemmte die Ellenbogen auf die Tischplatte und verschränkte die Hände hinter dem gesenkten Hinterkopf. Álvarez bemerkte, dass sich in seinem Gegenüber etwas veränderte, wollte ihn jedoch nicht gleich schon wieder entkommen lassen und bohrte weiter.

»Kannten Sie sich doch? – Wann hatten Sie sich denn zum *ersten* Mal gesehen?«

Seine Fragen allerdings kamen bei Krlić nicht mehr an. Der Mann rollte sich immer weiter zusammen, bis er mit der Stirn auf die Tischkante knallte, was er gleich noch ein paar Mal wiederholte. Erschrocken hörte Álvarez auf, ihm zuzusetzen und überließ der Psychologin das Feld, die sofort aufgesprungen war und die Hand flach zwischen Tischplatte und Stirn des Befragten schob.

»Herr Krlić, hören Sie bitte mal auf, Sie tun sich weh.«

Es dauerte ein paar Momente, bis Olbrichs Worte zu Krlić durchdrangen, dann begnügte er sich damit, die Ellenbogen auf seinen Oberschenkeln abzustützen, hielt seine Hände aber weiterhin schützend um den Kopf geschlungen.

Die Psychologin angelte nach ihrem Stuhl und setzte sich schräg neben Krlić. Mit beruhigender Stimme sprach sie ihn an: »Herr Krlić, bedeutet das, dass Sie Herrn Tadić tatsächlich schon früher gekannt haben?«

Krlić nickte, indem er mit dem ganzen Körper vor und zurück schaukelte, als habe er schlagartig einen Hospitalismus entwickelt. Álvarez warf einen triumphierenden Blick in den Raum, seine Kollegin jedoch bedeutete ihm durch eine Kopfbewegung, dass er die Klappe halten solle. Sie wandte sich wieder dem in sich verschlungenen Mann zu.

»Gucken Sie sich mal ein bisschen um. Der Raum hier ist nicht hübsch, aber vollkommen ungefährlich. Probieren Sie's mal. Hier passiert nichts Schlimmes.«

Eine von Krlićs Händen schob sich jetzt vor sein Gesicht und man hörte ein raues Ausatmen. Die Psychologin gestikulierte dem Kommissar zu, er solle gehen und Papiertaschentücher bringen. Widerwillig verließ dieser den Raum, während seine Kollegin den zu befragenden Zeugen daran hinderte, sich mit der Handwurzel gegen den Kopf zu schlagen.

»Herr Krlić, was immer da Schlimmes passiert sein mag, es ist jetzt vorbei. Wir müssen es nur noch aufklären. Und momentan sind Sie der Einzige, der uns dabei helfen kann.«

Wieder hörte man einen Laut, der nach einem nur knapp unterdrückten Schluchzen klang. Zum Glück kehrte nunmehr Álvarez mit zwei Päckchen Papiertaschentüchern zurück, legte sie vor Krlić auf den Tisch und reichte dem Sozialarbeiter ein einzelnes der Tücher. Er beschloss, die weitere

Befragung, falls Krlić dazu noch in der Lage sein sollte, erst mal durch die Kollegin Olbrich weiterführen zu lassen.

Diese ließ sich Zeit – erst, als Krlić sich etwas beruhigt und ausgiebig die Nase geputzt hatte, fragte sie in ruhigem Ton weiter.

»Wie lange kannten Sie sich schon?«

Der Sozialarbeiter schnäuzte sich ein weiteres Mal, bevor er kaum hörbar sagte: »Acht Jahre.« Dann fügte er etwas deutlicher vernehmbar hinzu: »Aber ich hatte ihn auch acht Jahre nicht gesehen. Erst am Sonntag wieder.«

»Waren Sie vor acht Jahren schon in Deutschland oder war das noch in … im ehemaligen Jugoslawien?«

Álvarez verstand das Zögern in der Frage seiner Kollegin. Man wusste heutzutage nie, woher die südosteuropäischen Exilierten kamen und mit welchen Nationalitätszuschreibungen man ihnen auf die Füße trat.

»Dort«, antwortete Krlić mit erstickter Stimme, und aus dem Kontext ließ sich schließen, was damit gemeint war. Dann flehte er mit einem von Grauen gezeichneten Gesichtsausdruck: »Ich möchte nicht darüber reden, bitte.«

Der Kommissar holte Luft, um zu protestieren, aber seine Kollegin signalisierte ihm zu schweigen. Nun war es an Álvarez, bockig dreinzuschauen, aber er fügte sich.

»War das während des Bürgerkriegs?«

Krlić nickte. Álvarez dachte einen Moment nach, dann entschloss er sich zu der Frage nach Krlićs Nationalität. Vielleicht lag der Hintergrund für die Tat ja tatsächlich in den ethnischen Konflikten in der Herkunftsregion der Beteiligten begründet. Dass er im Zuge der Ermittlungen zu diesem Fall immer wieder bei expatriierten Ex-Jugoslawen landete, war schon bemerkenswert, auch wenn alle zunächst einmal steif und fest behauptet hatten, einander nicht zu kennen. Die Antwort des Sozialarbeiters brachte ihn allerdings auch nicht weiter.

»Die übliche jugoslawische Mischung. Die Mutter ist Slowenin, ich bin auch dort geboren und aufgewachsen. Der Vater 50 Prozent Serbe, 50 Prozent Kroate, und diese ganze nationalistische Scheiße war ihm zu 100 Prozent egal. Wie mir im Übrigen auch«, fügte Krlić etwas trotzig hinzu und fuhr fort: »Genauso gleichgültig waren ihm Kirche und Religion, die ja angeblich so wichtig für die Unterschiede zwischen den Menschen sein sollen. Und im Grunde hatte er auch nicht viel für unsere damalige sozialistische Staatsdoktrin übrig – zumindest nicht für die Art und Weise, wie sie bei uns in die politische Praxis überführt wurde. Jede Art ideologischer Gebilde waren ihm zuwider.« Wieder pausierte er einen Moment. »Ihr Deutschen«, damit schloss er den ihm gegenübersitzenden Hauptkommissar als Landesbeamten ein, »hättet ihn wohl als einen ›Freigeist‹ bezeichnet. Solche sind allen unbehaglich, die feste Glaubensgrundsätze haben – politische, religiöse oder ethnisch-nationale.« Er schwieg.

»Hat ihr Vater den Zerfall Jugoslawiens denn noch erlebt?«, fragte Álvarez. Krlić ließ einen trockenen, sarkastischen Lacher hören.

»Zerfall ist gut. Ja, die ersten Monate hat er noch mitbekommen. Dann hat ihn der ›Zerfall‹ das Leben gekostet. Ihn, meine Mutter, meine Schwester und ihre Familie.« Wieder schwieg er und betrachtete abwesend die Tischplatte.

»Tut mir leid«, sagte Álvarez und meinte es auch.

Krlić schnaubte leise und verächtlich. »Ja, mir auch. Kann ich jetzt gehen?«

Der Kommissar warf ihm einen inszeniert erstaunten Blick zu.

»Nein, wir müssen erst noch Ihr Verhältnis zu Tadić klären.«

»Das hab ich doch schon gesagt«, fuhr der Sozialarbeiter aus der Haut. »Er war ein Lude. Eins seiner Mädchen will aussteigen. Davor hab ich ihn nur einmal gesehen. Das ist acht Jahre her. Ich kannte ihn also kaum. Ich wusste ja nicht mal, wie der hieß, bevor Sie es mir gesagt haben!«

»Ach, nicht?«, fragte Álvarez in einer Mischung aus Ironie und echtem Erstaunen.

»Nein«, blaffte Krlić ihn an. Aus seinem aggressiven Ton schien er einen letzten Rest Selbstbehauptung ziehen zu wollen. »Er hat sich mir damals nicht vorgestellt.«

»Welcher Art waren denn die Umstände Ihrer damaligen Bekanntschaft?« Der Kommissar schaffte es nicht, seinen Sarkasmus zu zügeln, trotz des sichtlich angeschlagenen Zustands seines Gegenübers, der in den letzten zwei Äußerungen allerdings auch ganz schön ausgeteilt hatte. Álvarez kam sich vor wie bei einem Stierkampf; eine Veranstaltung aus dem Herkunftsland seiner Eltern, für die er nicht allzu viel übrig hatte. Er fand sie wenig spannend, und auch jetzt war er dieses verwirrende Hin und Her leid.

»Das geht Sie nichts an«, fauchte ihn nun der Sozialarbeiter patzig an.

»Ich denke aber doch«, erwiderte Álvarez mit der Sanftheit eines Leoparden auf der Pirsch.

»Dann denken Sie sich was aus.« Trotz aller Respektlosigkeit war Krlić deutlich anzumerken, dass er am Ende seiner Kraft war. Er begann wieder zu zittern und bemühte sich, Fassung zu wahren, indem er mit der rechten Hand seinen linken Unterarm festhielt.

Die Psychologin griff erneut in das Gespräch ein und setzte dem Hahnenkampf damit ein vorläufiges Ende.

»Herr Krlić, ich möchte Ihnen etwas vorschlagen. Und zwar, dass wir jetzt gemeinsam runter in die Rechtsmedizin gehen und Sie unseren Kollegen nochmal Ihre Schulter besichtigen und frisch verbinden lassen. Dann ruhen Sie sich eine gute Stunde aus; wir lassen Ihnen etwas zu trinken und ein belegtes Brötchen bringen, und danach reden wir nochmal miteinander, ok?«

Krlić nickte langsam. »Muss ich dann wieder in die Zelle?«, fragte er mit erkennbar aufsteigender Panik. Die Psychologin warf dem Kommissar einen fragenden Blick zu. Dieser antwortete etwas missgelaunt.

»Erst mal nur für die Mittagspause. Danach sehen wir weiter.«

* * *

Während der Rechtsmediziner Krlićs Schulter untersuchte und neu verband, warteten Álvarez und Olbrich draußen.

»Glaubst du, dass er's war?«, fragte Marion. Manuel seufzte.

»Ich bin mir nicht mehr sicher … Intuitiv würde ich sagen, nein. Aber ich habe bisher nur Anhaltspunkte für das Gegenteil gefunden. Es passt alles so gut zusammen, gerade auch in Hinblick auf diese alte Geschichte, was immer da passiert sein mag. Es könnte eine späte Rache sein, aber ebenso gut schlichte Notwehr oder Totschlag im Affekt. Wir müssen in Erfahrung bringen, was die beiden vor acht Jahren zusammengeführt hat und was am Sonntagabend noch alles passiert ist. Ich bin sicher, das hängt miteinander zusammen. Um das Mädchen mag es auch gegangen sein, aber diese alte Geschichte spielt bestimmt eine Rolle.«

Marion nickte zustimmend. »Ich denke auch, dass die Sache was mit dem Bürgerkrieg zu tun hat. Aber was immer damals geschehen sein mag, es muss so grauenvoll gewesen sein, dass es bei Krlić ein schweres Trauma bewirkt hat. Ich habe große Skrupel, ihn diesbezüglich unter Druck zu setzen. Es besteht die Gefahr, dass er vollständig dekompensiert, wenn wir mit Gewalt daran gehen.«

»Wir haben aber nicht so viel Zeit, um ihn erst eine Therapie machen zu lassen«, maulte ihr Kollege unwirsch.

»Lass uns erst mal zusehen, dass wir die Ereignisse vom Sonntag klären. Vielleicht reicht das ja aus. Am Ende ging es vielleicht doch nur um das Mädchen.«

Álvarez sah seine Kollegin ebenso zweifelnd an, wie deren Stimme geklungen hatte.

»Ich tippe auf den Bürgerkrieg«, beharrte er stur. »Einer von beiden hat wahrscheinlich ganz üblen Dreck am Stecken. Aus Krlićs Perspektive wohl Tadić. Wenn Krlić dadurch so traumatisiert worden ist, hat er definitiv ein Motiv, Tadić etwas anzutun. Die Frage ist nur: Wer hat am Sonntag Krlić so übel zugerichtet? Tadić, beziehungsweise sein Kompetenzteam in Sachen Körperdelikte? Und wenn ja, warum?«

Seine Kollegin dachte kurz nach, dann fragte sie ihn: »Habt ihr bei den Kollegen in Belgrad und vielleicht auch Sarajevo mal nachgefragt, ob sie was über Tadić wissen? Und auch über Krlić, in Zagreb und Ljubljana. Vielleicht haben die ja einen Tipp.«

»Wir werden bei dieser undurchschaubaren Lage wohl nicht umhinkommen, Amtshilfe zu beantragen, um an ermittlungsrelevante Informationen zu kommen«, räumte der Kommissar ein. »Bisher haben wir ausschließlich ehemalige Bürger aus dem ehemaligen Jugoslawien auf dem Zettel, da werden wir ohne Auskünfte der auswärtigen Kollegen kaum weiterkommen.«

»Und seit wann sind die beiden in Deutschland, wisst ihr das?«

»Krlić seit acht Jahren. Ist 1994 als Flüchtling gekommen. Bei Tadić konnten wir diesbezüglich noch nichts herausfinden. Ich weiß nicht mal, ob der Kerl legal hier war. Der ist wie die Krokodile in der Kanalisation – keiner weiß, ob es ihn wirklich gibt. Möglicherweise ist nicht mal sein Name echt«, erwiderte Álvarez leicht resigniert, »und vielleicht läuft auch Krlić unter falschem Namen rum.« Der Ermittler war an einem Punkt angelangt, an dem er jedem alles zutraute. »Er hat zwar einen gültigen Pass mit Aufenthalts- und Arbeitserlaubnis. Sonst dürfte er gar nicht bei der *WaSOS* arbeiten. Falls seine Identität falsch ist, dann muss er sie schon zuhause gewechselt haben.« Der Kommissar seufzte. »Ich werde mich mal bei den Ärztekammern der ex-jugoslawischen Staaten erkundigen. Er war ja approbierter Arzt, dann gibt es bestimmt Unterlagen über ihn.«

»Wenn er nicht den Namen von jemand anderem angenommen hat, der im Krieg getötet worden ist.« Die Kollegin Olbrich machte es ihm nicht einfacher.

»Du hast recht.« Der Kommissar spürte, dass ihn das Ganze langsam echt nervte. »Kriege hinterlassen immer ein so grauenvolles Chaos in der Verwaltung.«

In diesem Moment kehrte Krlić zurück. »Er sagt, sie sollen gleich mal kommen, damit der die Ergebnisse mit Ihnen besprechen kann«, sagte er mit dumpfer Stimme zu Álvarez. Er wirkte völlig erschöpft. Álvarez hatte ein Einsehen mit ihm und bat den uniformierten Kollegen, der sie seit Verlassen des Befragungsraums begleitet hatte, den Sozialarbeiter in seine Zelle zu bringen und ihn rudimentär zu verpflegen. Álvarez selbst eilte zu Dr. Landis, der seinen Zeugen gerade untersucht hatte.

»Nicht eindeutig feststellbar, welches Kaliber die Schussverletzung verursacht hat, aber definitiv nicht die gleiche Munition, mit der Tadić ins Jenseits befördert wurde. Die tödliche Verletzung von Tadić ist durch ein Projektil vom Kaliber 7,62 mal 25 Millimeter verursacht worden. Das Kaliber des Projektils, das Krlićs Verletzung verursacht hat, kann ich nicht mit letzter Sicherheit bestimmen, weil wir kein Projektil dazu haben. Es hatte aber ziemlich sicher ein anderes Kaliber. Das waren also auf jeden Fall unterschiedliche Waffen.«

Álvarez nickte. Das passte zu den Angaben Krlićs, Tadić selbst habe einen Revolver geführt.

»Hast du auch die anderen Verletzungen untersucht, die in dem Bericht deines Kollegen aufgeführt waren?«

»Japp«, machte Landis, »und auch die alten Narben habe ich mir mal angesehen. Da gibt es viele Ähnlichkeiten, aber das muss nichts bedeuten. Weder Zigarettenausdrücken noch Messerschnitte sind eine besonders originelle Art und Weise, jemandem absichtlich Schmerzen zuzufügen. Bei den alten Verwundungen liegen außerdem noch Spuren tiefer Striemen vor, wie sie von einer Lederpeitsche stammen könnten. Unter den neuen Verletzungen jedoch nicht. Angeschossen worden ist er übrigens auch früher schon. Muss ziemlich schlimm gewesen sein, er kann froh sein, dass er überlebt hat. Drei Einschüsse an gefährlichen Stellen. Er stammt vom Balkan? Ich würde sagen, er wurde im Bürgerkrieg systematisch gefoltert, vielleicht in einem dieser Lager, und später dann vermeintlich erschossen. Gab's häufiger dort. Kann wirklich froh sein, dass er noch lebt.«

»Er wirkt nicht sehr froh«, kommentierte der Kommissar. »Was meinst du mit ›vermeintlich‹?«

»Naja, sie haben ihn abgeknallt und dann liegen lassen, in der Meinung, er sei tot. Möglicherweise, weil die Täter schnell verschwinden mussten. In Wirklichkeit war er aber nur schwer verletzt«, spezifizierte der Arzt und verzog mitfühlend den Mund.

»War 'ne schlimme Zeit, da. Ich denke, er ist schwer traumatisiert. Sollte mal 'ne Therapie machen. Der fällt ja bald auseinander.«

»Naja«, räumte Manuel ein, »wir nehmen ihn gerade ganz schön auseinander. Davor wirkte er ganz stabil. Ist ein Zeuge, möglicherweise auch ein Verdächtiger im Mordfall Tadić.«

Landis nickte verstehend. »Ich schick' dir den ausführlichen Bericht rauf«, sagte er abschließend. »Ach ja, fast vergessen: An den Handgelenken hat er Spuren, die von Fesseln stammen. Hättet ihr ihn früher geschickt, hätte ich vielleicht noch Abrieb von den Seilen finden können, wenn es denn Stricke waren.«

Der Kommissar hob die Augenbrauen. »Fesseln?«

»Nun, um jemandem solche Schnitte beizubringen, musst du ihn schon festbinden. Sonst lässt man sowas ja nicht einfach mit sich geschehen.«

»Äh, nein, das stimmt«, murmelte Álvarez geistesabwesend dem Rechtsmediziner hinterher, der mit wehenden Kittelschößen davonstob. Seine Theorie zum Tathergang zerfiel zu Staub. Es hatte so schön logisch geklungen: Tadić tut Krlić im Bürgerkrieg irgendeine Scheußlichkeit an, Krlić trifft Tadić nach acht Jahren wieder und rächt sich, indem er ihn erschießt. Einfach, aber plausibel. Störend in diesem Szenario wirkten sich nur die zwei unterschiedlichen Waffen aus – und jetzt auch noch Fesselspuren an Krlićs Handgelenken, die mit Sicherheit zu den Spuren an den Hanfstricken passten, die die Spurensicherung am Tatort sichergestellt hatte. Da wurde niemals ein Schuh draus, der der Staatsanwältin passen würde. Der Ermittler hatte seinen potentiell Verdächtigen nach der Mittagspause eigentlich zum Verbleib der Tatwaffe befragen wollen; das konnte er sich nun sparen. Es musste eine dritte Person im Spiel gewesen sein, anders ging's einfach nicht. Aber warum, um alles in der Welt, hätte Tadić sich Krlić noch einmal vorknöpfen sollen. Das ergab alles keinen Sinn. *Du wirst mir einiges erklären müssen, mein Freund*, dachte Álvarez grimmig.

Mit etwas Nahrung im Bauch und einer guten Stunde Ruhe sah Krlić nicht mehr ganz so ramponiert aus, als der uniformierte Kollege ihn nach der Mittagspause wieder in den Befragungsraum brachte. Als der Sozialarbeiter das Ermittlungsteam sah, wirkte er ängstlich, hatte sich emotional aber wieder etwas gefasst.

»Ich muss zugeben«, begann Álvarez, »der Bericht des Kollegen aus der Rechtsmedizin wirft noch mehr Fragen auf als er löst. Davon abgesehen hat mir der Doktor die ersten beiden Punkte geliefert, die Sie möglicherweise entlasten könnten.«

Krlić betrachtete den Polizisten mit einer Mischung aus Aufmerksamkeit und Misstrauen.

»Zunächst hat er an Ihren Handgelenken Spuren von Fesseln gefunden.« Er pausierte kurz, um die Reaktion des Sozialarbeiters zu beobachten. Dieser senkte nur den Blick.

»Warum haben Sie davon nichts gesagt?«, wollte Álvarez wissen.

»Das entlastet Sie möglicherweise. Sofern diese Spuren von besagtem Abend stammen.«

Krlić antwortete nicht, und obwohl der Kommissar mittlerweile schon nicht mehr ernsthaft mit einer Antwort gerechnet hatte, merkte er, dass ihn die mangelnde Kooperationsbereitschaft des Streetworkers wirklich aggressiv machte. Er atmete deshalb noch einmal tief durch, bevor er – um Ruhe bemüht – fortfuhr:

»Und das zweite mögliche Entlastungsmoment ist der Umstand, dass die Schusswunden bei Ihnen und Tadić nicht aus derselben Waffe stammen. Sofern Sie mir jetzt nicht beichten, dass Sie selbst illegal eine Waffe mit sich herumtragen, legt dieser Umstand die Annahme nahe, dass eine dritte Person im Spiel war.« Álvarez lieferte seinem bislang einzigen Verdächtigen eine Steilvorlage nach der anderen; dieser jedoch starrte weiterhin reglos vor sich hin.

»Mann, sagen Sie was. Das ist gut für Sie, es sieht nicht mehr ganz so hoffnungslos für Sie aus.«

Krlić nickte.

»Heißt das: ja, es war eine dritte Person im Spiel, oder: ja, ich habe Sie gehört?«, fragte Álvarez und spürte, dass seine Geduld definitiv an ihre Grenzen zu stoßen begann. Sein Gegenüber indes stützte, statt eine Antwort zu geben, die Stirn in die Hände.

»Mein Gott, so reden Sie halt. War eine dritte Person anwesend oder nicht?«

Olbrich warf Álvarez einen warnenden Blick zu und bedeutete ihm mit der Hand, den Druck etwas herauszunehmen. Der Ermittler fügte sich unwillig und wartete ab. Es entstand eine längere Stille.

»Also? Ich höre«, sagte er schließlich, als er es gar nicht mehr aushielt.

Krlić fuhr sich mit einer verzweifelten Bewegung durch die Haare und nickte wieder. »Ja«, sagte er kaum hörbar.

»Bitte?«, vergewisserte sich der Kommissar.

»Ja«, wiederholte Krlić ein wenig lauter und wiederholte immer lauter und aggressiver. »Ja, ja, ja, ja, ja!«

»Es war also noch jemand da?«, fragte Álvarez unbeeindruckt von Krlićs Ausbruch, und der Sozialarbeiter nickte trotzig.

»Ja. Später. Am Schluss.«

»Am Schluss?«, echote Álvarez.

»Am Schluss«, wiederholte Krlić trotzig. »Kann ich jetzt nach Hause gehen?«

»Sie bleiben hier«, herrschte der Kommissar ihn an. Und um seine Äußerung etwas abzumildern, fügte er hinzu: »Ich bemühe mich gerade, Sie vor einer drohenden Mordanklage zu bewahren, Mann. Also bleiben Sie schon hier und helfen mir dabei.«

Krlić verschränkte seine Finger hinter seinem Nacken, während er sich mit den Ellenbogen auf die Tischplatte stützte. Er gab eine so mitleiderregende Gestalt ab, dass Álvarez einsah, dass er auf die harte Tour hier nichts mehr erreichen würde. Er war Nichtraucher, aber er konnte auf einmal verstehen, warum sich manche Leute jetzt eine Zigarette anzünden würden. Ihm kam eine Idee:

»Herr Krlić, haben Sie vor jemandem Angst? Werden Sie bedroht? Dann sagen Sie es mir. Wir können Sie beschützen. Wir sind die Polizei. Wir sind für so was da.«

Krlić murmelte etwas; es klang wie »ist auch egal«.

»Bitte?«, fragte der Kommissar nach, und als wieder keine Antwort kam, sagte er: »Ich habe Sie nicht verstanden.«

»Tadić hat bekommen, was er verdiente«, murmelte Krlić in Richtung Tischplatte. Der Kommissar hob die Augenbrauen.

»Das würde ich an Ihrer Stelle lieber nicht vor der Staatsanwaltschaft äußern. Damit haben Sie ein ganz schlechtes Blatt.«

»Ist auch egal. Ich hab ihn umgebracht.«

Álvarez runzelte die Stirn.

»Hören Sie auf mit dem Mist, Mann. Wie soll denn das passiert sein?«

»Ich habe ihm seine Pistole abgenommen.«

»Erzählen Sie keine Märchen. Sie haben vorhin wohl nicht zugehört; Tadić ist nicht mit seiner eigenen Waffe erschossen worden, wenn die so aussah, wie Sie sie beschrieben haben.«

»Ich habe mich eben geirrt.«

Es reichte. »Wir machen das ganz einfach. Sie unterschreiben Ihr Geständnis, wandern heute Abend noch in die U-Haft, und wir sehen uns in, sagen wir, 15 Jahren wieder. Einverstanden?«

Eine kurze Pause, in der die Luft zu vibrieren schien. Die erste, die es nicht mehr für nötig hielt, die Spannung weiter ansteigen zu lassen, war Marion Olbrich.

»Herr Krlić, seien Sie nicht dumm. Wen auch immer Sie schützen oder wen immer Sie fürchten – ist er oder sie wirklich 15 Jahre in einer engen Zelle hinter Gittern wert?«

Es war fies, tat aber seine Wirkung.

»Der andere Mann hat geschossen«, presste Krlić zwischen den Zähnen hervor. Schweiß glänzte auf seiner Stirn und seinen Schläfen.

»Der am Schluss dazukam?«, wollte Álvarez wissen.

Krlić nickte.

»Der Befragte nickt«, sprach der Ermittler in das Mikro des Aufnahmegerätes. Dann zu Krlić gewandt:

»Bleibt es jetzt bei dieser Version?«

Marion Olbrich rollte innerlich mit den Augen. Wenn der Kollege sich nur endlich seinen Sarkasmus sparen würde. Dennoch nickte Krlić erneut. Álvarez verzichtete auf die Übersetzung in Worte.

»Kannten Sie den Mann? War es vielleicht einer von Tadićs Männern, der zurückgekommen ist?«

Krlić zögerte kurz, bevor er gleichzeitig mit den Schultern zuckte und den Kopf schüttelte. Es sah nicht sehr überzeugend aus, und Álvarez bemerkte es.

»Lügen Sie mir nicht die Hucke voll«, warnte er ihn.

»Ich hab ihn nicht gesehen«, sagte der Sozialarbeiter. »Er stand im Dunklen. Auf der Treppe. Ich konnte ihn von meinem Platz aus gar nicht sehen.«

»Aha. Sie standen also mit Tadić da rum, gefesselt oder auch nicht, debattierten über diese Prostituierte, und dann kam der *Dritte Mann* aus dem Dunkel und erschoss Tadić.«

Krlić nickte, ohne die Anspielung verstanden zu haben.

»Warum?«, stellte Álvarez sich dumm.

Sein Verdächtigter schien sich wieder in sich zurückzuziehen. Der Kommissar erfasste die Lage und sagte genervt:

»Lassen Sie uns nicht wieder von vorne anfangen. Momentan haben Sie eine reelle Chance, die nächste Nacht in Ihrem eigenen Bett zu verbringen.«

Eine kurze Pause, dann würgte Krlić heraus, als sei er am Ende seiner Kraft (was er vermutlich auch war): »Weil Tadić auf mich schießen wollte.«

Álvarez nickte. »Hm-m. Schießen wollte oder geschossen hat? Ich meine, wegen Ihrer Verletzung an der Schulter.«

»Beide haben geschossen. Gleichzeitig. Deswegen hat Tadić auch nicht richtig getroffen.«

»Das heißt also, in dem Moment, in dem Tadić auf Sie abgedrückt hat, kommt der schwarze Ritter und erschießt Tadić?«

Krlić nickte. Und noch einmal fragte Álvarez: »Warum?« Und, um seinem Gesprächspartner ein wenig unter die Arme zu greifen, präzisierte er: »Ich meine, wie kam es zu dieser Situation? Was ist passiert?«

Krlić schüttelte den Kopf. Es war deutlich zu erkennen, dass er nicht mehr konnte. Irgendetwas, was der Kommissar noch nicht durchschaute, raubte dem Sozialarbeiter jedwede Energie, zog ihn in die Tiefe wie ein Betonschuh. Álvarez räusperte sich.

»Also gut, letzte Frage für heute. Haben Sie eine ungefähre Vorstellung davon, wie spät es zum Zeitpunkt der Schüsse war? Vielleicht, wenn Sie von Ihrer Rückkehr nach Hause zurückrechnen?«

Krlić schüttelte den Kopf.

»Wirklich überhaupt keine Idee? Anhaltspunkte?«

Kopfschütteln. Der Kommissar hatte den Eindruck, dass Krlić binnen weniger Minuten vom Stuhl fallen würde. Unbefriedigt sagte er: »Na gut, machen wir Schluss für heute. Ich lass' Sie nach Hause. Schlafen Sie sich aus und kommen Sie morgen um zehn wieder her. Und denken Sie nicht mal daran, sich nach Kroatien, Serbien, Slowenien oder sonst wohin abzusetzen. Sie sind noch nicht aus dem Schneider.«

Krlić nickte und schwankte ein wenig, als er sich von seinem Stuhl erhob. Schweigend verließen sie den Raum und gingen den Gang entlang Richtung Glastür.

Nachdem Krlić das Gebäude verlassen hatte, fragte Olbrich ihren Kollegen: »Brauchst du mich morgen dabei?«

Álvarez überlegte kurz. »Mmh, wäre mir lieb, wenn du es einrichten könntest. Irgendwas ist mit dem. Das ist nicht normal, dass sich jemand so in die Hosen macht.«

Die Psychologin stimmte zu. »Landis' Bericht zufolge hat der Mann ja offenbar Übles erlebt. Mir ist nur der Zusammenhang der Ereignisse von damals mit denen von Sonntag noch nicht ganz klar. Ich meine, aus welchem

Grund Tadić ihn am Sonntag ein zweites Mal so misshandelt hat. Und warum Krlić nicht einfach sagt, was Sache ist. Selbst wenn er Tadić von früher kennt und schlimme Erfahrungen mit ihm gemacht hat – das erklärt meiner Ansicht nach nicht, warum er sich nicht zu Sonntagabend äußert. Es sei denn, er fürchtet, sich selbst zu belasten, aber das glaube ich nicht einmal. Er war ja sogar recht eilfertig zu seinem falschen Geständnis bereit.«

»Und wenn es doch so wäre?«, überlegte der Kommissar. »Wir sind bisher davon ausgegangen, dass Tadić der Aggressor war und Krlić das Opfer. Stell dir doch mal die umgekehrte Version vor: Krlić hat im Krieg Tadić etwas angetan, und Tadić wollte sich Sonntag an ihm rächen. Dann hätte Krlić tatsächlich allen Grund, uns etwas zu verschweigen, um nicht in Den Haag vor Gericht gestellt zu werden.«

Seine Kollegin hob zweifelnd die Achseln. »Und Krlićs alte Verletzungen?«

Álvarez verzog den Mund. »Ich sage ja nicht, dass Krlić nicht auch was abbekommen hat, damals. Das ist ja ganz offensichtlich. Es muss nur nicht unbedingt durch Tadić geschehen sein. Wir wissen ja nichts. Die haben sich da ja alle gegenseitig die Köpfe eingeschlagen.«

»Naja, ich mach dann mal Schluss für heute. Morgen hören wir vielleicht den Rest der Geschichte.«

Hauptkommissar Manuel Álvarez nickte grimmig. »Oh ja, der wird morgen auspacken müssen. Und das weiß er auch.«

* * *

Álvarez war sich unschlüssig darüber, inwieweit die Gefahr bestand, dass der Streetworker sich aus dem Staub machte. Er machte zwar auf ihn den Eindruck, als sei er gut integriert – er hatte eine Arbeitsstelle, einen festen Wohnsitz – aber über seinen familiären Hintergrund, falls es denn einen gab, oder wie intensiv die Beziehungen in sein Herkunftsland waren (das es in seiner damaligen Form ja nicht mehr gab), waren dem Ermittler unbekannt. Vom Gefühl erschien es ihm wenig wahrscheinlich, dass Krlić sich in den Süden absetzen würde, aber auf sein Gefühl wollte er sich in diesem Fall nicht unbedingt verlassen – seine Gefühle hatten sich in letzter Zeit als eher unzuverlässig erwiesen. Also bat er Bargfrede, den Sozialarbeiter bis gegen 22 Uhr zu observieren, dann würde er selbst ihn für einige Stunden ablösen, und für den Rest der Nacht beauftragte er einen weiteren Kollegen. Wenn Krlić auch heute arbeiten musste, hätte er ja voraussichtlich nicht länger als bis vier Uhr Dienst, danach würde er wohl ins Bett gehen, sodass der Kollege eine ruhige Kugel schieben würde und er selbst noch eine Mütze Schlaf bekäme, um für die Fortsetzung der Befragung wieder fit zu sein. Sich einige Stunden der Nacht um die Ohren zu schlagen, dünkte Álvarez immer noch besser, als sich im Bett hin und her zu wälzen und sich über Mareike und seinen eigenen Beitrag zum Scheitern ihrer Beziehung den Kopf zu zerbrechen.

Bargfrede machte sich auf den Weg. Es war für ihn als trainierten Radsportler kein Problem, Krlićs Taxi im dichten Stadtverkehr zu folgen, und sehr weit waren die Entfernungen ja auch nicht. Der Streetworker ließ sich nach Hause fahren, und Jonas überlegte, wie er möglichst ohne Aufsehen die Haustür im Blick behalten konnte. Manchmal waren Autos doch praktischer, wenn man davon absah, dass man auch für Observationen einen Parkplatz finden musste. Zum Glück gab es in Krlićs Straße einige Kneipen und Imbissbuden aus aller Herren Länder. Dieser Umstand löste auch das Problem mit Bargfredes Bärenhunger, den er inzwischen verspürte. Er wählte einen libanesischen Imbiss, von dem aus man gute Sicht auf Krlićs Haustür hatte. Ohnehin hatte er Appetit auf Falafel mit etwas Salat und hoffte, Krlić würde für seine Erholung und bis zum Beginn seines Dienstes ein wenig Zeit benötigen. Dann nämlich müsste sein Beobachter – von dem Krlić natürlich nicht wusste – nicht die Hälfte seines Abendessens stehen lassen. Jonas hatte Glück – seine Zielperson ließ sich nicht blicken, und der Ermittler wagte deshalb sogar, sich zum Abschluss seiner ausnehmend leckeren Mahlzeit ein großes Glas Tee zu bestellen. Auch nach diesem blieb auf der gegenüberliegenden Straßenseite alles unauffällig. Mehr als zwei Stunden würde er noch herumbringen müssen, bis sein Chef ihn ablöste. Jonas hätte gerne sein Laptop aufgeklappt und an dem Dossier gearbeitet, das er für diesen Fall angelegt hatte, aber das hätte seine Aufmerksamkeit zu stark abgelenkt. Internetzugang gab es hier wahrscheinlich ohnehin nicht. Zwar hatte er einige Häuser weiter ein Internetcafé gesehen, aber ein Umzug dorthin wäre seiner Observation abträglich gewesen. Jonas wurde immer etwas nervös, wenn er außer Reichweite des *World Wide Web* war.

Auf einmal entdeckte er auf der Straße etwas, das ihn überraschte. Gegenüber erkannte er eindeutig Stefan Kohlrusch in weiblicher Begleitung. Er wirkte etwas nervös, ebenso wie die junge Frau an seiner Seite. Bargfrede konnte sich kaum vorstellen, dass es sich bei ihr um Stefans Frau Anna handeln sollte. Sie schien ihm deutlich jünger als Stefan – zu jung, um mit ihm gemeinsam studiert und selbst schon Karriere gemacht zu haben. Auch war sie Stefan deutlich an Stil und Eleganz unterlegen. Der Kleidungsstil der jungen Frau wirkte sehr aufreizend, fast ein wenig ordinär, fand Jonas, der in dieser Hinsicht eigentlich nicht sehr etepetete war. Und *last, but not least* – hatte Stefan ihm nicht erzählt, sie würden demnächst ein zweites Kind erwarten? Diese sehr junge Frau war eindeutig nicht schwanger.

Jonas staunte nicht schlecht. Aber Stefan war sicherlich nicht der einzige werdende Vater, der sich aushäusig vergnügte, während seine Frau hochschwanger war. Bargfrede machte schnell ein paar Fotos von den beiden und beobachtete sie weiter, bis sie aus seinem Blickfeld verschwanden. Er wusste nicht, was er davon halten sollte, ohne sich irgendwie spießig vorzukommen. Ach, was soll's – er fand es zwar etwas mies, aber es war schließlich nicht sein Bier. Der Vollständigkeit halber machte er eine kurze Notiz in sein Observationsprotokoll. Es war bislang die einzige. Und blieb es – der Sozialarbeiter hatte sein Haus nicht verlassen, bis Jonas seinen Chef dabei beobachtete, wie er seinen Dienstwagen in eine Parklücke rangierte, die glücklicherweise gleich neben dem Imbiss lag, in dem sein Mitarbeiter saß. Bargfrede packte seine Sachen zusammen, zahlte und verließ das Lokal. In Sichtweite seines Chefs entfernte er sein Fahrrad von dem Pfosten eines Verkehrsschildes, an den er es angeschlossen hatte. Als er sich aufrichtete, bemerkte er, dass Álvarez ihn dabei erwartungsgemäß beobachtet hatte. So konnten sie die Ablösung unauffällig gestalten. Bargfrede schüttelte leicht den Kopf und sah, wie Álvarez sein Zeichen mit einem angedeuteten Nicken quittierte. Er hatte verstanden – bislang nichts Auffälliges. Dann stieg Jonas auf sein Fahrrad und radelte davon.

Auch dem Hauptkommissar bot sich zunächst nichts weiter Spannendes. Amüsierwillige Herren jeden Alters schlenderten verstohlen in Richtung der alten Kaianlagen, gelegentlich in weiblicher Begleitung, aber häufiger gesellten sich die Pärchen wohl erst weiter unten, an der Cuxhavener Straße, zueinander. Krlić tauchte nicht auf; sein Zimmerfenster, das Álvarez noch von seinem Besuch bei ihm identifizieren konnte, war dunkel. Er war doch Bargfrede hoffentlich nicht entwischt? Der Kommissar gab sich eine Zeit lang seinen Befürchtungen hin, konzipierte im Geiste eine Standpauke, die er seinem Mitarbeiter morgen halten würde, trank einen Becher Kaffee aus seiner Thermoskanne, als er auf einmal sah, dass sich Krlićs Haustür öffnete und er selbst heraustrat – in Joggingklamotten. Um diese Zeit? Der Kerl musste einen seltsamen Biorhythmus haben. Aber jedenfalls schien er keinen Dienst zu haben. Álvarez wechselte sein Verärgerungsthema von Bargfredes Nachlässigkeit (die er nun ad acta legen konnte) zu Krlićs Bewegungsdrang. Hoffnungslos, ihm im Anzug und mit elegantem Schuhwerk hinterherzujagen – dazu wäre sein junger Mitarbeiter mit seinem Fahrrad jetzt besser zu brauchen gewesen. Aber da sein Observationsziel keine Tasche bei sich trug, die auf eine mögliche Flucht hätte hinweisen können, und sich auch direkt ab der Haustür im Lauftempo in Bewegung setzte, verließ Álvarez sich schweren Herzens darauf, dass der Sozialarbeiter wirklich nur etwas Sport treiben wollte und nach ein, zwei Stunden hoffentlich wieder in sein Bett zurückkehrte. Der Kommissar konnte sich noch gut an die Zeit erinnern, in der er selbst in Wechselschicht hatte arbeiten müssen, da spielte der Körper beim Wechsel von Ruhe- und Wachphasen verrückt. Und tatsächlich kehrte der so nachlässig Beobachtete nach nicht einmal anderthalb Stunden zurück, in der Hand eine Tüte aus dünnem Plastik, die der Form nach wohl von irgendeinem Schnellimbiss stammte. Álvarez war erleichtert. Hoffentlich blieb der Kerl jetzt zuhause und schlief sich nach Sport und seiner nächtlichen Mahlzeit gründlich aus, damit er am Vormittag zur Fortsetzung seiner Befragung fit war. Tatsächlich blieb es ab jetzt ruhig, bis die Ablösung eintraf und Álvarez nach Hause fahren konnte, um sich noch einige wenige Stunden aufs Ohr zu hauen.

* * *

Matej Krlić hatte zittrige Knie gehabt, als er am späten Nachmittag vor dem Polizeipräsidium ins Taxi gestiegen und nach Hause gefahren war. Zum Glück war die

Fahrt nicht lang und der Fahrer nicht gerade in Plauderlaune gewesen. Matej zahlte und stieg die Treppen zu seiner Wohnung hinauf. Als er drinnen war, konnte er es kaum erwarten, die verschwitzten Klamotten vom Leib zu bekommen. Sein linker Oberarm tat höllisch weh; er ging ins Bad, drückte zwei Ibuprofen aus dem Blister und spülte sie mit ein paar Schlucken Wasser hinunter. Danach fiel ihm ein, dass er seit Mittag nichts gegessen hatte, und das war jetzt schon knapp sechs Stunden her. Er fühlte sich aber sogar zu müde, um beim Pizzaservice anzurufen. Ohnehin war ihm hauptsächlich nach Duschen und Schlafen zumute. Er war froh, dass er in dieser Nacht dienstfrei hatte und morgen von der Nacht- in die Spätschicht wechseln würde. Er duschte lange und ausgiebig, um jedes Atom der Polizeizelle von seinem Körper zu spülen. Dabei passte er auf, den Verband an seiner linken Schulter nicht zu nass werden zu lassen. Schließlich stellte er das Wasser ab, trocknete sich ab und ging mit dem Handtuch um die Hüfte geschlungen in die Küche, um nach etwas möglichst schnell Verzehrbarem zu suchen. Einen Rest Brot und ein bisschen Käse fand er noch, verschlang beides hastig, um etwas in den Magen zu bekommen, und ging dann ins Schlafzimmer, wo er sich eine saubere Unterhose und ein T-Shirt aus dem Schrank nahm. Er war schlagartig todmüde und taumelte, kaum angezogen, Richtung Bett, wo er in einen komatösen Tiefschlaf versank.

Gegen zwei Uhr morgens erwachte er von lautem Rufen, Schreien und peitschenden Schüssen. Sein Herz raste wie nach einem Fünftausendmeterlauf, als er hochfuhr, die Hände auf die Ohren gepresst. Es dauerte einen Moment, bis er verstand, dass das einzige Geräusch, das in seinem Schlafzimmer zu hören war, das leise Rauschen vom nächtlichen Verkehr der Straße war. Voller Unschuld schlugen die roten Ziffern seines Elektroweckers von 2:03 auf 2:04 Uhr um. Das T-Shirt klebte an Matejs schweißgebadetem Oberkörper, als hätte er sich nach dem Duschen nicht abgetrocknet. Matej war klar, dass er in den nächsten zwei Stunden oder noch länger nicht wieder einschlafen würde, daher stand er auf und räumte erst einmal das nasse Handtuch weg, das vor dem Kleiderschrank noch auf dem Boden lag. Dabei fiel ihm ein, dass er in weniger als acht Stunden wieder diesem Kriminalhauptkommissar gegenübersitzen würde. Ein weiterer Schub Panik kündigte sich an, als er sich der Unentrinnbarkeit dieser Verpflichtung bewusst wurde. Er hatte Durst. In der Küche holte er sich ein großes Glas Leitungswasser und stürzte es hastig hinunter, wobei ihm ein wenig von dem Wasser aus seinen Mundwinkeln heraus und das Kinn entlang rann. Als er das Glas wieder abstellte, merkte er, dass sein Körper, ausgehend von seinen Beinen, zu zittern begann. Sich immer an der Wand abstützend tastete er sich zurück ins Bett und wickelte sich in die Decke, während sein Körper sich krampfend der Kontrolle durch das Gehirn entzog. Eine ganze Weile lag er so unter der Bettdecke, zu keinem klaren Gedanken fähig. Schließlich beruhigte sich sein Körper wieder, und Matej hoffte, er könne jetzt wieder einschlafen, erschöpft wie er war. Aber er rollte sich von einer Position in die andere, und sobald er die Augen schloss, waren die Bilder wieder da, der Angstschweiß brach ihm aus, und schließlich entschloss er sich, doch wieder aufzustehen und ein paar Schritte zu laufen. Er warf sich in Jogginganzug und Laufschuhe, schnappte sich den Hausschlüssel und jagte durch das nächtliche Stadtviertel. Er hatte das Gefühl, mit dem Rennen nie wieder aufhören zu können. Doch all seiner Fitness zum Trotz gaben irgendwann Lunge und Beine nach, und er ließ sich auf den Barhocker eines noch geöffneten Dönerladens fallen. *Kebab-Station* stand in grünen Buchstaben auf dem leuchtend gelben Grund des Lichtkastens. Matej kannte den Besitzer, einen kleinen, asthmakranken Mann, revolutionsfreudiges Mitglied der türkischen kommunistischen Partei, von der Matej früher nicht einmal geahnt hatte, dass sie überhaupt existierte.

»Can, machst du mir ein Dürüm und schreibst es auf?«, fragte Matej, nach Luft schnappend.

Can nickte etwas erstaunt; er wusste zwar, dass Matej häufig nachts arbeitete, aber dass er dabei joggte, war ihm neu.

»Haben sie dein Revier vergrößert?«, fragte er grinsend. Matej sah ihn fragend an und begriff nicht.

»Weil du jetzt so rennen musst«, erklärte Can, während er eine bunte Mischung an Salaten, Zwiebeln und Soßen auf einen Teigfladen schaufelte. Matej zwang sich ein Lächeln ab, ohne dass ihm wirklich danach war.

»Nein, ich konnte nicht schlafen.«

Can nickte. »Kenn' ich auch. Immer Sorgen. Willst du hier essen oder zum Mitnehmen?«

»Mitnehmen, bitte.« Matej war nicht nach Gesellschaft. Can reichte ihm wortlos die Tüte aus dünnem weißem Plastik über die Theke, in der sich eine in Alufolie und Papierservietten gewickelte Rolle befand. Matej nickte ihm dankend zu und ging wieder. Zuhause, unten, in der Heimat, hätte er sich jetzt ans Meer gesetzt und das Wasser betrachtet, das in der spärlichen Beleuchtung der Nacht wie ein Negativ des bewegten Strichmusters vom Tage aussah. Aber hier oben, weit über 1000 km entfernt, wäre er an den letzten Kilometern des großen Flusses, bevor dieser ins Meer mündete, nicht allein und könnte nicht zur Ruhe kommen. Deswegen lief er mit langen, eiligen Schritten zurück zu seiner Wohnung.

Dort angekommen hatte er eigentlich schon gar keinen Hunger mehr, zwang sich aber, zumindest die Hälfte der Portion zu essen. Den Rest verpackte er wieder und legte ihn in den Kühlschrank. Dann füllte er das Glas von vorhin noch einmal mit Leitungswasser und trank etwas davon. Sein Blick fiel auf die Uhr an der Mikrowelle, viertel vor vier, und wieder stieg der Gedanke an die morgige Befragung in ihm hoch und löste Panik und sogar Übelkeit aus. Unruhig fuhr er mit der Hand durch die vom Schweiß feuchten Haare, beschloss, sich zu rasieren und fand danach immer noch keine Ruhe. Bildfetzen von Erinnerungen an frühere Erlebnisse mischten sich mit beängstigenden Geräuschen, einem Gewirr von Stimmen und den ruhigen, aber bedrohlichen Fragen des Kommissars.

Ich knalle durch, dachte Matej in extremer Angst und begann, hastig in seiner Wohnung hin und her zu laufen. *Jetzt ist es passiert, ich knalle durch.*

Er wollte ja versuchen, wieder zur Ruhe zu kommen und einen klaren Gedanken zu fassen, sich zu sortieren und wieder herunterzukommen, aber das Chaos in seinem Kopf verurteilte jede Bemühung in dieser Richtung zum Scheitern.

»Was ist als nächstes zu tun«, wiederholte Matej immer wieder murmelnd und presste verzweifelt mit Daumen und Zeigefinger gegen beide Seiten der Nasenwurzel. Er ging ins Bad mit der Vermutung, das Problem ließe sich hier besser lösen, aber als er im Spiegel sein Gesicht sah, erkannte er sich nicht und erschrak vor der bedrohlichen Fratze, die ihn anstarrte, mit einem Blick, der zweifellos Böses verhieß. Er schnappte nach Luft und die Stimmen wurden wieder lauter.

Ich brauche Ruhe, dachte er verzweifelt, *sonst kann ich nicht denken.* Wieder sah er den Kommissar vor sich, wie er ihm auf seinem Stuhl gegenübersaß und den Mund bewegte, aber die Stimme, die unverständlich auf ihn, Matej, einsprach, war die von jemand anderem, von Tadić, und er schaffte es einfach nicht, ihn zu sehen, während im Hintergrund andere Leute schrien und Schüsse knallten. *Ruhe*, dachte Matej wieder, immer verzweifelter. *Ich brauche Ruhe.* Seine Hände kramten hektisch in dem kleinen Badezimmerschrank, bis sie gefunden hatten, was sie offensichtlich gesucht hatten. Eine Welle der Erleichterung durchfuhr

Matej mit einem Mal. *Ja*, schaffte er zu denken, *das ist gut.* Wenigstens auf seine Hände schien noch Verlass. Sie füllten für ihn das Zahnputzglas mit Wasser, weil sie vergessen – oder nie gewusst – hatten, dass irgendwo noch ein halbvolles Glas Leitungswasser herumstand. Dann drückten sie zitternd den Inhalt eines noch fast vollen Tablettenblisters durch und versenkten sie so treffsicher wie möglich im Wasser. Das Öffnen des kleinen runden Döschens war schon schwieriger, aber Matejs Hände schafften schließlich auch das, und zumindest etliche der winzigen blauen Pillen stürzten ihren weißen Schwestern hinterher in das Glas. Der Rest landete im Waschbecken, aber Matej hatte seinen Händen bereitwillig die volle Kontrolle überlassen und schaute ihnen nur zu, und seine Hände beschlossen, dass die Menge, die ihren Weg ins Wasserglas gefunden hatte, ausreichte und rührten mit dem Stiel der Zahnbürste darin herum. Die weißen Tabletten lösten sich besser auf als die blauen, aber schließlich beschlossen die Hände, dass es wohl reichte, und hoben das Glas an Matejs Lippen, und er brauchte nur noch zu schlucken. Dann spülte er mit einer weiteren Wasserfüllung die nicht aufgelösten Reste hinterher.

Die Fratze starrte ihn immer noch an, doch Matej hatte sie in den letzten Minuten nicht wahrgenommen. Jetzt tat er es, und mit dem Gefühl des absoluten Grauens flüchtete er aus dem Bad. Er hatte das Empfinden, unter der Haut und den Knochen seines Gesichtes und des Schädels breitete sich Hitze aus, gefolgt von einem echten Schweißausbruch und dem Gefühl völligen Kontrollverlusts. Er ging zum Fenster, öffnete es und verspürte den Wunsch, hinunterzuspringen, auf eine Weise, wie sich Kinder ganz doll etwas zum Geburtstag wünschen, aber er zögerte, nicht, weil er es auf einmal für eine doch nicht so gute Idee gehalten hätte, sondern weil er sich einfach nicht mehr sicher war, ob er das wirklich tun sollte. Er glaubte zu spüren, wie in seinem Gehirn Wellen wie

Brandung von innen gegen die Schädeldecke schlugen, Wellen aus weißer Farbe. Ja, das musste es sein. Ein Ozean weißer Farbe, der alles andere zumalte. Das war gut. Vorsichtig, weil er nicht mehr ganz sicher auf den Beinen war, tastete er sich durch das dunkle Wohnzimmer zurück ins Bett, blieb aber zunächst einfach sitzen, weil er dem weißen Ozean noch nicht ganz traute. Ob er es schaffen würde, alles andere auszulöschen? Matej fühlte sich ein bisschen unwohl. Er war der festen Überzeugung, dass er auf keinen Fall den Kopf auf das Kopfkissen legen durfte, auf gar keinen Fall. Aber dann zog es ihn doch irgendwie hinunter, und er versuchte, sich zu wehren, bekam auf einmal panische Angst, weil er wusste, wenn er die Kontrolle verlöre, würde das Grauenvolle passieren, doch der weiße Ozean breitete sich schließlich aus und legte sich weiß und schwer auf die Welt da drinnen, und dann war endlich alles vorbei.

FREITAG, 1. MÄRZ 2002

Es war fünf nach zehn, und Hauptkommissar Manuel Álvarez saß in seinem Dienstzimmer und war stinksauer. Hätte er den Typen bloß hierbehalten. Da war man mal nett und ließ jemanden sich erholen – und er dankte es einem damit, dass er abhaute und sich der Befragung entzog. Im Grunde seines staatsdienerlichen Herzens wusste Kriminalhauptkommissar Álvarez allerdings, dass er Krlić ohnehin hätte gehen lassen müssen, weil schlicht und einfach kein hinreichender Tatverdacht gegen ihn bestand. Allerdings hätte er nicht gedacht, dass Krlić tatsächlich türmen würde. Er hatte den Eindruck eines zuverlässigen, vernünftigen Menschen gemacht. Wenn er nicht gerade von Angst gepeitscht war – dann wurden sie alle unzurechnungsfähig.

Marion Olbrich kam herein. »Ist er immer noch nicht da?«

In stummer Wut schüttelte der Hauptkommissar den Kopf.

»Hm«, machte seine Kollegin, »hätte ich nicht gedacht, dass er tatsächlich durchbrennt.«

»Ich auch nicht«, gab Álvarez zu. »Heute kann er sich nicht mal mit Verkehrsstau rausreden, zumal er wahrscheinlich sowieso mit der Bahn fährt.« Der Streetworker hätte nur einmal umsteigen müssen, um dann direkt mit der 1 zum Präsidium zu gelangen. Einfacher ging's wirklich kaum.

»Hm«, machte die Polizeipsychologin noch einmal. »Klingelst du durch, wenn er auftaucht?«

Der Ermittler nickte und wandte sich dem Papierkram auf seinem Schreibtisch zu, während Olbrich das Zimmer wieder verließ. Das Befragungsprotokoll der letzten beiden Tage konnte er nun schon fast auswendig, keine Notwendigkeit, es noch einmal durchzulesen. Als sein Zeuge um viertel vor elf noch immer nicht aufgetaucht war, rief er auf dem

Revier an und bat die Kollegen, den Zeugen zuhause aufzusuchen und zur Vernehmung vorzuführen. Wenn er dort überhaupt noch war, was Álvarez resigniert bezweifelte. Um viertel nach elf waren dann weder Krlić noch die beiden Kollegen von der benachbarten Dienststelle zu sehen.

Der Herr, der schickt den Jockel aus, dachte Álvarez in einem Anflug von Verzweiflung. Schließlich klingelte das Telefon – es war einer der beauftragten Kollegen.

»Und, wo ist er?«, fragte der Kommissar kurz angebunden.

»Dat weerd nechts, Kollege«, hörte er in breitestem Platt am anderen Ende der Leitung.

»Ist er abgehauen?«, erkundigte sich Álvarez und glaubte die Antwort bereits zu kennen.

»Ja, ins Jenseits«, antwortete der Kollege. Dem Kommissar wurde es eiskalt.

»Bitte?«, fragte er angespannt.

»Versuchte Selbsttötung«, gab der Beamte vor Ort bekannt.

»Ist er tot?«, fragte Álvarez und spürte förmlich, wie er hektische Flecken bekam.

»Da arbeiten die Kollegen vom Rettungsdienst noch dran. Ich meine natürlich, daran, dass er *nicht* stirbt«, präzisierte sein Gesprächspartner. »Sie bringen ihn gerade in die Klinik.«

»In welche?« Álvarez hörte, wie der Kollege jemanden vom Rettungsdienst nach dem Krankenhaus fragte und den Namen der Klinik gesagt bekam.

»Ok. Danke Ihnen.« Er legte auf und musste erst einmal tief durchatmen. So ein Scheiß! Schon fühlte er die ersten Schuldgefühle in sich aufsteigen. Mangel an Empathie und Einfühlungsvermögen – hatte Mareike ihm nicht genau das vor erst vier Tagen wieder vorgeworfen? Er spürte, wie er vor diesem Vorwurf zu kapitulieren begann und sich zur gleichen Zeit wütend dagegen auflehnte. Diesem äußerst unangenehmen Zwiespalt zwischen zwei so gegensätzlichen Gefühlen versuchte er sich zu entziehen, indem er die Kollegin Olbrich anrief, um sie von der neuesten Entwicklung in Kenntnis zu setzen. Auch sie reagierte trotz aller Professionalität einigermaßen erschüttert. Offenbar hatte also auch sie Krlićs Reaktion auf die Befragung am Vortag unterschätzt. Álvarez fühlte sich trotz der tragischen Umstände gleich ein wenig besser. Sie vereinbarten, gemeinsam in die Klinik zu fahren, sobald der behandelnde Arzt grünes Licht für ein Gespräch gab. Falls der Streetworker überhaupt wieder aufwachte. Dem Kommissar wurde flau im Magen, wenn er an die Alternative dachte. Er wanderte erstmal in Richtung Kantine, um sich am Automaten eine Orangenlimo zu ziehen. Er hatte das Gefühl, er brauche Zucker.

Als er ins Büro zurückkam, stürzte ihm Nuria Aydin geradezu entgegen.

»Ich hab was!« Sie schien es kaum abwarten zu können, ihm irgendetwas aufregendes Neues mitteilen zu können.

»Na?«, fragte der Kommissar kurz angebunden ob seines Verdrusses.

»Das Opfer. Der Name. Also, der richtige.« Nuria bedeutete ihrem Chef, ihr an den Schreibtisch zu folgen und zeigte auf ihren Computerbildschirm. Neben der Tastatur lag auch schon der Ausdruck eines Fahndungsfotos von eher mäßiger Qualität. Sie hatte ihn in weiser Vorausschau für ihren Chef erstellt, der beharrlich an analogen Medien wie bedrucktem Papier festhielt. Schlechte Aufnahme, aber eindeutig Tadić. Nur dass er der Bildunterschrift zufolge nicht Tadić hieß, sondern Jovanović.

Die Kollegin Aydin gab mit Feuereifer ihre Erläuterungen zu dem Foto. »Jovanović wird seit vier Jahren als Kriegsverbrecher gesucht und soll in Den Haag vor Gericht gestellt werden. Ihm wird vorgeworfen, als Mitglied einer paramilitärischen Einheit an Verbrechen gegen die

Menschlichkeit beteiligt gewesen zu sein. Das Einzige, was an der Identität stimmt, unter der er in den letzten Jahren hier gelebt hat, sind so in ungefähr sein Alter und sein Geburtsort – Višegrad. Was aber nicht bedeuten muss, dass er dort auch bis zu seiner Flucht gelebt hat. Wahrscheinlich ist er zumindest im Krieg mit seiner Einheit viel herumgekommen.«

Der Kommissar nickte, zur Enttäuschung der jungen Polizeimeisterin nur wenig überrascht. »Kann ich das Foto haben?«

Während Nuria Aydin ihrem Chef das Foto herüberreichte, klopfte es kurz, und Jonas Bargfrede kam herein. Álvarez hatte ihm zum Ausgleich für die spätabendliche Observierung zugestanden, etwas später zum Dienst zu erscheinen. Er begrüßte den Kollegen mit einem kurzen Nicken und wandte sich wieder Nuria Aydin zu.

»Danke. Und über den anderen, Krlić, haben Sie da was rausgefunden?«

Aydin schüttelte den Kopf. »Nicht viel, tut mir leid. Geboren ist er aber 1960 in Koper, das ist im heutigen Slowenien, eine Hafenstadt etwas südlich von Triest. Seine Identität scheint echt zu sein, die Angaben decken sich jedenfalls mit den Akten der früheren jugoslawischen Behörden, die jetzt in Slowenien liegen.«

»Wie kommt er dann mit Tadić in Kontakt? Der stammt doch vom anderen Ende der damaligen Republik«, wunderte sich Bargfrede, während er seine Jacke auszog und aufhängte.

Nuria hielt ein Fax hoch.

»Die Ärztekammer in Zagreb bestätigt, dass Krlić bis 1994 als Arzt praktiziert hat, und zwar in Vinkovci, einer Stadt im kroatisch-serbischen Grenzgebiet. Das liegt zwar auch mehrere hundert Kilometer von Tadićs Herkunftsort entfernt, aber ebenfalls in einer Region, in der sich paramilitärische Einheiten der unterschiedlichen Ethnien gleichermaßen ausgetobt haben. Die waren hochmobil, daher ist es nicht undenkbar, dass Tadić und die Seinen auch dort ihr Unwesen getrieben haben«, führte die Polizeimeisterin aus.

Weil Bargfrede ja erst später dazu gekommen war und den Eindruck erweckte, als könne er Nurias Erklärungen nicht ganz folgen, setzte ihn sein Chef mit einem kurzen Satz ins Bild:

»Tadić scheint in Kriegsverbrechen involviert gewesen zu sein.«

Bargfrede nickte verstehend und gab zu bedenken: »Hat Krlić nicht angegeben, dass seine Eltern im ersten Kriegsjahr umgekommen seien?« Er war bei der Vernehmung nicht dabei gewesen, schien aber das Protokoll gut studiert zu haben, wie Álvarez zufrieden zur Kenntnis nahm.

»Du meinst, das spreche für eine Racheakt-Hypothese?«, fragte der Hauptkommissar seinen Kollegen. Dieser verzog den Mund.

»Warum nicht? Krlićs Eltern kommen gewaltsam ums Leben – durch Beschuss, Massaker, wodurch auch immer – und ihr Sohn trifft einen der Beteiligten Jahre später zufällig wieder. Rumms. Psychologisch absolut nachvollziehbar.«

Álvarez nickte etwas nachdenklich.

»Du hast natürlich Recht. Allerdings hat Krlić angegeben, er habe Tadić vor acht Jahren erstmals gesehen. Das wäre dann 1994 gewesen. Krlićs Eltern sind aber, ihrem Sohn zufolge, bereits im ersten Kriegsjahr umgekommen. Das war 1991, also bereits vor elf Jahren. Was mich außerdem an der ganzen Sache stört, ist der rätselhafte Tathergang. Krlić war offensichtlich gefesselt und wurde von Tadić oder aber einem Dritten massiv misshandelt und zwar direkt am Tatort. Oder dieser Dritte kam erst später dazu und befreite ihn, sodass Krlić im Anschluss die Möglichkeit hatte, Tadić umzubringen. Dann aber hätte er zumindest Unterstützung seitens dieses Dritten haben müssen, also eines Komplizen oder zumindest eines spontan Verbündeten.«

»Der möglicherweise ebenfalls eine Rechnung mit Tadić offen hatte«, unterbrach ihn Bargfrede.

Álvarez nickte. »Der hätte dann entweder im Besitz einer Waffe sein müssen oder Krlić kam selbst bewaffnet – nein, Tadić hätte ihm das Ding vorher abgenommen. Warum aber hätte dieser ominöse Dritte Krlić eine Waffe geben sollen, damit dieser dann Tadić erschießt, anstatt es selbst zu erledigen?«

»Vielleicht jemand, der Krlić sehr nahestand und ihm die Möglichkeit zur persönlichen Rache nicht nehmen wollte? Eine Frau vielleicht? Möglicherweise eine der Prostituierten, die von ihm unterstützt wurden? Wie dieses Mädchen, von dem er gesprochen hat?«, mutmaßte Bargfrede.

»Glaubst Du, Frauen können nicht auch selbst schießen?«, ließ sich Aydin mit einem Unterton vernehmen, der Bargfrede sichtlich unangenehm war. Nurias Frage erinnerte ihn daran, dass ihre Ergebnisse beim Schießtraining stets besser waren als die seinen.

»Das meine ich ja gar nicht«, beeilte sich dieser zu versichern. »Ich meine, nur wegen der möglichen emotionalen Verbundenheit.«

»Ok, das wird jetzt spekulativ«, schritt Álvarez ein, bevor der Konflikt eskalieren würde. Nuria Aydin ergriff wieder das Wort.

»Krlić ist aus polizeilicher Sicht völlig unauffällig. Er taucht auch nicht auf irgendwelchen Fahndungslisten auf, weder auf den nationalen der Staaten des ehemaligen Jugoslawien noch auf einer internationalen. 1994 wurde er hier in Deutschland als Flüchtling registriert, später bekam er eine Arbeitserlaubnis. Sein jetziger Arbeitgeber hatte ihm eine besondere berufliche Eignung bescheinigt. Alles korrekt. Nicht mal ein Verkehrsdelikt.«

»Gut«, erwiderte ihr Chef, fast ein wenig enttäuscht. Dann fiel ihm etwas ein.

»Fragen Sie doch mal die Kollegen von den Revieren in Walle und Gröpelingen. Vielleicht haben die ja irgendwas Interessantes für uns. Irgendwelchen Ärger, den er sich vielleicht mal zugezogen hat. Immerhin wohnt und arbeitet der Mann seit Jahren dort.« Álvarez machte sich zwar diesbezüglich keine großen Hoffnungen, konnte sich jedoch insgeheim nicht damit abfinden, dass der bislang einzige brauchbare Verdächtige wirklich völlig unauffällig war.

Während Nuria sich wieder hinter ihren Rechner klemmte, ließ ihr Chef sich von Jonas Bargfrede über dessen Ergebnisse in Kenntnis setzen. Die Observationsprotokolle vom Vorabend zeigten keine besonderen Vorkommnisse, außer dass Jonas gegen halb acht diesen Bauunternehmer gesehen hatte, der offenbar in Begleitung einer Prostituierten die Straße entlanggegangen war, in der auch der observierte Sozialarbeiter wohnte. Álvarez maß diesem Vorfall keine besondere Bedeutung zu; es war keine Sensation, wenn ein gestresster Geschäftsmann sich abends etwas Vergnügung verschaffte. Sein jüngerer Kollege schien diesbezüglich jedoch anderer Meinung zu sein.

»Ich dachte, ich guck' nicht richtig«, kommentierte er empört, während er seinem Vorgesetzten die Fotos herüberreichte, die er von seinem Fensterplatz im *Libanon-Grill* aus gemacht hatte. »Seine Frau ist hochschwanger, hat er mir selbst erzählt, und er hat nichts Besseres zu tun, als mit einem Strichmädchen herumzubumsen. Was soll denn das?«

»Jonas, bitte.« Álvarez schätzte solche Ausdrucksweisen nicht. Und auch Nuria bekam einen strafenden Blick zugeschossen, weil sie bei Bargfredes empörtem Ausrutscher gekichert hatte. Im Unterschied zu ihrem Kollegen schien sie der Vorfall jedoch nicht sehr zu überraschen.

Wahrscheinlich würde sie Jonas in der Mittagspause wegen seiner moralischen Anwandlungen aufziehen.

Der Kommissar warf einen nur mäßig interessierten Blick auf die kleine Fotoserie. Auf zweien der Abzüge war der Bauunternehmer, auf zwei anderen hingegen das Gesicht des Mädchens recht gut zu erkennen.

»Sie ist noch sehr jung«, kommentierte Álvarez.

»Find ich auch.« Das Missfallen seines Mitarbeiters war kaum zu überhören.

Wegen der emotionalen Voreingenommenheit seines jüngeren Kollegen beschloss der Hauptkommissar, den in Ungnade gefallenen Bauunternehmer persönlich noch einmal unter die Lupe zu nehmen.

»Ich werde auch nochmal mit ihm sprechen«, teilte er Bargfrede mit. »Du hattest doch ohnehin ein paar Unklarheiten in Bezug auf eines der Subunternehmen festgestellt, oder? Setzt du mich bitte darüber ins Bild?«

Sein Mitarbeiter hatte mittlerweile wieder halbwegs zu seiner gewohnten Sachlichkeit zurückgefunden und konzentrierte sich auf die Daten aus seinem Dossier.

»Es muss sich dabei nicht zwingend um eine strafbare Unregelmäßigkeit handeln, aber die Lohnbuchhaltung eines der Subunternehmen ist irgendwie … enigmatisch.«

Nuria versetzte Jonas einen Stoß.

»Sprich deutsch«, fauchte sie.

»Rätselhaft. Wirft Fragen auf«, erklärte dieser.

»Inwiefern?«, hakte sein Dienstvorgesetzter nach.

»Da waren doch nur diese drei Jugos auf der Baustelle, oder?«

»Jonas!« Nuria war *not amused*.

»Sorry. Aber wir wissen ja nicht, woher die im Einzelnen kamen«, verteidigte sich Bargfrede.

»Ist gut jetzt«, ging Álvarez dazwischen, »weiter!«

»Aber abgerechnet hat ihr direkter Arbeitgeber mit *GropeBau* noch drei weitere. Plus den Polier.«

»Vielleicht werden die in Wechselschicht eingesetzt«, überlegte Álvarez.

»Vielleicht. Aber dann würden sie abwechselnd arbeiten.«

»Haben sie nicht?«

»Haben sie nicht. Abgerechnet wurden mal vier, mal fünf Kräfte zu übereinstimmenden Arbeitszeiten. Einmal sogar alle sechs. Plus der Polier. Der hat mir gegenüber aber nur die drei uns bekannten Männer erwähnt, als ich ihn zu der Situation am Bau befragte.«

»Also Betrug.«

»Sieht so aus«, bestätigte Bargfrede.

»Wie heißt denn dieser großzügige Personaldienstleister?«

Bargfrede warf einen Blick in die Akte.

»Jovanović. Marko Jovanović.«

»Bitte was?«, fragte Álvarez verblüfft. Auch Nuria Aydin hob erstaunt die Augenbrauen.

Ihr Kollege wiederholte den Namen, gefolgt von einem »wieso?«.

Der Hauptkommissar, der sich ungern mit Kleinigkeiten abgab, wollte angesichts Bargfredes augenscheinlicher Begriffsstutzigkeit schon ungehalten reagieren, als ihm einfiel, dass sein Mitarbeiter ja erst eingetroffen war, nachdem Nuria dieses interessante Detail ihrer Rechercheergebnisse präsentiert hatte. Deswegen setzte er Bargfrede von der wahren Identität des Mordopfers in Kenntnis:

»Weil der tatsächliche Name des Mordopfers ebenfalls Jovanović lautet. Radan Jovanović. Der Name mag in Südosteuropa vielleicht nicht so wahnsinnig selten sein, ähnlich wie bei uns hier Jansen, aber dass ein Träger dieses Namens genau auf der Baustelle zu Tode kommt, auf dem Angestellte eines Subunternehmers desselben Namens arbeiten, scheint mir doch ein bisschen zu viel Zufall zu sein.«

»Das denke ich wohl auch«, stimmte Bargfrede zu.

Álvarez musste sich etwas zerknirscht eingestehen, dass ihm diese namentliche Übereinstimmung bereits vorhin hätte auffallen können, hätte er sich das Aktenblatt gleich näher angesehen, an das Jonas schon zwei Tage zuvor seinen gelben Haftmerker mit der Notiz »Sollte überprüft werden – bin dran« geklebt hatte. Jetzt dachte er kurz darüber nach, wie er die notwendigen Befragungen, die sich nun aus diesem Ermittlungsstand ergaben, zeitlich und personell am besten koordinierte.

»Pass auf«, teilte er dann dem Kollegen seinen Entschluss mit, »ich werde nochmal zu deinem Jugendfreund Kohlrusch fahren. Und zwar nicht in erster Linie wegen seiner moralischen Verfehlungen, sondern um ihm wegen dieser Betrugssache auf den Zahn zu fühlen, von der wir noch nicht wissen, ob er davon weiß. Wahrscheinlich sind er und seine Firma in diesem Fall die Geschädigten, aber wer weiß – vielleicht profitiert er auch ganz persönlich davon. Bei dem aktuellen Stand seiner Lebensplanung scheint er ja durchaus Geld nötig zu haben. Du bist bitte so gut und informierst die Kollegen vom Betrugsdezernat, damit die sich dieses Schlitzohr Jovanović mal vornehmen. Fahr aber mit – alles, was dabei herauskommt, könnte auch für unseren Fall relevant sein.«

Noch bevor Bargfrede seine Schar um sich versammelt hatte, machte sich Álvarez auf den Weg zur *GropeBau*. Da er Kohlrusch in seinen Geschäftsräumen aufsuchen würde, hielt er es nicht für notwendig, eine Kollegin oder einen Kollegen mitzunehmen, auch wenn das nicht ganz vorschriftsmäßig war. Er erwartete nicht, dass der junge Geschäftsführer der Niederlassung eines so renommierten Konzerns ihn mit Unterstützung seines Personals bedrohen würde, zumal er in der Mordsache nicht einmal tatverdächtig war. Was den potentiellen Betrug anbelangte – wer weiß.

Als Álvarez bei der Baufirma eintraf, erfuhr er, dass Kohlrusch sich nicht im Büro, sondern auf der Baustelle befand. Das war nicht so überraschend; er bedankte sich daher bei der freundlichen Rezeptionistin und machte sich auf den Weg zum Baugelände. Der Rohbau war von ihm mittlerweile wieder freigegeben worden, mit Ausnahme des Kellerraums und der Treppe, die zu ihm hinunterführte. Allerdings erhoffte er sich auch dort keinen Sensationsfund mehr, es war eher eine Unterlassung mit symbolischem Wert.

Was ihn allerdings überraschte, war der Umstand, dass der Bauunternehmer auch dort weder anwesend war noch erwartet wurde. Man vermutete ihn in der Firma. Der Kommissar merkte, dass ihm das Ganze schon wieder ziemlich auf die Nerven ging. Er bedankte sich dennoch auch hier, ohne darauf hinzuweisen, dass er gerade von dort kam, weil der Chef angeblich hier zu finden sei. Entweder hatte er einen Geschäftstermin andernorts oder – und der Ermittler konnte sich ein Grinsen nicht verkneifen, als er sich die Empörung seines Kollegen Bargfrede ins Gedächtnis rief – Kohlrusch hatte sich mit diesem einfachen, aber effektiven Trick etwas Zeit für ein Schäferstündchen freigeschaufelt. In diesem Fall wäre er bis auf weiteres unauffindbar, deswegen fuhr der Kommissar zurück ins Büro, um Marion Olbrich einzusammeln und mit ihr ins Krankenhaus zu Krlić zu fahren. Er hätte den Bauunternehmer gerne erwischt, bevor dieser von dem Besuch des Kollegen Bargfrede bei seinem Subunternehmer Jovanović erfahren würde. Auf diese Weise wäre es leichter gewesen, festzustellen, ob Kohlrusch von dem mutmaßlichen Betrug wusste und mit ihm möglicherweise zu Lasten seiner Firma gemeinsame Sache gemacht hatte, indem er einen Teil der gegenüber Kohlruschs Firma abgerechneten Gehälter selbst eingesteckt hatte. Falls Zlatan Tadić alias Radan Jovanović davon gewusst und die beiden erpresst hatte, hätten beide – Kohlrusch und Marko

Jovanović – ein Motiv gehabt, Tadić-Jovanović aus dem Weg zu räumen. Álvarez hatte Bargfredes Schilderungen entnommen, dass Kohlrusch offenbar ein sehr karriereorientierter junger Mann war und zudem gerade in Familiengründung mit einer nicht minder erfolgreichen Frau begriffen war. Für ihn stand also nicht wenig auf dem Spiel. Er brauchte Geld: demnächst ein zweites Kind, geplanter Hausbau – da konnte man schon mal schwach werden, auch wenn es dumm war.

* * *

Bevor Marion Olbrich und Manuel Álvarez am späten Nachmittag ins Krankenhaus zu Krlić fuhren, hatte Manuel noch ein unerfreuliches Gespräch mit seinem Vorgesetzten. Kriminalrat Peter Lüders wollte wissen, ob die Bevölkerung nun tatsächlich vor rivalisierenden Clans einer marodierenden Jugomafia würde geschützt werden müssen, wie es das lokale Revolverblatt mit angeblicher Berufung auf seinen Amtsvorgänger behauptete.

»Nein, das denke ich nicht«, äußerte sich Álvarez vorsichtig, obwohl er sich dessen sogar sicher war. »Wie es aussieht, handelt es sich um einen rein privaten Konflikt. Sehr privat. Und viele Jahre alt.« Zwar schwamm er noch ziemlich, was die Ermittlungen anbelangte, aber er wollte die Fantasien seines Chefs im Zaume halten. Was ihm nicht sehr gut gelang, denn:

»Blutrache?«, fragte der Kriminalrat mit einer Mischung aus vorgetäuschter Abscheu und echter Sensationsgier. Álvarez musste sich sehr zusammenreißen, um seinem Dienstvorgesetzten gegenüber nicht zu zackig im Ton zu werden. Blutrache im ehemaligen Jugoslawien – was hatte sein Chef bloß für eine Vorstellung von diesen Ländern!

»Rache vielleicht. Aber sicher keine Clanstreitigkeiten. Bei dem Motiv sind wir noch nicht so weit. Wir wollten das heute klären, aber unser Tatv… unser Tatzeuge ist leider erkrankt.« Das Ausmaß dieser Untertreibung rangierte knapp unterhalb von »Houston – wir haben ein Problem«, aber Álvarez wollte in keine unnötigen Diskussionen mit Lüders einsteigen, deswegen beeilte er sich hinzuzufügen: »Ich wollte gerade ins Krankenhaus und mich erkundigen, wann er wieder vernehmungsfähig ist.«

Sein Chef war schon wieder mit anderen Dingen beschäftigt.

»Interessant. Machense mal, machense mal« war das Letzte, was Álvarez von ihm zu hören bekam.

Álvarez rollte das Foto mit Tadić-Jovanovićs Konterfei zusammen, um es nicht durch Knicke unkenntlich zu machen, holte seinen Mantel und klopfte an Marion Olbrichs Tür. »Gehen wir?«

Es begann bereits zu dämmern, als sie Olbrichs antiken *Mini Cooper* auf dem Klinikparkplatz abstellten und Álvarez seine 1,80 Meter behutsam aus dem Beifahrersitz faltete. Die Psychologin wollte nach dem Klinikbesuch direkt nach Hause fahren, deswegen hatten sie beide dieses rollende Attentat auf seine Kniescheiben bestiegen. Vorsichtig bildete der Kommissar aus seinen Körperabschnitten eine gerade, vertikale Linie und presste seine Hände in den Rücken, links und rechts neben dem Kreuzbein.

»Wann wirst du niederkommen?«, fragte ihn seine Kollegin in einem *Stell-dich-nicht-so-an*-Ton.

»Zahlen sie dir so wenig?«, schoss Álvarez zurück und wusste, dass seine Kollegin den nur angedeuteten Nebensatz »dass du dir kein größeres Auto leisten kannst« schon verstand. Olbrich würdigte ihn keines Blickes und schloss die Autotüren ab. Der Klinikkomplex war nicht gerade klein, und die beiden brauchten ein paar Minuten, bis sie den Haupteingang gefunden hatten. Am Empfang erkundigte sich der Kommissar nach Matej Krlić. Er musste den Namen buchstabieren, dann teilte die diensthabende Mitarbeiterin ihm die Bezeichnung der Station mit und erklärte den beiden Besuchern, wo sie langgehen mussten. Am Eingang zur Station kam ihnen dann auch gleich eine Pflegerin entgegen, um sie darüber zu informieren, dass sie keinen Zutritt hätten. Der Kommissar fragte nach Matej Krlić und hielt der beflissenen Pflegerin seinen Dienstausweis unter die Nase. Mäßig gelaunt studierte diese das Kärtchen, vielleicht etwas länger als nötig, sagte dann etwas beleidigt: »Kommen Sie« und führte sie zum Ende des Gangs, wo noch einmal einige Räume durch eine Glastür abgeteilt lagen.

»Warten Sie hier«, wies sie den Polizisten an und genoss es sichtlich, dass sie nun ihm gegenüber das Sagen hatte. Nach zwei Minuten kehrte sie in Begleitung eines Arztes zurück, der sich mit »Jansen« vorstellte, die beiden Gäste knapp, aber nicht unfreundlich begrüßte und in sein Zimmer bat. Álvarez erklärte ihm, dass sie wegen Matej Krlić gekommen waren und fragte, wie es aussehe. Dr. Jansens Miene war ernst, als er sagte, er könne es noch nicht mit Sicherheit sagen. Momentan sei Krlić noch ohne Bewusstsein, seine Vitalfunktionen seien allerdings stabil. Álvarez nickte und pfriemelte eine Visitenkarte aus seinem Portemonnaie.

»Wären Sie so nett, mich anzurufen, wenn er so weit bei Bewusstsein ist, dass er ansprechbar ist?«

Der Arzt nahm die Karte und legte sie auf seinen Schreibtisch.

»Ich kann Ihnen allerdings nichts versprechen. Nach ärztlichem Ermessen sollte er durchkommen, aber wie es dann in seinem Kopf aussieht, kann ich Ihnen nicht sagen.«

Wieder nickte der Kommissar. Jansen legte nachdenklich die Stirn in Falten.

»Ich hatte allerdings gedacht, dass es sich um einen Suizidversuch gehandelt hat. Ist dem nicht so?«

»Doch, soweit wir wissen, schon«, entgegnete Álvarez. »Herr Krlić sollte heute als Zeuge bei uns eine Aussage machen und ist nicht aufgetaucht. Deswegen sind zwei Kollegen zu ihm gefahren, um ihn abzuholen und fanden ihn dann.«

»Damit haben sie ihm sicherlich das Leben gerettet«, sagte der Arzt ohne jedes Pathos und fügte nach einer kurzen Pause hinzu: »Er hat außerdem eine Wunde am linken Oberarm; meines Erachtens eine nicht mehr ganz frische Schusswunde. Sie wurde aber fachgerecht versorgt.«

»Ja, davon wissen wir. Der Verband stammt von unserem Rechtsmediziner.«

Jansen konnte sich ein Grinsen nicht verkneifen, wurde aber gleich wieder ernst. »Von den anderen Verletzungen und den zahlreichen Narben wissen Sie auch?«

Álvarez nickte und Jansen stützte sich auf der Kante der Schreibtischplatte ab, als er fortfuhr.

»Anfang der Neunziger habe ich als Arzt bei einer NGO gearbeitet, in der Nähe von Trogir, wo eine deutsche *UNPROFOR*[5]-Einheit stationiert war. Wir haben aber die gesamte Küstenregion versorgt, bis rauf nach Zadar. Wir hatten einige zivile Patienten mit Verletzungen dieser Art. Sie stammten aus Orten im Hinterland, die zuvor ›geräumt‹ worden waren, was nicht selten bedeutete, dass die Einwohner gleich vor Ort oder mit einem Umweg über ›Sammelstellen‹ in der näheren Umgebung massakriert worden waren. Kaum einer hat das überlebt, wenn er da reingeraten war, aber einige haben es dennoch geschafft, zum Beispiel, wenn die Täter den Ort des Geschehens schnell verlassen mussten und ihre Opfer halbtot liegen ließen.«

Álvarez hörte Jansen interessiert zu. »In diese Richtung haben wir auch schon Überlegungen angestellt. Ihre Informationen sind sehr hilfreich für uns, vielen Dank. Aus diesem Grund müssen wir dringend mit Ihrem Patienten selbst sprechen, wenn es irgend möglich ist.«

---

5 United Nations Protection Forces, dt.: Schutztruppe der Vereinten Nationen

Jansen nickte. »Ich rufe Sie an oder bitte den diensthabenden Kollegen darum, je nachdem, wann er aufwacht. Hoffen wir, dass er es tut.«

Álvarez hielt die Lippen nachdenklich aufeinandergepresst, als sie die Klinik verließen.

»Es ist nicht deine Schuld«, sagte die Psychologin. Der Ermittler hob die Schultern und senkte sie wieder.

»Ich hätte Krlić nicht so unter Druck setzen sollen.«

»Ich hätte auch nicht gedacht, dass er gleich so durchdrehen würde, und ich bin vom Fach«, versuchte Olbrich ihren Kollegen aufzumuntern. Der schüttelte seufzend den Kopf.

»Warum macht er lieber so was als sich uns anzuvertrauen? Wenn er solche Angst hat, weil er bedroht wird oder was weiß ich, wäre es doch sinnvoll, den Mund aufzumachen, wenn man schon bei Bullens zu Gast ist. Oder bin ich so furchteinflößend?«

»Wenn jemand solche Angst hat und so schwer traumatisiert ist, funktioniert er nicht mehr nach den Maßstäben von ›sinnvoll‹ oder ›logisch‹ oder ›vernünftig‹, die wir ansetzen«, erklärte die Psychologin in ruhigem Ton. »Du ahnst vielleicht nicht, wie sehr Angst und Scham einem den Mund verschließen können.«

»Scham?«, fragte Álvarez verwundert, »Er wurde doch nicht vergewaltigt.«

»Dennoch«, erläuterte Olbrich, »traumatisierte Menschen haben oft schwere Schuldgefühle. Dass es ihr eigenes Versagen oder ihr eigener Fehler war, der sie in die schreckliche Situation geführt hat, zum Beispiel. Oder tatsächlich auch in dem Sinne, dass sie sich für die erlittene Pein, die Wehrlosigkeit und die Schwäche schämen. Dazu müssen sie nicht vergewaltigt worden sein.« Für Olbrich selbst waren solche Ausführungen fachliche Gemeinplätze, aber sie kannte ihren Kollegen gut genug um zu wissen, dass dieser sich mit Psychologie nur so weit befasste, wie es die Erfüllung der

Minimalanforderungen für seinen Beruf erforderte. Manchmal fragte sie sich wirklich, warum jemand zur Kripo ging, der ein so auffälliges Desinteresse an der menschlichen Seele zumindest vorschob. Aber vielleicht war dies Álvarez' Art, sich von deren Abgründen abzugrenzen.

Der Kommissar stieß etwas ungehalten einen längeren Atemstrom aus und fragte, mehr sich selbst zugewandt: »Warum haben wir das nicht erkannt?«

»Wir haben es erkannt. Alle beide. Du auch. Du hast auch darauf reagiert. Von Angst oder Scham, die einen am Reden hindert, bis zum Suizid ist es aber ein weiter Weg, sonst würden sich neunzig Prozent aller Psychotraumapatienten nach der ersten Therapiesitzung umbringen.«

»Du übertreibst.«

»Tu ich«, gab Olbrich zu. »Soll ich dich nach Hause bringen?«

»Nein, danke, ich möchte erst nochmal kurz bei der *GropeBau* vorbeisehen, ob dieser Kohlrusch vielleicht doch mittlerweile in seinem Büro aufgetaucht ist.«

Marion Olbrich war so nett, ihn dort abzusetzen, allerdings war der Umweg vergeblich gewesen, denn wie sich herausstellte, war Kohlrusch nach wie vor nicht aufgetaucht. Die Assistentin an der Rezeption versuchte erfolglos, ihren Chef auf dem Mobiltelefon zu erreichen. Etwas ratlos zuckte sie mit den Schultern und nahm bereitwillig Álvarez' Karte entgegen, als dieser sie bat, ihrem Chef auszurichten, dass er sich bei Hauptkommissar Álvarez melden möge, sobald er zurückkehrte oder wenigstens sein Handy wieder in Betrieb nahm. Der lange blonde Pferdeschwanz der jungen Frau wippte anmutig – es war ihr deutlich anzusehen, dass sie den Hauptkommissar wenigstens interessant fand. So lange allerdings die *GropeBau* einen Teil seiner Ermittlungen betraf, würde eine Einladung zum Drink warten müssen, da war mit Hauptkommissar Álvarez nichts zu machen. Während er sich verabschiedete, warf sie dem Objekt ihres kurzen Begehrens einen Blick zu, als bedauere sie diese widrigen Umstände, und Álvarez verließ das Gebäude mit einem sonderbaren Gefühl, das sich zwischen Geschmeicheltsein, Verunsicherung und Unbehagen bewegte.

Bislang hatte sich auch Jonas Bargfrede nicht bei ihm gemeldet, daher hinterließ Álvarez ihm eine Nachricht auf der Mailbox seines Handys, dass er zeitnah zumindest einen mündlichen Bericht erwartete. Den Kollegen Bargfrede eingeschlossen standen jetzt bereits drei Rückmeldungen aus – neben Bargfrede wartete Álvarez auch auf Nachricht von Kohlrusch und einen Anruf aus dem Krankenhaus, Krlić betreffend. Álvarez wurde hibbelig – diese Warterei nervte ihn kolossal. Er ging nach Hause, aß zu Abend und streckte seine langen Gräten auf dem Sofa aus um fernzusehen. Es lief eine dieser politischen Talkrunden, bei denen die eingeladenen Gäste sich in hoher Aufregung gegenseitig an die Gurgel gingen, von dem Moderator oder der Moderatorin eher angefeuert als gezügelt. Als das Ganze kurz vor Ende aus dem Ruder zu laufen drohte, klingelte erlösend Álvarez' Handy. Es war Kohlrusch, und sein Anruf nahm Álvarez schon mal für ihn ein, denn der Kommissar schätzte es, wenn Leute nicht streng nach Bürozeit arbeiteten, solange dringende Angelegenheiten anstanden. Seine Ermittlungen betrachtete Álvarez als solche.

Stefan Kohlruschs Stimme klang sachlich und geschäftsmäßig, aber Álvarez' Ohr war geschult genug, ein leichtes, nervöses Flackern herauszuhören. Sicherlich telefonierte der Bauunternehmer nicht täglich mit der Kripo.

»Sie wollten mich sprechen?«, fragte Kohlrusch.

»Ja. Ja –«, erwiderte der Ermittler, »ich weiß, es ist schon spät, aber könnten wir uns irgendwo treffen?«

Kohlrusch antwortete nicht sofort, wohl, weil ihm dieses Ansinnen um diese Zeit – es war 23 Uhr – dann doch etwas weit ging.

»Also, ich bin eigentlich schon zuhause, bei meiner Familie«, begann der Unternehmer zögerlich, »geht das nicht auch morgen? Ich könnte morgen früh als erstes zu Ihnen ins Büro kommen, sagen wir, halb acht, acht?« Er schien davon auszugehen, dass auch ermittelnde Kriminalpolizisten anstandslos am Wochenende durcharbeiteten, wenn es die Lage erforderte. Selten genug kam es vor, dass zu Befragende freiwillig bereit waren, sich bei Álvarez und seinen Kollegen einzufinden, und dann auch noch so früh. Im Grunde hätte der von Kohlrusch vorgeschlagene Zeitpunkt völlig ausgereicht, aber Álvarez hatte Blut geleckt. Er wollte den Bauingenieur so müde, wie er es jetzt wahrscheinlich war, vor sich haben. Besser, man ließ ihm keine Zeit, sich erstmal auszuschlafen und sich plausible Geschichten auszudenken.

»Leider nicht«, sagte der Kommissar deshalb mit geheucheltem Bedauern, »ich komme hier sonst nicht weiter.« Álvarez hörte, wie sein Gesprächspartner tief durchatmete, er war wohl etwas genervt. Aber die Tatsache, dass die Bremer Kripo sich auch um diese Tageszeit fieberhaft der Verbrechensbekämpfung widmete, schien den Geschäftsmann dann doch zu überzeugen.

»Also gut«, lenkte er ein, »können Sie zu mir kommen? Meine Tochter ist schon im Bett und meine Frau ebenfalls. Sie ist schwanger, Anfang neunter Monat, ich will sie nicht alleine lassen.«

»Kein Problem«, kam ihm Álvarez entgegen. Auch wenn es gravierend gegen die Vorschriften verstieß, würde er alleine zu Kohlrusch fahren, ohne einen Kollegen dazuzubeordern. Er war der Ansicht, dass das Gespräch in einer kooperativeren Atmosphäre und damit erfolgreicher verlaufen würde, wenn er nicht hochoffiziell zu zweit bei dem Bauunternehmer aufliefe.

Kohlruschs wohnten in Findorff, in der Beletage eines Altbaus ähnlich dem, den Álvarez im Viertel bewohnte. Nur waren hier Lagewert und Renovierungszustand eindeutig höher anzusiedeln. Man schien nicht schlecht zu verdienen. Der Hauptkommissar klingelte, und der Summer ertönte nur wenige Sekunden später, ohne dass die Gegensprechanlage benutzt worden wäre. Wer sollte so spät auch sonst kommen. Kohlrusch schien in dieser Hinsicht frei von Angst zu sein und ein ruhiges Gewissen zu haben. Álvarez stieg im opulent verzierten Treppenhaus bis zum ersten Stock hinauf. Der Bauunternehmer erwartete ihn an der Tür und bat ihn, leise zu sprechen, damit die Kleine nicht aufwachte. Der Kommissar nickte verständnisvoll und ließ sich von Kohlrusch ins Wohnzimmer führen, wo sie sich in normaler Lautstärke unterhalten konnten.

Álvarez interessierte am brennendsten, ob Kohlrusch in diese, behutsam ausgedrückt, außergewöhnliche Abrechnungssituation seines Subunternehmers involviert war, aber er wollte aus taktischen Gründen nicht mit der Tür ins Haus fallen. Auch die Auffälligkeit bezüglich der wahren Identität des Toten und der namentlichen Übereinstimmung mit dem betreffenden Subunternehmer wollte er noch etwas zurückhalten.

»Herr Kohlrusch, mein Mitarbeiter Jonas Bargfrede hatte Sie ja bereits aufgesucht hinsichtlich dieses Todesfalls auf einer Ihrer Baustellen.« Man konnte wohl davon ausgehen, dass der Neubau auf dem alten Hafengelände nicht das einzige Projekt der international verzweigten Firma war, wahrscheinlich nicht einmal das einzige des hiesigen Firmensitzes.

»Ja«, bestätigte der Bauingenieur und fügte mit einem geschäftsmäßigen Lächeln hinzu: »Wir kennen uns von früher.« Er wusste, wie man Nähe herstellt, wenn es der geschäftlichen Kommunikation dienlich war.

»Ich weiß«, nickte Álvarez, fest entschlossen, nicht allzu viel Nähe zuzulassen. Ein potentiell befangener Ermittler im Team reichte. Er fuhr fort: »Wie mein Mitarbeiter Ihnen sicherlich schon mitgeteilt hat, wurde der Tote als Zlatan Tadić identifiziert.« Vorsichtiger konnte er es nicht formulieren. Der Kommissar glaubte im dezent gedimmten Licht des Wohnzimmers zu beobachten, dass sich die Züge des jungen Geschäftsführers der *GropeBau* für einen Sekundenbruchteil verhärteten. Dann schien Kohlrusch die Kontrolle über seine Mimik wieder zurückzugewinnen. Er zuckte mit den Achseln und verzog leicht die Mundwinkel.

»Wie ich Jonas schon sagte, kenne ich nicht jeden Mitarbeiter der einzelnen auf der Baustelle beschäftigten Unternehmen und Gewerke.«

Diese Erklärung entsprach sicherlich den Tatsachen; Álvarez fragte sich jedoch, ob die kurze mimische Entgleisung des Bauunternehmers ausschließlich darauf zurückzuführen war, dass er den Namen des Opfers bereits zuvor von Jonas gehört hatte.

»Er war keiner der Arbeiter.«

Der Kommissar hatte sicherheitshalber ein Foto des Toten aus dem Büro mitgenommen, um es bei Bedarf vorzeigen zu können, was er jetzt auch tat. Kohlrusch warf nur einen flüchtigen Blick darauf und schüttelte den Kopf.

»Tut mir leid. Jonas hatte mir das Foto auch schon gezeigt, aber ich habe den Mann vorher noch nie gesehen.«

Dem Bauunternehmer schien das Gesicht auf dem Foto tatsächlich nichts zu sagen, er klang aufrichtig. Das machte den Kommissar stutzig. Weswegen hatte Kohlrusch dann bei der Erwähnung des Namens so eigenartig reagiert? Oder hatte er, Álvarez, sich doch getäuscht? Er musste die nächste Karte ziehen.

»Wir vermuten«, begann er, »dass er mit einem der Subunternehmer in Verbindung stand – Marko Jovanović.« Álvarez wartete ab, ob Kohlrusch irgendeine Reaktion zeigte. Doch auch dieser blieb in Lauerstellung und zwang den Ermittler, den nächsten Zug selbst zu machen.

»Bei Jovanović scheinen sich einige Fragen zu stellen«, zog dieser vorsichtig nach.

Der Bauunternehmer hob die Augenbrauen. Er schien ehrlich erstaunt.

»Was meinen Sie?«, fragte er.

»Wir haben die Gehaltsabrechnungen seiner Mitarbeiter mal unter die Lupe genommen.«

Álvarez' Gegenüber machte nun einen ernsthaft beunruhigten Eindruck.

»Unregelmäßigkeiten?«, fragte Kohlrusch alarmiert, Álvarez war sich nur nicht sicher, aus welchem Grund. Der Kommissar hob eine Schulter.

»Wie's aussieht, ja.«

Der Bauunternehmer presste die Lippen aufeinander.

»Verdammt«, fluchte er leise, um dann fortzufahren: »Danke, dass Sie mich darüber informiert haben. Ich schulde Ihnen etwas.«

»Nicht der Rede wert«, gab Álvarez zurück und war sich immer noch nicht ganz sicher, ob er Teil einer Komödie war oder ob Kohlrusch wirklich nichts davon gewusst hatte. Mal sehen, ob er den Geschäftsführer in Panik versetzen konnte.

»Unser Betrugsdezernat hat sich der Sache bereits angenommen und prüft vor Ort. Sollte sich der Tatbestand als zutreffend herausstellen, können und sollten Sie als Geschädigter natürlich Anzeige erstatten.«

Kohlrusch wirkte so erleichtert, dass Álvarez sich kaum noch vorstellen konnte, dass er in der Sache mit drinhing. Der junge Geschäftsmann schien heilfroh, dass es eine Lösung gab, die ihn vor seiner Konzernleitung nicht völlig das Gesicht verlieren ließe. Sicherheitshalber hakte Álvarez aber noch einmal nach.

»Sie haben wirklich nichts davon gewusst? Er hat Ihnen gegenüber fast doppelt so viele Arbeiter abgerechnet, wie er beschäftigt hat.«

Jetzt wirkte Kohlrusch tatsächlich ein wenig kläglich.

»Nein, natürlich nicht. Was für eine Sch… Entschuldigen Sie bitte.«

Er bemühte sich so verzagt, seine geschäftsmäßige Souveränität wiederzugewinnen, dass er einem fast leidtun konnte. Diese Spur war wohl eine Sackgasse gewesen.

Der Kommissar beschloss, es für heute gut sein zu lassen. Es hätte ihn zwar noch brennend interessiert, wie sich das Verhältnis des Unternehmers zu der jungen Frau gestaltete, mit der Bargfrede ihn am Abend zuvor abgelichtet hatte, aber er verzichtete darauf, Kohlrusch in seinen eigenen vier Wänden zu diesem Sachverhalt zu befragen. Zum einen bestand die Möglichkeit, dass seine hochschwangere Frau das Gespräch mithörte und sich infolgedessen in gefährlichem Maße aufregte. Zum anderen war er alleine hier und wollte nicht riskieren, dass der Befragte durch den Druck vielleicht aus dem Ruder lief und ihn bedrohte. Er wollte diese Situation weniger deswegen vermeiden, weil er vor ihr Angst gehabt hätte, als sich vielmehr den Stress zu ersparen, den er für einen solchen Alleingang wieder mal mit seinem ungnädigen Dienstvorgesetzten Kriminalrat Lüders bekommen hätte. Deswegen bat er den Unternehmer, am Montagmorgen ins Polizeipräsidium zu kommen, um das Befragungsprotokoll zu unterschreiben. Mit diesem Vorwand bekäme Álvarez die Gelegenheit, Kohlrusch ein weiteres Mal zu befragen – dieses Mal mit Heimvorteil und ohne auf dessen Frau Rücksicht nehmen zu müssen.

SONNABEND, 2. MÄRZ 2002

Hauptkommissar Álvarez' Handy klingelte, als er am nächsten Morgen gerade seinen letzten Schluck Kaffee trank. Es war Jansen.

»Er ist bereits gestern Abend gegen acht zu Bewusstsein gekommen, aber wir waren der Meinung, es reiche, wenn wir Sie heute Morgen benachrichtigen.«

»Das ist ok«, gestand Álvarez ihm zu. Unter anderen Umständen wäre er wegen der Verzögerung fuchtig geworden. »Wie geht es ihm?«

»Den Umständen entsprechend. Er ist aber bei klarem Verstand; ich denke nicht, dass irgendwelche bleibenden Schäden zu befürchten sind.«

»Ein Glück«, sagte Álvarez und fühlte sich aufrichtig erleichtert.

Trotz der Probleme, die Krlić ihm bei seiner Arbeit bereitete, musste er zugeben, dass er den Mann nicht unsympathisch fand. Er konnte sich nicht zu ganz so viel Verständnis wie die Kollegin Psychologin durchringen, aber er war froh, dass Krlić zumindest von seinem Suizidversuch nichts zurückbehalten würde. Der Rest schien schon übel genug. Er rief Marion Olbrich auf ihrem Handy an und erwischte sie ebenfalls noch zuhause.

»Wir treffen uns in einer Stunde vor dem Klinikum«, sagte er und beendete damit seinen inneren Konflikt, ob er sich bequem von der Kollegin abholen und unbequem zum Krankenhaus chauffieren lassen wollte oder lieber zu Fuß gehen und wenigstens mit heilen Gelenken ankommen. Die Rückfahrt in Olbrichs Mini würde schon unkomfortabel genug werden. Als Álvarez letzte Nacht von Kohlruschs zurückgekommen war, hatte er das Glück gehabt, in vertretbarer Nähe zu seiner Wohnung einen Parkplatz für seinen Dienstwagen zu finden; den wollte er ungern wieder aufgeben. In seinem Viertel war die Parkplatznot notorisch, weil viele Bewohner der Innenstadt glaubten, sie müssten sich trotz hervorragender Anbindung an öffentliche Verkehrsmittel ein oder gar zwei eigene Autos leisten. Es gab nicht zu wenige Parkplätze, es gab schlicht zu viele Autos. Álvarez selbst nutzte, so es irgend möglich war, den ÖPNV, nicht selten sogar, wenn er dienstlich unterwegs war. Ein Fahrrad zu benutzen, das seine Dienststelle ihm sogar zur Verfügung stellen würde, fand er allerdings irgendwie unwürdig. Privat besaß er einen Motorroller, aber selbst diesen ließ er mittlerweile meist stehen und dachte darüber nach, ihn zu verkaufen. Seit Blinken aus der Mode gekommen war, riskierte man an jeder Kreuzung sein Leben.

Der Hauptkommissar räumte sein Frühstücksgeschirr in die Spülmaschine, zog seinen Mantel über und verließ das Haus Richtung Haltestelle. Unterwegs dachte er über das Gespräch nach, das er gleich mit einem seelisch schwer angeschlagenen Mann führen musste, und versuchte sich darauf vorzubereiten. Auch wenn ihm seine früheren Freundinnen einen ausgeprägten Mangel an Empathie bescheinigt hatten, war ihm klar, dass er unter diesen Umständen nicht zu den üblichen Vernehmungstaktiken greifen konnte, und bemühte sich, Alternativen zu finden. Wahrscheinlich war es am besten, einen großen Teil der Befragung der Kollegin Psychologin zu überlassen, entschied er schließlich, als er sich dem Zentralklinikum näherte. Sie war mit dem Fall inzwischen so weit vertraut, dass sie wusste, welche Informationen er brauchte, und sie besaß die geeignete Erfahrung, um den offenbar hochgradig traumatisierten Mann in schonender Weise dazu zu bringen, sich zu öffnen und Fakten zu liefern.

Marion Olbrich wartete auf dem Klinikparkplatz. Álvarez teilte ihr seinen Entschluss mit, und sie war einverstanden.

»Aber warten wir erst einmal ab, wie viel Zeit uns sein behandelnder Arzt einräumt. Notfalls müssen wir morgen oder übermorgen eben nochmal kommen«, gab sie zu bedenken. Der Hauptkommissar war mit dieser Aussicht höchst unzufrieden und sah nur ungern ein, dass er sich damit wohl würde abfinden müssen. Er hoffte das Beste – für den Verlauf seiner Befragung und natürlich auch für Krlić. Vor der Glastür fragten sie eine Pflegerin nach Dr. Jansen, und kurz darauf begrüßte sie dieser, noch morgendlich frisch und aufgeräumt. Die Aussicht auf einen langen Wochenenddienst schien ihn nicht sonderlich zu deprimieren.

»Überfordern Sie ihn nicht – er ist körperlich ok, aber psychisch extrem labil und zeigt Anzeichen einer schweren Depression.«

»Ich werde das Gespräch weitgehend meiner Kollegin überlassen, damit ich ihn nicht zu hart rannehme«, versuchte Álvarez einen Scherz, um seine Unsicherheit zu überspielen. Und weil der Arzt ihn fragend anblickte, fügte er hinzu: »Sie ist unsere Polizeipsychologin.«

Jansen nickte verstehend, und bevor er die Tür zu Krlićs Zimmer öffnete, sagte er noch: »Ich werde dabeibleiben, und wir brechen das Gespräch ab, wenn die Belastung für den Patienten zu hoch wird.«

Zu dritt traten sie ein. Krlić lag reglos und mit dem Oberkörper leicht erhöht auf dem Rücken, umgeben von einigem medizinischen Gerät, das er aber nicht mehr zu brauchen schien. Er hob kaum den Blick um die Eintretenden anzusehen. Sein Gesicht zeigte in dem Moment schon wieder aufsteigende Panik, als er den Kommissar erkannte. Den Gruß der Eintretenden erwiderte er mit einer Bewegung der Lippen.

»Haben Sie bitte keine Angst, wir wollten zunächst einmal gucken, wie es Ihnen geht«, sprach Olbrich ihn an, als sie seine Furcht bemerkte. »Dürfen wir Platz nehmen?«

Nach einem kurzen Moment nickte Krlić schicksalsergeben. Álvarez und die Psychologin angelten sich zwei Stühle, die an der Wand gegenüber dem Fußende standen, und stellten sie seitlich neben das Bett des Streetworkers. Als sie saßen, ergriff der Kommissar als erster das Wort.

»Es tut mir sehr leid, wenn Sie sich zu großem Druck ausgesetzt gefühlt haben. Das stand wirklich nicht in meiner Absicht.« Álvarez pausierte kurz, um zu überlegen, wie er einen geeigneten Mittelweg finden konnte. Einerseits war auf den Zustand des Patienten natürlich unbedingt Rücksicht zu nehmen, andererseits zwang ihn der Ermittlungsdruck, zu Ergebnissen zu gelangen. Er beschloss, Krlić gegenüber offen mit diesem Dilemma umzugehen.

»Verstehen Sie, wir müssen natürlich mit unseren Ermittlungen vorankommen, um den Täter oder die Täterin zu finden, aber auf keinen Fall sollte es im Zuge dessen zu weiteren Todesfällen kommen.« Er wusste wirklich nicht, wie er sich gegenüber jemandem ausdrücken sollte, der gerade erst versucht hatte, sich umzubringen. Krlić schien allerdings zu verstehen. Er nickte und wirkte etwas weniger beunruhigt als zu Beginn des Gesprächs. Seine Reaktion gab dem Kommissar etwas Auftrieb. Er gelangte in vertrauteres Fahrwasser zurück und übernahm, entgegen seinem ursprünglichen Plan, die Befragung Marion Olbrich zu überlassen, zunächst selbst das Ruder.

»Herr Krlić, ich glaube Ihnen, dass damals in Jugoslawien furchtbare Dinge geschehen sind, die wir tatsächlich klären müssen, um uns ein genaues Bild in Hinblick auf die Gesamtsituation zu machen«, begann er daher mit aller Vorsicht und größtmöglichem Fingerspitzengefühl. Die Formulierung »auf ein mögliches Tatmotiv« wollte er so lange vermeiden, wie keine konkreteren Verdachtsmomente gegen den Streetworker vorlagen. Immerhin galt er bisher noch als Zeuge und nicht als Verdächtiger. »Aber vielleicht ist es momentan besser – und auch für Sie nicht so belastend –, wenn wir uns erst einmal auf die Ereignisse vom vorigen Sonntag konzentrieren.«

Der Befragte zögerte einen kurzen Moment, in dem er innerlich wohl tatsächlich ein wenig zu Kräften kam, und nickte dann schicksalsergeben, aber erkennbar gefasster als zuvor. Um die Gesprächssituation etwas zu entspannen, fasste Álvarez zunächst einmal die Informationen zusammen, die der Sozialarbeiter in der Befragung zwei Tage zuvor bereits gegeben hatte.

»Sie hatten also am Sonntag diesen Termin mit Tadić. Tadić hatte Ihnen zuvor Ort und Zeitpunkt des geplanten Treffens durch einen seiner … Personenschützer ausrichten lassen, ja?«

Wieder nickte Krlić, ohne den Überbringer der Botschaft zu spezifizieren. Álvarez ließ diesen Punkt fürs Erste unbeachtet. Es war zunächst einmal egal, ob es Klinken-Kalli oder Putzer-Pavel gewesen war, oder wie auch immer diese beiden Multifunktionstalente auf dem Kiez genannt wurden. Was Tadić selbst anbelangte, so hatte der Kommissar dem Sozialarbeiter gegenüber weiterhin den falschen Namen des Mordopfers benutzt, ungeachtet der neuesten Erkenntnisse hinsichtlich dessen tatsächlicher Identität. Er wusste nicht, ob Krlić über den Namenswechsel des früheren Kriegsverbrechers und späteren Rotlichtprinzen Bescheid wusste, und es konnten sich aus dieser Situation immerhin befragungstaktische Möglichkeiten ergeben. Vielleicht war Krlić sich der doppelten Identität Tadić-Jovanovićs bewusst und vertraute so blind darauf, den Ermittler seinerseits an der Nase herumführen zu können, dass er sich vor lauter Sicherheit verraten würde. Ein doppeltes Spiel, sozusagen.

»Sie gingen also am Sonntag gegen fünf zu diesem Rohbau an den Kais, war es so?«

Nicken.
»Und Tadićs Männer erwarteten Sie dort.«
Wortlose Bestätigung seitens des Befragten.
»Was passierte dann?«

Matej machte sich auf. Um fünf an der Baustelle des neuen Hochhauses, hatte ihm der Typ mit dem kahlrasierten, von einem *Ray-Ban*-Imitat gekrönten Schädel gestern gesagt, als Matej einen seiner Rundgänge absolviert hatte. Eine schwarze Trainingshose hatte der Glatzkopf getragen, darüber eine dicke Jacke im Camouflage-Look. Mehr Klischee war nicht möglich. Matej hoffte, dass am vereinbarten Treffpunkt nicht zu viele von seiner Sorte herumliefen, denn dann hätte er Schwierigkeiten gehabt, das richtige Exemplar wiederzuerkennen.

Als er im Halbdunkel an den ehemaligen Frachtkais entlangstapfte, frage er sich für einen kurzen Moment, ob es klug gewesen war, alleine und ohne echte Bewaffnung zu dieser Einbestellung zu erscheinen. Er besaß zwar ein Pfefferspray, weil er in seinem Job auch mal mit Übergriffen rechnen musste, aber er hatte es noch nie benutzt. Für den Notfall war es auch von zweifelhaftem Nutzen, da stets die Windrichtung berücksichtigt werden musste, damit man das Zeug nicht selbst in die Augen bekam. Über andere Waffen verfügte er nicht. Zwar wäre in dem Milieu, in dem er von Berufs wegen verkehrte, alles, was das Herz begehrte und die Situation erforderte, verfügbar gewesen, aber das war hier eben illegal, und wenn er nicht seinen Aufenthaltstitel riskieren wollte, hielt er sich besser an Recht und Gesetz. Auch wenn er mit Waffen umgehen konnte, das hatte er während seines Wehrdienstes in der JNA[6] gelernt, wie jeder Mann seines Alters. Allerdings war ihm der Umgang mit einer Waffe

6 Jugoslovenska narodna armija, Jugoslawische Volksarmee (Bundesheer der Bundesrepublik Jugoslawien)

bereits damals unbehaglich gewesen, und seit dem Krieg hatte er die Nase von Waffen gestrichen voll. Trotzdem wäre er jetzt gerade zumindest für ein Messer dankbar gewesen. Egal, es war zu spät, er war fast da. Er ahnte ohnehin, worum es gehen würde – um das junge Mädchen, das für Tadić auf den Strich ging und in letzter Zeit einen gewissen Hang zur Freiheit gezeigt hatte. Tadić würde Matej gegenüber ein paar Mal »Dududu« machen – wenn es gut lief – und ihm vielleicht durch seine Gorillas ein paar blaue Flecken verpassen lassen – wenn er Pech hatte –, aber was hätte er tun sollen? Nicht zu erscheinen hätte nur zu einer unbotmäßigen Eskalation geführt, und vielleicht kam er ja um die Einschüchterungsprügel herum. Andererseits hatte er schon Schlimmeres erlebt.

Hatte er beim Losgehen befürchtet, bei der Größe der Baustelle den Treffpunkt zu verfehlen, so konnte er zumindest in dieser Hinsicht beruhigt sein. Zwei Typen des Formats »Tadićs Servicetruppe« erwarteten ihn bereits vor dem Bauzaun. Als er die beiden erreicht hatte, nickten sie einander stumm zu, Worte bedurfte es keiner. Matej hoffte, aus der gepflegten Abendunterhaltung zumindest ohne Knochenbrüche und ohne allzu großen Blutverlust wieder herauszukommen.

Der Bauzaun ließ sich an einer Stelle aus dem Sockel heben und ein Stück aufspannen. Das Personal seines Gastgebers war höflich genug, sich darum zu kümmern, ihm den Durchgang aufzuhalten und den Zaun hinter ihm wieder zu schließen. Durch den schweren, regennassen Boden stampften sie schweigend auf den Rohbau zu. Dort angekommen, wies der eine dienstbare Geist auf einen Niedergang zum Kellergeschoss. Sie ließen Matej vorausgehen, wahrscheinlich um sicherzugehen, dass er es sich nicht auf den letzten Metern noch anders überlegte und stiften ging. Das wäre bei dem schweren Geläuf allerdings kaum möglich gewesen, und spätestens am Zaun hätten sie ihn ohnehin erwischt. Ohne den geringsten Fluchtgedanken stieg Matej schicksalsergeben die Stufen hinunter, bis sie schließlich in einem fast dunklen Kellerraum standen, aus dessen betonierten, aber noch unverputzten Wänden einzelne Stücke Armierungsstahl herausragten. Die Luft war extrem feucht, was vermutlich nicht nur dem Regenwetter geschuldet war, sondern auch dem Umstand, dass der Beton noch in der Austrocknungsphase war. Es war ungemütlich. Matej fröstelte und hoffte, die Angelegenheit würde nicht allzu viel Zeit in Anspruch nehmen.

Im Dunkel spürte er Tadićs Anwesenheit mehr als er ihn sah.

Allerdings hörte er ihn auch im nächsten Moment.

»Da bist du ja. Leg doch ab!« Es klang unangenehm. Dem Streetworker war trotz seiner mit Lammfell gefütterten Lederjacke ohnehin schon kalt. Auf diese zu verzichten, passte ihm gar nicht, aber er wagte nicht, diesem Menschen, den er kaum sehen konnte, der aber nicht so klang, als hätte er Verständnis für Mätzchen, Widerstand entgegenzusetzen. Also zog er seine Jacke aus und hängte sie an eines der Armierungsgitter. Klar, wenn er so richtig fror, hatte der andere leichteres Spiel. Kälte schwächte, das wusste er von früher.

Unklug wäre es gewesen, das Gespräch voreilig mit einem forschen »Na, was gibt's?« selbst einzuleiten. Typen wie Tadić, so zumindest schätzte er den fast Unsichtbaren ein, musste man stets das Gefühl geben, dass sie die Fäden in der Hand hielten. Zumindest so lange, bis man eine Chance bekam, die Machtverhältnisse zu drehen. Aber davon war Matej gerade weit entfernt.

»Hör zu«, leitete stattdessen der immer noch unsichtbare Andere das Gespräch ein.

Matej war ganz Ohr. Hauptsache, er käme hier in nicht allzu ferner Zeit so unversehrt wie irgend möglich wieder raus.

»Du schaffst die Kleine wieder her, und deinen Leuten geht's gut. *Mene razumješ*[7]?«

Jetzt spitzte Matej wieder die Ohren. Es bedeutete wohl, dass Jasna es irgendwie geschafft hatte, sich abzusetzen. Das war ihm selbst neu.

»*Kakvi ljudi*[8]?« fragte er. Wen hatte Tadić mit »deine Leute« gemeint? Matej hatte keine Familie, aber das konnte Tadić wohl kaum wissen. Wahrscheinlich hatte er nur geblufft. Auf jeden Fall aber hatte er etwas gegen renitente Gesprächspartner. Für Matej nicht erkennbar musste er einem seiner gut geschulten Fachkräfte wohl ein Zeichen gegeben haben, denn dieser packte den Streetworker am kleinen Finger seiner rechten Hand und drehte ihn fachkundig so, dass dessen Hand und der Arm gleich mit auf dem Rücken landeten. Matej krümmte sich mit einem leisen Schmerzenslaut nach vorne.

»Deine lieben Kollegen von eurem Wohlfahrtsladen da, natürlich«, zischte Tadić, »oder bist du blöd?«

Matej war mit dem Restschmerz und seiner unkomfortablen Körperhaltung zu beschäftigt um zu antworten. Sein Gesprächspartner hatte nun eine Taschenlampe angeknipst und leuchtete ihm direkt ins Gesicht, das sich gerade ungefähr auf Höhe seiner Magengrube befand. Es entstand eine kurze Stille. Sie dauerte allerdings immerhin so lange, dass Matej sich fragte, ob dem Luden der Text ausgegangen war.

»*Jebenti materino*«, entfuhr diesem schließlich ein heftiger Fluch, gefolgt von einem weiteren längeren Schweigen.

Matej verlor den Faden der Handlung. Was zur Hölle war hier los? Die vier standen wie ein Standbild. Dann schien Tadić den beiden Gorillas wieder ein Zeichen gegeben zu haben, denn sie packten Matej von beiden Seiten, bogen ihm

---

7 Verstehst du mich?

8 Welche Leute?

die Arme dieses Mal nach vorne hoch, was ihm zumindest an seiner rechten, bereits traktierten Schulter Schmerzen bereitete, und banden seine Handgelenke links und rechts an die Enden eines Armierungsgitters. Trotz der Kälte – er hatte unter seiner Jacke nur ein langärmeliges T-Shirt getragen – brach Matej der Schweiß aus. Es wirkte nicht so, als würde dieser Abend schnell und für ihn gut ausgehen. Nachdem die beiden Fesselungskünstler ihn oben gesichert hatten, zurrten sie ihm noch die Fußgelenke an dem Metallgitter fest. Durch Matejs Gehirn schossen schlagartig Bilder, Fetzen von Szenarien, wie Blitze. Der kalte Schweiß lief in Strömen an ihm hinunter, und sein Körper begann zu zittern. Er kämpfte darum, die Kontrolle über ihn wiederzugewinnen. Tadić musste ihm minutenlang seelenruhig zugesehen haben, und als Matej wieder halbwegs zu sich gekommen war, waren die beiden Gorillas verschwunden. Ihr Chef musste sie weggeschickt haben. Matej und Tadić waren allein.

* * *

Manni und Pavao – Álvarez hatte, zumindest was *einen* Namen der Tadićschen Schutztruppe anbelangte, nicht völlig falsch geraten – stampften durch die Dunkelheit dem improvisierten Ein- und Ausgang des Baugeländes entgegen. Es goss mittlerweile in Strömen. Ihr Chef hatte ihnen freigegeben – sei's drum, umso besser. Was immer er mit diesem Sozialstoffel heute Abend noch vorhatte, es ging sie nichts an. Sie schoben sich durch die Lücke im Bauzaun, die sie erst wiederherstellen mussten, und schlossen sie dann umsichtig wieder. Sollte keiner auf die Idee kommen, mal nachzusehen, wer sich da am Sonntagabend unbefugt auf dem Grundstück rumtrieb. Den Chef störte man besser nicht.

Es war nicht allzu weit von diesem Matschloch bis in den Bezirk ihrer regulären Tätigkeit, auch wenn sie einen kleinen Umweg machen mussten, da die Direttissima durch andere Baumaßnahmen versperrt war. Aber mehr als zehn, fünfzehn Minuten würden sie nicht durch den pladdernden Regen laufen müssen. Deswegen blickte Manni seinen Kollegen etwas erstaunt an, als dieser stehen blieb und an seinem Handy herumfummelte.

»Was ist?«, fragte er genervt.

Pavao hatte das Handy bereits am Ohr und gestikulierte Manni mit der freien Hand, er solle schon weitergehen. Manni zuckte mit den Achseln und marschierte los. Er hatte keine Lust, sich hier nassregnen zu lassen, nur, weil Kollege Pavao offenbar erstmal eine seiner Stuten klarmachen wollte, bevor es ins Warme ging. Während Manni sich entfernte, hörte er, dass Pavao sich in seiner Muttersprache mit jemandem unterhielt. Manni verstand nichts, aber es war ihm auch egal. Er kam ganz gut mit Pavao aus, besser als mit einigen anderen Typen, mit denen er schon hatte zusammenarbeiten müssen. Pavao erledigte seinen Job und machte ansonsten kein großes Gewese. Manni schätzte das. Dicke Freunde aber waren sie nicht, das empfahl sich in ihrem Tätigkeitsbereich nicht. Wenn die Arbeit erledigt war, ging jeder seiner Wege.

* * *

»*Poznajemo se*[9]«, sagte Tadić in erstaunlich ruhigem Ton, doch Matej hörte mit dem geschulten Ohr seiner früheren Ausbildung als Psychiater, dass diese Ruhe erzwungen war. Der bisherige Teil ihrer Unterhaltung hatte sich überwiegend auf Deutsch vollzogen, nun hatte Tadić ins Serbokroatische gewechselt, die Amtssprache des ehemaligen Jugoslawiens. Es war ein linguistisches Konstrukt, das als überregionale Verkehrssprache verwendet worden war. Manche der älteren Expats benutzten es auch heute noch, wenn man sich nicht sicher war, welcher Volks-

9 Wir kennen uns.

gruppe der Gesprächspartner angehörte. In den heutigen Nachfolgestaaten selbst jedoch war es verpönt.

Matej überlegte fieberhaft, denn nach wie vor hatte er Tadićs Gesicht nicht erkennen können und musste nun in seinem Gedächtnis nach dem Klang seiner Stimme graben. Er scheute davor zurück, denn irgendetwas in ihm wusste, dass der Fund grauenvoll sein würde. Tadić indes erlöste ihn aus dem Ringen mit seinem auditiven Gedächtnisspeicher, indem er mit der Taschenlampe in sein eigenes Gesicht leuchtete. Die visuelle Erkenntnis war schlimmer als jede Klangerinnerung. Matej erstarrte zu Eis, und sein Gehirn schaltete sich für einige Sekunden ab. Er kam wieder zu Sinnen, weil der andere ihm in den Unterleib trat, sodass er gleich wieder zusammensackte. Vor Schmerz tanzten funkelnde Lichter vor Matejs Augen. Dieses Mal dauerte es trotz seiner Fesselung etwas länger, bis er sich wieder aufrappeln konnte. Bis dahin war Tadić bereits an ihn herangetreten und schnitt, die Taschenlampe zwischen die Zähne geklemmt, Matejs T-Shirt der Länge nach entzwei, was etwas Zeit in Anspruch nahm.

Matej nutzte sie, um Tadić anzuspucken, so unklug das in seiner Lage auch sein mochte. Doch was hatte er noch zu verlieren? Der Typ würde ihn ohnehin nicht am Leben lassen. Zunächst jedoch reagierte Tadić erstaunlich besonnen, indem er die Taschenlampe wieder in die linke Hand nahm und Matej mit der Rechten einen wohlgezielten Faustschlag in die Magengrube verpasste. Der Streetworker schnappte nach Luft, sobald er dazu wieder in der Lage war. Tadić sah ihm in aller Seelenruhe dabei zu. Erst als Matej wieder halbwegs normal atmete, was eine ganze Weile dauerte, trat der Rotlichtkönig wieder auf den außer Gefecht gesetzten Sozialarbeiter zu. Matej wartete angststarr auf das, was Tadić sich als nächstes ausgedacht hatte. Er wusste, bei dem musste man auf alles gefasst sein. Und tatsächlich setzte Tadić – auf gewisse Weise ganz sanft – die Spitze seiner beeindruckenden Messerklinge auf Matejs Brustkorb und ließ sie nach unten gleiten. Dieses vertraute Gefühl ließ Matej endgültig zusammenklappen. Völlig losgelöst aus der unwirtlichen Umgebung des Kellerraums tauchte er in frühere, noch unwirtlichere Umgebungen ein und überließ sich dem, was nun unvermeidlich – hoffentlich! endlich! – eintreten würde.

Hauptkommissar Álvarez, die Psychologin und Dr. Jansen hatten Krlićs Erzählung mit ernsten Mienen verfolgt und schwiegen einen Moment, als der Sozialarbeiter eine Pause machte. Schließlich unterbrach der Ermittler die Stille und zog aus der Innenseite seines Mantels die inzwischen etwas zerdrückte Rolle mit dem Fotoausdruck heraus, rollte sie auseinander, hielt sie Krlić hin und vergewisserte sich:

»Wir sprechen über diesen Mann?«

Krlić schloss die Augen und drehte den Kopf zur Seite. Dann, nach einer ganzen Weile, nickte er mit einer einzelnen Bewegung seines Kopfes. Álvarez beschloss, ihn über die wahre Identität seines Peinigers aufzuklären.

»Sein eigentlicher Name lautet Radan Jovanović. Er war während der Jugoslawienkriege Mitglied einer Miliz und wird nun als mutmaßlicher Kriegsverbrecher mit internationalem Haftbefehl gesucht«, sagte Álvarez. Seine Kollegin, die ebenfalls in Unkenntnis der doppelten Identität des Mordopfers gewesen war, hob erstaunt die Augenbrauen, und der Arzt machte ein Gesicht, als sei er Godzilla begegnet. International gesuchte Kriegsverbrecher, und seien sie nur auf Papier, waren selten zu Gast auf seiner Station. Krlić hingegen hatte sich spätestens nach dem vierten Wort die Hände auf die Ohren gedrückt und Augen und Mund zugekniffen, als wäre dies eine erfolgversprechende Möglichkeit, das Grauen aus seinem Leben auszusperren.

Nachdem Álvarez seine spektakuläre Enthüllung beendet hatte, berührte Olbrich leicht Krlićs unverletzten Oberarm und bewegte ihn dazu, sich der Welt wieder zu öffnen. Als dieser die Arme sinken ließ und die Augen wieder öffnete, stand der Angstschweiß schon wieder auf seiner Stirn.

»Er kann Ihnen nichts mehr tun, er ist tot, und Sie sind in Sicherheit«, sagte Olbrich, als spreche sie eine beschwörende Formel. Es wirkte; Krlić nickte gehorsam und klammerte sich mit seinem Blick an die Polizeipsychologin.

»Sie erkannten ihn in diesem Keller, als er mit der Taschenlampe sein Gesicht anleuchtete?«, wollte der Kommissar nun von ihm wissen. Krlić nickte abwesend, während sein Blick weiterhin an Olbrich wie einer Heilsgestalt klebte.

»Und kurz zuvor hatte er Sie wiedererkannt?«, fragte der Ermittler weiter.

Wieder nickte der Sozialarbeiter, und sein totenblasses Gesicht glänzte vor Schweiß.

»Er hatte also früher – damals, vor acht Jahren – Ihren Namen nicht gekannt, nur Ihr Gesicht?«, übernahm nun die Psychologin die Befragung. Álvarez musste zugeben, dass die Frage klug war, denn aus der Antwort würde sich ergeben, ob Tadić den Sozialarbeiter, dessen Namen er in seinem Kiez sicherlich vorher schon mal gehört hatte, wirklich nur wegen dieses Mädchens oder nicht etwa wegen einer alten Rechnung einbestellt hatte. Falls er Krlićs Namen bis zum 24. Februar mit keinem Gesicht hatte verbinden können und den Streetworker erst am Tatabend wiedererkannt hatte, als die beiden einander gegenübergestanden hatten, konnte zumindest der Anlass für das Treffen auf die Sache mit dem Mädchen fokussiert werden. Was zumindest für die Art der Tat von Belang sein konnte, je nachdem, wie es mit dem Vorsatz aussah.

»Die Namen kannten wir beide nicht«, beantwortete Krlić die Frage der Psychologin.

»Und nachdem er Sie erkannt hatte, hat er seine beiden Mitarbeiter weggeschickt und angefangen, Sie zu misshandeln?«, bemühte sich Álvarez ein wenig ungeduldig die Handlung voranzutreiben.

Der Sozialarbeiter ließ eine sehr kleine, aber bestätigende Geste erkennen. Der Ermittler konnte verstehen, dass diese entwürdigende Maßnahme am Selbstbewusstsein des ein Meter neunzig großen und athletisch gebauten Mannes kratzen musste. Doch auf Schamgefühle konnte er momentan keine Rücksicht nehmen.

»Als Teil seiner Einschüchterungstaktik wegen dieses Mädchens?« Álvarez hegte gewisse Zweifel ob der Angemessenheit dieser Maßnahme. Immerhin hatte der Zuhälter ja bereits eine Drohung gegen die Kollegen des Sozialarbeiters ausgesprochen. Dieser ließ sich mit einer Antwort Zeit. Dann murmelte er:

»Er war so. Durch und durch ein Sadist. Und er wollte wohl einfach sein Werk vollenden.« Krlićs Tonfall zeugte von einem hohen Maß an Erschöpfung. Sogar Álvarez bemerkte das, aber die Äußerung warf natürlich neue Fragen auf – nicht zuletzt schien sie endlich in Richtung eines Motivs für diesen abendlichen Gewaltexzess zu weisen, der immerhin mit Tadićs Tod geendet hatte.

»Was für ein Werk?«, hakte der Ermittler daher unbarmherzig nach.

Krlić atmete mit einem rasselnden Geräusch tief durch.

»Von damals.« Diese Antwort lieferte wenig Information, denn dass frühere Ereignisse eine Rolle gespielt hatten, war ohnehin inzwischen klar. Álvarez holte mit erkennbarer Ungeduld Luft für seine nächste Frage, doch seine Kollegin Olbrich kam ihm zuvor und forderte den Patienten mit einem bewundernswerten Maß an Ruhe in der Stimme auf:

»Erzählen Sie.«

Sie hatte offenbar einen Ton getroffen, auf den Krlić sich einlassen konnte.

»Ich war ihm entkommen. Er musste auch mich noch töten.«

Ein Serienmord? Womöglich ein Rachefeldzug von Tadić-Jovanović? Álvarez hatte bereits zu einem früheren

Zeitpunkt die Möglichkeit in Erwägung gezogen, dass in den Kriegswirren des vergangenen Jahrzehnts Tadić das Opfer und der heutige Sozialarbeiter Krlić der Täter gewesen sein könnte. Er wäre nicht der erste Arzt gewesen, der damals aus dem Ruder gelaufen war.

»Was ist damals passiert?«, steuerte der Kommissar nun direkt auf sein Ziel zu. Er war dieses Herumgerede um den heißen Brei ganz entschieden leid, und der Zeitpunkt schien günstig, Krlić wieder etwas stärker unter Druck zu setzen.

»Er hat alle umgebracht.« Die Informationen kamen, tröpfelnd, aber immerhin kamen sie.

»Wer? Tadić?«, vergewisserte sich Álvarez.

Krlić nickte. »Mich aber nicht.«

Offensichtlich, dachte Álvarez ungeduldig, wartete aber ab.

»Ich war nur verletzt. Sie haben es nicht bemerkt. Ich lag bei den anderen und bewegte mich nicht. Ich dachte, ich sterbe. Aber das bin ich nicht … leider.«

Der Kommissar musste sich eingestehen, dass es ihn nicht völlig unberührt ließ, als sein Gegenüber sein Bedauern darüber ausdrückte, überlebt zu haben. Wie schlimm musste es damals gewesen sein. Dennoch hakte er bezüglich einer Kleinigkeit nach:

»Wen meinen Sie mit ›sie‹?«

»Tadić und seine Truppe.«

»Sie meinen, seine Einheit, damals in Jugoslawien?«

Krlić nickte, etwas geistesabwesend.

»Haben Sie auch von denen hier jemanden wiedergetroffen?«

Álvarez wollte sichergehen, dass sich in Walle und Gröpelingen, den Tätigkeitsbezirken von Krlićs Arbeitgeber *WaSOS*, nicht ein ganzes Nest gesuchter Kriegsverbrecher versteckte. Zum Glück schüttelte Krlić dem Kopf.

»Diese beiden Fachkräfte in Sachen Schutz und Sicherheit waren also keine von Tadićs ehemaligen Paramilitärs?«

»Nein«, erwiderte Krlić, sichtlich verblüfft über diese Möglichkeit.

»Der eine ist nicht einmal von da unten, sondern von hier. Ein Deutscher.«

»Den Namen wissen Sie aber nicht?«, erkundigte sich Álvarez.

»Manni. Der andere heißt Pavao. Die Nachnamen weiß ich nicht.«

»Na gut, die finden die Kollegen vor Ort raus. Sie selbst pflegen aber keine engeren Beziehungen zu den beiden?«

Krlić verneinte stumm.

Der Hauptkommissar notierte sich die Namen der beiden kräftigen Haushaltshilfen und dachte einen kurzen Moment nach. Dann wechselte er das Thema.

»Herr Krlić, der Grund für Ihren Termin mit Tadić war ja diese junge Frau, die für ihn anschaffen ging, diese Tätigkeit aber beenden wollte.«

Der Sozialarbeiter nickte, erwiderte jedoch nichts. Deswegen fuhr Álvarez fort.

»Es wäre für uns wichtig zu erfahren, wie diese ominöse junge Dame heißt und wie wir sie erreichen könnten. Sie könnte eine wichtige Zeugin im Rahmen unserer Ermittlungen im Todesfall Tadić sein.«

Álvarez bemerkte, dass der Streetworker einen Moment zögerte.

»Wir geben die Namen unserer gefährdeten Klientinnen eigentlich nicht preis. Zu ihrem Schutz.«

Der Ermittler begann schon wieder auf kleiner Flamme zu köcheln.

»Ja«, erwiderte er mit erkennbar geheucheltem Sanftmut, »aber wir sind die Polizei, wissen Sie? *Wir* sind die Firma Sicherheit und Schutz.«

Krlić schien Álvarez' Sarkasmus zu verstehen, oder aber er war des Herumtänzelns mit gezogenem Florett müde.

Man konnte seine Erschöpfung auch daran erkennen, dass sein Akzent im Deutschen stärker wurde und dass er, wenn auch geringe, grammatische Fehler beging.

»Jasna«, sagte er. »Wir kennen nur die Vornamen. Wegen Schutz für Person. Und unserem.«

Der Kommissar war nur mäßig befriedigt.

»Kommt die auch …« – beinahe hätte er »von da unten« gesagt, aber er konnte sich gerade noch bremsen und überlegte, wie er sich einigermaßen korrekt ausdrücken sollte. »Vom Balkan« schien ihm auch nicht besser.

Krlić nahm ihm die Entscheidung ab.

»Ja, sie kommt auch von da unten«, sagte er und bewies, dass auch er zu Sarkasmus fähig war, trotz seiner schlechten Verfassung. Oder vielleicht gerade deswegen. »Viele Südosteuropäerinnen arbeiten zurzeit hier auf dem Strich. Nicht, dass sie deswegen hierhergekommen wären. Angelockt mit falschen Versprechungen hinsichtlich ihrer beruflichen Möglichkeiten und dann eingeschüchtert, erpresst und ausgebeutet.«

Álvarez nickte, das war ihm bekannt. Sein Gegenüber fuhr fort.

»Dass es so viele Südosteuropäerinnen sind, war einer der Gründe, warum sie mich bei der *WaSOS* eingestellt haben. Wegen der Sprachkenntnisse.«

»Und weswegen noch?«, erkundigte sich Álvarez, weil es ihn tatsächlich interessierte. Krlić hatte nicht zuletzt wegen besonderer beruflicher Eignung seine Arbeitserlaubnis erhalten.

»Meine Ausbildung«, erläuterte der jetzige Streetworker. »Ich war ja früher Facharzt für Psychiatrie und Psychotherapie. Hab hier keine Zulassung, aber mein eigentlicher Beruf hilft auch bei dieser Art von Arbeit.« Er klang jetzt extrem erschöpft, aber der Ermittler wollte den Umstand ausnutzen, dass Krlić sich gerade recht kooperativ zeigte. Er ignorierte daher, dass Dr. Jansen tief Luft holte und im Begriff war, das Gespräch zu beenden. Álvarez schob stattdessen eine Frage des Typs »Festigung der Beziehung« ein, um den Druck auf den Patienten etwas zu verringern.

»Sind Sie nie auf die Idee gekommen, hier in Deutschland eine Zulassung zu beantragen? Ärzte haben wir hier schließlich nicht gerade im Überfluss«, gab er zu bedenken. Krlić indes betrachtete ihn, als käme er vom Mond.

»Mit der Spezialisierung? Bis ich gut genug Deutsch gelernt hatte, um auf Deutsch eine Therapie durchführen zu können, war meine Dienstzeit schon so lange her, ganz zu schweigen von meiner Ausbildung. Ich hätte hier mein halbes Studium wiederholen müssen. Und mit welchem Geld außerdem?«

Damit war das Thema durch. Der Ermittler kam wieder auf das Mädchen zurück, über das der Sozialarbeiter und Tadić sich hatten »unterhalten« wollen, falls man das so nennen konnte.

»Hm. Diese Jasna also – wo könnten wir sie finden? Hat sie einen festen Standort oder wissen Sie gar, wo sie untergekommen ist?« Álvarez war nicht so optimistisch zu glauben, dass das Mädchen einen festen, angemeldeten Wohnsitz hatte und über einen korrekten Aufenthaltsstatus verfügte, von einer Arbeitserlaubnis mal ganz zu schweigen.

Durch die Gesprächspause, die sich der Frage des Kommissars anschloss, war zu erkennen, dass der Sozialarbeiter mit sich rang, ob er dem Ermittler diese Auskunft geben wollte. Dass er als Streetworker nicht zumindest über Jasnas Standort Bescheid wusste, hätte ihm Álvarez nicht abgenommen, das war Krlić sicherlich klar. Er spielte auf Zeit:

»Warum wollen Sie das wissen?«

Álvarez war kurz davor, aus der Haut zu fahren. Olbrich bemerkte es und warnte ihn mit einem Blick. Jetzt die

Nerven zu verlieren hätte das Ende zumindest des heutigen Gesprächs bedeutet. Dann würden sich die Ermittlungen mindestens einen weiteren Tag hinziehen. Der Kommissar riss sich zusammen und entfaltete ein weiteres mögliches Szenario.

»Naja, weil ja zum jetzigen Zeitpunkt nicht grundsätzlich ausgeschlossen werden kann, dass auch sie als Täterin in Frage kommt. Immerhin wollte sie sich von Tadić befreien. Wenn alle Stricke reißen und man sehr verzweifelt ist, hilft da manchmal auch eine Waffe weiter.«

Trotz seiner schlechten Verfassung lachte Krlić einmal kurz und trocken auf.

»Jasna? Im Leben nicht. Die hat viel zu viel Angst.«

»Gerade deswegen«, legte Álvarez nach, »Angst kann eine Menge in einem Menschen bewirken.«

»Ich weiß, aber in diesem Fall – vergessen Sie's. Das hätte sie nie im Leben geschafft.«

Der Ermittler war davon nicht sehr überzeugt, lenkte aber fürs Erste ein.

»Na gut, der Psychiater sind Sie, und Sie kennen das Mädchen besser.«

Er besann sich kurz.

»Gab es eigentlich einen konkreten Anlass, aus dem Jasna sich absetzen wollte? Einen festen Liebhaber vielleicht?«

Krlić zuckte mit der gesunden seiner beiden Schultern.

»Ich weiß nicht. Sie hat keinen erwähnt. Bei manchen Mädchen gibt das tatsächlich den Ausschlag, dass sie wieder etwas Mut fassen und den Ausstieg wagen wollen. Mit einem Beschützer im Hintergrund, sozusagen, auch wenn das häufig eine Illusion ist. Aber bei Jasna weiß ich es, ehrlich gesagt, nicht. Soweit waren wir noch nicht. Mit der Vertrauensbasis, meine ich. Es wäre auch lebensgefährlich für sie und ihren Freund, wenn ihr Zuhälter davon Wind bekäme. Ich kann Ihnen in diesem Punkt nicht weiterhelfen.«

Álvarez nickte zum Zeichen des Verstehens.

»Umso wichtiger ist es, dass wir Jasna finden und sie selbst dazu befragen. Sie können uns nicht zufällig eine Adresse geben, wo wir sie außerhalb ihrer Arbeitszeiten antreffen können?«

Der Sozialarbeiter schüttelte den Kopf.

»Nein, tut mir leid. Ich weiß nicht, wo die Mädchen untergebracht sind, wenn sie nicht arbeiten. Das ist ein gut gehütetes Geheimnis ihrer ›Beschützer‹.«

Krlić hatte im Verlauf der letzten Gesprächsminuten zusehends an Professionalität und Selbstsicherheit gewonnen, was Álvarez als gutes Zeichen wertete. Krlić schien Vertrauen zu fassen, und das Gespräch verlief wieder annähernd auf Augenhöhe. Allerdings war sich der Kommissar im Klaren darüber, dass sich das wahrscheinlich wieder ändern würde, sobald das Thema Vergangenheit wiederaufkäme. Und sei es, wie es wolle, da würden sie über kurz oder lang wieder hinkommen müssen. Denn es bestand immerhin nach wie vor ein hohes Maß an Wahrscheinlichkeit, dass sich das Motiv für die Tat irgendwo dort verbarg. Er holte tief Luft und ergab sich ins Unvermeidliche.

»Sie hatten vorhin angedeutet, dass Tadić, also Jovanović, Sie als Zeugen beseitigen wollte. Immerhin wurde er als Kriegsverbrecher gesucht, das muss er gewusst haben. Und als er jetzt vor Ihnen stand, hatte er allen Grund zu fürchten, dass Sie als Überlebender ihn nicht nur anzeigen, sondern auch gegen ihn aussagen würden.«

Es war sogar für den angeblich so empathielosen Kriminalhauptkommissar Álvarez zu erkennen, dass sein Gegenüber wieder in irgendein Universum des Grauens abdriftete. Er warf Olbrich einen Blick zu: *Übernimm Du, bitte.* Doch bevor sie etwas sagen konnte, murmelte Krlić:

»Ich wusste doch gar nicht, dass er gesucht wird.«

In so mildem Ton wie es ihm irgend möglich war, entgegnete der Kommissar: »Aber das war ihm vielleicht nicht klar. *Er* wusste es. Da liegt die Annahme nicht fern, dass er das auch von Ihnen vermutete.«

Álvarez hätte nun gerne den weiteren Verlauf des Tatabends geklärt, aber Krlić sprach wie unter Droge weiter, mit einer Stimme, die von den seelischen Strapazen inzwischen heiser und krächzend klang.

»Er hat dauernd über sie geredet.«

Der Kommissar wandte sich mit einem irritierten Blick dem Patienten zu, der unter gesenkten Augenlidern auf die weiße Bettdecke starrte. Álvarez holte Luft um nachzufragen: »Was hat Tadić denn gesagt?«. Aber bevor er seine Frage stellen konnte, fuhr Krlić fort:

»Über sie lustig gemacht, die ganze Zeit.« Er legte eine Hand über sein Gesicht und ließ einen tiefen, rasselnden Atemzug hören.

Álvarez saß vorneübergebeugt mit beiden Unterarmen auf seine Oberschenkel gestützt und wartete ab, bis Krlić sich ein wenig beruhigt hatte. Marion fischte ein Päckchen Papiertaschentücher aus den Tiefen ihrer Handtasche und reichte dem Sozialarbeiter eines der Tücher. In dem Moment ließ sich der Pieper des Arztes vernehmen. Dr. Jansen, der die ganze Zeit stehend verharrt hatte, stieß sich von seiner Wand ab und verschwand mit einem kurzen Handzeichen, das Álvarez nicht interpretieren konnte.

»Warum hat er sich über das Mädchen lustig gemacht?«, fragte Olbrich erstaunt, aber in sanftem Ton. Krlić schien sie gar nicht zu hören. Er hatte mittlerweile auch die zweite Hand zu seinem Gesicht gehoben und bedeckte es, indem er seine Finger gefaltet ineinandergeschlungen hatte. Mit erstickter Stimme röchelte er unter seinen Händen hervor: »Er sagte ständig, wie sie … gequiekt habe und wie es ihr gefallen habe.« Dann schien er nicht mehr weiter sprechen zu können, weil ihm sein krampfender Brustkorb die

Luftzufuhr versagte. Olbrich drückte ihre Handfläche gegen seine unverletzte Schulter und sagte:

»Ganz ruhig. Holen Sie einfach tief Luft.«

Krlić gehorchte, soweit sein unentspannter Oberkörper dies zuließ. Dr. Jansen kam wieder herein und brachte einen Karton mit Papiertüchern mit.

»Alles ok?«, fragte er beunruhigt und meinte dann: »Vielleicht sollten Sie erst mal Schluss machen und morgen wiederkommen.«

Hauptkommissar Álvarez bat ihn um einen weiteren Moment, und weil der Patient sich gerade mit Hilfe der Psychologin wieder zu beruhigen schien, lenkte Jansen wenig überzeugt ein. Krlić selbst bekam von allem, was sich in seinem Krankenzimmer an Nebenhandlungen abspielte, nichts mit. Er sprach monoton weiter, als hätte es keine Unterbrechung gegeben.

»Aber ich hab es gehört. Nebenan. Sie hat nur geschrien, weil sie wollte, dass es aufhört.« Wieder hustete er krampfhaft, während Marion und der Kommissar einen erstaunten Blick austauschten. *Wie viele Personen waren da denn noch anwesend*, dachte Álvarez, *Tadićs gesamter Betrieb*? Auch Marion wirkte verwirrt. Sie fragte:

»Also, im Nebenraum waren noch weitere Leute? Die das Mädchen, Jasna, misshandelt haben?«

Krlić sah sie groß an und wirkte zum ersten Mal etwas klarer.

»Nein, da nicht. Das war doch damals.«

»Damals?«, hakte die Psychologin vorsichtig nach.

In Krlićs Augen stand eine Mischung aus Todesangst, Verzweiflung und Resignation.

»Als ich Tadić zum ersten Mal begegnet bin.«

Olbrich wartete, aber von Krlić kam nichts mehr. Álvarez nutzte die Gelegenheit und grätschte mit Entschlossenheit dazwischen.

»Also, Herr Krlić, das verstehe ich jetzt nicht. Hatten Sie zu einem früheren Zeitpunkt bereits einen Konflikt mit Tadić wegen einer … Dame?«

Sein hohläugiges Gegenüber hob den Kopf, aber es schien, als nehme er seine Umgebung überhaupt nicht wahr, sondern befände sich einem ganz anderen Universum.

»Um welches Mädchen ging es denn?«, fragte der Kommissar etwas verwirrt angesichts der Vielzahl beteiligter Personen.

Krlić schüttelte wie in Zeitlupe den Kopf, und Álvarez dachte: *Schluss. Wir werden es nie von ihm erfahren.* Ihm schien, als würde nun auch die Kollegin das Handtuch werfen. Doch dann hörte er den Patienten kaum vernehmbar wispern:

»Vida.« Dann wieder Schweigen. Der Kommissar ließ dem Mann Zeit, bevor er ungeduldig den Informationsfluss voranzutreiben suchte:

»Vida?«

Nach einigen Sekunden nickte Krlić, und bevor Álvarez ihn ein weiteres Mal zu Erklärungen nötigen musste, fügte er hinzu: »Meine Tochter.«

Álvarez war völlig verblüfft.

»Sie haben eine Tochter?«

Wieder dauerte es einige Zeit, bis der Patient antwortete.

»Hatte.« Und mit unbewegter Miene nach einer weiteren Pause: »Sie ist tot.«

Der Ermittler spürte, wie ihm das Blut aus dem Gesicht wich und sich eine unangenehme Kälte in ihm ausbreitete. Er richtete seinen Oberkörper auf, wischte sich angesichts dieser nicht vermuteten Wendung der Geschichte mit der Handfläche über das Gesicht und stützte sich dann wieder mit den Unterarmen auf seinen Oberschenkeln ab.

»Wann ist sie gestorben?«

»Vor acht Jahren.«

Der Kommissar nickte und versuchte im Geiste ein Szenario zu entwickeln.

»Es war also ihre Tochter, die Sie damals in einem Nebenraum haben schreien hören«, resümierte er, um Zeit zu gewinnen. Er fühlte sich unbehaglich angesichts dieser emotional aufgeladenen Situation. Außerdem ließ selbst ihn, der beruflich mit allen möglichen Scheußlichkeiten konfrontiert wurde, diese unheilschwangere Einleitung nicht kalt, die eine Fortführung des einige Minuten zuvor begonnenen Berichts über Kriegsgräuel der Vergangenheit vermuten ließ. Der Zeuge indes schien nun völlig aus der Realität des Krankenzimmers in die Vergangenheit eingetaucht zu sein. Seine Erzählung kam in Form eines monotonen Murmelns.

HIER, 2. MÄRZ 2002 – DORT, IM SOMMER 1994

»Sie haben sich täglich welche von den Frauen und Mädchen herausgesucht und mitgenommen. Als eines Tages die Wahl auf Mija und Vida fiel, wollte ich sie beschützen. Vida war doch erst zwölf.« Krlićs Stimme brach, doch dann fing er sich wieder. »Aber sie nahmen sie trotzdem mit und mich dazu.« In einem angestrengten Versuch, etwas wie Normalität herzustellen, wandte er sich Olbrich zu und versicherte ihr mit erkennbarem Kraftaufwand: »Das war ungewöhnlich. Normalerweise hätten sie mich dafür gleich erschossen.« Dann sank er wieder in sich zusammen und murmelte weiter: »Aber sie sperrten mich in der Baracke in eine Kammer. Vida und Mija konnten nicht weit sein«, er begann wieder zu zittern, »denn ich habe alles gehört.«

Die Psychologin nickte. »Mija war …?«, fragte sie, als gelte es, wie in der Grundschule einen Lückentext auszufüllen.

»… meine Frau«, vollendete Krlić den Satz wie ein folgsamer Schüler und fuhr dann stockend fort: »Sie hatten uns ein paar Wochen zuvor aus unseren Häusern und Wohnungen geholt.« Er pausierte kurz.

»Dann trieben sie uns in einen Wald. Viele sind gleich dort erschossen worden. Einige Kilometer weiter war so ein ehemaliges Firmengelände, umzäunt, mit zwei Baracken in der Mitte und einem Betriebshof. Da brachten sie uns Übrige hin. Da saßen wir dann wochenlang unter freiem Himmel rum.«

»Wochenlang?«, wiederholte Olbrich ungläubig. Krlić nickte geistesabwesend.

»In einem Gebäude standen noch Säcke mit Futtermitteln, solche…«, er suchte nach dem richtigen Wort, »solche gepressten Pellets für Schweine und so. Wasser gab es auch; wir haben einfach die Pellets in den Mund genommen und

Wasser dazu, das gab dann so einen Brei. Schmeckte ekelhaft, machte aber satt.« Während er sich an den Details der Ernährung festhalten konnte, hatte seine Stimme an Festigkeit gewonnen, doch als er fortfuhr, musste er seine Worte wieder aus heiserer Kehle hervorpressen. »Die Kinder wollten es nicht essen, weil es so eklig schmeckte.« Er brauchte eine Pause, und auch Kommissar Álvarez musste sich eingestehen, dass die Schilderung nicht sonderlich appetitanregend wirkte. Er schielte zu seiner Kollegin hinüber, die Krlić mit professioneller Miene weiter zuhörte.

»Ich glaube, sie hatten zunächst keinen wirklichen Plan, was sie mit uns machen wollten. Außer sich unsere Frauen und Mädchen zu schnappen.«

»War Vida Ihr einziges Kind?«, fragte Olbrich in die darauffolgende Unterbrechung hinein. Der Sozialarbeiter schüttelte den Kopf. »Wir hatten auch noch Zwillinge, einen Jungen und ein Mädchen. Aber die waren erst acht, an denen haben sie sich nicht vergriffen.« An diesem Umstand hielt er sich fest, als böte er Trost und Sicherheit. Weder Olbrich noch Álvarez drängten ihn, zu berichten, was aus den beiden geworden war. Vielmehr nickte die Psychologin und nahm den ursprünglichen Faden der Erzählung wieder auf.

»Was passierte mit Ihnen, nachdem Sie in diese Kammer gesperrt worden waren?«

Der Mann zögerte mit einer Antwort. Schließlich brachte er unter großer Anstrengung hervor: »Ich konnte sie nicht beschützen.«

Olbrich überging den Umstand, dass die Mehrdeutigkeit des Personalpronomens »ihnen« in ihrer Frage bei Krlić zu einem Missverständnis geführt hatte, und nickte stattdessen verständnisvoll.

»Herr Krlić, das ist nicht Ihre Schuld. Sie konnten nichts tun. Diese Männer waren vermutlich bewaffnet, und es waren auch nicht nur ein oder zwei, richtig?«

Auch wenn es ihm sichtlich schwerfiel, es zuzugeben, nickte Krlić wortlos. Dann zog er mit der Nase hoch, und Dr. Jansen reichte ihm die Schachtel mit den Papiertüchern zu, die er in weiser Voraussicht auf der Bettkante seines Patienten abgestellt hatte. Nachdem sich dieser die Nase geputzt hatte, fuhr Olbrich unbarmherzig, wie ihr Kollege Álvarez es mittlerweile empfand, fort: »Die haben also in der einen Kammer Ihre Frau und Ihre Tochter vergewaltigt, während Sie nebenan eingeschlossen waren und alles mit anhören mussten.«

Krlić presste beide Hände auf die Ohren und versuchte, sich gleichzeitig in den einen seiner Unterarme zu beißen. Er nickte nicht einmal mehr.

»Was passierte dann?«, fragte die Psychologin weiter, und Álvarez dachte mit einigem Entsetzen: *die ist ja noch gnadenloser als ich*! Seine Kollegin indes tippte vorsichtig auf den Arm des Sozialarbeiters, um seine Aufmerksamkeit wieder auf die Umgebung im Krankenzimmer zu lenken.

»Herr Krlić, wir wissen, dass es für Sie sehr schwierig sein muss, über diese schlimmen Ereignisse zu sprechen. Aber es ist so, dass wir Ihre Aussage wirklich dringend benötigen.« Die Psychologin pausierte kurz. »Haben Sie denn – außer vor Tadić – jetzt noch vor jemandem Angst? Werden Sie bedroht oder fürchten Sie, dass es jemand tun könnte?«

Krlić schüttelte den Kopf und schien am Ende seiner Fassung. Der Arzt machte eine Bewegung, als wolle er das Gespräch nun beenden um seinen Patienten zu schonen. Aber in diesem Moment klopfte es an der Tür und eine Schwester bat ihn, dringend zu einem anderen Patienten zu kommen. Krlić blickte ihn mit angstflackernden Augen hinterher, als schwände mit Jansen die letzte Hoffnung darauf, von der Wiederholung seines schlimmsten Albtraums verschont zu bleiben. Womit er vermutlich recht hatte. Schicksalsergeben wandte er den Blick wieder nach unten und hielt seine Augen mit der Hand verdeckt.

»Da in dem Keller, neulich – das war wieder wie früher«, presste er schließlich heiser hervor, und seine Stimme klang, als würde sie im nächsten Moment gänzlich versagen. Olbrich nickte, Verständnis signalisierend, jedoch ohne genau zu wissen, was Krlić genau meinte. Nach einigen Sekunden gab er selbst die nötige Erklärung ab.

»Damals, in dieser Kammer in der Baracke.«

Erneut nickte die Psychologin und ließ ihn fortfahren, ohne dass sie weiter nachzufragen brauchte. Zum jetzigen Zeitpunkt war es im Grunde völlig gleichgültig, ob er sich zum Tatabend selbst oder zu dessen möglichen Hintergrund äußerte, Hauptsache, er sagte irgendwas.

»Die hatten einen gefesselt« – Krlić wechselte in eine unpersönliche Erzählweise, wie viele Traumatisierte, die von den betreffenden Vorfällen berichteten – »und«, er pausierte, weil ihn das folgende Wort erkennbar große Überwindung kostete, »misshandelt.« *Gefoltert traf es wohl eher*, dachte Kommissar Álvarez. Sogar er konnte erkennen, dass der Sozialarbeiter von einer Mischung aus Panik und Scham und der Unerträglichkeit der Erinnerung schier zerrissen wurde.

Obgleich es sich bei diesem Gespräch immer noch um eine Befragung handelte, ließ der Ermittler es zu, dass Olbrich in ihren – wie er es nannte – »Therapeutenmodus« wechselte. In Anbetracht der Umstände war dies wohl das Mittel der Wahl.

»Was haben Sie damals dabei empfunden?«, fragte die Kollegin einfühlsam. Der Streetworker presste den Handballen kurz gegen die gesenkte Stirn und sprach dann leise, als müsse er sich dafür schämen: »Angst. Ich hatte wahnsinnige Angst. Denn ich wusste ja nicht, was die vorhaben.«

Olbrich nickte, um ihn zum Weitersprechen zu ermutigen, was er dann auch tat.

»Normalerweise haben die mit uns Männern nicht lange gefackelt. Eigentlich wurden jeden Tag welche erschossen. Auf der anderen Seite des Gebäudes.«

Olbrich nickte erneut. »Und Sie saßen da in dieser Kammer und wussten nicht, was als Nächstes mit Ihnen passieren würde.« Auf die Schreie der beiden Frauen ging sie bewusst nicht ein, obwohl diese für ihn als Ehemann und Vater bestimmt noch grauenerregender gewesen waren als seine Angst um die eigene Person. Krlić wischte sich über das schweißverklebte Gesicht. Er hatte tiefschwarze Ringe unter den Augen, und die Spitzen seiner dunkelblonden Haare hingen ihm in die Stirn.

»Irgendwann kamen sie«, fuhr er fort und berichtete dann mit einer Stimme so brüchig wie sein Satzbau, wie die Milizen ihn gefesselt und tagelang immer wieder gefoltert hatten. »Sie schienen einfach Spaß daran zu haben«, versuchte er zu er klären, ohne selbst an eine einleuchtende Erklärung zu glauben. »Weil – sonst ergab das ja überhaupt keinen Sinn. Ich meine, es ging ja nicht darum, irgendwelche Informationen aus mir herauszulocken. Was für welche auch.« Er mäanderte durch seine Versuche, das absolut Sinnlose zu erklären, und blieb dann irgendwo stecken.

»Es hatte auch keinen Sinn«, bekräftigte die Psychologin schließlich. »Solche Dinge haben nie irgendeinen Sinn.«

Krlić rang nach Atem, seine Stimme war heiser. »Sie höhnten dabei immer, dass meine Tochter jetzt ihren tapferen Beschützer sehen müsste … Immer dann, wenn ich es überhaupt nicht mehr aushielt und doch schreien musste.«

Álvarez stellte sich vor, wie der Mann sich die Lippen blutig gebissen hatte, um keine Schmerzenslaute von sich zu geben, und wie sich seine unterdrückten Schreie schließlich doch den Weg ins Freie gebahnt hatten. Ziemlich am Anfang seiner Berufslaufbahn hatte er einmal ein Video mit ansehen müssen, auf dem Entführer ihr Opfer telegen misshandelt hatten, um neben vorgeblich politischen Zielen letzten Endes doch nur ein paar Millionen aus dem Konzern des politisch aktiven Unternehmers zu erpressen, den sie gekidnappt hatten. Er, Manuel, hatte es damals nicht ausgehalten, das Video zu Ende zu betrachten, und sein Ausbilder hatte nur mäßiges Verständnis für die Reaktion des jungen Kriminalkommissaranwärters gezeigt.

Die Psychologin hörte den Schilderungen des Streetworkers mit professionell verständnisvoller Miene weiter zu. Wahrscheinlich war sie an so etwas gewöhnt, dachte sich Álvarez.

»Eines Tages kamen sie wieder und zerrten mich hoch. Ich konnte kaum stehen und war der festen Überzeugung, sie würden mich jetzt hinter die Baracke führen und wie alle anderen einfach erschießen.« Krlić machte eine kurze Pause. »Ich hatte wahnsinnige Angst, ich weiß nicht warum, schließlich war ja die ganze Zeit klar gewesen, dass das hier keiner von uns überleben würde. Aber wenn es dann so weit ist, macht man sich trotzdem in die Hosen.« Nach ein, zwei Sekunden fügte er dann hinzu: »Können Sie übrigens wörtlich verstehen.« Er räusperte sich. »Ich lief also mit vollgepissten Hosen, beziehungsweise dem, was von meinen Hosen noch übrig war, vor ihnen her. In der Baracke war es nicht besonders hell gewesen, also war ich halb blind, als sie mich über das Gelände schubsten. Aber zu meiner großen Überraschung landete ich nicht auf dem Erschießungsplatz, sondern wieder bei den anderen. Die Gruppe war inzwischen deutlich kleiner geworden – auch in der Zelle hatte ich jeden Tag die Schüsse gehört, mit denen die Milizen einen nach dem anderen hinrichteten. Es waren nur noch dreißig, vierzig Leute übrig. Ich suchte mit den Augen meine Familie und fragte mich dabei, warum sie mich nicht gleich abgeknallt hatten. Stattdessen schleiften sie mich zu den anderen, die immer noch auf dem nackten Boden lagerten und aussahen, als würden sie bald ganz von alleine sterben.« Er hielt inne, um sich die Nase zu putzen. »Ich bin Arzt, wissen Sie, aber ich konnte ihnen nicht helfen.«

Álvarez wollte schon sagen: »Und ich bin Polizist und kann auch nicht immer jedem helfen.« Er hätte es zwar aufmunternd gemeint, hielt dann aber doch den Mund und war im Nachhinein froh darüber, denn seine Kollegin wandte ruhig ein:

»Sie können nicht jedem in jeder Lebenslage helfen. Sie sind ja nicht allmächtig.« Ihrem Kollegen Álvarez gegenüber hatte sie es in der Vergangenheit einmal weniger charmant formuliert: Seien Sie nicht größenwahnsinnig. Er war immer noch ein wenig beleidigt, wenn er daran dachte.

»Mija und die Kinder waren noch unter ihnen«, setzte Krlić seinen Bericht fort. »Ich war einen Augenblick lang so froh, trotz ihres desolaten Zustandes. Vida hockte völlig in sich zusammengerollt etwas abseits. Sie ließ sich von niemandem mehr anfassen, nicht einmal mehr von ihren Eltern. Die Zwillinge waren völlig apathisch vor Hunger und Schrecken. Mija ging es ebenfalls sehr schlecht, aber sie half mir, damit ich nicht einfach umfiel, als ich ankam. Sie fing an zu weinen, und das schnitt mir ins Herz, und ich versuchte, sie trotz allem zu trösten.«

Jansen kam zurück ins Zimmer, hörte, dass sein Patient mit monotoner Stimme immer weitererzählte und ließ den Dingen erstmal ihren Lauf. Ob der Mann sich jetzt seine Hölle von der Seele redete oder später, machte schließlich keinen Unterschied, solange er körperlich stabil blieb. Krlić indes schien die Rückkehr seines behandelnden Arztes gar nicht wahrzunehmen. Daran, dass der Patient beim Erzählen immer weiter ins Detail ging, merkte Olbrich, dass sein Bericht auf einen neuen Höhepunkt zusteuerte, wahrscheinlich den letzten; ein weiteres Mal kaum vorstellbares Grauen.

»Sie ließen uns dort noch einige Tage sitzen; alle bauten immer schneller ab. Zwei, drei von den anderen Kindern starben einfach so und blieben bei ihren Familien liegen. Schließlich kamen sie und jagten immer kleine Gruppen hoch, um sie fortzuführen. Alle paar Minuten hörten wir dann die Schüsse knallen.« Krlić musste eine kurze Unterbrechung einlegen. Dann sprach er mit einer Stimme, die ihm kaum noch gehorchen wollte, weiter. »Wir waren unter den letzten. Die Milizen schienen es immer eiliger zu haben und trieben uns ungeduldig an. Mija hielt die Zwillinge an den Händen, ich fasste Vida an der Schulter, und sie wehrte sich nicht einmal mehr. Sie hatte seit meiner Rückkehr kein Wort gesprochen. Ich schämte mich, dass ich vor Schmerzen und Schwäche nicht schaffte, auf den Beinen zu bleiben, ohne mich auf meiner zwölfjährigen Tochter abzustützen.«

Die Hand zitterte ihm, während er sich erneut über das Gesicht strich, als wolle er die Bilder von damals wegwischen.

»Als wir auf dem Platz hinter der Baracke ankamen und sie uns anwiesen, stehen zu bleiben, zog ich Vida an mich und drückte ihr Gesicht an meinen Körper. Dass sie die ganzen Toten gesehen hatte, die von den letzten Stunden dort vor der Rückwand des Gebäudes herumlagen, konnte ich nicht verhindern, aber ich wollte nicht, dass sie mit anschauen musste, wie ihre Mutter und ihre Geschwister starben.« Diesmal brauchte er einige Minuten um das Zittern in seiner Stimme in den Griff zu bekommen.

»Mija und die Zwillinge kamen zuerst dran. Ich sah sie gerade noch in sich zusammensinken, bevor auch Vida und ich getroffen wurden.« Seine Stimme war kaum noch zu verstehen; ein kaum menschliches, klangloses Krächzen, als er fortfuhr: »Irgendetwas zuckte an meinen Beinen; ich konnte nicht unterscheiden, ob es meine eigenen Beine waren oder Vidas Körper. Ich wartete darauf, dass es schwarz um mich wurde, aber es passierte nicht. Ich starrte nur in den Himmel und dachte, jetzt müsse sich doch irgendetwas verändern, so ähnlich könne der Tod dem Leben doch gar nicht sein, es müsse doch einen Unterschied geben. Aber es gab einfach keinen.« Seine Stimme verlor sich, ebenso wie sein Blick, und

Olbrich schien schon etwas sagen zu wollen, da fügte Krlić in etwas klarerem Ton hinzu: »Wenn ich Vida nicht vor, sondern hinter mich geschoben hätte, dann hätte sie überlebt und nicht ich.« Es waren die fruchtlosen Überlegungen eines verwaisten Vaters, und die Psychologin reagierte entsprechend.

»Herr Krlić, darüber zu spekulieren wird Ihnen keine Erleichterung bringen. Fangen Sie besser gar nicht damit an«, sagte sie mitfühlend, aber bestimmt. Der Patient sah im Moment so aus, als wäre er wenig überzeugt. Und er wirkte so erschöpft, dass der Kommissar ein schlechtes Gewissen hatte, als er ihn fragte:

»Und als sie Tadić-Jovanović am Sonntag trafen, hat er sich darüber lustig gemacht, wie Ihre Tochter gelitten hatte, als er und die anderen sie vergewaltigten?«

Krlić nickte und verlor nun endgültig die Fassung. Obwohl der Kommissar in seinen vielen Berufsjahren schon mit einer Vielzahl von Grausamkeiten konfrontiert gewesen war, fand er Krlićs Bericht schwer zu ertragen und wartete daher mit für ihn ungewöhnlicher Geduld. Er versuchte sich vorzustellen, wie jemand auf diese wiederholten Akte der Missachtung jedweder Menschlichkeit durch ein sadistisches Dreckschwein wie Tadić-Jovanović reagieren würde. Wäre die Verzweiflung groß genug, um zu töten? Und er fragte sich gleich danach, ob das genau das war, was Krlić dann letzten Endes auch getan hatte. Bevor er den Sozialarbeiter aber danach fragen konnte, brach Dr. Jansen das Gespräch ab.

»Wir machen für heute Schluss. Der Patient ist zu stark belastet; eine Fortführung der Befragung würde ihn destabilisieren.«

Der Kommissar holte bereits Luft um gegen diesen Beschluss zu protestieren, aber Olbrich nickte und fasste ihren Kollegen am Arm.

»Wir machen am Montag weiter. Herr Krlić braucht eine Pause.«

Álvarez blickte ein wenig beleidigt drein, da ihm diese Entscheidung aus der Hand genommen wurde und da dies bedeutete, dass er mindestens 48 Stunden mit dem Hauptverdächtigen nicht weiterkommen würde. Aber gegen medizinisch begründete Maßnahmen kam auch er nicht an, und so fügte er sich. Die beiden Besucher erhoben sich und verabschiedeten sich von dem Patienten und seinem Arzt. Álvarez war sich nicht einmal sicher, ob der Streetworker überhaupt mitbekam, dass sie gingen.

* * *

Marion Olbrich und Manuel Álvarez verließen das Klinikgebäude und gingen in Richtung Parkplatz. Der Kommissar lief aus lauter Gewohnheit, und weil er in Gedanken noch bei dem Gespräch war, neben der Kollegin her zu ihrem Auto.

»Kann ich dich mitnehmen?«, machte sie ihn darauf aufmerksam.

Álvarez floppte wie ein luftgefüllter Gegenstand aus dem Meer seiner Reflexionen an die Oberfläche.

»Was, bitte?«

Die Psychologin wies mit dem Autoschlüssel in der Hand auf ihre Nuckelpinne, die sie mittlerweile erreicht hatten. Álvarez nickte, denn ungeachtet der Unbequemlichkeiten, die ein Transfer mit diesem Gefährt für ihn unweigerlich mit sich bringen würde, wollte er noch ein wenig Zeit herausschinden, um das eben Gehörte mit der Kollegin noch etwas durchzusprechen. Es fuchste ihn ausnehmend, dass sie wieder nicht bis zum Schluss der eigentlichen Tat gekommen waren.

»Schlimme Geschichte«, begann Marion dann auch das Gespräch, sobald die beiden auf den Sitzen mehr oder weniger mühevoll Platz genommen hatten.

Manuel nickte.

»Und ein 1a-Tatmotiv. Er ist nach wie vor der einzige ernsthaft Verdächtige, den wir bisher vorweisen können.«

Marion setzte den Blinker und konzentrierte sich zunächst darauf, vom Klinikparkplatz auf die Straße abzubiegen. Dann meinte sie:

»Du klingst, als ob dich das störte.«

Álvarez hob die Augenbrauen und machte eine leichte Bewegung mit dem Kopf.

»Was heißt stören. Natürlich stört es mich nicht, einen Täter zügig zu ermitteln. Aber es stört mich, wenn ich das Gefühl habe, dass ich falsch liege und mir außerdem wichtige Informationen fehlen, um das zu korrigieren. Um jemanden zu erschießen, brauchst du eine Waffe und mindestens eine freie Hand. Und zum bisherigen Stand unserer Informationen hatte Krlić an dem Abend weder das eine noch das andere. Er war unbewaffnet und gefesselt.« Der Kommissar pausierte einen Moment. Dann fuhr er fort: »Was zur Hölle ist später passiert?«

»Bei allem, was wir über Tadić wissen, wird der ihn wohl kaum losgebunden haben. Und selbst wenn, erklärt das noch nicht, wie die zweite Waffe ins Spiel gekommen ist«, konstatierte Marion ruhig und auf den Verkehr konzentriert.

Manuel seufzte.

»Wie es aussieht, hat Krlić neulich nicht gelogen, und wir kommen tatsächlich um die Annahme eines Dritten nicht herum.«

»Und damit womöglich auch nicht um ein ganz anderes Tatmotiv«, wandte Marion ein, »Es sei denn, der oder die Dritte wäre auch jemand aus Krlićs Vergangenheit und hätte gleichermaßen Grund zur Rache.«

Álvarez sackte theatralisch auf dem Beifahrersitz zusammen, so gut es bei seiner Länge eben ging ohne sich die Kniescheiben zu zertrümmern.

»Hör auf«, rief er in einem nicht ganz inszeniert gequälten Tonfall.

Seine Kollegin blieb mitleidlos.

»Überleg doch mal. Dass Krlić so partout nicht rüberkommt mit der Auskunft über diesen oder diese geheimnisvolle Dritte, könnte darauf verweisen, dass es sich um jemanden handelt, der oder die ihm nahesteht. Möglicherweise schützt er jemanden.«

Der Kommissar zuckte mit den Achseln. Nach einer kurzen Pause meinte er: »Oder er schützt sich selbst. Vor dieser dritten Person. Wenn es eine gibt, hat Krlić sie auf jeden Fall gesehen. Zum Zeitpunkt der Tat, falls er da noch gefesselt war, oder zumindest davor, falls der- oder diejenige ihn vorher losgebunden hat. Im letzteren Falle scheidet er selbst als Täter nach wie vor nicht aus, falls diese dritte Person ihm ihre Waffe überlassen hat. Andernfalls kennt er den Täter oder die Täterin. Selbst wenn er an diesem Abend verschont wurde, ist nicht auszuschließen, dass er Gefahr läuft, im Falle einer Aussage später doch noch getötet zu werden.«

»Hältst du ihn ernsthaft für gefährdet?«

Álvarez überlegte kurz, schüttelte dann den Kopf.

»Momentan nicht. Wenn der Täter oder die Täterin ihn hätte präventiv mundtot machen wollen, hätte er oder sie das schon am Sonntagabend erledigt. Problematisch wird es erst, wenn wir jemanden in der Folge von Krlićs Aussage festnehmen und diese Person vielleicht noch Komplizen hat, die sich der Causa Krlić im Nachgang annehmen.«

»Es wäre auch denkbar, dass diese Person ihn am Tatabend spontan verschont und es sich nach einigen Tagen Nachdenkens doch noch anders überlegt hat. Weil ihr die Spannung immer unerträglicher wird«, wandte Marion ein.

Sie hatten das Gebäude der Polizeidirektion erreicht, wo Álvarez nun noch den Bericht würde abfassen müssen. Er seufzte.

»Ich seh' zu, dass ich jemanden abstellen kann, um Krlić in der Klinik zu überwachen. Aber wenn es sich bei dem Täter oder der Täterin wirklich um jemanden handelt, der gemeinsam mit Krlić das damalige Massaker überlebt und sich jetzt an Tadić gerächt hat, glaube ich nicht ernsthaft daran, dass er oder sie Krlić jetzt umlegt.«

Am nächsten Tag, einem Sonntag, schlief Manuel lange, und als er schließlich gegen elf im Bademantel in der Küche saß und sich an seiner Kaffeetasse festhielt, turnten die Gedanken über seine frisch gescheiterte Beziehung erneut durch sein Gehirn. Was zur Hölle machte er immer wieder falsch? Auch seine früheren Partnerschaften, die nicht annähernd so lange gehalten hatten wie die sechs Monate mit Mareike, hatten stets mit Varianten des Vorwurfs geendet, er investiere nicht genug Zeit und vor allem nicht genug Gefühl in die Beziehung. Verdammt noch mal, er war Polizist! Ob sich Ärzte, Feuerwehrleute oder Rettungssanitäter zuhause Ähnliches anhören mussten? Er wusste es nicht, aber es war zu vermuten. Sein Hausarzt, den er selten genug sah, war jedenfalls Single. Der Streetworker Krlić, soweit er wusste, auch. Vielleicht schlossen bestimmte Berufsbilder Partnerschaften einfach per se aus. An diese Erkenntnis klammerte er sich einige Minuten, bis er sich eingestehen musste, dass sie in Anbetracht der bestimmt zahlreichen verheirateten Ärzte, Feuerwehrleute und – ja! – auch Polizisten eine faule Ausrede und Selbstbetrug war. Er war einfach unfähig, einen Menschen an seiner Seite glücklich zu machen und zu halten, und damit basta.

Deprimiert starrte er in die Düsternis seiner Kaffeetasse. Um nicht völlig dem Trübsinn zu verfallen, riss er sich zusammen und ging erst einmal ins Badezimmer und unter die Dusche. Während der anschließenden ausgiebigen Maßnahmen zur Vollendung seiner Körperpflege fragte Manuel sich, mit einem kritischen Blick in den Spiegel, was die bisherigen Frauen in seinem Leben wohl zunächst so anziehend an ihm gefunden hatten, da es sein Charakter ja offenbar nicht gewesen sein konnte. Er hielt sich selbst für keinen besonders attraktiven Mann, legte dafür umso mehr Wert auf ein gepflegtes Äußeres und war einer der ganz wenigen Kollegen der Kripo, der stets mit Anzug, Hemd und meist sogar einer Krawatte zum Dienst erschien. Und von den höchstens dreien oder vieren, die dies außer ihm noch taten, waren seine Anzüge und Hemden mit Sicherheit die elegantesten und teuersten. Für andere Dinge gab er kaum Geld aus, vielleicht noch für gehobene Gastronomie. Ein privates Auto hatte er keines, so konnte er sich diese Extravaganz leisten. Aber als einen gutaussehenden oder gar schönen Mann würde er sich selbst in keinem Fall bezeichnen. Sein Gesicht fand er zu schmal, seine Augenbrauen auf eine Art geschwungen, die vielleicht als elegant durchgehen mochten, seiner Ansicht nach jedoch zu wenig maskulin waren. Auch mit seinen Haaren haderte er: wenngleich noch dicht, befand er sie für zu stark gelockt. Deswegen bändigte er den ohnehin kurzen Schnitt mit einer hilfreichen Substanz, ungeachtet der Tatsache, dass der Wind seine Arbeit draußen gleich wieder zunichtemachen würde. Nein, als gutaussehend empfand Hauptkommissar Manuel Álvarez sich wirklich nicht, und da er als Mensch auch sonst nicht viel von sich hielt, grübelte er stets darüber nach, wie man als Frau auf die Idee kommen konnte, mit ihm etwas anfangen zu wollen.

Zur Ehrenrettung des Kommissars sei allerdings angemerkt, dass er mit dieser Meinung über sich mehr oder weniger allein stand. Selbst die missgünstigsten seiner Kollegen hätten zähneknirschend eingeräumt, dass nicht nur die Aufklärungsquote des Hauptkommissars, sondern auch Álvarez selbst sich durchaus sehen lassen konnte. Das Universum hatte die Qualitäten einfach ungerecht verteilt.

Schließlich zog Manuel sich an, um ein paar Schritte spazieren zu gehen. Vielleicht würde ihm etwas Sauerstoff im Gehirn auch zu ein wenig Inspiration in Hinblick auf den

Fall verhelfen, hinsichtlich dessen er das Gefühl hatte, immer weniger Durchblick zu haben. Tatsächlich war Krlić bisher der Einzige mit einem für ihn nachvollziehbaren Motiv. Die ganze tragische Geschichte, die er am Vortag gehört hatte, schien in einen einzigen Schluss zu münden: Rache. Rache an dem Mörder von Krlićs Familie. Das war nicht nur ein starkes Motiv, sondern zudem das einzige, das sich mit einem konkreten potentiellen Täter in Verbindung bringen ließ. Doch wie hatte er es bewerkstelligt? Man durfte die Möglichkeit nicht außer Acht lassen, dass andere, noch nicht identifizierte Dritte im Spiel gewesen waren, die ihre eigenen, noch nicht bekannten Motive gehabt hatten. Denn bei aller Wahrscheinlichkeit, dass Krlić am Mörder seiner Familie Rache genommen hatte, warf sein konkretes Vorgehen, der Tathergang, noch Fragen auf. Wenn Krlić gefesselt gewesen war, wer hatte ihn dann losgebunden? Tadić-Jovanović selbst? Dann wäre er schön dumm gewesen, denn er hätte aufgrund von Krlićs körperlicher Überlegenheit – dieser maß über 1,90 m und wirkte gut trainiert, Tadić war deutlich kleiner und schmächtiger gewesen, wenngleich ebenfalls recht muskulös – damit rechnen müssen, dass der Streetworker ihn überwältigen und Tadićs Waffe an sich nehmen könnte. Dass Krlić – wenigstens zu diesem Zeitpunkt – nicht selbst im Besitz einer Waffe gewesen sein konnte, war klar. Selbst wenn er eine mitgebracht hätte (in einigen Kiezkneipen bekam man alles), hätten Tadićs Gorillas sie ihm abgenommen, spätestens als sie ihn gefesselt hatten, wahrscheinlich schon früher. Außerdem hatte der tödliche Schuss Tadić von der Treppe aus in die linke Körperseite getroffen, was bedeutete, dass Krlić nach seiner Befreiung erst die Waffe an sich hätte bringen müssen, um dann an Tadić vorbeizulaufen bis auf die Treppe und ihn dann zu erschießen, wobei Tadić – was in einem solchen Szenario unwahrscheinlich war – seitlich zu ihm hätte stehen müssen. Das alles ergab keinen

Sinn. Und dem Ermittler drängte sich daher immer stärker die Erkenntnis auf, dass tatsächlich mindestens eine weitere Person zum Tatzeitpunkt am Tatort gewesen sein musste.

Aber wer? War einer von Tadićs Schlägern, oder beide, entweder zurückgekommen oder gar nicht erst weggewesen? Hatte Krlić in diesem Punkt gelogen, und wenn ja, warum? Seiner Selbstachtung wegen? Das schien Álvarez wenig wahrscheinlich. Wahrscheinlicher war, dass Tadić die beiden tatsächlich weggeschickt hatte. Wenn er Krlić wiedererkannt hatte, musste er befürchten, den womöglich einzigen überlebenden Zeugen seiner Kriegsverbrechen vor sich zu haben. Was zu dem Schluss führte, dass er – nach Krlićs Fesselung durch die beiden Haudraufs – auf jeden Fall vorgehabt hatte, Krlić umzubringen und zwar dieses Mal nicht vor Zeugen. Deswegen hatte er seine beiden Schutzleute weggeschickt. Sie sollten den Ausgang dieser alten Geschichte, von der sie möglicherweise nicht einmal wussten, nicht mitbekommen.

Der Plan hätte funktioniert. Tadić hatte sich noch ein wenig an Krlić abreagiert, indem er ihn ein weiteres Mal folterte – vielleicht war er tatsächlich ein notorischer Sadist, wie Krlić in seiner Erzählung nahegelegt hatte, vielleicht aber hatte er auch selbst im Krieg genug Scheiße erlebt und seinen privaten Rachefeldzug begonnen – und dann hätte er Krlić schließlich eliminiert, um zumindest mit diesem Teil seiner Biographie abzuschließen. Aber etwas musste dazwischengekommen sein. Etwas, beziehungsweise jemand. Und so hatte das Ganze ab diesem Punkt genau den Verlauf genommen, mit dem Tadić wohl am wenigsten gerechnet hatte. Álvarez war allerdings klar, dass zum jetzigen Zeitpunkt alles, was den weiteren Verlauf des Tatabends betraf, Spekulation bleiben musste, solange er Krlić nicht weiter befragen konnte. Das fuchste ihn. Für heute würde er aber nicht weiterkommen. Besser wäre es wahrscheinlich, sich nicht allzu sehr in den Fall zu verbeißen, sondern an der frischen Luft zu versuchen, auf andere Gedanken zu kommen. Aber er würde den Teufel tun und Mareike anrufen, um zu fragen, ob sie mit ihm eine kleine Runde drehen würde. Im Leben nicht!

Die Luft war spätwinterlich klar, und es war sonnig. Manuel lief in sportlichem Tritt die Wallanlagen entlang, bog dann Richtung Innenstadt ab und reduzierte sein Tempo etwas. Warum hätte er auch an einem freundlichen Sonntagnachmittag so durch die Stadt hetzen sollen. Er ließ sich auf das allfällige Gebummel in der City ein, in der auch andere Bremerinnen und Bremer sowie zahlreiche Touristen das schöne Wetter genossen. Wie sie wäre Álvarez wohl unwillkürlich an der Schlachte, der runderneuerten Weserpromenade gelandet, wenn nicht kurz vor dem Gassengewimmel des Schnoor eine Gruppe Menschen seine Aufmerksamkeit auf sich gezogen hätte, die vor dem Eingang zu einer Kunstgalerie standen. Einige hatten Sektgläser in der Hand – offenbar gab es eine Vernissage. Manuel interessierte sich für Kunst, auch wenn er seiner Meinung nach viel zu selten Zeit hatte, seine Jahreskarte für die renommierte städtische Kunsthalle zu nutzen. Jedoch auch die Ausstellungen in der Weserburg oder unabhängigen kleineren Galerien besuchte er gerne. Für diese Vernissage hier hatte er keine Einladung, aber man konnte es ja mal versuchen. Er sprach ein Mitglied der Gruppe an und wurde an eine Frau Mitte, Ende vierzig in elegantem Businesslook verwiesen. Sie war die Besitzerin der Galerie und die Kuratorin der Ausstellung in Personalunion. Sie lud Manuel freundlich zur gerade stattfindenden Eröffnung ein. Manuel betrat den Ausstellungsraum und nahm dankend das Angebot einer Cateringkraft mit einem Tablett voller Sektgläser an.

Bei den Exponaten handelte es sich um stark verfremdende Teilansichten von Industriebauten und wohl auch Hafenanlagen, manche der großformatigen Arbeiten in Acryl oder Öl waren schwer zu entziffern, aber Manuel gefiel gerade das. Vor dem recht minimalistischen Ausschnitt eines halb demontierten Werftkrans stand ein junger Mann, völlig versunken in die Betrachtung des Bildes. Auch Manuel blieb längere Zeit hier stehen und driftete in seinen Gedanken etwas ab, während er seinen Blick auf das Bild und dessen Betrachter richtete. Der junge Mann fiel in der kleinen Schar der gutbürgerlichen bis hippen Galeriebesucher durchaus auf: Er wirkte ausgesprochen gut trainiert, wie ein Sportler, hatte eine leicht olivfarbene Haut, dazu erstaunlich grüne Augen und einen bereits etwas zurückweichenden Haaransatz, der in auffälligem Kontrast zu seinem Alter stand. Manuel schätzte ihn auf Mitte zwanzig und fragte sich, was ein offenbar so sportaffiner junger Mann wohl in einer kleinen Kunstgalerie machte. Dann wurde er durch eine angenehme, klare Stimme aus seinen Reflexionen gerissen.

»Gefällt es Ihnen?«

Neben ihm hatte eine Frau, etwas jünger als er selbst, wohl ihrerseits den Betrachter des Betrachters des Bildes eine ganze Zeit beobachtet. Auch sie schien sich für dieses Bild besonders zu interessieren. Manuel beschloss sie höflich anzulächeln. Zu seinem Erstaunen lächelte sie zurück. Sie war ausgesprochen attraktiv. Aber Manuel war entschlossen, diesen Umstand zu ignorieren. Bloß nicht gleich in den nächsten Schlamassel geraten. Trotzdem nickte er.

»Ja. Dieser Anriss mit den weitgehenden Auslassungen – das macht es spannend.«

»Finde ich auch«, stimmte die Frau ihm zu. »Es ist das stärkste Werk der Ausstellung, meine ich.«

»Sind Sie schon einmal durch?« Er lächelte, verwundert, unsicher. Auch sie ließ ein breites Lächeln sehen, doch es wirkte deutlich selbstsicherer als er sich fühlte.

»Das auch. Aber ich gestehe – ich kenne den Künstler.«

Manuel fühlte sich aus irgendeinem Grund erleichtert, er hätte selbst nicht sagen können, warum.

»Ein Freund?«, fragte er.

Sie wiegte den Kopf.

»Ein Bekannter.«

Manuels Beklemmung kehrte zurück. »Bekannter« war ihm als Beschreibung der Beziehungsintensität zu wenig, um Gefahr abzuwenden.

»Er hatte ein Stipendium von der Stadt. Für ein Jahr. Dies ist seine Abschlussausstellung. Seine Galeristin ist eine gute Freundin von mir«, erklärte sie.

»Aha«, machte Manuel. Nicht, dass ihn diese Ausführungen nicht interessiert hätten, aber er fühlte sich schon wieder so verdammt unsicher. Was war nur los? Er beschloss, zeitnah einen Vorwand zu finden, um sich zu verabschieden.

Die gutaussehende Frau hielt mit ihren Erläuterungen inne und lächelte ihn an.

»Sind Sie auch im Kunstbetrieb tätig?«, fragte sie ein wenig neugierig.

Manuel musste lachen.

»Nein, ganz und gar nicht. Ich guck sie nur gerne an. Die Kunst, meine ich«, fügte er schnell hinzu, um die Zweideutigkeit seines Satzes zu entschärfen.

Auch die Frau lachte.

»Das sind die wichtigsten Akteure im Kunstbetrieb, oder? Die Betrachter«, meinte sie fröhlich.

»Wenn Sie meinen …«, räumte Manuel heiter ein. Auf eine unerklärbare Weise hatte sich seine Anspannung durch diesen Dialog wieder gelegt. Er und Sylvie, so stellte sich die junge Frau vor, unterhielten sich angeregt und wanderten dabei von Bild zu Bild. Es stellte sich heraus, dass Sylvie als Journalistin für ein großes französisches Modejournal schrieb und an einem Feature über Einzelausstellungen in Norddeutschland arbeitete, das in einer der nächsten Ausgaben erscheinen sollte. Sie kannte auch den jungen Mann, den Manuel vor dem Bild beobachtet hatte, und stellte ihn

Manuel vor. Er hieß Yaakov Shafira und gehörte einer freien Bremer Tanzcompagnie an, die sich vor einigen Jahren gegründet hatte und in der Kulturszene schnell zu Ruhm und Ehre gekommen war.

»Aber eigentlich müsste er in Hamburg bei John Neumeier tanzen«, betonte Sylvie.

Der junge Mann lachte, widersprach aber nicht. Bescheiden schien er nicht zu sein, aber Manuel störte das nicht. Bei näherer Betrachtung fand er, dass Shafira reifer wirkte, als sein geschätztes Alter vermuten ließ. Eine interessante Erscheinung, befand Manuel, bevor er sich wieder Sylvie zuwandte und gerade noch ihre Frage mitbekam.

»Gehen Sie auch manchmal ins Theater?«

Manuel hatte zwar immer großes Interesse am Theater gehabt und ging auch gelegentlich zu Vorstellungen im Stadttheater, aber mit Ballett hatte er sich bislang noch nicht befasst. Ballett war komplettes Neuland für ihn, wie er zugeben musste. Yaakov Shafira blickte bei Manuels Antwort nach unten, lächelte dabei aber etwas verschmitzt.

»Heutzutage machen wir auch eher Tanztheater«, sagte er, und Manuel kam sich etwas belämmert vor. Sylvie boxte Yaakov mit ihrem Ellenbogen in die Seite.

»Sei nicht so elitär«, scherzte sie, und Yaakov lachte unbekümmert. Die beiden schienen sich wirklich gut zu verstehen, und Manuel fühlte sich in der Gegenwart der beiden zunehmend entspannter. Obgleich er in Bremen aufgewachsen war, hatte sich sein Bekanntenkreis, der zumeist noch aus Schulzeiten stammte, in den letzten Jahren deutlich verkleinert, weil sich seine Schulfreunde durch Berufswahl und Familiengründung immer weiter von Manuels Lebenswelt entfernt hatten – oder er sich von ihrer. Ihm fehlte ein wenig Kontakt zu Menschen, die seine Interessen teilten und gleichzeitig Verständnis für seine problematischen Arbeitszeiten hatten. In der Gegenwart Sylvies und Yaakovs, einer

Journalistin und einem Tänzer, die er erst vor wenigen Minuten kennengelernt hatte, fühlte er sich auf einmal wieder in einem von gleichen Interessen und Akzeptanz geprägten Umfeld. Sie waren alle drei zügig zum Du übergegangen, was zumindest für ihn ungewöhnlich war. Entspannt dachte er, es sei eine sehr gute Idee gewesen, hierher zu kommen, auch wenn der Besuch der Ausstellung gar nicht geplant gewesen war.

Schließlich verabschiedete sich Yaakov jedoch, und Sylvie und Manuel stellten ihre Sektgläser – es war mittlerweile die dritte Runde gewesen – auf einem der Tabletts ab.

»Was machen wir jetzt mit dem angefangenen Nachmittag?«, fragte Sylvie Manuel in einem etwas mutwilligen Ton. Seine Befangenheit kehrte trotz des Alkohols zurück. Er schalt sich innerlich, doch bevor sein gegen sich selbst gerichteter Unmut in innere Schimpftiraden ausarten konnte, schlug sie vor:

»Gehen wir ein paar Schritte spazieren?«

Manuel machte eine einlenkende Geste und hoffte, dass sie seine Unsicherheit nicht bemerkte.

»Lebst du eigentlich hier in Bremen oder in Paris?«, fragte er, um die Kommunikation nicht abreißen zu lassen, nachdem sie sich von der Galeristin, Sylvies Freundin, verabschiedet hatten.

Sylvie lachte fröhlich.

»In Paris. Aber in Bremen bin ich aufgewachsen.«

»Tatsächlich?«, erwiderte Manuel, »Ich auch.«

»Und wir sind uns nie begegnet«, scherzte Sylvie.

Manuel merkte, dass er hinsichtlich seines Verhältnisses zu Frauen wieder in unangenehm vertrautes Fahrwasser einmündete. Sie hatte eindeutig Oberwasser, und er trieb hilflos auf einen Katarakt zu. So jedenfalls fühlte er sich. Sylvie jedoch schien seine Verunsicherung zu bemerken.

»Wahrscheinlich, weil du schlicht ein paar Jahre älter bist als ich, stimmt's?«, versuchte sie ihn zu retten. »Wir haben die einschlägigen *places-to-be* in etwas zeitlichem Abstand frequentiert, wenn es überhaupt dieselben waren.« Sie grinste ihn an.

Er nickte und spürte Boden unter seinen Füßen, zumindest mit den Zehenspitzen.

»Ja, wahrscheinlich.«

Sie hatten mittlerweile die Wallanlagen durchquert, und als sie sich dem Viertel näherten, wo zumindest Manuel wohnte, war es fast dunkel.

»Wohin gehen wir?«, fragte Manuel, noch nicht ganz auf festem Grund.

Sylvie ließ wieder ihr mutwilliges Lächeln erkennen, das aber äußerst charmant wirkte. Den Mann indes rettete es nicht.

»Ich weiß nicht …«, antwortete sie, ein wenig kokett, und dann durchaus heiter: »Zu dir oder zu mir?«

Der Grund unter Manuels Zehenspitzen erwies sich als äußerst schlüpfrig, doch er traute sich nicht, ihrem Vorschlag zu deutlich erkennbaren Widerstand entgegenzusetzen.

»Da vorne ist eine nette Kneipe«, konstatierte er indifferent.

»Ah«, machte Sylvie. Sollte sie nunmehr diejenige sein, der das feste Ufer entglitt? Manuel beschloss, ihre Äußerung in dieser Weise zu interpretieren und schob zur Vertrauensbildung eilig hinterher:

»Keine Angst, ich bin Polizist.« Er grinste. Sie auch.

»Auf Handschellen steh' ich allerdings nicht«, ließ sie ihn wissen.

Er musste lachen und fühlte sich sicherer.

»Die sind nur zum dienstlichen Gebrauch.«

MONTAG, 4. MÄRZ 2002, 8 UHR MORGENS

Am nächsten Morgen fuhr Kriminalhauptkommissar Manuel Álvarez in bester Laune mit dem Motorroller ins Präsidium. Die kalte Luft des Märzmorgens glich sein Schlafdefizit ein wenig aus, denn zum Schlafen waren er und Sylvie nicht viel gekommen. Allerdings hatten Intimitäten dabei keine Rolle gespielt – tatsächlich hatten sie sich bis spät in die Nacht über die freie Bremer Kunst- und Theaterszene unterhalten. Im Zuge dieser Diskussion hatte Sylvie ihm auch mehr über Yaakov Shafira erzählt. Der Tänzer genoss in der internationalen Tanzszene einen beeindruckenden Ruf und war im Begriff, sich auch als Choreograph einen Namen zu machen. Als die Kneipe, in der sie hängengeblieben waren, schließlich schloss, waren Sylvie und Manuel in dessen Küche umgezogen und hatten dort weiterdiskutiert.

Manuel hatte sich, nachdem klar war, dass von Sylvie keinerlei Gefahr ausging, wie zu Studienzeiten gefühlt. Schließlich hatten sie die Nacht mit einer fast schon morgendlichen Tasse Kaffee beendet – als echte Bremerin hatte sich Sylvie in Bezug auf Kaffee als Kennerin erwiesen, und Manuel hatte zum Glück stets eine gute Sorte im Haus. Dann hatte Sylvie sich ein Taxi gerufen. Manuel fühlte sich trotz der knappen Nachtruhe fantastisch und sah der bevorstehenden Befragung dieses Bauunternehmers, den er für acht Uhr einbestellt hatte, motiviert entgegen. Dass Álvarez sich mit der Fortführung der Befragung Krlićs würde gedulden müssen, trübte seine gute Laune nur minimal. Auch der Umstand, dass Kohlrusch zeitgleich mit ihm am Eingang zum Polizeipräsidium eintraf, ließ ihn gelassen. Normalerweise hätte Álvarez es bevorzugt, ein wenig zeitlichen Vorsprung zu haben, damit er die Fallakte noch um das Gesprächsprotokoll von Freitagabend ergänzen konnte, als er den Geschäftsführer der *GropeBau* in seiner Wohnung befragt hatte. Egal – so umfangreich waren seine Notizen nicht, in Anbetracht der Kürze des Gesprächs. Aber lang genug, um Kohlrusch taktisch ein wenig warten zu lassen.

Dieser zeigte ein geschäftsmäßiges, aber einnehmendes Lächeln, als sie am Portal des Gebäudes aufeinandertrafen.

»Kann ich den Wagen dort stehen lassen?«, fragte Kohlrusch nach einem kurzen Gruß.

Álvarez warf einen kurzen Blick in die Richtung, die der Arm des Geschäftsmanns anzeigte. Er nickte kurz.

»Ich denke schon.«

Sie betraten den schmucklosen Klinkerbau und stiegen nebeneinander die Treppe hinauf. Die Polizeidirektion hatte die ehemalige Kaserne erst vor zwei Jahren bezogen, und im Zuge des Umzugs waren nicht allzu viele der chronisch knappen Landesmittel auf die Gestaltung der Räumlichkeiten verwandt worden, sah man mal von einem dringend benötigten Anbau ab. Das Erscheinungsbild des Korridors, an dem Álvarez' Dienstzimmer lag, konnte schlicht als funktional bezeichnet werden. An der Wand standen immerhin ein paar Stühle für Wartende, und Álvarez bat seinen Gast, hier für einige Momente Platz zu nehmen. Er selbst hackte das Protokoll des Gesprächs von Freitag schnell in die Tasten seines Computers, um es Kohlrusch dann zur Unterschrift vorlegen zu können. Dieser zeigte keinerlei Anzeichen von Stress oder Verdruss. Im Unterschied zu der Gelassenheit des sicherlich nicht unterbeschäftigten Geschäftsmanns hatte Álvarez schon Wichtigtuer erlebt, die ein Mordstheater veranstalteten, wenn man sie während ihrer Arbeitszeit einbestellte oder auch nur aufsuchte. Schließlich öffnete der Hauptkommissar die Tür und bat seinen Gast herein.

»Hier ist das Ergebnisprotokoll unseres Gesprächs am Freitagabend. Lesen Sie es bitte durch, und wenn alles korrekt ist, unterschreiben Sie bitte hier.« Der Kommissar deutete auf die für die Unterschrift vorgesehene Leerzeile.

Kohlrusch nickte, es vergingen einige Momente der stillen Lektüre, dann griff er zu dem Kugelschreiber, den Álvarez ihm hingelegt hatte, und setzte seinen Krakel unter den Text. Als er danach mit einem Lächeln Anstalten machte, sich zu erheben, bat Álvarez ihn:

»Bitte noch einen Moment.«

Mit fragendem Blick setzte sich Kohlrusch wieder.

Álvarez war froh, dass Jonas Bargfrede nicht im Raum war, als er das Observationsfoto, das sein Mitarbeiter am Donnerstagabend von Kohlrusch und seiner Begleiterin gemacht hatte, aus der Fallakte zog und dem augenscheinlich untreuen Bauunternehmer vorlegte. Dieser reagierte sichtlich erschrocken.

»Wir interessieren uns für diese junge Frau«, begann der Kommissar mit der Sanftmut eines Alligators.

Kohlrusch schwieg überrumpelt.

»Wissen Sie, wie sie heißt?«, fragte der Ermittler und bemerkte ein winziges Zögern, bevor der Unternehmer den Kopf schüttelte.

»Wirklich nicht?«, hakte er nach. »Sie scheinen sich aber gut zu kennen.«

Auf Kohlruschs Stirn zeigte sich ein leicht erhöhtes Maß an Hautfeuchtigkeit. Es war deutlich zu erkennen, wie er sich innerlich wand.

»Wir haben uns ein paar Mal getroffen«, gab er zu.

Álvarez wartete, dass das übliche »bitte sagen Sie meiner Frau nichts« folgte, aber es kam nicht. Er lauschte ein wenig Kohlruschs erhöhter Atemfrequenz. Dann schlug er einen Ton an, von dem er vermutete, dass er unter Geschäftsleuten üblich war, wenn sie auf die Bereitschaft ihres Gegenübers zur Kooperation angewiesen waren.

»Herr Kohlrusch, es ist für unsere Ermittlungsarbeit wichtig zu klären, ob diese junge Frau in einem wie auch immer gearteten Verhältnis zu dem Opfer des Tötungsdelikts auf Ihrer Baustelle steht. Wir würden Ihre Unterstützung in dieser Angelegenheit wirklich sehr schätzen. Insbesondere, was den Namen dieser jungen Frau anbelangt. Was Ihr Verhältnis und das zu Ihrer Frau anbelangt«, lockte er den Geschäftsmann mit etwas, das nach einem großmütigen Angebot aussah, »das bleibt fürs Erste Ihre Angelegenheit. Aber diese junge Frau ist möglicherweise eine wichtige Zeugin für uns, deswegen ist es unvermeidlich, dass wir mit ihr sprechen.«

Sein auf so subtile Weise unter Druck gesetzter Gesprächspartner presste erkennbar die Kiefer aufeinander.

»Sie heißt Jasna«, brachte er unter Mühe hervor. »Bitte nehmen Sie Rücksicht auf sie. Sie hat so viel durchgemacht. Aber sie würde keiner Fliege etwas zuleide tun.«

»Wir möchten sie nur als Zeugin befragen. Sie hat den Geschädigten wahrscheinlich gut gekannt. Aber es liegen keine Verdachtsmomente gegen sie vor.« Das entsprach nicht ganz der Wahrheit; derzeit waren noch viele Möglichkeiten offen. Aber dem Kommissar war klar, dass er von Kohlrusch nicht den kleinsten Hinweis auf Jasnas Verbleib erwarten könnte, wenn er das angedeutet hätte.

»Wissen Sie, wo wir sie finden könnten?«

Jasnas Liebhaber rang noch einen Moment mit sich, dann gab er nach und nannte eine Adresse.

»Sie teilt sich dort eine Wohnung mit anderen Mädchen. Armselige Bude und völlig überbelegt. Will nicht wissen, was der Vermieter pro Schlafplatz verlangt. Aber die Mädchen müssen ja ohnehin ihre kompletten Einnahmen an ihre«, er zögerte kurz, »Zuhälter abdrücken. Die zahlen dann die Miete.«

Álvarez nickte; diese Praxis war ihm bekannt.

»Kannten Sie Jasnas Zuhälter? Ich meine, persönlich? Haben Sie ihn schon mal getroffen?«

Der unselige Mann schüttelte den Kopf.

»Aber sie hatte eine Heidenangst vor ihm. Er muss ein echt brutaler Klotz gewesen sein.«

Interessant fand Álvarez, dass Kohlrusch in der Vergangenheit von dem Arbeitgeber seiner Geliebten sprach.

»Also wissen Sie, dass der Tote auf Ihrer Baustelle Jasnas Zuhälter war?«

Kohlrusch sah sich für einen Moment gefangen, schaffte es jedoch, sich aus der Schlinge zu ziehen.

»Sie hat es mir erzählt.«

»Wie hat sie von Tadićs Tod erfahren? Hat sie Ihnen das auch erzählt?«

Der Befragte verneinte. Es war zu erkennen, dass er sich unbehaglich fühlte oder sogar stark unter Druck.

»Sowas spricht sich im ... Milieu sicherlich schnell rum«, wich er aus, und dann, in einem Versuch, wieder die Oberhand zu gewinnen, fügte er in einem Anflug vorgetäuschter Abgeklärtheit hinzu:

»Und – hey – er war ihr Zuhälter.«

Der Kommissar nickte unbeeindruckt. Er griff zum Telefon und rief die Kollegen auf dem Revier Walle an. Er gab die Adresse durch, die Kohlrusch ihm genannt hatte, und bat die Kollegen, die Mädchen, die um diese Zeit bestimmt noch schliefen, dort einzusammeln und zu befragen, notfalls mit Hilfe einer Dolmetscherin. Alle, außer Jasna. Die möchten sie bitte zu ihm bringen. Danke. Er legte auf.

Kohlrusch starrte ihn einen Augenblick lang verzweifelt an. Dann senkte er resigniert den Blick.

»Ich wollte mir ihr zusammen sein«, begann er langsam, »ich meine, ganz.« Er stützte die Stirn auf beide Handflächen. »Ich wollte sogar meine Frau für sie verlassen.«

»Wollten? Oder wollen Sie immer noch?«

Kohlrusch zuckte mit den Achseln.

»Ich weiß nicht. Sie ist so wunderbar.«

Der Kommissar vermutete, dass sich der letzte Satz auf Jasna und nicht auf Kohlruschs Frau bezog.

»Und Jasna?«, fragte er deshalb. »Wollte sie das auch? Wollte sie ihren ›Job‹ aufgeben für Sie? Und aus dem Milieu raus?«

Der Unternehmer blickte ihn etwas verwirrt an.

»Jaa«, erwiderte er gedehnt und etwas unentschlossen, doch dann fasste er sich. »Ja, wir wollten das beide. Sie hatte aber, wie gesagt, eine Heidenangst vor ihrem Zuhälter, diesem Zlatan. Sie wusste noch nicht, wie sie ihm das sagen sollte. Ob überhaupt, oder ob sie einfach abhauen und untertauchen sollte.«

»Schwierig in einer Stadt wie Bremen, oder?«, gab Álvarez zu bedenken.

Kohlrusch zuckte mit den Achseln. Es war ihm anzumerken, dass er – ungewöhnlich für einen so verantwortungsbewussten Geschäftsmann – offenbar noch keinen echten Plan hatte.

»Wir würden eben weggehen«, blieb er vage. Und als flöge ihn eine Idee an, ergänzte er: »Der Mutterkonzern der *GropeBau* hat ja noch andere Niederlassungen, überall auf der Welt.«

Der Ermittler nickte und kommentierte dieses halbgare Ansinnen nicht. Stattdessen ging er zur Attacke über.

»Können Sie sich vorstellen, dass Jasna in ihrer Angst vor Tadić und ihrer Verzweiflung das Problem gleich ganz aus der Welt geschafft haben könnte? Selbst, oder wohl eher, indem sie einen anderen damit beauftragte, Tadić aus dem Weg zu räumen?«

Jasnas Liebhaber sah ihn völlig entsetzt an.

»Sind Sie irre?«, entfuhr es ihm, doch er hatte sich sofort wieder unter Kontrolle. »Entschuldigen Sie bitte. Aber der Gedanke ist absurd.«

Álvarez zuckte lässig mit den Achseln. Er hatte ihm den Ausbruch nicht übelgenommen.

»Wäre nicht das erste Mal, dass so etwas passiert. Hatten wir alles schon.«

Der Unternehmer schüttelte den Kopf.

»Aber nicht Jasna. Echt nicht.«

»Sie hat es möglicherweise nicht selbst getan. Aber jemanden zu bitten? Das ist nicht schwer.«

Sein Gegenüber durchlöcherte hochkonzentriert die Luft mit seinen Blicken. Álvarez konnte das Feuerwerk seiner Neuronen förmlich beobachten. Fast tat ihm der Jugendfreund seines Mitarbeiters leid. Doch er legte noch einmal nach.

»Und was ist mit Ihnen? Sie hatten genug Grund, den Mann aus dem Weg zu räumen oder räumen zu lassen. Er hatte Ihre Geliebte fest im Griff.«

»Also, jetzt reicht's aber«, explodierte der Geschäftsmann, doch ein Gegenargument von seiner Seite blieb aus.

»Herr Kohlrusch, ich sag ihnen ganz offen: Sie hatten ein gutes Motiv, sich Tadićs zu entledigen. Ein sehr gutes. Und wenn Jasna wirklich so verängstigt und eingeschüchtert ist, wie Sie und auch andere sagen, sieht es für Ihre Freundin besser aus als für Sie selbst. Es sei denn, wie gesagt, sie habe jemanden Dritten um diese Gefälligkeit gebeten.«

»Ich hör mir den Mist nicht mehr an.« Kohlruschs Stimme klang ruhig, aber man hörte, dass er gleich platzte. »Wenn Sie keine konkreteren Anwürfe haben, beende ich dieses Gespräch jetzt. Und falls Sie noch weitere Fragen haben, dann nur in Gegenwart meines Anwalts. Haben Sie das verstanden?«

Ob er auch so mit seinen Angestellten sprach, überlegte Álvarez. Er bemühte sich, nicht ebenfalls aggressiv zu werden, denn der Ton des Unternehmers ging ihm entschieden gegen den Strich.

»Herr Kohlrusch, wir werden ganz sicher noch weitere Fragen an Sie haben. Den Termin dafür werden wir Ihnen zu gegebener Zeit mitteilen. Sie können gerne einstweilen Ihren Anwalt informieren. Und bis auf weiteres verlassen Sie die Stadt bitte nicht, auch nicht für Geschäftsreisen. Andernfalls müssten wir Sie wegen Fluchtgefahr in Gewahrsam nehmen.«

Der Geschäftsmann biss die Zähne zusammen und atmete tief durch. Er war aber klug genug zu verstehen, dass diese Runde an den Ermittler ging. Deswegen beschränkte er sich darauf, von seinem Stuhl aufzustehen, seine Aktentasche zu schnappen und grußlos den Raum zu verlassen.

* * *

Den Kollegen in Walle war es unterdessen tatsächlich gelungen, fast den ganzen Trupp Mädchen unter der von Kohlrusch benannten Adresse aufzutreiben. Die meisten von ihnen hatten noch geschlafen, waren wahrscheinlich erst vor wenigen Stunden ins Bett gekommen.

Sie konnten einem leidtun. Sie mussten unter erbärmlichen Bedingungen arbeiten, sich alles Mögliche gefallen lassen und dann ließ man sie nicht einmal ausschlafen. Álvarez überließ es einigen weiblichen Kolleginnen, die Gruppe zu befragen, und hoffte, die Mädchen hätten vor Frauen weniger Angst. Von den meisten war ohnehin anzunehmen, dass sie keinen erkenntnisfördernden Beitrag würden leisten können. Zwei oder drei hatten wahrscheinlich für Tadić gearbeitet, da könnte es lohnen, mal genauer hinzusehen. Diese Jasna indes wollte er sich selbst vorknöpfen. Als sie zu ihm gebracht wurde, konnte selbst ein Manuel Álvarez erkennen, dass sie vor Furcht fast zitterte. Deshalb bat er Nuria zu sich, weil seine Mitarbeiterin hoffentlich vertrauenseinflößend genug auf das junge Mädchen wirken würde. Dieses saß ihm nun gegenüber und starrte zu Boden.

Hauptkommissar Álvarez begrüßte sie freundlich und stellte sich vor. Er bemühte sich dabei, einen so beruhigenden Ton anzuschlagen, wie nur immer es ihm möglich war.

»Sagen Sie mir Ihren Namen?«, fragte er freundlich.

Sie tat es, mit sehr leiser, etwas heiserer Stimme und einem starken südslawischen Akzent. Sie blickte ihn nicht an.

»Frau Dragunec«, begann Álvarez und fragte sich, wann irgendjemand wohl das junge Mädchen zum letzten Mal mit »Frau« und ihrem Nachnamen angesprochen hatte, ob überhaupt jemals. »Sie kennen den Herrn Tadić, Zlatan Tadić?« Es war anzunehmen, dass ihr der eigentliche Name des Mannes nicht bekannt gewesen war; das schloss er aus dem Umstand, dass auch ihr Liebhaber Stefan Kohlrusch nur diesen Namen gekannt hatte.

Jasna zögerte einen Moment, bevor sie nickte. Álvarez verzichtete bewusst auf den Hinweis, dass Tadić nun die Radieschen von unten betrachtete. Er wollte es von Jasna hören.

»Wann haben Sie ihn zum letzten Mal gesehen?«

Die junge Frau hob den Kopf ein wenig, wie gequält, und sie wandte ihn um ein paar kaum wahrnehmbare Grade in Richtung Tür. Álvarez beobachtete es, aber bevor er sie beruhigte, wollte er eine Antwort von ihr. Sie zuckte jedoch nur mit den Schultern.

»Weiß nicht«, sagte sie schließlich. Es klang eher müde als ängstlich.

»So ungefähr«, baute ihr der Kommissar eine Brücke, »am Wochenende, vor ein paar Tagen, die Woche davor …?«

»Ist tot«, erwiderte sie stattdessen.

Álvarez nickte.

»Genau darum geht es. Wir versuchen herauszufinden, wer ihn getötet hat.«

Jasna schüttelte leicht den Kopf. Das konnte sowohl »ich weiß nicht« als auch »ich war's nicht« bedeuten, vielleicht auch beides. Álvarez unternahm einen neuen Anlauf.

»Wie haben Sie denn von seinem Tod erfahren?«, fragte er und schob hinterher: »Also, von wem?«

Sie blickte wieder zu Boden und hob ein wenig die Schultern an. Es war zu erkennen, dass sie eine Heidenangst hatte. Deswegen wollte Álvarez sie nicht allzu sehr unter Druck setzen, obwohl er diese Auskunft wirklich dringend brauchte.

»Frau Dragunec, Sie brauchen keine Angst zu haben. Herr Tadić selbst kann Ihnen nichts mehr anhaben, und wenn Sie von jemand anderem bedroht werden, können wir Ihnen helfen. Aber nur, wenn wir wissen, um wen es sich handelt.«

Es dauerte noch einen kurzen Moment, dann sagte sie:

»Normal er kommt immer spät Abend, um zu holen Geld, was haben bekommen.«

Álvarez nickte. Sie erzählte weiter:

»Sonntag aber ist nicht gekommen. Vorige Sonntag. Ist gekommen Pavao.«

»Wer ist Pavao?«, fragte der Kommissar ruhig, obwohl er den Namen bereits von Krlić gehört hatte.

Jasna hob ihren Blick nicht.

»Arbeitet für Tadić.«

Wieder nickte Álvarez. Er hätte gerne den Nachnamen dieses Faktotums erfahren, aber Jasna wusste ihn nicht. Deswegen ließ der Kommissar sie ihre Erzählung wieder aufnehmen.

»Ist gekommen Pavao und gesagt, heute er holt Geld. Biljana gefragt, wo ist Tadić. Biljana ist anderes Mädchen«, schob sie hastig ein und fuhr dann fort. »Pavao gesagt, dass Tadić tot. Holt Geld jetzt für neuen Chef.«

Der Ermittler hob die Augenbrauen. Das war eine interessante Neuigkeit, denn es eröffnete die Möglichkeit, dass es vielleicht doch um Konkurrenz auf dem Kiez gegangen sein mochte.

»Wissen Sie, wer dieser neue Chef ist?«, fragte er das Mädchen.

Sie hob den Kopf etwas und blickte ihn zum ersten Mal direkt an. Es konnte einem das Herz abschnüren, so viel Hoffnungslosigkeit und Erschöpfung fand sich in ihren Augen. Für sie machte es wahrscheinlich keinen Unterschied, von wem sie ausgebeutet, erpresst und misshandelt wurde. Sie schüttelte den Kopf, und der Kommissar war geneigt, ihr zu glauben. Er und seine Kollegen mussten versuchen, diesen Pavao in die Finger zu kriegen, denn er wusste mit Sicherheit, bei wem er die Einkünfte der Mädchen abliefern musste. Wenn er nicht sogar selbst kurzerhand die Chance zum Aufstieg genutzt hatte. Der Kommissar wechselte das Thema.

»Frau Dragunec, uns ist bekannt, dass Sie ein festes Verhältnis mit einem gewissen Herrn haben. Wir kennen ihn. Was können Sie uns darüber sagen?«

Jasnas Augen liefen über. Sie verbarg sie hinter ihrer Hand, senkte den Kopf und begann zu weinen. Álvarez hatte Mitleid mit ihr, aber er würde sie jetzt nicht von der Angel lassen können. Was war das nur für ein Fall, in dem lauter zerstörte Leben eine Rolle spielten – und damit meinte er nicht allein den getöteten Zlatan Tadić. Er holte ein Päckchen Papiertaschentücher aus der Schublade seines Schreibtischs und reichte der jungen Frau eines davon. Er wartete ab, bis sie sich etwas beruhigt und die Nase geputzt hatte.

»Danke«, sagte sie leise.

Der Ermittler nickte. Er wartete noch einen Moment, dann fragte er:

»Also, wie war das mit Ihnen und Herrn …?« Er brach absichtlich ab, bevor er Kohlruschs Namen nannte.

»Stefan«, ergänzte Jasna kaum hörbar.

»Stefan«, wiederholte Álvarez, der sie dennoch verstanden hatte.

Jasna nickte. Sie schwieg einen Moment, und Álvarez wartete mit einem für ihn außergewöhnlichen Maß an Geduld.

»Wir wollten zusammen sein«, fuhr die junge Frau schließlich fort.

Álvarez enthielt sich fürs Erste der Frage, ob Jasna von Stefans Frau wusste. Er nickte, um ihr Vertrauen zu gewinnen und um sie zum Weitersprechen zu motivieren.

»Wie richtige Familie. Mit Kind.« Jasna blickte wieder mit gesenktem Kopf vor sich hin, aber eine leichte Röte hatte ihre Wangen überzogen. Sie schien wirklich verliebt.

»Sind Sie schwanger?«, entfuhr es Álvarez. Er dachte an Kohlrusch und seine häusliche Situation. Wie blöd konnte man eigentlich sein?

Die Röte auf Jasnas Gesicht vertiefte sich im Farbton um zwei, drei Nuancen. Álvarez' Blick streifte Nuria Aydin, sie hatte ihre Augenbrauchen unzufrieden zusammengezogen. Das verunsicherte ihn. War die Frage so unpassend gewesen? Im engeren Sinne erkenntnisleitend war sie jedenfalls nicht.

»Weiß nicht«, wich Jasna aus und errötete noch stärker. Álvarez ließ es gut sein mit diesem Punkt.

»Das hat Ihrem Chef, also Herrn Tadić, bestimmt nicht gefallen – ich meine, dass Sie eine Beziehung angefangen haben, oder?«

Jasna schüttelte den Kopf. Dann aber sagte sie: »Ich weiß nicht, ob er wusste.«

Der Hauptkommissar dachte daran, wie offen und für jeden sichtbar sie und der Bauunternehmer die Straße entlanggetrabt waren, während Jonas Bargfrede diesen Sozialarbeiter observiert hatte. Ein Mann in Tadićs Branche hatte seine Augen und Ohren überall – dass er keinen Wind von dieser Affäre bekommen haben sollte, schien äußerst unwahrscheinlich. Er konfrontierte die junge Frau kühl mit dieser Vermutung, und es zeigte sich, dass er richtiggelegen hatte. Jasna knickte sofort ein.

»Ja, er wusste. War sehr böse.«

»Was hat er gemacht? Oder gesagt?«

Jasna begann wieder zu weinen, allerdings hatte sie mit ihrem erfolglosen Versuch, den Ermittler anzulügen, dessen Geduld verspielt, und Álvarez ließ es die junge Frau merken, indem er die nächste Frage gleich hinterherschob.

»Hat er Sie bedroht? Oder Ihren Freund Stefan?«

Jasna wischte sich mit dem Handballen die Augen trocken. Sie nickte.

»Hat … geschimpft und gedroht. Sogar Stefan. Ich soll Schluss machen.«

»Und haben Sie?«

Das Mädchen schüttelte den Kopf und weinte leise und verzweifelt weiter. Trotz des Ernstes der Lage kam sich Álvarez langsam vor wie ein Vater, der seinen halbwüchsigen Kindern die Gefährlichkeit eines Unterfangens vor Augen führen will. Er nahm einen neuen Anlauf.

»Haben Sie Stefan davon berichtet?«

Sie nickte.

»Und was hat er dazu gesagt?«

»Wir gehen weg. In anderes Land. Er kann. Hat Arbeit überall.«

Der Kommissar wusste nicht, ob er über so viel Naivität den Kopf schütteln oder von so großer Verzweiflung erschüttert sein sollte. *Klar*, dachte er, *er kann. Mit seinem Status und seinem Pass. Aber sie*? Er beschloss, es vorsichtig anzugehen.

»Das stimmt«, bestätigte er in so ruhigem Ton, wie es ihm in seinen widerstreitenden Empfindungen gerade noch möglich war, »er kann. Aber Sie? Wie sieht es mit Ihren Papieren aus? Verheiratet sind Sie beide ja nicht.« Es entbehrte nicht einer gewissen Grausamkeit, wie Álvarez mit seinem letzten Einwand Jasnas Fototapete von der Wand gerissen hatte, die ihr die Illusion einer besseren Zukunft vorgegaukelt hatte. Das Mädchen sank in sich zusammen.

»Hat Tadić«, flüsterte sie, am Ende ihrer Kraft.

»Ihre Reisedokumente?«

Jasna nickte und ihre Augen liefen über. Álvarez bat Nuria Aydin von ihrem Schreibtisch herüber, damit er Jasna nicht sich selbst überlassen musste, und organisierte eine Flasche Wasser und drei Gläser. Als er zurückkam und die Getränke auf den Tisch stellte, hatte sich Jasna etwas beruhigt. Álvarez war froh darüber; zu viel Emotion war ihm unbehaglich. Er musste sich in solchen Situationen eingestehen, dass sein Ungeschick, einfühlsam auf Menschen einzugehen, ein Nachteil war; dieses Defizit musste er eben durch seinen Verstand und seine Befähigung zu wissenschaftlichem Denken und logischem Schließen ausgleichen. Zumindest dafür war sein abgebrochenes Studium gut gewesen. Er nahm den Gesprächsfaden wieder auf.

»Frau Dragunec, hat sich ihr … Stefan mal dazu geäußert, wie er das anstellen will, mit Ihnen und Ihrer Auswanderung?«

Jasna schien die Frage nicht ganz zu verstehen. Sie warf Nuria einen fragenden Blick zu.

»Hat Stefan gesagt, wie Sie Ihre Dokumente von Tadić zurückbekommen können?«, half die Polizeimeisterin nach.

»Hat gesagt: Das Problem lösen wir«, antwortete Jasna.

»Aber *wie* er das Problem will, hat er nicht gesagt?«, hakte der Ermittler nach.

Jasna schüttelte den Kopf.

»Ich habe gesagt zu ihm: Pass auf. Tadić gefährlich. Ist sehr gefährlicher Mann. Aber Stefan hat gelacht. Hat gesagt: Tadić soll besser nicht anlegen.«

»Mit ihm?«

Jasna blickte den Kommissar verunsichert an.

»Tadić solle sich besser nicht mit ihm anlegen?«, vervollständigte Álvarez den Satz.

Das Mädchen nickte.

»Ja, genau«, bestätigte sie.

»Mhm«, machte der Ermittler nachdenklich. Die von ihm Befragte erweckte nicht den Eindruck, als sei ihr klar, dass sie gerade im Begriff war, ihren Geliebten mächtig reinzureiten.

»Hat er, also Stefan, irgendwas unternommen, um Ihren Pass von Tadić wiederzubeschaffen?« Er vermied es nach wie vor, den Nachnamen des Bauunternehmers zu nennen, solange er nicht von Jasna selbst kam.

Sie zuckte mit den Achseln.

»Weiß nicht. Glaube nicht. Hat nicht gesagt.«

Auch Kohlrusch hatte mit keinem Wort erwähnt, dass er je Kontakt zu Jasnas Zuhälter aufgenommen hatte, aber das musste nichts heißen. Hätte er Tadić aus dem Weg geräumt, wäre er schön blöd gewesen, dem Kommissar dies auf die Nase zu binden. Genauso dämlich wäre es allerdings, den Luden umzulegen, bevor er sich Jasnas Pass' hätte bemächtigen können. Das bedeutete: entweder hatte er Jasnas Pass bereits, oder er war nicht der Täter. Oder aber irgendwas war schiefgelaufen, und Kohlrusch hatte sich gezwungen gesehen, Tadić zu erschießen, bevor er Jasnas Papiere von ihm erhalten hatte. Wie zum Beispiel der Umstand, dass der Typ gerade im Begriff war, diesen Streetworker zu eliminieren, der Jasna helfen wollte. Das wäre so ein möglicher Notfall gewesen, denn Kohlrusch mochte eine Menge Schwächen haben, vielleicht war er sogar bereit, über Leichen zu gehen, aber das Leben von jemandem zu opfern, der seiner Geliebten noch nützlich sein konnte, wäre für den Unternehmer ein ineffektives Unterfangen gewesen. Es sei denn, er hätte kalte Füße bekommen und er wollte sich der ganzen Affäre mit all ihren potentiell Beteiligten entledigen. Dann allerdings hätte er auch den hilflosen, da gefesselten Sozialarbeiter als Tatzeugen beseitigen müssen. Wie man es auch drehte und wendete, Álvarez kam an dieser Stelle noch zu keinem schlüssigen Szenario. Er sah ein, dass er um eine weitere Befragung des Bauunternehmers nicht würde umhinkommen. Der würde dann natürlich mit seinem Anwalt hier aufschlagen. Der Hauptkommissar war jetzt schon genervt.

Dem Mädchen, das ihm immer noch völlig verängstigt gegenübersaß, traute er nicht ernsthaft zu, sich mit Vorsatz und Arglist ihres Peinigers entledigt zu haben. Falls sie tatsächlich auf irgendeine Weise zu einer Waffe gekommen war und an diesem unseligen Sonntagabend im Kellergeschoss dieses Rohbaus aufgekreuzt war, war es höchstens aus schierer Not geschehen. Und in Anbetracht der bedrohlichen Situation für Krlić – neben Stefan Kohlrusch der Einzige, von dem sie sich Hilfe und Unterstützung erhoffen konnte – konnte sie mit etwas Glück und einem guten Anwalt mit Notwehr davonkommen. Ihr fraglicher Waffenbesitz würde zwar in diesem Szenario etwas stören, aber immerhin hatte auch ihr Zuhälter zum Tatzeitpunkt selbst mit einer Waffe hantiert. Álvarez betrachtete Jasna mit einem resignierten Kopfschütteln.

»Wie sind Sie bloß in diesen Schlamassel geraten, Jasna?«

Ein Spätsommertag. Am anderen Ende der Welt machen sich gerade die Touristen auf den Heimweg. Außer einigen deutschen Rentnern oder österreichischen Wochenendurlaubern. Denen ist die Luft jetzt wieder frisch und das Wasser noch warm genug – wie eine Badewanne, in der die ganze Familie bereits gebadet hat. Nicht aber hier: kein Meer, Touristen schon gar nicht und auch noch keine frische Luft. Der vom Sommer aufgeheizte Boden hält alle Hitze fest und glüht nur langsam aus, wie ein Kamin. Irgendwo hinter den bewaldeten Hügeln wälzt sich der Fluss, der dem Dorf seinen Namen gegeben hat, träge durch seine Halfpipe, aber dahin gehen sie alle nicht mehr, denn im Wald liegt das Unaussprechliche, das Unbetrachtbare, das Unerinnerbare. Man lässt es besser ruhen. Eines Tages werden andere sich darum kümmern. Die Menschen im Dorf haben Zeit. Sie warten ab. Zumindest die Älteren.

Sie will nicht abwarten. Aber in den Wald geht auch sie nicht. Es muss einen anderen Weg geben, der hier rausführt. Weg von der Mutter, die nicht mit ihr spricht, die den ganzen Tag vor dem Fernseher sitzt, raucht, trinkt.

So viel zu ihrer Mutter.

Ihren Vater kennt sie nicht. Fragt nicht nach ihm. Früher mal, ja, aber je nach Tagesform ihrer Mutter betrachtete diese sie lange mit in Tränen schwimmenden Augen. Oder schlug zu. Blieb die Antwort immer schuldig. Mütter wie sie fragt man nicht nach den Vätern ihrer Kinder.

Also nichts wie weg hier.

Im Haus der Nachbarn am Ende der Straße ist Besuch eingetroffen. Aus Deutschland. Auch über diese Nachbarn spricht man im Dorf nicht mehr, seit sie nicht mehr da sind. Jetzt sind jedoch ihre Verwandten hier. Das gefällt nicht allen, aber ihr schon. Jasna glaubt nicht, dass jemals zuvor jemand aus Deutschland den Weg hierher gefunden hat. Nur in umgekehrter Richtung. So auch der Bruder des Nachbarn. Seine Frau hat er wohl erst da oben gefunden. Sie ist nicht von hier, hatte den Absprung wohl rechtzeitig geschafft. Kommt irgendwo aus dem Westen. Haben ein gutes Leben dort oben, die beiden. Aber eben weitab der Heimat. Das war der Preis.

– *Dobar dan,*

sagt Jasna, als die Schwägerin des Nachbarn an ihrem Haus vorbeigeht. Jasna ist beeindruckt von der Eleganz der Frau. Ihre großstädtische Erscheinung passt nicht in diese Umgebung, findet das Mädchen.

– *Dobar dan,*

grüßt die Schwägerin etwas überrascht, aber freundlich. Sie bleibt stehen.

– Und du bist?

– Jasna,

sagt Jasna.

Die Schwägerin nickt, lächelt.

– Zu wem gehörst du, Jasna?

Jasna deutet mit dem Daumen auf das Haus hinter sich.

– Dejana,

sagt sie und schämt sich. Eigentlich hätte sie den Namen des Vaters angeben müssen, so gehört es sich. Doch die Schwägerin des Nachbarn sieht darüber hinweg. Vielleicht auch, weil sie die hier geltenden Regeln nicht kennt.

– Schulferien?

fragt sie, um das Gespräch am Laufen zu halten. Jasna wiegt den Kopf.

– Gerade fertig,

sagt sie und erklärt:

– Mit der Schule.

– Und dann?,

fragt die Besucherin aus Deutschland, interessierter als zuvor,

– Was sind deine Pläne?

Jasna zuckt mit den Achseln. Hat sie nicht, außer:

– Weg von hier.

Die Schwägerin des Nachbarn nickt.

– Darf ich?

Sie zeigt auf den freien Platz auf der Bank, auf der Jasna sitzt, setzt sich, als das Mädchen nickt.

– Wo willst du hin?,

fragt die Frau.

Wieder Schulterzucken.

– Deutschland?,

schlägt Jasna vor. Was anderes fällt ihr nicht ein. Die Hauptstadt ihres eigenen Landes findet sie zu unübersichtlich, zu gefährlich wohl auch. Wo zu viele von uns zusammenkommen wird's chaotisch, denkt sie häufig. Wir kriegen einfach nichts auf die Kette.

Die Besucherin lächelt immer noch.

– Warum nicht?,

fragt sie in aufmunterndem Ton.

Jasna verzieht die Mundwinkel zum ersten Mal und lächelt etwas schüchtern zurück.

– Du könntest erst mal als Kindermädchen arbeiten. Oder im Haushalt einer Familie helfen. Kannst du Deutsch?

Der Anflug eines Lächelns auf Jasnas Gesicht erlischt wieder.

– *Nicht gut,*

sagt sie auf Deutsch. Die paar Jahre Deutschunterricht in der Schule haben keine nennenswerten Spuren in ihrem Gedächtnis hinterlassen. Wozu die Mühe – hier kam man eh nie weg.

– Du wirst es schon noch besser lernen,

tröstet die Schwägerin des Nachbarn.

– Hast du einen Ausweis?

Jasna nickt.

– Bring ihn später vorbei, wenn du möchtest. Wir kümmern uns um alles.

Jasna wirft einen unsicheren Blick auf die Schwägerin der einstigen Nachbarn. Sollte es wirklich so leicht sein?

MONTAG, 4. MÄRZ 2002, SPÄTER VORMITTAG

Hauptkommissar Álvarez hatte Jasnas Ausführungen mit einer Mischung aus ermittlerischer Nachdenklichkeit und einem Anflug von Mitgefühl verfolgt. Nicht, dass ihm Geschichten wie diese neu gewesen wären, sie kamen ihm leider nur allzu häufig unter und in Zeiten internationaler Krisen und Konflikte umso mehr. Es widerte ihn an, wie manche Menschen gerade in den schlimmsten Notsituationen aus dem Elend ihrer Mitmenschen Profit zogen. Diese Typen schwammen immer oben, wie die Fettaugen auf der Suppe oder eher: wie der Schaum auf Abwasser. Und sie sahen sich durch ihren Erfolg auch noch in ihrer ganzen Skrupellosigkeit bestätigt. Keine Spur von Gewissen. Über solche Schwächen lachten sie nur.

Dennoch zeigte der Hintergrund des Mädchens, das da in all ihrer Hoffnungslosigkeit vor ihm saß, dass Jasna allen Grund gehabt hatte, sich an Tadić für das ihr zugefügte Leid zu rächen und sich seiner zu entledigen. Damit Tadić ihr nach ihrer Vergangenheit und ihrer Gegenwart nicht auch noch ihre Zukunft versaute, die sie sich an der Seite des erfolgreichen Bauunternehmers erhoffte. Leider hatte sie ein erkennbares Motiv für die tödliche Gewalttat an ihrem Zuhälter, wie auch der Sozialarbeiter Krlić, an den sie sich schließlich gewandt hatte. Lag dessen Motiv in der Vergangenheit, so lag ihres in der Zukunft.

Und im Unterschied zu Krlić hatte sie keinen festen Job und keinen Wohnsitz, sodass die Wahrscheinlichkeit einer Flucht bei Jasna noch höher war als bei dem Streetworker. Álvarez würde sie also hierbehalten müssen, bis er und sein Team mit den Ermittlungen weitergekommen waren. Man konnte es als ungerecht empfinden, dass das Mädchen nach allen Schikanen, denen sie unterzogen worden war, nun auch noch vorläufig arrestiert werden musste, aber eine andere Möglichkeit gab es derzeit nicht. Es sei denn, sie lieferte in den nächsten Minuten ein unwiderlegbares Alibi für den Tatzeitpunkt.

»Frau Dragunec, es tut mir sehr leid, was Ihnen alles widerfahren ist«, begann der Ermittler, »ich verstehe, dass Sie eine schlimme Zeit durchgemacht haben. Aber ich muss trotzdem nochmal auf den Abend zu sprechen kommen, an dem Ihr Zuhälter zu Tode gekommen ist. Das war am frühen Abend des 24. Februar, also vor acht Tagen. Können Sie sich noch erinnern, was Sie an diesem Abend gemacht haben?«

»Gearbeitet.« Was hätte sie an einem Sonntagabend auch sonst tun sollen.

Álvarez nickte.

»Diejenigen, die das bezeugen könnten, sind aber vermutlich nicht greifbar, richtig?«

Jasna sah ihn an, und er merkte, dass sie ihn nicht verstanden hatte. Zum Glück, denn er merkte selbst, dass seine Frage etwas zynisch geklungen hatte. Er formulierte sie deshalb noch einmal neu.

»Ihre Kunden vom Sonntag werden aber nicht bestätigen, dass sie mit Ihnen zusammen waren, oder?«

Jasna schüttelte den Kopf.

»Nein, die sagen nix. Wegen Ehefrauen. Oder wegen schämen. Auch, ich kenne die nicht.«

War klar. Der Kommissar sah bei allem guten Willen keinen Weg, auf dem er die junge Frau aus der Bredouille hätte ziehen und ihr die Haft hätte ersparen können. Vielleicht konnte einer noch helfen.

»Wann ist dieser Pavao denn gekommen, um bei Ihnen zu kassieren?«

»Zwei. Nachts.«

Das war zu spät. Noch ein letzter Versuch.

»Und wann hatten Sie den Sozialarbeiter Krlić zum letzten Mal gesehen?«

»Vielleicht am Tag vorher. Glaub' ich.«

»Aber nicht am Sonntag selbst?«

Sie schüttelte wieder den Kopf.

»Nein, nicht.«

Da half alles nichts mehr.

»Frau Dragunec, Jasna, das Problem ist, dass Sie durch Ihre Vorgeschichte einen guten Grund gehabt haben, sich an Ihrem Zuhälter, an Herrn Tadić zu rächen. Er hat Ihnen übel mitgespielt, Sie gequält und ausgebeutet. Und er stand Ihren Plänen im Weg, die sie für Ihre Zukunft mit Stefan Kohlrusch hatten. Das nennen wir bei der Polizei ein Motiv.«

Das Mädchen sah ihn ängstlich an, während sie versuchte, seinen Erklärungen zu folgen. Álvarez fuhr fort: »Das bedeutet, dass wir Sie erstmal hierbehalten müssen, bis geklärt ist, ob nicht vielleicht Sie auf Herrn Tadić geschossen haben.«

Jasna sah eher überrascht als erschrocken drein.

»Ich habe nicht geschossen. Ich weiß nicht, wie Waffe funktioniert. Auch, ich habe keine Waffe.«

Álvarez war sogar geneigt, ihr zu glauben, aber die Verdunklungsgefahr bei ihr war so hoch, dass er sie zum jetzigen Zeitpunkt unmöglich auf freien Fuß setzen konnte.

»Frau Dragunec, wir klären das. Aber bis dahin müssen Sie leider hierbleiben.«

»Aber Pavao …«, ihre Stimme ließ nun doch einen Anflug von Panik erkennen, aber der Kommissar beruhigte sie.

»Um den kümmern wir uns. Haben Sie eine Idee, wo wir ihn finden könnten?«

Sie nannte den Namen einer Kneipe, in dem Tadićs Abkassierer und womöglich auch sein selbsterklärter Nachfolger offenbar nicht nur Stammgast war, sondern auch so eine Art inoffizielles Büro führte. Álvarez bedankte sich für die Auskunft. Er fühlte sich irgendwie genötigt, den Arrest des

Mädchens nach den Erfahrungen mit dem Streetworker so kurz und so wenig belastend wie möglich zu machen. Er bat daher eine der uniformierten Kolleginnen, Jasna auch ein belegtes Brötchen und eine Tasse Tee in die Zelle zu bringen. Im Unterschied zu ihrem Sozialarbeiter schien Jasna aber die Aussicht auf die Haft deutlich gelassener zu nehmen. Entweder war sie Maßnahmen wie diese gewohnt, oder sie empfand die Aussicht auf eine Auszeit von ihrem kaum zu ertragenden Alltag als Erleichterung. Jedenfalls trottete sie schicksalsergeben und ohne Theater mit der Kollegin davon.

MONTAG, 4. MÄRZ 2002, 13:30 UHR

Manuel Álvarez hatte mit Marion Olbrich am Sonnabend lose vereinbart, dass sie Krlić am Montag weiter befragen würden, aber es stellte sich heraus, dass Olbrich den Montagnachmittag voll mit Terminen hatte. Ein Einsatz war am Samstagabend eskaliert, es war zum Schusswaffengebrauch mit mehreren Verletzten gekommen, und einige der beteiligten Kollegen und Kolleginnen hatten Gesprächsbedarf bei der Polizeipsychologin. Kriminalhauptkommissar Álvarez dachte kurz darüber nach, dienstordnungsgemäß eine Kollegin oder einen Kollegen mit ins Krankenhaus zu nehmen, entschied sich aber dagegen, weil er sich seitens des zu befragenden Sozialarbeiters höhere Kooperationsbereitschaft erhoffte, wenn das Aufgebot an Personal nicht allzu groß war. Außerdem waren die Kolleginnen und Kollegen immer noch mit der Befragung der jungen Frauen beschäftigt. Deswegen fuhr er alleine los. Als er im Klinikum angekommen war, erfuhr er, dass Krlić mittlerweile auf eine psychiatrische Station verlegt worden war. Es bestand wohl immer noch die Gefahr der Selbstschädigung – in jedem Fall aber war er für eine Entlassung nach Hause noch zu instabil, zumal er allein lebte.

Der Kommissar war dieses eine Mal froh, dass er tatsächlich mal seinen Dienstwagen benutzt hatte, denn die Allgemeinpsychiatrie lag weit außerhalb der Innenstadt. Als er endlich dort angekommen war, trug er sein Anliegen zunächst der Krankenpflegerin vor, die ihm an der verschlossenen Glastür zur Station empfing. Sie bat ihn, einen Moment zu warten, bis sie den Stationsarzt informiert hatte. Álvarez wäre am liebsten von einem Fuß auf den anderen getrippelt, so wenig Geduld hatte er für die im Vergleich zur

Außenwelt verlangsamten Abläufe auf einer psychiatrischen Station. Es kam ihm vor, als spiele sich hier alles in Zeitlupe ab. Eine Herausforderung an seine notorische Ungeduld, doch befürchtete er, dass zu auffällige Verhaltensmuster wie Herumzappeln seinen gefühlten Abstand zu der hier internierten Klientel zu stark verringern würden. Er war froh, als ein Mann Mitte vierzig auf ihn zukam, der als Arzt nur durch das Namensschild zu identifizieren war, das er an das Revers eines recht lässigen Jacketts gesteckt trug. Auch der *dress code* schien sich in der Psychiatrie von der Berufskleidung zu unterscheiden, die man sonst in einer Klinik anzutreffen gewohnt war.

Álvarez formulierte sein Anliegen ein weiteres Mal, und der Arzt nickte mit nachdenklicher Miene.

»Dem Patienten geht es nicht sehr gut. Ich verstehe, dass Ihr Anliegen drängt, aber Herr Krlić ist nicht sehr belastbar. Deswegen muss ich das Gespräch sofort abbrechen, wenn er Anzeichen von Dekompensation zeigt.« Er blickte dem Kommissar direkt ins Gesicht, etwas provozierend, wie es Álvarez vorkam. Dennoch nickte der Kommissar. Was hätte er auch tun sollen. Hier regierte der behandelnde Arzt, nicht die staatliche Exekutive.

»Kommen Sie mit«, sprach die Regierung, und Álvarez folgte dem Stationsarzt in einen Raum, von dem der Kommissar vermutete, dass er als Therapieraum diente. Er wirkte einigermaßen behaglich, aber dennoch funktional. Der Arzt wies auf einen der drei Stühle, die um einen kleinen Tisch gruppiert standen. Sie waren recht bequem, wie der häufig von Rückenschmerzen geplagte Kommissar feststellte, nachdem er sich darauf niedergelassen hatte.

»Warten Sie hier einen Moment, ich hole ihn«, sagte der Arzt, schon wieder im Abflug begriffen. Álvarez stellte sich auf eine längere Phase der Untätigkeit ein, doch es dauerte keine zehn Minuten, bis der Mediziner in Begleitung seines

Patienten wiederauftauchte. Álvarez stand auf und reichte dem Streetworker zur Begrüßung die Hand. Krlić sah immer noch extrem erschöpft aus und machte auf den Ermittler den Eindruck, als könne er sich kaum auf den Beinen halten. Kaum saß er, stützte er sich mit den Unterarmen auf seinen Oberschenkeln ab. Deswegen begann Álvarez das Gespräch ohne ausschweifende Einleitung.

»Herr Krlić, ich sehe, dass es Ihnen nicht gut geht, deswegen möchte ich Ihre Kräfte nicht mehr als notwendig strapazieren. Aber ich hoffe, Sie verstehen, dass wir die Geschehnisse vom Rest des besagten Abends noch aufklären müssen.«

Krlić nickte schicksalsergeben, hob den Kopf aber nicht an.

»Sie waren also mit Tadić allein, er hatte Sie erkannt und begonnen, Sie erneut zu misshandeln wie damals?« Álvarez hätte nicht gewusst, wie er an die Ereignisse vom 24. Februar hätte vorsichtiger anknüpfen sollen als mit dieser nüchternen Zusammenfassung. Er war erleichtert, dass eine emotionale Reaktion von Krlić ausblieb. Dieser nickte nur.

»Was passierte dann?«, fragte der Kommissar.

Der Befragte hob nur müde eine Achsel.

»Wann und wie kam es denn zu der bewaffneten Auseinandersetzung?«, ging der Ermittler *in medias res.*

Matej Krlić hing inzwischen mehr an seinen Fesseln, als dass er stand. Der Umstand, dass die Hanfstricke ihm fast die Handgelenke durchschnitten, lieferte den einzigen Grund, aus dem er sich noch um Standfestigkeit bemühte und sich nicht einfach der Schwerkraft hingab. Mit seinem Leben hatte er kurzerhand abgeschlossen, er würde hier ohnehin nicht mehr ohne Plastiksack rauskommen.

Folglich, so schoss es ihm durch den Kopf, müsste es egal sein, was mit seinen Handgelenken geschah. Erstaunlicherweise machte es ihm aber trotzdem etwas aus, ob sie stark oder weniger stark schmerzten.

Seinen restlichen Körper spürte er schon gar nicht mehr – das letzte Mal, dass er in Kontakt mit ihm gestanden hatte, hatte es sich angefühlt, als hätte ihn jemand über einen Gurkenhobel gezogen und danach in Brand gesteckt. Seither bestand Matej nur noch aus seinen Handgelenken und vielleicht aus einem letzten Läppchen Gehirn, das seinen Beinen den Befehl gab, bloß nicht nachzugeben. Lange würden die aber nicht mehr durchhalten. Matej wünschte, die Gnade der Bewusstlosigkeit würde ihm zeitnah zuteil, dann wäre es endlich vorbei. Was sein Gegenüber ihm alles an Schauerlichkeiten kommunizierte, während er ihm die Haut zerschnitt und verbrannte und ihn ab und an mit Tritten und Schlägen wieder in den Wachzustand zurückholte, bekam er inzwischen kaum noch mit. Anfangs hatten die Ausführungen seines Peinigers noch furchtbare Szenen in seinem Kopf hervorgerufen, die wie ein Horrorfilm vor seinem inneren Auge abliefen. Zu viel hatte er davon ohnehin schon gesehen – die erzwungene Rückblende war noch schlimmer gewesen als die unsäglichen Schmerzen der Misshandlungen, die ihm der Andere zeitgleich angedeihen ließ. So hatte Matejs Gehirn diesen Teil nach einiger Zeit offline gesetzt und steuerte jetzt praktisch nur noch den Stoffwechsel und die Stabilität der Beine. Seinen Peiniger besänftigte dieser rein vegetative Zustand nicht gerade; umso heftiger bemühte er sich, Matej gewaltsam immer wieder ins Hier und Jetzt zurückzubeordern. Doch auch er musste irgendwann einsehen, dass seine Mühe immer sinnloser war.

Matej hatte nicht mitbekommen, zu welchem Zeitpunkt Tadić auf einmal eine Schusswaffe zutage befördert hatte. Doch auf einmal sah er sich dem Lauf einer solchen gegenüber und hörte wie durch dicken Nebel, wie Tadić in einer finalen Anwandlung von Hass hervorstieß: »Du hast es nicht verdient, aber freu' dich! Gleich bist du wieder vereint mit den Deinen!«

Nichts anderes hatte Matej sich gewünscht. Ein wenig hob er den Kopf, blickte stieren Auges in die Mündung der Waffe, dann – endlich! – knallte der erlösende Schuss.

»Und dann hat Tadić auf Sie geschossen?«, vergewisserte sich der Ermittler.

Der Sozialarbeiter nickte.

»Einfach so?«

Krlić zuckte mit der gesunden Schulter.

Álvarez gewann den Eindruck, als sei sein Gegenüber nunmehr fest entschlossen, sich nicht weiter zu äußern.

»Oder gab es irgendeinen Auslöser, der ihn bewog, seine Gewaltanwendung abzubrechen und Sie stattdessen ganz zu beseitigen?«

Obgleich Krlić den Kommissar nach wie vor nicht ansah, erkannte letzterer, dass die Gesichtszüge des Befragten sich verhärtet hatten, um keine Informationen durch unkontrolliertes Mienenspiel herauszulassen. Álvarez beschloss, eine konziliantere Taktik anzuwenden.

»Herr Krlić, ich will Sie nicht quälen, aber ich versuche zu verstehen, warum Tadić Sie auf einmal so mir nichts dir nichts erschießen wollte.«

»Um Zeugen zu beseitigen«, gab der Streetworker einsilbig Auskunft, doch den Kommissar befriedigte das nicht.

»Das verstehe ich, aber warum ausgerechnet zu diesem Zeitpunkt?«

Beide schwiegen einen Moment lang, dann meinte Krlić ausweichend: »Ich weiß es nicht. Ich habe nichts mehr mitbekommen.«

Wenn Álvarez nicht selbst gemerkt hätte, dass der Mann am Ende seiner Kraft war, hätte ihn die Intervention des Stationsarztes nun darauf aufmerksam gemacht. Der Kommissar war ungeheuer genervt von dem Umstand, dass er auch heute mit dem Streetworker kaum einen Schritt weitergekommen war. Wie es zu dem für Tadić tödlichen Ausgang des Abends gekommen war, lag immer noch im Dunklen, und dabei würde es für heute auch bleiben. Unzufrieden fuhr der Ermittler ins Präsidium zurück, wo er sich dann eben erstmal seinen Berichten widmen würde. Bargfrede erkannte, dass sein Chef nicht gerade bester Laune war, als dieser sich wortlos hinter seinen Schreibtisch klemmte und mit den Fingern die Tastatur seines Desktops hart herannahm.

»Nichts Neues von Krlić?«

Álvarez schüttelte stumm und missgelaunt den Kopf. Dann dämmerte ihm, dass der junge Kriminalkommissar ja nun wirklich keine Schuld an dem Ausbleiben ermittlerischer Fortschritte trug, und räumte etwas konzilianter ein:

»Außer, dass Tadić ihn am Tatabend wirklich mies behandelt hat. Das war Folter wie aus dem Lehrbuch. Er hat sich richtig an Krlić abreagiert.«

»Warum?«, fragte Bargfrede etwas ratlos. Álvarez zuckte mit den Achseln.

»Eigentlich wollte er mit Krlić nur den vielleicht letzten überlebenden Zeugen für eines seiner Kriegsverbrechen beseitigen. Wozu er ihn dann nochmal so sadistisch herannehmen muss, ist mir schleierhaft.«

Er war so, hatte sich Krlić im Zuge einer früheren Befragung dazu geäußert. *Durch und durch Sadist*. So oder so ähnlich hatte der Sozialarbeiter das spätere Mordopfer dargestellt. Den Kommissar befriedigte diese schlichte Charakterstudie nicht. Ihm erschien Sadismus als eine unzureichende Erklärung für diesen scheinbar sinnlosen Gewaltexzess. Sinnlos deswegen, weil Einschüchterung Jasnas wegen offenbar nicht der Grund dafür gewesen war – oder zumindest nicht der einzige, wie der spätere Bericht des Streetworkers hatte erkennen lassen. Sicher, es gab geborene Sadisten. Vielleicht war Tadić einer, aber dass er sich im Verlauf von acht Jahren gleich zweimal so heftig an Krlić vergriffen hatte, dafür schien bloßer Sadismus eine zu einfache Erklärung. Was also konnte der Grund für diesen zweifachen Gewaltexzess Tadićs an Krlić gewesen sein? Rache? Aber wofür? Trotz allen Wissens um Krlićs Vergangenheit kam Álvarez an diesem Punkt einfach nicht weiter. Ganz davon abgesehen, dass ihm völlig unklar war, wie Krlić es hätte anstellen sollen, Tadić zu erschießen, da er zum jetzigen Berichtsstand ja noch gefesselt an diesem Gitter gehangen hatte. Von allein hatte er sich wohl kaum befreien können. Dass Tadić sich eines Besseren besonnen hatte, schien auch nicht sehr wahrscheinlich. Das Eingreifen eines Dritten eher. Aber wer, verdammt noch mal. Wer war da unten im Keller des Rohbaus schließlich aufgetaucht? Álvarez tippte auf einen der beiden Kraftmeier, der aus irgendeinem Grund zurückgekehrt war. *Die müssen jetzt mal zackig aufgetrieben werden*, dachte der Kommissar missvergnügt. Er bemerkte, dass Jonas Bargfrede ihn die ganze Zeit beim Denken beobachtet hatte. Álvarez hatte keine Lust, seine gleichermaßen komplexen wie fruchtlosen Gedankengänge hörbar zu machen und beschränkte sich daher auf ein knappes Resümee.

»Erst sind wir völlig im Dunkeln getappt und hatten gar nichts, und jetzt haben wir gleich drei hochgradig Verdächtige mit 1a-Motiven. Einen Sozialarbeiter mit Vergangenheit, einen Bauunternehmer mit Plänen für die Zukunft und eine Prostituierte mit beidem.«

Bargfrede blickte seinen Chef zweifelnd an.

»Glaubst du wirklich, Kohlrusch könnte es gewesen sein?«

Álvarez zuckte uninspiriert mit den Achseln. Mittlerweile machte sich sein Schlafdefizit aus der vorigen Nacht doch deutlich bemerkbar.

»Keine Ahnung. So harmlos wie er versucht rüberzukommen ist er sicherlich nicht, sonst wäre er nicht so jung so erfolgreich.«

Jonas musste sich eingestehen, dass sein Dienstvorgesetzter wohl Recht hatte.

»Was machen wir?«, fragte er etwas ratlos.

»Machen wir Feierabend«, entschied sein Chef müde.

Ermüdend war auch der Umstand, dass die Mordkommission Übersee seit gut einer Woche auf der Stelle zu treten schien, wie der Teamleiter Kriminalhauptkommissar Álvarez genervt feststellte, als er nach einer kaum durchschlafenen Nacht alles andere als wach sein Dienstzimmer betrat. Doch Nuria Aydins nächste Information verschaffte ihm ein wenig Ablenkung von diesem frustrierenden Stillstand, auch wenn die Nachricht keine unmittelbar möglichen weiteren Fallszenarien eröffnete. Es betraf einen der Bauarbeiter von der Zeugenliste, Ivan Mornar. Zumindest über ihn hatten die Kollegen aus Belgrad etwas zu berichten gewusst.

»Er ist vorbestraft«, erklärte Nuria, »wenn man das so nennen will.«

Ihr Chef betrachtete sie etwas irritiert.

»Dazu gibt es eigentlich keine zwei Meinungen«, äußerte er. »Entweder er ist es oder er ist es nicht.«

»Er saß von 1974 bis 78 auf Goli otok.«

»Aha?«, machte der Kommissar. Er glaubte, diesen Namen schon mal gehört zu haben, konnte ihn aber gerade nicht zuordnen. Auch Jonas guckte etwas irritiert, was Álvarez jedoch nicht verwunderte. Kaum jemand hierzulande beschäftigte sich mit der Geschichte Jugoslawiens. Nuria Aydin allerdings hatte geradezu einen Ehrgeiz darin entwickelt, ihren Forscherdrang auf Themen zu richten, die sonst fast niemanden interessierten, und hatte natürlich ausgiebig recherchiert.

»Das Straflager auf dieser Insel in der Adria. Da kamen Schwerkriminelle, aber auch viele politische Gefangene hin.«

»Mornar als Politischer?«, fragte Álvarez skeptisch. Politisches Engagement traute er dem übellaunigen Arbeiter nun wirklich nicht zu.

»War nicht herauszufinden. Die Akten der Häftlinge sind uns natürlich nicht zugänglich, falls sie nach dem Umbruch überhaupt noch existieren. Wir wissen ja, wie schnell hierzulande viele Stasi-Akten verschwunden sind«, räumte Nuria ein.

»Aber vier Jahre Arbeitslager ist schon 'ne Hausnummer. Ladendiebstahl war das nicht«, gab ihr Chef zu bedenken.

»Ich glaube, wenn man da erst mal gelandet war, kam man nicht mehr so schnell wieder runter«, meinte die Kollegin Aydin, »da kann alles Mögliche vorher vorgefallen sein. Manchmal reichte es wahrscheinlich schon aus, sich bei einem lokalen Parteifunktionär unbeliebt gemacht zu haben.«

»Und das reichte aus für politische Gefangenschaft?« Diesmal kam der skeptische Einwand von Bargfrede.

»Wir wissen nicht, weswegen Mornar eingesessen hat«, beendete der Hauptkommissar die Spekulationen. »Trotzdem ist der Hinweis hilfreich – danke, Nuria. Bitte haken Sie da bei den Kollegen in Belgrad noch einmal nach. Vielleicht liegt die Akte Mornar ja noch vor. Aber große Hoffnung habe ich diesbezüglich nicht, zumindest, wenn dort unten 1991 mit Akten dieser Art ähnlich verfahren wurde wie bei uns unmittelbar nach der Wende.«

Polizeimeisterin Aydin war höchst zufrieden mit diesem Arbeitsauftrag, und Álvarez war froh, dass er mit einer Mitarbeiterin gesegnet war, die eine große Vorliebe für akribische Hintergrundrecherchen hatte. Er selbst machte sich auf den Weg zu der Großbaustelle, weil er sich ein präziseres Bild von dem Betreffenden selbst machen wollte, und hoffte, seine Schuhe würden von dem Fußmarsch durch das unbefestigte Gelände zwischen Haltestelle und Bauplatz so unbeeinträchtigt wie irgend möglich bleiben – so unkomfortabel sich der Kompromiss zwischen seinem Lauftempo, den gegebenen Bodenverhältnissen und der gebotenen Vorsicht auch erwies. Schließlich hatte er jedoch den Stellplatz mit den Containern erreicht, die als zeitweilige Büros der Bauleitung und als Aufenthaltsräume für die Arbeiter fungierten. Er klopfte an die Tür, trat ein und sah bereits beim Betreten des kleinen Raumes das Opfer seiner Wissbegierde am Tisch sitzen und essen.

»Herr Mornar?«

Der Mann blickte von seiner Brotdose auf und hörte auf zu kauen. Er schluckte und knurrte: »Sie schon wieder.«

Der Kommissar ließ sich von der mäßigen Laune des Bauarbeiters nicht beeindrucken:

»Ich hätte nur noch ein paar Fragen.«

Mornar legte seine Klappstulle in die Dose.

»Fragen Sie. Auch wenn ich nicht kapier', warum.«

»Wollen wir vielleicht nach draußen gehen?«

Polternd erhob sich der Arbeiter von seinem Stuhl.

»Jetzt reicht's aber. Ich hab nur halbe Stunde Pause.« Trotz seines Zorns folgte er dem Ermittler jedoch nach draußen.

»Tut mir leid«, sagte Álvarez nur scheinbar begütigend, »aber sonst hätte ich Sie während Ihrer Arbeitszeit zu uns in die Direktion bestellen müssen.«

»Was zur Hölle soll das?« Mornar ließ sich nicht besänftigen. Er blieb fuchsteufelswütend. Álvarez fackelte daher nicht lange.

»Sie waren von 1974 bis 1978 auf Goli otok inhaftiert?« Es war eher eine Feststellung als eine Frage.

»Ja. Und?«, fauchte der Arbeiter. »Ich wurde 1978 entlassen. Das ist 24 Jahre her. Irgendwann ist auch mal gut.«

»Ist es das?«, fragte Álvarez lauernd. Von dessen Ruhe erst recht provoziert, sah Mornar aus, als würde er dem Ermittler am liebsten eine ballern. Er riss sich jedoch zusammen.

»Was war denn der Grund für Ihre Inhaftierung?«, hakte der Hauptkommissar nach. Mornar ließ sich einen Moment Zeit mit seiner Antwort.

»Politisch«, ranzte er schließlich.

»Waren Sie politisch aktiv?« Der Ermittler wollte es ganz genau wissen. Irgendwie traute er Mornar das nicht zu, aber wer weiß, wie er in seiner Jugend gewesen war.

»Nein«, knurrte der Arbeiter und bestätigte dadurch Álvarez' Eindruck. »Aber damals genügte es schon, eine andere politische Meinung zu haben, die dem System nicht in den Kram passte. Man musste sie nicht einmal aktiv vertreten, um in den Knast zu kommen.«

»Aber irgendjemand muss doch von Ihrer Meinung gewusst haben, sonst wären Sie nicht auf Goli gelandet«, wandte der Kommissar ein.

Mornar zuckte unwillig mit den Achseln.

»Klar. Der halbe Ort. Die haben größtenteils ja selbst so gedacht.«

»Aber sie sind nicht alle auf der Insel gelandet, oder?«

»Nein, natürlich nicht.«

»Was für eine Meinung war das denn?« Der Kommissar war aufrichtig an diesem Thema interessiert, da seine eigenen Eltern seinerzeit aus dem von General Franco autoritär regierten Spanien nach Deutschland emigriert waren. Auch sie hatten zuvor immer wieder Probleme gehabt. Gefährliche Probleme.

Mornar ließ sich mit seiner Antwort Zeit. Er zündete sich eine Zigarette an.

»Wissen Sie«, begann er schließlich provozierend langsam, »es ist einfach nicht richtig, so viele verschiedene Völker in einen Staat zu packen. Jede Nation sollte ihr eigenes Land haben. Dann gibt's keinen Ärger.«

Álvarez schüttelte sich innerlich vor Widerwillen, aber er durfte sich natürlich nichts anmerken lassen.

»Das heißt, Sie waren Nationalisten, Sie und einige andere in ihrem Herkunftsort?«, vergewisserte er sich.

»Bin ich immer noch«, bestätigte Mornar stolz.

Álvarez verstand. Das war damals in der sozialistischen Bundesrepublik Jugoslawien bestimmt nicht gut angekommen.

»Aber warum landeten Sie auf Goli otok und die anderen nicht?«, fragte er weiter. »Oder wurden noch mehr aus Ihrem Ort dorthin verfrachtet?«

Mornar schüttelte den Kopf.

»Nur ich. Zumindest in der Zeit von 74 bis 78.«

Obwohl Álvarez Mornars politische Weltsicht nicht teilte, hatte der Bauarbeiter mit seiner Geschichte das Interesse des Kommissars geweckt.

»Wie kam es dazu? Ich meine, dass nur Sie inhaftiert wurden?« *Wo doch angeblich der halbe Ort wie Sie gedacht hat*, fügte er in Gedanken hinzu.

Mornar schnippte seine Zigarette weg. Sie flog weit – er hatte Übung.

»Wen interessieren diese alten Geschichten«, knurrte er missgelaunt.

»Mich«, erwiderte Álvarez schlicht. Er bemühte sich, den Arbeiter nicht etwa durch den Ton seiner Antwort zu provozieren, sondern durch sein Interesse möglicherweise sogar Mornars Vertrauen zu gewinnen. Allein, dieser war Anbiederungsversuchen gegenüber unempfänglich.

»Haben Sie nichts Besseres zu tun?«, schnappte er.

»Jetzt gerade nicht«, entgegnete der Kommissar fast fröhlich. Aber auch sein zur Schau getragener Frohsinn lief ins Leere.

»Ich denke, Sie haben einen Todesfall aufzuklären«, blaffte der Arbeiter ihn an.

Álvarez hob die Achseln.

»Ich bemühe mich darum.«

»Dann bemühen Sie sich woanders. Ich hab keine Zeit für Geplauder. Meine Pause ist um.« Zornig wandte sich der Mann um und wollte davonstapfen, doch der Ermittler rief ihm »Moment« hinterher, kritzelte eine Uhrzeit auf seine Visitenkarte und schob sie dem Mann in die Brusttasche seines Overalls.

»Kommen Sie heute Nachmittag um halb fünf bitte ins Polizeipräsidium. Ich habe noch Fragen an Sie.« Álvarez' Geduld neigte sich ihrem Ende zu, und der Neigungswinkel war in solchen Situationen: Steilhang. Mornar täte besser daran, jetzt keine Sperenzchen mehr zu machen! Das wusste dieser jedoch nicht.

»Was denken Sie! Ich habe zu tun! Wir machen Überstunden! Wir sind im Verzug!«

»Polizei geht vor. Sagen Sie Ihrem Polier Bescheid.« Nun war es Álvarez, der auf den Fersen kehrtmachte und davonmarschierte. Wahrscheinlich blickte Mornar ihm verblüfft, auf jeden Fall aber stinksauer hinterher.

* * *

Zu Hauptkommissar Álvarez' großem Erstaunen traf Mornar tatsächlich mit nur fünfzehn Minuten Verspätung gegen 16:45 Uhr im Präsidium ein. In einem Anflug von Großzügigkeit verzichtete der Ermittler darauf, den Zeugen auf diese geringfügige Verschwendung seiner Lebenszeit hinzuweisen. Er bot ihm sogar etwas zu trinken an, doch Mornar winkte ungnädig ab. Alles andere als Bier empfand er nach Feierabend wahrscheinlich als unwürdig. Aber es zeigte sich, dass sein Missmut noch eine andere Ursache hatte als das verpasste Feierabendbier mit den Kollegen.

»Mein Polier war stinksauer!«, blaffte er den Kommissar an.

»Das tut mir leid.« Álvarez blieb höflich.

»Nicht nur, weil ich früher gehen musste. Er will auch keinen Stress mit der Firma, weil die Arbeiter mit der Polizei zu tun haben.«

Álvarez brauchte einen Moment, um diese formallogisch problematische Satzkonstruktion in seinem Kopf so zurechtzurücken, dass ein konsistentes Argument daraus wurde. Das Subunternehmen Jovanović legte also Wert auf die Unbescholtenheit seiner Angestellten. Deswegen fragte er:

»Weiß Ihr Arbeitgeber, Herr Jovanović, von Ihrer Vorstrafe in Jugoslawien?«

Die Frage schien Mornar zuerst etwas unangenehm; er ließ sich mit seiner Antwort Zeit und blickte stattdessen etwas verdrossen zur Seite. Dann hob er die linke Schulter und ließ sie wieder fallen.

»Klar. War ja nicht wegen einer Straftat. Ich war ein politischer Gefangener.«

Den letzten Satz hatte er mit erkennbarem Stolz hervorgebracht, aber Álvarez ließ ihn unkommentiert. In autoritären Regimes erfüllten abweichende politische Meinungen den Bestand einer Straftat – das war ihm aus der Familie seiner Eltern sehr wohl bewusst. Solche Debatten hatte er hier allerdings nicht zu führen. Ihn interessierte Mornars Verhältnis zu seinem Arbeitgeber dennoch – und vor allem, ob er etwas zum Verhältnis zwischen seinem Chef und dem Mordopfer gleichen Namens wusste.

»Ihr Arbeitgeber wusste von dem Grund für Ihre Haft?«, versuchte der Kommissar einen Vorstoß.

Der Arbeiter machte eine bestätigende Geste mit der Hand. Dann fügte er nicht ohne einen gewissen Triumph hinzu:

»Er dachte ja genauso.«

Álvarez nickte verstehend.

»Er ist also auch … national gesinnt?«, hakte er nach. Sein Gegenüber verzog kurz den Mund.

»Ich sagte ja, im Ort dachten viele so wie ich.«

Der Kommissar stutzte.

»Moment mal – Jovanović und Sie kommen aus demselben Ort?«

Mornar nickte.

»Aus Rijeka, ja.«

»Ist das nicht eher eine Stadt?«

Der Arbeiter blickte Álvarez verblüfft an, dann lachte er auf unsympathische Weise. Álvarez kam sich etwas dumm vor, und genau das lag wohl in Mornars Absicht.

»Ja, das ist es. Das Rijeka an der Küste. Aber wir kommen aus einem anderen Ort. Nur der Name ist gleich.«

»Ach ja«, signalisierte Álvarez, dass er begriffen hatte, »und wo liegt Ihr Rijeka?«

»In der Nähe von Višegrad. Mehr als 400 Kilometer von Rijeka Stadt entfernt.«

Álvarez nickte, während es in seinem Gehirn fieberhaft arbeitete. Das bedeutete, dass zwischen Jovanović und Tadić-Jovanović womöglich tatsächlich eine verwandtschaftliche Beziehung bestanden haben könnte, denn Tadić war ja in Višegrad geboren worden. Er hatte zwar seinen Namen, nicht aber seinen Geburtsort geändert. Der Ermittler notierte im Geiste: *Unbedingt Jovanović befragen.* Er überlegte gut, bevor er die nächste Frage stellte. Auf keinen Fall wollte er Mornar zu viel von den bisherigen Ermittlungsergebnissen wissen lassen. Nachdenklich begann er:

»Sagen Sie … Kannten Sie und Jovanović sich schon in Rijeka?«

Ivan Mornar betrachtete den Kommissar erneut, als sei dieser ein wenig dumm.

»Ja, natürlich. Was glauben Sie denn. So groß ist unser Nest nicht.«

»Sind Sie vor oder nach ihm nach Deutschland gekommen?«

»Lange nach ihm. Er ist schon während meiner Haftzeit ausgewandert. Gab ja nix, da unten. Jedenfalls nicht für die kleinen Leute wie uns.«

Álvarez hielt diese Behauptung für eine romantische Selbstinszenierung, kommentierte sie aber nicht. Stattdessen resümierte er:

»Das heißt, Sie haben sich dann bei ihm beworben, als Sie hierherkamen.«

Mornar bestätigte die Zusammenfassung des Kommissars mit einem kurzen Nicken. Álvarez wagte den nächsten Schritt:

»Hat Jovanović denn noch Verwandte in Rijeka? Oder hier?«

Der Körper des Arbeiters schien leichtes Unbehagen auszudrücken, aber das konnte auch dem Umstand geschuldet sein, dass er die Frage in keinen Zusammenhang mit der aufzuklärenden Tat setzen konnte.

»Keine Ahnung. Da unten wahrscheinlich schon. Hier – nicht, dass ich wüsste. Außer seiner Frau und seinen beiden Söhnen natürlich.«

»Seine Frau stammt auch aus … der Heimat?« Álvarez ließ sich widerwillig auf die Terminologie von Mornars Weltbild ein, um ihm etwas entgegenzukommen.

»Ja, aber nicht aus unserem Rijeka. Die stammt wirklich von der Küste, aus Dalmatien. Ist aber schon länger hier als er. Sie kam als Jugendliche mit ihren Eltern nach Deutschland.«

Der Ermittler nutzte die konziliante Phase des Arbeiters aus und legte nach:

»Und Sie? Haben Sie noch Verwandte dort unten?«

Schlagartig verschloss sich Mornars Gesicht wieder und nahm seine Ausgangsmuffeligkeit an.

»Warum ich?«, fragte er etwas aggressiv. Álvarez zuckte gelassen mit den Schultern.

»Nur so. Da Sie ja alle aus einem Ort kamen.«

»Nur Marko und ich. Sonst niemand.«

Der Kommissar beschloss nach dieser Auskunft, einen ersten Trumpf auf den Tisch zu legen.

»Das Mordopfer auch.«

Es hatte sich gelohnt. Mornar erblich schlagartig. Und die Sprache hatte es ihm offenbar auch verschlagen. Es entstand eine spannungsgeladene Stille. Álvarez schien es, als beginne es hinter der Stirn des Arbeiters zu rattern.

»Das wusste ich nicht«, sagte dieser schließlich.

Der Ermittler stieß den Atem scharf durch die Nase aus, begleitet von dem Anflug eines Lächelns.

»Ich bitte Sie. Sie kannten sich doch dort alle. Und ausgerechnet den nunmehr Verblichenen hätten Sie nicht kennen sollen? Zumal er«, und hiermit spielte der Kommissar seinen nächsten Trumpf aus, »den gleichen Namen trug wie Ihr Chef?«

Den schrägen Blick, den Mornar ihm zuwarf, konnte Álvarez nicht deuten. Deswegen legte er nach: »Jovanović?«

»Ich dachte, der heißt Tadić«, knurrte der Arbeiter schlecht gelaunt.

»War ein Fake«, erläuterte Álvarez fast heiter, »er hatte sich eine neue Identität zugelegt. Aber mit seinem Geburtsort war er bei der Erstellung seiner neuen Papiere nicht sehr kreativ.« Álvarez atmete tief durch, aber er konnte sich die spitze Bemerkung nicht verkneifen: »Zu viel Heimatliebe kann auch Nachteile haben.«

Hinter Mornars Rücken sah er, wie Nuria Aydin sich lautlos gegen die Stirn schlug, um ihm zu signalisieren, dass diese Häme eine bescheuerte Idee gewesen war. Jedenfalls solange man noch auf die Bereitschaft des Befragten zur Kooperation angewiesen war. Und erwartungsgemäß schnappte Mornar ein.

Nach einer kurzen Pause fragte der Kommissar in etwas neutralerem Ton:

»Wissen Sie, ob die beiden tatsächlich verwandt sind?«

Mornar zuckte bockig mit den Achseln.

»Fragen Sie doch meinen Chef.«

»Das werden wir tun.«

Damit Mornar nicht etwa auf die Idee käme, seinen Chef per Handy vorzuwarnen, bat der Kommissar Polizeimeisterin Aydin, ein detailliertes Protokoll der Befragung anzufertigen. Mornar solle solange warten und es dann unterschreiben.

»Aber bitte ganz präzise, keine Schlampereien, ja?« Álvarez blinzelte der jungen Polizeimeisterin von Mornar unbemerkt zu, und sie verstand, dass sie sich genug Zeit lassen sollte, damit ihr Chef es zu Jovanović schaffen konnte, bevor sie dessen Angestellten wieder von der Angel ließen.

* * *

Gemeinsam mit Bargfrede fuhr Álvarez zu Jovanović, dessen Wohnhaus zum Glück auf dem Gelände seines Betriebs stand, sodass die Wahrscheinlichkeit, ihn entweder hier oder dort anzutreffen, recht hoch war. Auf der Fahrt klingelte das Handy des Hauptkommissars. Er meldete sich, ohne auf das Display zu gucken, wahrscheinlich war es Nuria. Doch nein – eine fröhliche Frauenstimme fragte:

»Schon Feierabend?«

Manuel errötete leicht und warf einen Blick nach links in Bargfredes Richtung. Der konzentrierte sich jedoch auf den Stadtverkehr.

»Wo denkst du hin?«, bemühte er sich um einen ebenfalls scherzhaften Ton. Und fuhr dann etwas ernsthafter fort: »Wir sind unterwegs zu einem Zeugen.«

»Sitzt du am Steuer?«, fragte Sylvie besorgt. Es bedeutete wohl: *Soll ich später nochmal anrufen*?

»Nein, nein«, beruhigte Manuel sie, »der Kollege fährt.«

Jonas starrte angestrengt auf die Straße und gab vor, nichts zu hören.

»Gut. Ich wollte dich fragen, ob du Lust hast, morgen mit ins Theater zu kommen.«

Hatte er definitiv.

»Was gibt's?«

»Einen Werkstattabend von Yaakovs Tanzcompagnie.«

»Ach ja?«, erwiderte Manuel etwas begriffsstutzig. Dann erinnerte er sich an das Gespräch in der Nacht von Sonntag auf Montag und an Sylvies Ausführungen zum Schaffen des Tänzers und angehenden Choreographen, den er in der Kunstausstellung gesehen hatte.

»Einige kleine Choreographien der Tänzerinnen und Tänzer aus dem Ensemble«, erläuterte Sylvie weiterhin. »Auch von Yaakov Shafira. Du hast ihn ja am Sonntag in der Galerie kennengelernt. Er hat sich Gedichte von Lorca zum Thema seiner neuesten Arbeit genommen. Magst du Lorca?«

Er war Manuels absoluter Lieblingsdichter.

»Unbedingt«, sagte er, war aber etwas verwirrt. Getanzte Gedichte? Er konnte sich darunter nichts vorstellen, aber er war ja auch kein Experte für Ballett, respektive Tanztheater, wie Yaakov betont hatte.

»Also, kommst du?« Sylvie ließ nicht locker. Manuel fühlte sich in der gegebenen Situation zwar etwas überrumpelt, sagte aber zu.

»Schön«, freute sie sich. »Treffen wir uns vorher auf einen Apéro?«

»Ich versuch's«, erwiderte Manuel, »aber momentan kann ich den weiteren Verlauf unserer Ermittlungen nicht absehen. Kann sein, dass ich knapp komme.« Er hoffte, dass Sylvie dies nicht als mangelndes Interesse auslegen würde, aber sie erwies sich als pragmatisch.

»Kein Problem. Ich warte in der Theaterbar auf dich, und wenn's zu knapp wird, hinterlege ich deine Karte bei der Logenschließerin an der Tür Parkett links, Reihe 1-5. Die Kasse schließt nämlich bei Beginn der Vorstellung.«

Manuel war dankbar für diese unproblematische Lösung.

»Alles klar, danke dir. Ich seh' zu, dass ich früh genug komme.«

»Ich freu mich.« Sie verabschiedete sich und legte auf. Manuel wurde wieder von dem Unbehagen erfasst, dass ihn immer beschlich, wenn die Gefahr einer weiteren potentiellen Beziehung heraufzog. Wahrscheinlich würde er über kurz oder lang wieder alles falsch machen, und Sylvie wäre bitter von ihm enttäuscht, dachte er in einer Mischung aus Resignation und Panik.

Mittlerweile waren Bargfrede und er bei Jovanović angekommen. Hauptkommissar Álvarez schob seine düsteren Zukunftsbefürchtungen beiseite und folgte seinem Kollegen in Richtung Eingang des Geländes. Er erwartete nicht, von Jovanović allzu freundschaftlich empfangen zu werden, da die Kollegen vom Betrugsdezernat hier ja bereits die Hütte umgestülpt hatten. Andererseits – wenn Tadić und Jovanović tatsächlich verwandt sein sollten, mussten die Ermittlungen zur Todesursache von Jovanović Junior, alias Tadić, durchaus in Jovanović Seniors Sinne sein, solange er nicht selbst dahintersteckte.

Ein Arbeiter schlenderte gemächlich über den Hof in Richtung Feierabend. Bargfrede sprach ihn an:

»Entschuldigen Sie, wir suchen Herrn Jovanović.«

Der Mann wies mit dem Kopf auf das Wohnhaus und sagte: »Im Haus.«

Der Kommissar bedankte sich kurz, dann klingelten sie an der Haustür. Es öffnete ihnen die Frau des Firmeninhabers. Eine sehr gepflegte Erscheinung, aber sie wirkte gestresst und etwas erschöpft.

»Ja, bitte?«

Álvarez und Bargfrede wiesen sich aus und baten darum, für ein kurzes Gespräch mit ihrem Mann hereinkommen zu dürfen. Die Dame des Hauses reagierte feindselig.

»Was wollen Sie denn noch. Ihre Leute haben hier ja schon alles umgekrempelt. Eine Schande ist das. Wir sind anständige Leute und gute Arbeitgeber!«

Álvarez unterließ es, seine berechtigten Zweifel daran anzumelden und erwiderte einlenkend:

»Es geht nicht um dieselbe Angelegenheit. Wir bräuchten nur Informationen von Ihrem Mann zu einem Todesfall, den wir untersuchen.«

»Der Mann auf der Baustelle?«, fragte sie misstrauisch. Álvarez nickte.

»Sie wissen davon?«

»Stand ja in der Zeitung.«

Dank an die Medien, dachte Álvarez sarkastisch. Wenigstens konnten sich alle bisher Befragten auf diese Informationsquelle beziehen, um nicht zugeben zu müssen, dass ihnen diese Sache auch auf anderen Wegen zur Kenntnis gelangt sein könnte. Doch er blieb freundlich.

»Ja, um den Mann geht es.«

»Wir kennen ihn nicht«, beeilte sich Frau Jovanović zu versichern, und genau das hielt Álvarez für eine faustdicke Lüge. Auch Bargfrede runzelte die Stirn. Pokerface ging anders, aber wenigstens schwieg er.

»Wären Sie so nett und würden Ihren Mann holen oder uns zu ihm bringen?«, ging Álvarez nicht auf die Behauptung der Frau ein. Diese schickte sich mit einem demonstrativ genervten Blick ins Unvermeidliche und bat die beiden Männer herein.

Die Familie saß bereits am Abendbrottisch, und Frau Jovanović führte die beiden Polizisten ins Wohnzimmer. Ihr Mann kam dazu und zog die Tür zum Esszimmer hinter sich zu, weil die beiden Söhne bereits neugierig herüberschielten. Nachdem die Erwachsenen sich gesetzt hatten, begann der Hauptkommissar:

»Herr Jovanović, es geht um das Tötungsdelikt auf der Großbaustelle in der Nähe des verfüllten Überseehafens. Sie haben ja sicherlich davon gehört – bei den vier Zeugen, die das Opfer aufgefunden haben, handelt es sich ja um Angestellte Ihrer Firma.«

Jovanović nickte sehr knapp. *Kommen Sie zum Punkt*, schien seine Bewegung zu sagen. Auch dem Ermittler war daran gelegen, die Angelegenheit nicht unnötig in die Länge zu ziehen, zumal zu dieser Tageszeit.

»Was uns ein wenig irritiert, ist der Umstand, dass das Mordopfer den gleichen Namen getragen hat wie Sie«, konfrontierte Álvarez den Mann gelassen. Dieser blickte überrascht auf, fand sich aber nach einer minimalen Schrecksekunde mit der Tatsache ab, dass es zwecklos wäre, sich dumm zu stellen.

»Er war mein Neffe«, gab Jovanović daher in ebenso gleichmütigem Ton zu.

Bargfrede bemühte sich, nicht allzu überrascht dreinzublicken. Er arbeitete schließlich an seinem Pokerface.

»Warum haben Sie das nicht gleich gesagt?«, fragte er als dritter Teilnehmer im Gelassenheitswettbewerb.

Jovanović zuckte mit den Achseln. Es wirkte etwas unverschämt, war wohl auch so gemeint.

»Sie haben mich ja nicht gefragt«, erwiderte er unbeeindruckt.

»Aus welchem Grund hat er hier unter einem anderen Namen gelebt?«, wollte Álvarez wissen.

Jovanović hob beide Hände mit einer Geste, als sei dies völlig unerheblich.

»Wissen Sie – er wollte ein neues Leben anfangen. Unbelastet von allem, was früher war. Da kann ein neuer Name ein erster Schritt sein.« Für Jovanović war das offenbar völlig selbstverständlich. Für die beiden Ermittler nicht unbedingt, jedenfalls warf dieses Vorgehen Fragen auf.

»Was war denn vorher?«, erkundigte Álvarez sich mit dem freundlichen Lächeln eines Krokodils.

Jovanović zog die Augenbrauen nach oben, als habe er es mit einem Doofen zu tun.

»Krieg?«, schlug er vor.

»Ja, davon haben wir gehört«, räumte der Ermittler ein und setzte hinzu: »Auch was Ihren Neffen und seinen Beitrag dazu anbelangt.«

Jovanović lächelte eisig zurück.

»Glaube ich nicht. Jedenfalls werden Sie kaum die Wahrheit kennen.«

»Und was ist die Wahrheit?« Der Kommissar lehnte sich zurück, bereit, eine weitere Geschichte zu hören. Jovanović betrachtete ihn mit erkennbarer Verachtung. Aber er riss sich zusammen.

»Den Jungen hat's schlimm getroffen«, begann er in etwas konzilianterem Ton. Fast hätte man so etwas wie Mitgefühl bei dem Mann vermuten können. Álvarez verkniff sich ein sarkastisches »Ach so?«, um den Informationsfluss nicht abzuwürgen. Seinem bisherigen Kenntnisstand zufolge hatte es wohl eher die Opfer des bedauernswerten Neffen schlimm getroffen. Zu diesen zählte zum Beispiel Matej Krlićs Familie. Aber ihm war natürlich daran gelegen, auch Jovanovićs Version der Geschichte zu hören. Dieser machte es kurz.

»Fast seine ganze Familie wurde getötet. Sein halbes Dorf haben sie abgeschlachtet, diese Schweine da unten. Der Junge war gerade mal achtzehn, als das passiert ist. Kein schöner Start ins Erwachsenenleben, oder?«

Álvarez schüttelte den Kopf.

»Nein, natürlich nicht.«

»Er ist dann zu unseren Jungs gestoßen. Sie haben sich um ihn gekümmert. Der Krieg hat ihm sozusagen den Wehrdienst ersetzt«, fuhr Jovanović in väterlichem Stolz fort.

Bargfrede hoffte, dass seine Mimik den Ekel, den er geradezu empfand, nicht allzu deutlich widerspiegelte. Sein Chef hatte sich gut im Griff, aber Jonas kannte ihn gut genug um zu wissen, dass auch er keinerlei Bewunderung für diese Art militanter Männlichkeit hegte. Es überraschte ihn dennoch, als sein Vorgesetzter den Befragten mit seiner nächsten

Äußerung geradezu provozierte: »Sie wissen aber, dass Ihr Neffe mit internationalem Haftbefehl als Kriegsverbrecher gesucht wurde?«

Jovanović lief feuerrot an und schlug mit der Faust auf dem Tisch.

»Das sind Lügen«, fauchte er, »böswillige Verleumdungen. Sie wissen nicht, was da unten los war. Wie können Sie es wagen, darüber zu urteilen?«

»Tue ich nicht«, der Kommissar blieb ruhig, aber Bargfrede spürte die Gefahr, die von seiner Ruhe ausging. »Urteilen wird der Internationale Gerichtshof in Den Haag. Nach eingehender Prüfung des Sachverhalts.«

»Raus. Verlassen Sie mein Haus«, vergaß sich Jovanović nun völlig. Seine Frau fasste ihn beruhigend am Arm, damit er dem Kommissar nicht an die Gurgel ging.

»Sie gehen jetzt besser«, sagte indes auch sie eisig.

Álvarez erhob sich, und Bargfrede tat es ihm nach. Für den Moment würden sie hier nicht weiterkommen, das war klar.

»Wir werden noch weitere Fragen haben. Wir melden uns bei Ihnen. Es sollte auch in Ihrem Interesse sein, die Umstände, die zum Tod Ihres Neffen geführt haben, aufzuklären.«

Die beiden Polizisten verließen das Haus.

»Ich hätte gerne noch gewusst, was Onkel Marko von den Geschäften seines Neffen gewusst hat«, wandte Bargfrede ein, als die beiden im Auto saßen. Sein Chef nickte.

»Ich auch. Aber lass ihn erst mal wieder runterkochen. Wir knöpfen ihn uns morgen nochmal vor.«

Er hasste sie. Er hasste dieses ganze Geschmeiß. Je eher er mit diesem Dreckspack fertig war, je eher sie von hier verschwanden, desto besser. Sie hatten hier nichts, aber auch gar nichts zu suchen. Schon als Jugendlicher hatte er ein Gespür dafür entwickelt, dass es nicht richtig war, dass sie hier alle zusammengepfercht sich ein Land teilen mussten. Das war, seinem Empfinden nach, wider die natürliche Ordnung, als wenn Äpfel und Birnen auf den gleichen Baum gepfropft würden. Nichts war richtig an *denen*. Die Art, wie sie sprachen. Wie sie beteten. Je eher sie hier verschwanden, desto eher würde endlich wieder Ruhe einkehren, die Menschen wieder friedlich leben und ihren Geschäften nachgehen können. Er selbst jedoch nicht. Er legte keinen gesteigerten Wert mehr darauf, sich auf diesem verfluchten Stück Erde aufzuhalten. Seine Zukunft lag nicht mehr hier. Er würde weggehen. Sein Onkel und seine Cousins würden ihm helfen. Sie machten schon gute Geschäfte, da im Ausland. Sein Onkel hatte ihm schon zugesagt, bei ihm einsteigen zu können. Wer weiß, vielleicht hatte er bald sein eigenes Geschäft. Aber nicht hier – bei Gott nicht. Doch zuerst musste er denen was heimzahlen. Diesen dreckigen Schweinen. Vorhin, als er und seine Kameraden den Rest von denen aus dem Lager niedergemäht hatten, hatte er seinen ganzen Hass in die Salve gelegt, mit der er den letzten aus dieser verfluchten Brut endlich abgeknallt hatte.

Niemand, aber auch niemand mehr hatte gelebt in seinem Dorf, nicht einmal mehr die gottverdammte Katze, die ihn früher immer so erschreckt hatte, wenn sie von Dach zu Dach gesprungen war. Selbst für die Scheißkatze wollte er es ihnen heimzahlen. Jedes ihrer Blagen war dafür gut. Die letzten, die sie abgeknallt hatten, war eine Familie mit drei Kindern gewesen. Mit jeder Patrone, die durch sein Magazin gerattert war, hatte er Rache für seine Eltern, seine Schwester, ihre vier Kinder genommen. Ja, sogar für seinen nichtsnutzigen Schwager – der war ein völliger Idiot gewesen, aber jetzt war er tot, und sogar dieser Trottel hatte was Besseres verdient. Er bedauerte beinahe, dass es so schnell vorbei gewesen war mit den Fünfen, Mutter und Vater, die Kinder – die Tochter hatte er einige Tage zuvor sogar noch gevögelt. Erst hatte er ein wenig gezögert, als seine Kameraden ihn, den Jüngsten der Einheit, mit grölendem Lachen zu ihr hin geschubst hatten. Sie war so verdammt jung gewesen, und sein Gewissen hatte für einen kurzen Moment angeschlagen, aber dann hatte er seine Unsicherheit damit niedergeknüppelt, dass er besonders brutal über sie hergefallen war. Sollte sie doch heulen und schreien; sie war letzten Endes doch nur ne scheiß Fotze. Sollten sie alle verrecken, diese Pest. Schließlich hatte auch er niemanden mehr außer seinem Onkel und dessen Söhne im Ausland. Da würde er hingehen. Wenn er hier erst fertig war.

MITTWOCH, 6. MÄRZ 2002, MORGENS

Im Unterschied zu seinem Gesprächspartner war Kriminalhauptkommissar Álvarez am Tag zuvor recht entspannt in den Feierabend gegangen. Das Abfassen des Befragungsprotokolls hatte Jonas Bargfrede gestern noch übernommen, der nichtsdestoweniger auch an diesem Morgen in einem Zustand beängstigender Ausgeschlafenheit an seinem Schreibtisch saß, als sein Chef das Büro betrat. So viel morgendliche Frische war Álvarez unheimlich. Machten sechs Jahre Altersunterschied wirklich so viel aus? Er bemühte sich, dem morgendlichen Informationstsunami des jungen Kommissars zu folgen, während er seinen Mantel sorgsam auf einem Kleiderbügel arrangierte, um diesen dann an einen der Garderobenhaken zu hängen. Bargfrede nahm auf diese komplizierte Operation keine Rücksicht.

»Übrigens: Wir haben vom Betrugsdezernat einen Stapel Reisepässe auf den Tisch bekommen. Die Kolleginnen und Kollegen hatten sie letztens beschlagnahmt. Und rate mal, wo?« Kriminalkommissar Bargfrede verzichtete zum Glück auf eine größere Kunstpause zur Steigerung der Spannung. »Sie waren in Jovanovićs Tresor!« Jetzt hielt er doch inne.

»Ja? Und?« Álvarez konnte noch nicht ganz folgen und wartete darauf, dass sein Kollege ihn erhellte. Der begriff, dass seinem Vorgesetzten eine entscheidende Information fehlte.

»Das sind unter anderem die Pässe von den Mädchen, die wir vorgestern hier hatten. Auch von dieser Jasna, zum Beispiel.«

»Ach was?« Jetzt war Álvarez wirklich verblüfft. Dann, mit einem Anflug von Verärgerung: »Warum kriegen wir die erst heute auf den Tisch?«

»Das Betrugsdezernat hatte die Dinger erstmal an die Kollegen von der Sitte weitergereicht. Deswegen die Verzögerung«, erklärte Bargfrede seinem Chef.

Álvarez wunderte sich trotzdem:

»Und was machen die in Jovanovićs Tresor? Ein Gefallen für seinen Neffen?«

Er dachte kurz nach, doch bevor er selbst eine Hypothese aufstellen konnte, kam Aydin ihm zuvor.

»Und wenn Jovanović Senior der große Boss im Hintergrund von Tadićs Geschäften war? Der unbekannte Kiezkönig, für den Tadić gearbeitet haben soll?«

»Dann wäre es kein Wunder gewesen, dass Tadić so unbehelligt seinen eigenen Geschäften nachgehen konnte. Falls er es denn überhaupt getan hat. Es blieb ja letzten Endes in der Familie«, schloss Jonas den Gedankengang seiner Kollegin ab. Álvarez wurde das Zusammenspiel seiner beiden Teammitglieder langsam unheimlich.

»Was denkst du«, nahm Bargfrede den Faden wieder auf, »klingt das plausibel?«

Bedächtig nickte der Hauptkommissar.

»Ja, das klingt wie eine brauchbare Arbeitshypothese. Sehr brauchbar sogar. Wir werden gleich mal zu Jovanović rausfahren und hören, was er zu sagen hat. Bitte fordere schon mal zwei Mann Verstärkung an, für den Fall, dass die Sache eskaliert.«

Álvarez zwang sich, ruhig zu bleiben, als er mit Bargfrede im Schlepptau das Dienstgebäude verließ, um sich Jovanović erneut vorzuknöpfen. Weil sein Gehirn vollauf mit der Entfaltung möglicher Fallszenarien beschäftigt war, ließ er Jonas ans Steuer. Wer weiß, an wessen Kotflügel sie sonst gelandet wären. Der Hauptkommissar wusste selbst, dass er kein brillanter Autofahrer war. Bargfrede hatte die Kollegen informiert und sie gebeten, auf Standby zu bleiben, denn die beiden Ermittler erwarteten im Zuge dieses neuerlichen

Besuchs im Hause Jovanović eine Zuspitzung der Situation; möglicherweise würden sie später Unterstützung benötigen. Zumindest konnte sich die Notwendigkeit einer Verhaftung ergeben. Die Sammlung von Reisedokumenten junger Frauen in Jovanovićs Tresor ging weit darüber hinaus, nur Fragen aufzuwerfen. Sie legte Verdachtsmomente nahe.

Es bedurfte einiger Selbstbeherrschung, damit Álvarez seinen Fahrer nicht durch fortwährendes Fingerklopfen am Fensterrahmen beim Fahren störte. Als sie endlich bei Jovanović vor der Tür standen, hielt dessen Frau indes ihre Wut in keiner Weise zurück.

»Was wollen *Sie* denn schon wieder?«, fauchte sie den Kommissar an.

»Ein paar Dinge aufklären, die dringend der Aufklärung bedürfen«, entgegnete dieser mit erzwungener Ruhe.

»Wir haben mit Radans Tod nichts zu tun«, zischte die Frau. »Warum sollte mein Mann seinen eigenen Neffen umbringen?«

»Geschäftliche Konflikte?«, suggerierte Álvarez. Er musste sich sehr zusammenreißen, um nicht zu zackig im Ton zu werden. Genauso schien es Ratka Jovanović zu gehen.

»Sind Sie irre? Radan war nicht im Baugewerbe tätig.«

Die Chance, zumindest dies vorzugeben, hatte Ratka Jovanović damit verspielt. Bargfrede fragte sich, wie ihr Mann wohl reagieren würde. Immerhin stand Tadićs Name auf der Liste fiktiver Bauarbeiter, die er mit den Kollegen vom Betrugsdezernat sichergestellt hatte.

Jonas war sich nicht sicher, ob sein Chef das auf dem Schirm hatte, denn dieser ging auf Ratka Jovanovićs Behauptung nicht weiter ein.

»Frau Jovanović, wir möchten Ihrem Mann und Ihnen einfach noch ein paar Fragen stellen. Sie können Ihren Mann holen oder uns reinlassen. Wir können aber auch gemeinsam aufs Präsidium fahren. Ganz wie sie wollen.«

Kriminalkommissar Bargfrede kannte seinen Vorgesetzten gut genug, um aus dem Tonfall seiner kurzen Rede die Steigerung seines Unmuts herauszuhören. Frau Jovanović wäre gut beraten, jetzt kein Spektakel mehr zu veranstalten oder den Lauf der Dinge auch nur zu verzögern. Vielleicht hatte auch sie das bemerkt, denn sie hielt den beiden Polizisten wortlos die Tür auf, mit einem Blick, der waffenscheinpflichtig war.

Nachdem sie wieder einmal in dem geräumigen Wohnzimmer Platz genommen hatten, machte Álvarez keine großen Umstände:

»Die Kollegen haben in Ihrem Tresor die Ausweisdokumente von acht jungen Frauen sichergestellt. Die Besitzerinnen haben wir inzwischen auch gefunden.«

In der kurzen Pause, die der Ermittler brauchte, um einzuatmen, knurrte Jovanović: »Na, ist doch bestens. Dann können Sie ihnen die Papiere ja wieder zurückgeben.«

Bargfrede war baff angesichts dieser Impertinenz und der Kaltschnäuzigkeit des Mannes. Ob es seinem Vorgesetzten genauso ging, konnte er jedoch aus dessen beherrschtem Tonfall nicht heraushören.

»Keine Sorge, das werden wir«, sagte der Hauptkommissar. »Was uns viel mehr interessiert, ist aber, wie die Papiere in gerade Ihren Tresor gelangt sind.«

Jovanović schwieg, aber man konnte förmlich sehen, wie es hinter seiner Stirn arbeitete.

»Was sind das für Frauen?«, fragte er schließlich. Die Frage diente zu nichts anderem, als Zeit zu schinden, das war klar. Álvarez begann die Faxen dicke zu haben.

»Och, kommen Sie …«, stieß er ungeduldig hervor.

Aber auch Jovanović schien ins Schwitzen zu geraten. Sein Teint hatte eine ungesunde Röte angenommen, und auf der Stirn bildeten sich kleine Tröpfchen. Zu seinem Glück ließ sich seine Frau mit einer erstaunlichen Ruhe vernehmen.

»Radan hat uns irgendwann mal gebeten, was für ihn aufzubewahren. Er gab uns einen dicken Umschlag. Ich vermute, da waren diese Pässe drin?«

Es war kaum zu entscheiden, ob sie wirklich so unwissend oder wirklich so unverfroren war. Bargfrede ließ diese Entscheidung für sich erstmal offen und fragte sich, wie sein Chef die Äußerung der Frau wohl beurteilte.

»Sie wollen uns erzählen, dass Sie einfach diesen Umschlag von Ihrem Neffen entgegengenommen und in Ihren Tresor gepackt haben, ohne ihn zu fragen, was da drinnen war?«, zweifelte dieser die Glaubwürdigkeit der Frau an. Bargfrede wartete gespannt darauf, wann der Geduldsfaden des Hauptkommissars wohl endgültig reißen würde. Bei aller Erfahrung und kreativer Intelligenz, über die sein Chef zweifellos verfügte – Geduld mit anderen Menschen war ein ausgeprägter Schwachpunkt von ihm. Jonas hoffte, dass sich dieser Charakterzug nicht negativ auf die Befragung auswirken würde, zumal Frau Jovanović nun auch noch ein provozierend desinteressiertes Achselzucken zeigte. In der Hoffnung, etwas Klarheit und Ruhe in die aufgeladene Stimmung zu bringen, ließ sich Bargfrede schließlich hören.

»Der Inhalt Ihres Tresors obliegt Ihrer Verantwortung. Was immer dort aufbewahrt und gefunden wird, fällt auf Sie zurück. Ihr Neffe hätte Ihnen ja auch Drogen oder eine Waffe zur Aufbewahrung unterjubeln können. Dann wären Sie wegen Drogen- oder Waffenbesitzes dran gewesen.«

Der Überzeugungskraft dieses Szenarios konnte auch Frau Jovanović sich nicht entziehen. Wie von Jonas angestrebt, begann sich ihre Abgeklärtheit einzutrüben.

»Da waren keine Drogen drin«, schnappte sie.

»Ach nein? Woher wussten Sie das?«

Die Frau schwieg.

»War Ihnen der Inhalt des Umschlags bekannt?«, hakte der Kommissar nun nach.

Auch hierauf erfolgte keine Antwort. Schließlich ergriff der Bauunternehmer wieder das Wort.

»Ich denke, wir sollten unseren Anwalt hinzuziehen«, schlug er müde vor.

»Das können Sie natürlich tun. Ich schließe daraus, dass das offenbar nötig ist«, stellte Álvarez fest.

Das Ehepaar Jovanović wechselte einen schnellen Blick. Dann sprach Marko Jovanović weiter.

»Hören Sie, wir haben mit Radans Tod wirklich nichts zu tun. Aber ich muss zugeben, dass ich – naja, vielleicht nicht wirklich von seinen Geschäften wusste. Ich hab zwar vermutet, dass er in irgendwelche krummen Dinger verstrickt ist. Er hat sich aber nichts sagen lassen. Dabei bin ich sein Onkel! Aber seit dem Tod seiner Familie war er völlig aus der Spur. Er hat gemacht, was er wollte.«

Weder Álvarez noch Bargfrede war ernsthaft von der Glaubwürdigkeit des Mannes überzeugt. Aber wie hätten sie ihn der Lüge überführen sollen? Einen dubiosen Umschlag aufzubewahren war eine Sache. Kenntnis von oder gar aktive Beteiligung an dem Gewerbe seines Neffen eine andere.

»Sie wollen damit sagen, dass Sie nie mit Ihrem Neffen über seine Tätigkeiten gesprochen haben?«

Verstocktes Schweigen.

»Aber einen Umschlag mit unbekanntem Inhalt nehmen Sie einfach von ihm an und bewahren ihn in Ihrem Tresor auf? Trotz Ihres Verdachts?«

Keine Reaktion.

»Bitte entschuldigen Sie, aber das wirkt auf mich nicht wirklich überzeugend«, legte Álvarez sarkastisch nach. Jovanović hob die Schultern.

»Mag sein. Aber es ist, wie ich sagte. Er sprach mit uns nicht über seine Geschäfte. Ich gebe aber zu, dass mir das Ganze zweifelhaft vorkam. Ein gutes Gefühl hatte ich dabei nicht.«

Der Kommissar musste sich auf die Unterlippe beißen, damit ihm kein weiterer sarkastischer Kommentar darüber kam. Das hätte Jovanovićs Redefluss gleich wieder gestoppt. Stattdessen versuchte er ihn mit einer zunächst einmal belanglosen Frage am Laufen zu halten.

»Wem von Ihnen beiden hat er den Umschlag denn gegeben? Ihnen oder Ihnen, Frau Jovanović?«

So belanglos schien die Frage doch nicht gewesen zu sein. Die beiden Angesprochenen zögerten mit einer Antwort. Dann sprach in entschiedenem Ton Ratka Jovanović:

»Mir. Ich hab den Umschlag weggesperrt.«

Ihr Mann widersprach nicht, ließ jedoch etwas resigniert, wie es den beiden Polizisten schien, die Schultern hängen.

»Stimmt das?«, fragte ihn Bargfrede deshalb. Marko Jovanović hob kurz eine Schulter.

»Wenn sie es sagt …«

Es war der Moment gekommen, an dem Álvarez' Geduldsfaden nun endgültig riss. Er beorderte beide aufs Kommissariat. Er wollte sie einzeln befragen. Hier kamen sie nicht vorwärts. Und in Gottes Namen sollte der Typ seinen Anwalt dazu bestellen, falls er das für nötig hielt. Bislang wurden die beiden im Mordfall Tadić ja nur als Zeugen vernommen. Wenn dieser Anwalt für beide Jovanovićs tätig sein sollte, würde es eben doppelt so lange dauern, weil die Befragungen dann nicht parallel verlaufen konnten. Ihm konnte es egal sein, im Unterschied zu Jovanovićs war er kein selbstständiger Unternehmer und musste mit seiner Arbeitszeit nicht haushalten.

MITTWOCH, 6. MÄRZ 2002, GEGEN MITTAG

Befragung Ratka Jovanović, Ort: Polizeipräsidium Bremen, anwesend außer der Befragten (RJ): KHK Manuel Álvarez (MA), KK Jonas Bargfrede (JB).

MA: Frau Jovanović, Sie haben im Zuge der Befragung in Ihren eigenen Räumen am heutigen Vormittag ausgesagt, Ihr Neffe Radan Jovanović, bekannt unter dem Namen Zlatan Tadić, habe Ihnen einen Umschlag ausgehändigt, den Sie dann im Tresor in Ihrem Wohnhaus eingeschlossen haben, richtig?

RJ: Ja.

MA: Wann fand diese Übergabe statt?

RJ: Ich weiß nicht mehr genau. So vor ein, zwei Jahren, glaube ich.

MA: Bitte versuchen Sie sich zu erinnern. Je präziser wir den Zeitpunkt rekonstruieren können, desto besser.

RJ: (überlegt). Also, das muss irgendwann im Spätsommer oder Herbst 2000 gewesen sein. Mein Mann und ich waren zu Besuch in der Heimat gewesen. Kurz nach unserer Rückkehr nach Bremen hat Radan uns besucht. Da hat er uns diesen Umschlag gegeben.

MA: Haben Sie ihn gefragt, was er enthielt? Oder haben Sie nachgesehen?

RJ: (zögert). N-nein.

MA: Es hätten Drogen oder Geld sein können. Ihr Mann hat gesagt, dass Ihr Neffe in zweifelhafte Geschäfte verstrickt war. Und dann bewahren Sie einfach einen Umschlag für ihn auf, dessen Inhalt Sie nicht kennen?

RJ: Er ist – war unser Neffe. Familie. Viele Angehörige haben wir nicht mehr.

MA: In unserem allerersten Gespräch haben Sie sogar bestritten, ihn zu kennen.

RJ: (etwas hektisch). Ja – weil wir nicht in seine komischen Geschäfte auf dem Kiez reingezogen werden wollten. Bestimmt wurde er doch deswegen umgebracht, oder?

MA: Wir haben noch kein eindeutiges Motiv ermitteln können.

RJ: Aus welchem anderen Grund hätte ihn wohl jemand töten sollen?

MA: Wir haben gehofft, dass Sie uns diesbezüglich vielleicht weiterhelfen können. Zum Beispiel dadurch, dass Sie uns etwas über den Inhalt des großen Briefumschlages aus Ihrem Tresor sagen.

RJ: (mit erkennbarem Unbehagen). Wie gesagt, ich weiß nicht, was er enthielt.

MA: Und genau daran habe ich meine Zweifel. Das Papier des Umschlags war nicht so dick, als dass man die Art des Inhalts nicht zumindest hätte ertasten können. Wonach hat es sich denn für Sie angefühlt?

RJ: (patzige Miene, schweigt).

MA: Also gut, dann sagen wir es Ihnen. Der Umschlag enthielt die Pässe, beziehungsweise Ausweispapiere von acht jungen Frauen aus Südosteuropa.

RJ: (wirkt unbehaglich, schweigt zunächst trotzig). Er hat ja wohl im Milieu gearbeitet, oder?

MA: Er hat sehr junge Frauen sexuell ausgebeutet, indem er sie zur Prostitution gezwungen und ihnen dann ihr Geld abgenommen hat. Und sie konnten nicht einmal aussteigen und flüchten, weil er sie bedroht und ihnen ihre Papiere weggenommen hat.

RJ: (kalt). Woher wissen Sie das?

MA: Wir haben die Mädchen gefunden. Und ein oder zwei von ihnen waren mutig genug, uns ihre Situation ausführlich zu schildern.

RJ: (wirkt alarmiert). Welche Mädchen?

MA: Das braucht Sie nicht zu interessieren. Ihr Neffe ist ja tot, seine Geschäfte damit hinfällig.

RJ: (hektisch). Was geschieht mit ihnen?

MA: Warum fragen Sie?

RJ: Nun, man muss sich vielleicht um sie kümmern. Die Armen haben ja so viel durchgemacht.

MA: Wollen *Sie* ihnen denn helfen?

RJ: Warum nicht? Man könnte sie als Babysitter oder Haushaltshilfen an Familien vermitteln. Oder in die Gastronomie oder Pflege.

MA: Wissen Sie, ich denke, genau mit solchen Versprechen wurden die Frauen hierhergelockt. Ich könnte mir vorstellen, dass sie von solchen Hilfsangeboten die Nase gestrichen voll haben.

RJ: Diese Mädchen von da unten können froh sein, wenn sie überhaupt einen Job haben.

Und mir werfen die Frauen mangelnde Empathie vor, dachte Álvarez angewidert.

MA: Ich frage mich übrigens, wer die Mädchen da unten angeworben hat. Radan kann es nicht gewesen sein, er hat Deutschland seit seiner Ankunft hier nicht mehr verlassen.

RJ: (unbehaglich). Er wird Helfer gehabt haben.

MA: Hat er. Von denen war es aber keiner. Außerdem braucht es dazu eine Person, die das Vertrauen der Mädchen gewinnen kann. Ich tippe also eher auf eine Frau als Helferin.

RJ: Was wollen Sie damit andeuten??

MA: Sie fahren alle ein bis zwei Jahre da runter. Sie kennen die Leute von Rijeka. Vielleicht kennen Sie ja sogar jemanden, der oder die für eine solche Aufgabe in Frage kommt.

RJ: Jasnas Mutter?

MA: Jasna?

RJ: (schweigt. Achselzucken.)

MA: Warten Sie bitte einen Moment.

Álvarez stand auf und verließ den Befragungsraum. Er ging in sein Dienstzimmer, wo Nuria im Nebenraum bei ihrer Lieblingsbeschäftigung saß: Internetrecherche. Sie war so versunken in ihre Tätigkeit, dass es dem Hauptkommissar fast leidtat, sie aus ihrer Konzentration herausreißen zu müssen.

»Nuria, ich brauche Sie mal eben.«

Die Polizeimeisterin blickte auf, und Álvarez fuhr fort, da er nun ihre Aufmerksamkeit hatte.

»Gehen Sie doch mal bitte los und bringen Sie Jasna Dragunec her. Sie ist noch in Gewahrsam. Ich möchte, dass sie einen Blick auf die Dame wirft, die ich gerade befrage. Ich wüsste gerne, ob sie sie kennt, und wenn ja, woher.«

Die Tür des Befragungsraum hatte im oberen Teil einen kleinen Glaseinsatz, es wäre Jasna Dragunec also möglich, Ratka Jovanović zu betrachten, ohne dass diese es mitbekam.

»Ok.« Nuria wusste, was zu tun war. Ihr Chef kehrte zurück in Richtung Befragungsraum. Um seiner Mitarbeiterin etwas Zeit zu verschaffen, beeilte er sich nicht und holte sogar noch zwei Getränke für sich und seine missvergnügte Klientin. Vielleicht stimmte sie das etwas gnädiger und sie käme etwas großzügiger mit Auskünften rüber. Als er der Frau des Bauunternehmers wieder gegenübersaß, nahm er einen neuen Anlauf.

»Wir waren vorhin bei diesem Mädchen stehengeblieben. Wie hieß sie gleich? Jana?«

Ratka Jovanović schien durch die Bewirtung tatsächlich etwas kooperativer gestimmt.

»Jasna«, korrigierte sie den Kommissar. Dieser nickte verstehend.

»Wer ist diese Jasna?«, fragte er in aller Unschuld. Ratka Jovanović konnte nicht wissen, dass ihr Gegenüber bereits Bekanntschaft mit dem Mädchen gemacht hatte.

Die Frau hob mit einer verächtlichen Geste die Schultern.

»Ein junges Mädchen aus dem Ort. Ihre Mutter würde man hier in Ihrem Land wohl als ›Dorfschlampe‹ bezeichnen. Geht mit jedem ins Bett. Wer weiß, wer Jasnas Vater ist. Die wird bestimmt mal nach ihrer Mutter kommen.«

Den Kommissar widerte es an, wie Ratka Jovanović über andere Frauen sprach. Jasnas Mutter kannte er natürlich nicht, aber von der Tochter Dragunec hatte er nicht den Eindruck gewonnen, dass sie sich freiwillig und ohne Zwang durch die Betten hangeln würde. Sie wirkte eher scheu. Aber er wich einer Diskussion über Ratka Jovanovićs problematisches Frauenbild aus und nahm einen Umweg.

»Sie selbst kommen ebenfalls aus Rijeka?«, fragte er mit demonstrativ zur Schau gestelltem Interesse.

Die Frau schüttelte den Kopf, und ihr Gesichtsausdruck ließ wenig Zweifel daran, dass ihre Meinung von Klein-Rijeka nicht gerade hoch war. Álvarez hakte noch einmal nach:

»Haben Sie nach Ihrer Eheschließung dort gelebt?«

Wieder Kopfschütteln.

»Marko und ich haben hier in Deutschland geheiratet. Ich war immer nur zu Besuch in Rijeka.«

»Aber die Leute dort kennen Sie gut.« Es war eher eine Feststellung als eine Frage.

»Geht so«, kommentierte die Frau, »Mein Mann kennt sie besser. Er ist dort aufgewachsen.«

Der Kommissar überlegte einen Moment.

»Und sein Neffe Radan?«

Die Frau betrachtete ihn etwas misstrauisch, wohl, weil ihr nicht so richtig klar war, in welchem Zusammenhang diese Frage mit dem bisherigen Gesprächsthema stand. Aber sie gab bereitwillig Auskunft.

»Zeitweise. Er ist ja der Sohn von Markos Bruder. Die Familie wohnte aber längere Zeit in der Stadt, wegen der Arbeit.«

Wohl aus diesem Grund hatten sich Tadić-Jovanović und die viel jüngere Jasna Dragunec nicht bereits dort unten kennengelernt. Langsam sah der Ermittler klarer.

»Ihr Mann erwähnte am Dienstag, dass Radan seine ganze Familie verloren habe. Dabei handelt es sich also auch um die Angehörigen Ihres Mannes?«

Ratka Jovanović signalisierte mit einer Bewegung von Kopf und Schultergürtel, dass dem so sei.

»Gab es Überlebende?«

»Nur Radan und Marko. Marko war ja schon lange in Deutschland, und Radan hat irgendwie geschafft, das Ganze lebendig zu überstehen. Gott allein weiß, wie.«

Álvarez nickte nachdenklich. Tadić mochte ein Sadist gewesen sein, wie Krlić es formuliert hatte, aber sein Blutrausch hatte offenbar eine Vorgeschichte. Was sein Handeln natürlich in keiner Weise entschuldigte, ihm aber zumindest einen Hintergrund verlieh. Er hatte jeden ethischen Kompass verloren, als man die Seinen – möglicherweise vor seinen Augen – niedergemetzelt hatte. Krlić war dasselbe passiert, aber dieser war bereits älter und moralisch gefestigter gewesen – und hatte wohl auch einen anderen Charakter. Die Reaktion von Menschen auf Gewalterfahrung folgte keinem allgemein gültigen Muster.

Offen blieb jedoch nach wie vor die Frage, wer letzten Endes Radan Jovanović alias Zlatan Tadić sein unseliges Ende bereitet hatte. Angesichts der soeben gewonnenen Erkenntnisse schienen die Verdachtsmomente wieder auf den Sozialarbeiter Matej Krlić hinzudeuten, aber dann stellte sich immer noch die Frage nach dem *Wie*. An der Annahme einer dritten beteiligten Person bestanden im Grunde keine Zweifel, aber hatte diese Person in Krlićs Auftrag gehandelt oder hatte sie ein anderes, eigenes Motiv?

Die Gedanken des Kommissars drehten sich im Kreis. Deswegen stand er erneut auf um zu prüfen, ob Nuria Aydin ihrem Auftrag mittlerweile nachgekommen war. Er entschuldigte sich ein weiteres Mal bei Frau Jovanović und machte sich auf die Suche nach seiner Mitarbeiterin. Er fand sie in seinem Dienstzimmer, beschäftigt damit, Jasna zu trösten, die völlig in Tränen aufgelöst war. Mit angehobenen Augenbrauen bat der Ermittler Nuria um eine Erklärung.

»Sie kennt sie«, informierte ihn Polizeimeisterin Aydin.

Álvarez warf einen mitleidigen Blick auf die junge Frau, während Nuria weitersprach.

»Ratka Jovanović hat ihr einen Job als Haushaltshilfe in Deutschland angeboten, und Frau Dragunec ist dem Angebot gefolgt. Natürlich haben die Jovanovićs sie nicht selbst mitgenommen. Es gab einen organisierten Transport nach Bremen durch so was wie Schlepper. Sie und zwei andere Mädchen, die auf demselben Transport waren, wurden hier in Bremen gleich von Tadić und seinem Team in Empfang genommen.«

Solange Jasna mit im Raum saß, sparte der Kommissar sich die Frage nach dem, was im Anschluss passiert war. Er wollte die junge Frau nicht unnötig quälen, indem er sie dieselben Ereignisse im Abstand von nur wenigen Minuten zweimal erzählen ließ. Er würde es Nurias Protokoll entnehmen können. Um die weiteren Ermittlungen in speziell dieser Angelegenheit würden sich ohnehin die Kolleginnen und Kollegen eines anderen Dezernats kümmern. Was für ihn mit dem Mädchen zu klären blieb, war allein die Frage, ob das erlittene Unrecht möglicherweise doch Jasna Dragunec dazu gebracht hatte, ihren Peiniger umzulegen, damit sie wenigstens eine Zukunft mit Stefan Kohlrusch haben konnte. Da er jedoch zunächst die Befragung ihrer »Arbeitsvermittlerin« zu Ende bringen musste, war einstweilen sicherzustellen, dass Jasna sich nicht verflüchtigte, sobald sie die Direktion verließ. Die Frage war daher, wo sie das Mädchen unterbringen sollten, damit es zum einen geschützt und zum anderen für das Ermittlerteam erreichbar war. Die Verlängerung des Gewahrsams würde ein erhebliches Maß an Rechtfertigung erfordern, und er war sich nicht sicher, ob der derzeitige Ermittlungsstand in ausreichendem Maß Argumente dafür lieferte. Aber plötzlich kam ihm eine andere Idee. Er bat Nuria, sich mit Krlićs Arbeitgeber, der *WaSOS*, in Verbindung zu setzen. Es war davon auszugehen, dass diese die Möglichkeit hatten, bedrohte Frauen vorübergehend unterzubringen und mit etwas gut Zureden auch darauf zu achten, dass Jasna die Unterkunft nicht verließ. Zumindest, bis eine Tatbeteiligung des jungen Mädchens oder ihres unternehmungslustigen Liebhabers, Stefan Kohlrusch, ausgeschlossen werden konnte. Álvarez wusste, dass er diese organisatorische Aufgabe der jungen Polizeimeisterin überlassen konnte. Er ließ Jasna bei Nuria und ging zurück in den Befragungsraum. Ratka Jovanović empfing ihn mit einem missgelaunten Gesichtsausdruck, den er aber ignorierte.

MA: Es gibt eine Zeugin, die aussagt, Sie hätten sie mit genau dem Versprechen auf eine Stelle als Haushaltshilfe hier nach Deutschland bringen lassen, von dem Sie vorhin sprachen.

RJ: (zuckt mit den Achseln, schweigt).

MA: Sie bestreiten das also nicht?

RJ: Doch. Was soll das überhaupt für eine Zeugin sein?

MA: Eine der jungen Frauen, denen die Pässe gehören, die wir bei Ihnen sichergestellt haben.

RJ: So? Na, dann wird sie hier wohl auf Abwege geraten sein. Nicht meine Schuld.

Angesichts von so viel Unverfrorenheit platzte dem Kommissar der Kragen. Nur mühsam beherrscht skizzierte er den Ablauf der Ereignisse seit Jasnas erstem Zusammentreffen mit Frau Jovanović, darum bemüht, den Namen des Mädchens nicht zu erwähnen. Mit hoher Wahrscheinlichkeit ähnelten sich die Schicksale der jungen Frauen, sodass durch seine Schilderung kein Rückschluss auf einzelne von ihnen möglich war.

»Sie haben sie da unten kennengelernt. Sie haben ihre Perspektivlosigkeit schonungslos ausgenutzt, indem Sie ihnen genau das versprochen haben, wovon die Mädchen da unten träumten: ein besseres Leben. Sie haben sie von einem Schlepperteam hier nach Deutschland verfrachten lassen. Und dann haben Sie sie einfach ihrem Neffen und seinen ›Mitarbeitern‹ überlassen, damit sie für die Sexarbeit fit gemacht werden. Die Mädchen konnten nicht einmal nach Hause zurückkehren, weil Sie oder Radan ihnen die Ausweisdokumente abgenommen haben. Sie waren Ihrem sauberen Neffen und Ihnen wehrlos ausgeliefert.«

Die Unternehmerin in Sachen ausbeutendes Gewerbe blieb von den Feststellungen des Ermittlers völlig unbeeindruckt. Sie nahm in keiner Weise Stellung zu dessen Anwürfen. Álvarez stand nach einigen Momenten der Stille auf und verließ kommentarlos den Raum. Sollte sich diese Tante doch über den abrupten Gesprächsabbruch wundern, er war ihr keine Rechenschaft schuldig. Es interessierte ihn jedoch brennend, ob Ratkas Mann ebenfalls in die Geschäfte seiner Frau involviert war oder zumindest davon wusste. Auf dem Gang warf er einen Blick durch die Scheibe des benachbarten Vernehmungsraums. Dort hatte der Kollege Eschbach dankenswerterweise die Befragung Marko Jovanovićs übernommen. Es war wirklich dringend an der Zeit, dass die vakante Kommissarsstelle endlich besetzt wurde und wieder normale personelle Verhältnisse einkehrten. Álvarez klopfte, trat ein und bedeutete dem Kollegen, dass er ihn kurz sprechen wollte. Kriminalhauptkommissar Eschbach stand auf und kam mit nach draußen. Dort informierte Álvarez ihn über Ratka Jovanovićs Geschäftsmodell.

»Die Frage ist, ob ihr Mann daran beteiligt war oder zumindest davon wusste«, schloss er.

Christoph Eschbach nickte; er verstand, dass sein Kollege wissen wollte, ob Marko Jovanović sich bereits dazu geäußert hatte. Hatte er nicht.

»Ich werd' ihm mal auf den Zahn fühlen. Kommst du mit oder machst du nebenan weiter?«

Álvarez überlegte einen Moment, dann entschied er: »Ich denke, ich würde gerne sein Gesicht sehen, wenn wir ihn dazu befragen. Ob er uns anlügt oder wirklich aus allen Wolken fällt. Bereitwillig zugeben wird er es ja sicherlich nicht.«

Eschbach lachte kurz und trocken auf.

»Nein, wahrscheinlich nicht.«

Aber der Bauunternehmer leugnete es auch nicht rundheraus ab. Er machte eine desinteressierte Bewegung mit dem rechten Arm und meinte lakonisch:

»In die Geschäfte von Radan und meiner Frau mische ich mich nicht ein. Ich hab genug mit meiner Baufirma zu tun. Unsere Geschäfte sind Verkehrstrennungsgebiet – die machen ihr Ding, ich meins.«

Das Konzept von Verkehrstrennung fand Álvarez in diesem Zusammenhang etwas zynisch, aber er wischte die Assoziation beiseite, um den Kopf für Wichtigeres frei zu haben. Er wagte eine steile These, von der er selbst nicht ganz überzeugt war, aber er wollte den abgebrühten Unternehmer aus der Deckung kitzeln.

»Herr Jovanović, wissen Sie, was ich glaube? Ich glaube, Sie haben irgendwann mitgeschnitten, dass Ihr Neffe anfängt, Ihnen Konkurrenz zu machen. Dass er in die eigene Tasche gewirtschaftet hat und drauf und dran war, sich seinen eigenen Laden mit einigen Mädchen aufzubauen. Das konnten Sie natürlich nicht dulden. Sie und Ihre Frau hatten so viel riskiert – endlich lief es gut, und da schießt Radan quer. Deswegen musste er weg. Vielleicht haben Sie« – das war nun der Rettungsanker, den der Hauptkommissar dem Unternehmer zuwarf – »sich nicht selbst die Hände schmutzig gemacht. Aber Sie haben ja genug Personal, wie aus Ihrer Lohnbuchhaltung hervorgeht.« Er konnte sich diesen Seitenhieb nicht verkneifen. Gleichzeitig war es ein Angebot an Jovanović, sich in Sachen Betrug aus der Affäre zu ziehen, indem er die Tätigkeiten der zu viel abgerechneten Arbeiter unter »sonstige Aufgaben« hätte verbuchen können. Für die Erteilung eines Mordauftrags würden sie ihn dann allerdings drankriegen. Und ein Auftragskiller zählte auch nicht zum Standardpersonal eines Personaldienstleisters im Baugewerbe.

Jovanović schaute ihm perplex direkt in die Augen.

»Sie sind ja verrückt«, prustete er hervor und wandte seinen Blick dann mit einem Kopfschütteln ab.

»Ganz und gar nicht«, retournierte Álvarez den Angriff mit einem Lächeln und setzte noch einen drauf: »Wir wissen durch einen anderen Zeugen, dass Ihr Neffe tatsächlich vorhatte, sich, sagen wir ›selbstständig‹ zu machen. Das kann Ihnen doch nicht gefallen haben.«

Jovanović starrte ihn zunächst sprachlos an, dann wandte er sich Christoph Eschbach zu, dem er mehr zu trauen schien.

»Der redet völlig irre!«

»Bitte«, mahnte Kriminalhauptkommissar Eschbach ihn zur Ordnung.

»Ich hab mich nie in Radans Geschäfte eingemischt. Ich hatte damit nichts zu tun. Meine Firma fordert mich voll und ganz, da ist keine Kapazität mehr für … sowas.«

»Das glaub ich Ihnen sogar«, übernahm Álvarez wieder, »Ihr Neffe hat Ihnen ja auch alles abgenommen. Und dann wollte er auf einmal den ganzen Kuchen.«

Der Bauunternehmer verlor zusehends die Fassung, er wirkte geradezu verzweifelt.

»Ja, glauben Sie denn, der hat mir regelmäßig Kohle überwiesen? Seine Einnahmen aus dem Milieu? Sie haben doch meine Bücher, da müssen Sie wissen, dass da nichts ist!«

»Herr Jovanović, ich halte weder Sie noch Ihren Neffen für so blöd, dass das offen über die Bücher gelaufen wäre. Und ein Geschäftskonto hat Ihr Neffe nicht geführt. Sie sind doch keine Dilettanten.«

Jovanović fasste sich an den Kopf, den er immer wieder hin und her bewegte. Er war am Ende seiner Weisheit, und Kriminalhauptkommissar Eschbach nutzte die Gunst der Stunde um einzuhaken.

»Wie sieht es denn mit Ihrer Frau aus? Sie war ja in jedem Fall beteiligt, das steht mittlerweile außer Frage.«

Es war ein gewagtes Manöver, da Ratka Jovanović ihre Tätigkeit bisher nicht explizit eingeräumt hatte. Der Bauunternehmer missverstand die Frage des Ermittlers allerdings.

»Ratka soll Radan ermordet haben?« Seine Ratlosigkeit wirkte beinahe rührend.

Eschbach zuckte mit den Schultern und nutzte das verunsicherte Missverstehen seines Gegenübers.

»Möglich wäre es. Die Sachlage, die der Kollege gerade dargestellt hat, kann ohne weiteres auch auf Ihre Frau zutreffen. Dann wären die Geschäftsinteressen Ihrer Frau gefährdet gewesen.«

Jovanović geriet völlig außer sich.

»Ihr seid ja alle völlig wahnsinnig. Das ist doch krank!« Aber er hatte kein stichhaltiges Gegenargument mehr vorzuweisen.

Álvarez beschloss, ihn in diesem Zustand dem Kollegen Eschbach zu überlassen. Er tippte Eschbach auf die Schulter und die beiden Ermittler verließen den Raum.

»Machst du mit ihm weiter? Ich nehme noch einmal seine Frau in die Mangel. Womöglich sagt er die Wahrheit, aber wenn du es für richtig hältst, behalt ihn über Nacht hier, damit er sich nicht ins Auto setzt und ab die Post.«

Eschbach nickte.

»Wir haben ja auch noch die Betrugssache mit ihm zu klären. Ich weiß nicht, wie weit die Kollegen sind, aber da besteht auf jeden Fall noch Gesprächsbedarf.«

Álvarez nickte und grinste.

»Bestellen wir bei den Kollegen vom Gewahrsam die Hochzeitssuite, denn ich glaube kaum, dass ich seine Frau heute Abend noch nach Hause lasse.«

Sein Kollege musste lachen.

»Alles klar.«

Er ging zurück zu seinem Kandidaten, während Álvarez sich in den Nebenraum verfügte. Mit einem juristisch gerade noch vertretbaren Minimum an Rechtsbehelfsbelehrung setzte er Ratka Jovanović von ihrem bevorstehenden Gewahrsam in Kenntnis und ignorierte das empörte Gezeter der mutmaßlichen Mädchenhändlerin, indem er völlig ungerührt den Raum gleich wieder verließ. Sollte ihr Anwalt sich doch das Lamento seiner Mandantin anhören, er hatte für diesen Abend andere Pläne.

MITTWOCH, 6. MÄRZ 2002, ABENDS

Manuel Álvarez hatte kein schlechtes Gewissen gehabt, nach all den Überstunden, die der Fall ihn bislang schon gekostet hatte, heute mal etwas früher Schluss zu machen. Ihm war noch ausreichend Zeit geblieben, zuhause zu duschen und sich für den Theaterabend schick zu machen. Pünktlich traf er an dem ehemaligen Fabrikgebäude ein, in der die Ballettcompagnie ihren Sitz hatte. Sylvie erwartete ihn bereits.

»Bin ich zu spät?«, fragte er dennoch erschrocken.

Sylvie schüttelte den Kopf.

»Ach, i wo«, entgegnete sie lächelnd.

»Gut«, erwiderte Manuel erleichtert, »Was möchtest du trinken?«

Sie entschieden sich beide für Aperol Spritz, und Manuel ließ sich gerne von Sylvie eine kurze Einführung in das zu erwartende Programm des Abends geben. Er war dankbar für die Ablenkung.

Sylvie hatte nicht zu viel versprochen. Der Abend war ein einziger Genuss, und während Yaakov Shafiras Choreographie, in der er auch selbst mit auftrat, streifte tatsächlich kein einziger Gedanke an den Fall Manuels Geist. Hingerissen applaudierte er lange mit dem übrigen Publikum, das sich gleichermaßen beeindruckt zeigte. Als das Licht im Zuschauerraum wieder angegangen war und alle sich erhoben und zum Gehen wandten, war er froh, als Sylvie ihn fragte, ob er noch mit zur Premierenfeier komme. Aus vollem Herzen sagte er zu. Die Party fand im Foyer statt. Dank der Sponsoren der Compagnie, zu denen auch Sylvies Eltern zählten, gab es ein Büffet, dessen umfassendes Angebot sich allerdings in Windeseile verringerte. Manuel hatte anfangs Skrupel, sich zu bedienen, da er ja nur Gast war, aber Sylvie ermunterte ihn, sich ebenfalls einen Teller mit den kleinen Köstlichkeiten zu nehmen. Er war nicht unfroh über dieses Angebot, denn zu essen hatte er zuhause nicht mehr geschafft. Etwas verschämt holte er sich sogar noch einen zweiten Gang. Da war das Büffet bereits nahezu abgeräumt. Als er zurück an den Stehtisch kam, den er mit Sylvie belegt hatte, war inzwischen auch Yaakov Shafira eingetroffen. Er hatte, wie Manuel erfuhr, bis dahin der Presse Rede und Antwort gestanden und zahllose Autogramme verteilt.

»Der Star des Abends erscheint stets pünktlich zum Ende des Büffets«, konstatierte Sylvie, offenbar aus Erfahrung.

Yaakov lachte.

»Berufsrisiko«, erwiderte er.

Manuel fand es mehr als angemessen, ihm seinen noch vollen Teller über den Tisch zu schieben.

»Deswegen ist ein gutes Backup-Office wichtig«, erläuterte er trocken.

Yaakov warf ihm einen überraschten und erfreuten Blick zu, bedankte sich und griff zum Besteck. Er schien nach dem anstrengenden Abend wirklich hungrig zu sein. Sylvie entschuldigte sich für einen Augenblick, sie wollte nach ihren Eltern Ausschau halten, die als Förderer ebenfalls irgendwo hier anwesend waren.

»Ich lasse dich solange in Manuels Obhut. Da bist du ja gut versorgt«, sagte sie scherzhaft zu Yaakov, bevor sie ging.

Der Tänzer hatte *in persona* keine geringere Ausstrahlung als auf der Bühne, das fiel Manuel in dieser Umgebung noch stärker auf als in der Galerie am letzten Sonntag. Eine ungemein starke Anziehung ging von ihm aus, musste Manuel zugeben. Fast beneidete er den mindestens zehn Jahre Jüngeren darum. Er selbst schätzte seine eigene Magie auf andere als eher gering ein. Doch Yaakov lächelte ihn nicht ohne eine gewisse Neugier an.

»Hat es dir gefallen?«, fragte er. Es schien ihm wirklich wichtig zu sein.

»Sehr«, sagte Manuel und hoffte, der Tänzer konnte seiner Untertreibung die tatsächliche Wertschätzung entnehmen, die auszudrücken er sich nicht in der Lage sah, ohne sich affig zu verhalten. Yaakov schien aber zu verstehen.

»Das freut mich«, sagte er schlicht und strahlte Manuel an. Dieser versuchte ein wenig befangen, die Pause, die zu entstehen drohte, zu überbrücken.

»Ich habe mich im Studium viel mit Lorca beschäftigt. Ich mag seine Gedichte sehr« – ebenfalls eine horrende Untertreibung – »aber durch deine Interpretation ist mir klargeworden, warum mir das ganze Gelaber in den Vorlesungen so sinnlos und öde vorgekommen ist.« Er selbst kam sich allerdings gerade etwas peinlich vor. Doch der Tänzer lachte leise und sympathisch.

»Bist du Literaturwissenschaftler?«, fragte er.

»Gott bewahre. Ich habe nach vier Semestern abgebrochen.«

Wieder lachte Yaakov, diesmal aber etwas offener.

»Und bist *was* geworden?«, fragte er interessiert. Manuel wand sich etwas.

»Polizist«, gab er schließlich zu. »Kriminalpolizei.«

Er wusste nicht so recht, wie er das Lachen des Tänzers einschätzen sollte. Unsicher hielt er Ausschau nach Rettung in Gestalt von Sylvie, konnte sie aber nicht entdecken.

»Sind viele deiner Kollegen so interessiert am Theater wie du?«, erkundigte sich der Tänzer.

Manuel hob ratlos die Achseln.

»Ich glaube nicht. Im Stadttheater seh' ich selten jemanden von unserer Truppe. Höchstens mal die Staatsanwältin. Ach, und einen Kollegen. Aber der muss. Er ist mit einer Orchestermusikerin verheiratet.« Jetzt grinste auch Manuel etwas entspannter. Er fühlte sich wohl in Yaakovs Gesellschaft.

Dessen Ausstrahlung hatte nichts Trennendes, Distanziertes. Sie legte sich vielmehr wie ein leichter, aber warmer Mantel um beide Männer und verband sie. Das schien auch Sylvie zu bemerken, die aus dem Nichts wiederauftauchte.

»Ihr steht hier wie ein trautes Paar«, scherzte sie.

Die warme Verbindung löste sich etwas, Manuel wurde wieder etwas unsicherer, aber er freute sich dennoch, Sylvie zu sehen.

»Wo warst du?«, fragte er und befürchtete sofort danach, sie könnte ihn missverstehen und die Frage als zu besitzergreifend empfinden. Aber sie schien nichts dergleichen zu denken.

»Bei meinen Eltern und einem für mich wichtigen Kontakt. Tut mir leid, dass ich dich so lange habe warten lassen. Aber ihr habt euch gut unterhalten, scheint mir.« Sie lächelte fröhlich und offen. Manuel war heilfroh, dass Sylvie so unkompliziert war. Er nickte.

»Haben wir«, lächelte auch Yaakov die Tochter seiner Sponsoren an, mit der ihn, ungeachtet der finanziellen Beziehung zu ihren Eltern, eine enge Freundschaft verband.

Sylvie wandte sich an Manuel.

»Du, ich muss meine Eltern nach Hause fahren. Sehen wir uns nochmal, bevor ich zurückfliege? Ich fliege am Sonntag.«

»Unbedingt«, insistierte Manuel.

»Ich ruf dich an, ok?«, nahm Sylvie ihm die zu erwartenden Grübeleien ab, wann wohl der passende Zeitpunkt wäre, um sie anzurufen.

»Ich freu' mich«, lächelte er sie an. »Und danke für die Einladung.«

»Da nich für.«

Sie verschwand, um einige Momente später mit ihren Eltern zurückzukehren, von denen sich Manuel und der Tänzer ebenfalls gebührend verabschiedeten. Manuel mochte die beiden auf Anhieb. Sie waren trotz ihres Status' in der Bremer Gesellschaft völlig unprätentiös und gelassen und zudem ebenso humorvoll wie ihre Tochter. Als sie gegangen waren, fragte Yaakov Manuel: »Wollen wir noch was trinken gehen? Ich meine, ohne die ganze Meute hier?«

Manuel hatte selten Zeit und Gelegenheit, eine entspannte Abendunterhaltung zu genießen, und diese hier war bislang äußerst angenehm verlaufen. Deswegen stimmte er sofort zu.

»Ich habe noch einen Crémant zuhause in der Kühlung. Interessiert?«, fragte der Tänzer mit einem einladenden Lächeln.

»Sehr gerne.«

Manuel holte seinen Mantel an der Garderobe ab und folgte Yaakov in den hinteren Bereich des Theatergebäudes, der für die Zuschauer eigentlich nicht zugänglich war. Aber auch Yaakov musste noch seine Sachen aus seiner Garderobe holen. Die Luft hatte hier ein eigenartiges, aber nicht unangenehmes Aroma nach Schminke, Kolophonium und einer leichten Note von gebrauchten Kostümen. Ein für Manuel völlig unvertrautes Arbeitsumfeld – er fühlte sich wie ein Fremdkörper, aber Yaakov passte nahtlos ins Bild. Schließlich gingen sie durch ein kompliziertes Labyrinth an Gängen, in denen Manuel sich ohne Führung heillos verlaufen würde, zum Pförtner und zum Ausgang des Hauses.

Yaakov wohnte in Laufentfernung vom Theater – sein großzügig geschnittenes Appartement lag im zweiten Stock eines eleganten Neubaus, der sich jedoch in das Bild des von älteren Backsteinbauten geprägten Straßenzugs einfügte, ohne das Gesamtbild zu beeinträchtigen. Es passte zu Yaakov, der sich zwar auf eine für Manuel nicht erklärbare Weise von seiner Umgebung abhob, das Mosaik der Bremer Kulturszene jedoch auf interessante Weise ergänzte. Mit einem Glas des versprochenen Crémant in der Hand stand Manuel an der großflächigen Fensterfront der Wohnung und blickte nach draußen. Die meisten Nachbargebäude waren älteren Datums; einige waren aufwändig grundsaniert worden, andere bestachen durch den Charme fortgeschrittenen Verfalls.

»Ich mag diesen Ort«, hörte er die Stimme des Tänzers direkt hinter ihm. »Man fühlt sich aufgehoben und trotzdem nicht bedrängt.«

Manuel teilte diesen Eindruck. Er war zu versunken in die Aussicht und seine Gedanken gewesen um wahrzunehmen, dass Yaakov so dicht hinter ihn getreten war. Dieser besaß eine so intensive Ausstrahlung, dass Manuel geradezu ein leichtes Kribbeln auf der Haut spürte. Aber obwohl der Tänzer wirklich sehr dicht hinter seinem Rücken stand, erschien ihm die Nähe weder unangenehm noch unangemessen. Das Einzige, was ihn irritierte, war der Umstand, dass er sich durch Yaakovs Gegenwart so verwirrt fühlte und keinen klaren Gedanken fassen konnte. Das konnte eigentlich keine Folge des Alkohols sein, denn sehr viel hatte er nicht getrunken. Als wäre von draußen Stabilität und Sicherheit zu erwarten, starrte er angestrengt auf das Panorama jenseits der Fensterscheibe und bemühte sich, ruhig weiter zu atmen, als er die Fingerkuppen des Tänzers wahrnahm, die sachte über seinen Rücken bis zu seiner Hüfte fuhren. Manuel wagte nicht, sich zu bewegen, seine Atmung wurde flacher und beschleunigte sich. Yaakov musste es bemerken. Ihre Körper berührten sich nun leicht und der Tänzer positionierte sich so zu Manuel, dass ihre Lippen die Chance hatten, miteinander in Kontakt zu treten. Komplettes Neuland für Manuel, doch er setzte der Anziehung keinen Widerstand entgegen. Erst vorsichtig, dann entschlossener schlangen sich ihre Lippen und Zungen umeinander. Für Manuel ungewohnt war die Rauheit, mit der sich die von den kaum sichtbar nachgewachsenen Bartstoppeln auf den Wangen der beiden Männer aneinander rieben. Manuel überließ Yaakov die Führung bei allem, was sich diesem Kuss anschloss. Er war zu verwirrt, um irgendeine Form der Initiative zu ergreifen, und sei es auch nur, dem Tänzer etwas entgegenzusetzen. Dafür fühlte sich das Ganze viel zu gut und viel zu richtig an.

DONNERSTAG, 7. MÄRZ 2002, MORGENS

Als Manuel am nächsten Morgen erwachte, erschien es ihm zum ersten Mal in seinem Leben angenehm, dass hinter ihm jemand lag, von dessen Arm er umschlungen war. Er fühlte sich in keiner Weise eingeengt. An Yaakovs gleichmäßigen Atemzügen hörte er, dass dieser noch schlief, und halbwach kostete Manuel die Wärme des anderen Körpers und den angenehmen Geruch von dessen Haut noch einige Minuten aus, bevor ihm auffiel, dass das Licht, das durch die Fenster hereinströmte, bereits verdächtig hell war. Verflixt, warum hatte sein Handywecker nicht geklingelt, und wo war sein Mobiltelefon überhaupt. Er versuchte, sich vorsichtig unter dem Arm, der nicht der seine war, hervor zu mogeln, ohne dessen Besitzer zu wecken. Das gelang ihm nicht, der Arm regte sich, strich ihm sanft über die Hüfte und sein Besitzer murmelte ein leises und verschlafenes »Hey«. Manuel rollte sich auf die andere Seite und betrachtete den Mann, der neben ihm lag.

»Hey«, sagte auch er und lächelte, um seine Verwirrung zu überspielen. Nicht, dass ihm Verunsicherung am Morgen nach einer ersten gemeinsamen Nacht fremd gewesen wäre – jede seiner zumeist kurzen Beziehungen zu seinen verflossenen Freundinnen hatte damit begonnen. Aber hier kam nun der ungewohnte Umstand hinzu, dass es sich bei der neben ihm liegenden Person um einen Mann handelte.

»Ich glaube, ich hab verschlafen«, stellte er fest, um zumindest die Rahmenbedingungen zu stabilisieren.

Yaakov richtete sich halb auf.

»Wie spät ist es?«, fragte er.

»Keine Ahnung. Ich muss mein Handy suchen.« Manuel war noch nicht voll bei Sinnen. Das lag zum einen an seinem halbwachen Zustand, zum anderen daran, dass ihm alles, was in der vergangenen Nacht passiert war, irgendwie irreal vorkam. Hatte er, Manuel Álvarez, wirklich mit einem Mann geschlafen? Und dabei das Gefühl gehabt, sich zum ersten Mal in seinem Leben richtig fallenlassen zu können? Ohne Gemache und Gedöns? Er fiel beinahe aus dem Bett, weil er im Chaos seiner Empfindungen immer noch orientierungslos nach seinem Handy tastete. Yaakov schien es unterdessen gelungen zu sein, einen Blick auf seinen eigenen Wecker zu werfen.

»Acht Uhr«, beantwortete er seine eigene Frage.

»Was, schon? Ich müsste schon beim Dienst sein …«, wurde Manuel nun doch recht schlagartig wach. Er taumelte in Richtung Bad, um zu duschen. Den Anzug vom Vorabend im Theater würde er wohl noch einmal anziehen müssen, aber wenigstens hatte er immer ein frisches Hemd im Büro, für alle Fälle. Auch Zähneputzen würde dort stattfinden müssen. Yaakov hatte ihm während des kurzen Intermezzos im Bad einen Espresso zubereitet, den er Manuel zureichte, nachdem dieser sich fertig angezogen hatte. Ein kurzer Moment noch des Innehaltens, sich Besinnens auf die vergangene Nacht, des Versuchs, sie zu verstehen. Unsicherheit darüber, wie die Verabschiedung nun zu gestalten sei. Yaakov nahm ihm die Entscheidung ab. Er betrachtete Manuel völlig entspannt, während dieser seinen Kaffee trank, nahm ihm die Tasse dann ab, stellte sie mit ausgestrecktem Arm auf die Theke, die die Küchenzeile vom Rest des großzügigen Appartements abtrennte, lächelte ihn an, küsste ihn zum Abschied.

»Darf ich dich anrufen?«, fragte er Manuel, nachdem sie sich voneinander gelöst hatten. Manuel spürte das Kribbeln in seinem ganzen Körper, ein Chaos der Empfindungen, aber trotz alledem eine Welle von Erleichterung (oder war es sogar Glück?) über diese Frage.

»Unbedingt«, schaffte er es hervorzubringen.

Yaakov schien sich ebenfalls zu freuen.

»Dann bis bald«, verabschiedete er sich lächelnd.

»Bis bald«, lächelte Manuel zurück und hoffte, er sei nicht rot geworden.

Wie in Trance stieg er die Treppe hinunter. Die frische Luft draußen auf der Straße verschaffte ihm etwas mehr Klarheit im Kopf, zumindest so viel, dass er seine Gedanken auf den vor ihm liegenden Arbeitstag und seinen Fall fokussieren konnte. Seine Gefühle und all das Neue, das in den letzten zehn Stunden über ihn hereingebrochen war, zu sortieren, war zum jetzigen Zeitpunkt aussichtslos. Er versuchte, es fürs Erste zu verschieben und sich auf seine dienstlichen Aufgaben zu konzentrieren. Da bewegte er sich auf vertrauterem Terrain. Beim Blick auf sein Handy stellte er fest, dass er in den letzten fünfzig Minuten mindestens vier Anrufe aus seiner Dienststelle verpasst hatte, weil das Telefon noch vom Vorabend auf »lautlos« eingestellt war. Widerwillig gab er den Code für seine Mailbox ein. Er konnte sich schon denken, was er zu hören bekäme: Variationen von »Wo stecken Sie?« (Nuria, *moderato*) über Jonas' *poco più mosso* ähnlichen Inhalts bis zu einem fulminanten *presto assai* seines Chefs, was immer der wollte. Er hatte sich in den letzten Tagen überraschenderweise aus dem Fall zumeist rausgehalten – wohl, weil die Presse in der Zwischenzeit an anderen Dingen interessiert gewesen war, als über südosteuropäische Bandenkriminalität zu spekulieren. Vielleicht hatten sich diese anderen Dinge jedoch inzwischen erledigt, und man suchte neues Futter für die hungrige Leserschaft. »Neue Entwicklungen im Team von Hauptkommissar Álvarez – ist der Leiter der Ermittlungen etwa schwul?«, schoss es Manuel durch den Kopf. Wieder brach dieser Zustand von Verwirrung über ihn herein. In seiner emotionalen Aufgewühltheit betrat er das

Präsidium, grüßte am Eingang hastig und eilte hinauf in sein Büro.

»Álvarez, wo *warst* du?«, begrüßte ihn Bargfrede erstaunt und erkennbar unter Druck. Álvarez hob die Hand.

»Sorry – total verschlafen. Hab einfach das Handy nicht gehört.« Er hängte seinen Mantel auf, während Jonas loslegte.

»Lüders hat schon nach dir gefragt.«

Álvarez konnte immer noch kaum einen klaren Gedanken fassen außer: *Ich habe tatsächlich mit einem Mann geschlafen*, unverzüglich gefolgt von: *Und ich will es wieder.*

»Hallo?«, fragte Bargfrede vorsichtig. Und Nuria stand tatsächlich hinter ihrem Rechner auf, füllte ein Glas mit Wasser und hielt es ihm hin. Álvarez starrte verdattert darauf, dann nahm er es, bedankte sich und stürzte es in einem Zug hinunter.

»Sie werden aber nicht krank, oder?«, fragte Nuria besorgt.

Álvarez merkte, dass er sich zusammenreißen und funktionieren musste.

»Nein, keine Sorge, mir geht es gut. War nur etwas spät, gestern Abend.«

»Ach so.« Sofort klang die Polizeimeisterin wieder sachlich und hatte die Angelegenheit abgehakt.

Ihr Vorgesetzter wandte sich indes Kriminalkommissar Bargfrede zu.

»Wir müssen gleich nochmal ins Krankenhaus und mit Krlić sprechen. Mach dich bitte schon mal bereit; ich gehe aber vorher noch zu Lüders und sehe zu, was der für ein Anliegen hat.«

Kriminalrat Lüders empfing den Hauptkommissar Álvarez mit einer Miene, die man in früheren Zeiten als »sauertöpfisch« bezeichnet hätte. Es war, wie vermutet, die Anfrage einer Journalistin und ihres Kollegen vom Boulevard, die Lüders im Magen quer lagen. Ohne den Druck von

Presse und Öffentlichkeit hätte Kriminalrat Lüders sich nicht im Geringsten für die Arbeit von Kriminalhauptkommissar Álvarez und seinem Team interessiert, zumal es Lüders' Ansicht nach mit Tadić nun einen südosteuropäischen Störenfried weniger in der Stadt gab. Andererseits durfte man seiner Meinung nach diesen »Balkanstrukturen« nicht die Stadt überlassen. Das kratzte an Lüders' Sinn für Recht und Ordnung. Und an seinem Ego.

»Es irritiert mich etwas, dass Sie mit Ihrem Fall immer noch nicht weiter sind«, eröffnete Álvarez' Dienstvorgesetzter die Unterhaltung.

Wie sollte man darauf reagieren? Mit »Mich auch«? Aber Álvarez wollte seinen Chef nicht unnötig reizen.

»Wir ermitteln in mehrere Richtungen«, versuchte er sich mit einer Standardfloskel aus der Affäre zu ziehen.

Lüders betrachtete ihn verdrießlich.

»Meine Güte, Álvarez, da gab es Zoff im Milieu und ein kleiner Lude musste dran glauben. Konzentrieren Sie sich lieber darauf. Der Kiez ist fest in der Hand von Strukturen aus dem Balkan. Die üblichen Verdächtigen. So schwer kann das Ermitteln doch nicht sein.«

Der Hauptkommissar hatte den Eindruck, sein Chef habe in den letzten Tagen wieder einmal zu viel Karl May gelesen. Vor seinem inneren Auge sah er sich auf einem Rappen hinter einem Mörder her galoppieren, den man den *Žut*, den »Gelben« nannte. In einem kühnen Sprung setzten beide über eine tiefe Schlucht, und der Gejagte stürzte schließlich vor seinen, Álvarez', Augen in die Tiefe, während er selbst sicher auf dem Rücken seines Pferdes auf der anderen Seite aufsetzte. Álvarez musste alle Kräfte zusammennehmen, um nicht zu grinsen, denn sonst wäre Lüders ausgeflippt. Insubordination konnte dieser gar nicht ab, und Humor hatte er auch keinen. Also wurde der Hauptkommissar wieder ernst.

»Es ist noch nicht sicher, ob tatsächlich Milieustreitigkeiten oder gar ein Bandenkonflikt den Hintergrund der Tat bilden.«

Sein Chef guckte ihn an als wolle der Hauptkommissar durch wirre Reden die Ermittlungen sabotieren. Doch Álvarez ließ sich davon nicht stören. Dass sein Chef ihn für einigermaßen bekloppt hielt, war ihm schon lange klar und eröffnete ihm eher Handlungsspielräume als ihn einzuschränken. Ist der Ruf erst ruiniert … Deswegen trug er seine Ausführungen unbeirrt vor.

»Wir können auch ein privates Motiv nicht ausschließen.«

»Ach so?«, machte Lüders unüberzeugt.

Diese Reaktion reizte wiederum den Hauptkommissar.

»Ja«, bekräftigte dieser etwas ungehalten, »der Geschädigte war zu Lebzeiten offenbar kein sehr netter Mensch«, formulierte er vorsichtig.

Sein Gegenüber rollte mit einem genervten Gesichtsausdruck die Augen.

»Was haben Sie erwartet. Er war ein Lude.«

»Nicht nur das«, bereitete Álvarez das Ausspielen seiner nächsten Karte vor, »vor allem war er auch ein Kriegsverbrecher.«

Das schien Wirkung zu zeigen. Kriminalrat Lüders äugte jetzt deutlich interessierter über seinen Schreibtisch.

»Woher wissen Sie das?«

»Internationaler Haftbefehl«, erläuterte Álvarez knapp.

»Doch ein Racheakt?«, griff Lüders seine Tage zuvor geäußerte Spekulation über Blutrache wieder auf – nicht ohne erkennbaren Triumph.

Álvarez hob die Schultern.

»Möglich. Wie gesagt – wir ermitteln in verschiedene Richtungen.«

»Haben Sie denn schon mögliche Verdächtige? Wie zum Beispiel jemanden, der durch diesen …«

»Tadić«, soufflierte der Hauptkommissar, der seinen Chef nicht auch noch durch die Namensvielfalt des Opfers verwirren wollte.

»… durch diesen Tadić in den Balkankriegen zu Schaden gekommen ist?«

Hauptkommissar Álvarez sparte sich die Mühe, seinen Vorgesetzten darüber zu belehren, dass die Konflikte, die unter der Bezeichnung *Balkankriege* in die Geschichtsschreibung eingegangen waren, bereits neunzig Jahre zurücklagen. Sie hatten von 1912 bis 1913 stattgefunden. Er dachte vielmehr darüber nach, wie er vermeiden konnte, dass sein Chef sich zu früh auf den Streetworker Krlić als Täter einschoss, was er selbst für immer weniger wahrscheinlich hielt.

»Versuchen wir gerade herauszufinden«, meinte er schließlich diplomatisch. »Wir befragen einige Zeugen mit Migrationshintergrund aus Südosteuropa.«

Sein Chef schüttelte ungnädig den Kopf.

»Immer Ärger mit diesen Gastarbeitern. Wären die bloß alle wieder zurückgegangen, nachdem sie sich hier eine goldene Nase verdient haben. Von den ganzen Asylanten ganz zu schweigen. Wennse abgelehnt werden, machense auf schwul und verfolgt.«

Manuel Álvarez erblasste. Er hätte am liebsten mit der Faust auf die Tischplatte geschlagen und diesen Rüpel auf der anderen Seite des Tisches angeschrien. Doch er biss die Zähne zusammen. Lüders hatte so geklungen, als sei die Anhörung mit diesem Statement für ihn beendet, und Manuel Álvarez wollte nicht riskieren, dass sich dieser Termin durch einen Hinweis auf seinen eigenen Migrationshintergrund weiter in die Länge zog. Von allem anderen – wovon sein Chef jedoch nichts wissen konnte – mal ganz abgesehen.

»Dann machense mal weiter. Ich erwarte aber künftig häufigere Berichte von Ihnen, klar? Sie fummeln mir da zu konfus und eigenmächtig rum.«

Álvarez musste tief durchatmen, während er aufstand und sich zum Gehen wandte. Sonst hätte er zum Abschied gegen den Stuhl getreten. Grußlos verließ er das Büro.

* * *

Jonas Bargfrede stellte keine Fragen, als sein Dienstvorgesetzter zurück ins Büro kam. Dessen Miene sprach Bände. Der junge Kriminalkommissar konnte sich vorstellen, dass der Termin seines Kollegen bei dessen Dienstvorgesetzten nicht komfortabel verlaufen war. Kriminalrat Lüders machte immer einen Heidenwind, wenn nicht unverzüglich alles und jeder zu seiner Verfügung stand. Und Álvarez hatte ihn warten lassen – ein todeswürdiges Vergehen. Bargfrede wollte die ohnehin limitierte Duldsamkeit seines Kollegen nicht unnötig strapazieren und reagierte auf Handzeichen, als Álvarez ihm signalisierte mitzukommen. Das Ziel ihres Ausflugs erfuhr er früh genug, als sie aus dem Nebeneingang des Gebäudes auf den Parkplatz traten: Klinikum, Abteilung für Allgemeinpsychiatrie.

Als Álvarez und Bargfrede schließlich im Auto saßen, piepste das Handy des Hauptkommissars zweimal. Eine SMS. Álvarez angelte in der Außentasche seines Jacketts nach seinem Telefon und warf einen Blick auf das Display.

»War wunderschön letzte Nacht :-) sehen wir uns bald?«

Manuel schoss ein warmes, prickelndes Gefühl durch den Bauch, und er spürte förmlich, wie sein Gesicht eine leichte Röte annahm. Er hoffte, dass Bargfrede neben ihm nichts bemerkte. Falls doch, so schwieg dieser taktvoll.

»Fand ich auch. Hoffe bald.«, tippte Manuel schließlich in die Tastatur. Welcher Smiley war wohl hier angemessen? Ein bloßes Lächeln schien ihm zu wenig, aber war ein Kuss nicht *too much*? Letzten Endes entschied er sich dennoch für »:-x«. Gemessen daran, was in der vergangenen Nacht zwischen ihnen geschehen war, war ein Kuss-Smiley wirklich nicht übertrieben. Er schickte die Nachricht ab, steckte das Handy wieder weg und warf einen flüchtigen Blick nach links um zu prüfen, ob Jonas was mitbekommen hatte. Der bewies, dass er in Sachen Pokerface viel dazugelernt hatte, obgleich sein Vorgesetzter heute – bei allem Respekt – aus unbekannten Gründen nicht ganz zurechnungsfähig wirkte. Als Álvarez jedoch beruhigt wieder geradeaus auf die Straße guckte, hörte er Bargfrede fragen: »Freundin?«

Nun schoss dem Kommissar wirklich die tiefe Röte ins Gesicht. Er verzichtete strafend auf eine Antwort und betrachtete das vorbeiziehende Panorama hinter der rechten Seitenscheibe. Sollte Jonas seine Indiskretion doch ruhig peinlich sein.

Eine zweite Nachricht, diesmal in Form eines Anrufes, riss den Hauptkommissar aus seinen Erinnerungen an die vergangene Nacht und aus seinen Grübeleien, die damit in Zusammenhang standen. Die nüchterne Außenwelt holte ihn ein, als eine Kollegin ihm mitteilte, dass sie endlich Tadićs Faktotum Pavao aufgetrieben hatten, und zwar in eben jener vorigen Nacht, deren Zauber gerade Manuels Gedächtnis illuminiert hatte. Pavaos Personendaten waren mit Ausnahme seines Vornamens bisher ein großes Geheimnis geblieben. Kollegen von der Streife war es allerdings schließlich gelungen, ihn an seinem Arbeitsplatz aufzuspüren und ihm nach einer Ausweiskontrolle eine freundliche Einladung des Kriminalhauptkommissars zu übermitteln. Dies mit dem beruhigenden Hinweis auf den Umstand, dass er nur als Zeuge zum kürzlichen Ableben seines bisherigen Chefs befragt werden solle. Damit hatten sie umsichtig vermeiden wollen, dass er noch vor Ablauf der Nacht stiften ging, denn es lag kein Sachverhalt vor, der eine Festnahme des ambitionierten Geschäftsnachfolgers gerechtfertigt hätte. Álvarez presste die Lippen aufeinander. Hoffentlich war das gut gegangen!

»Für wann habt ihr ihn einbestellt?«, fragte er die Kollegin.

»Dreizehn Uhr. Sie sind ja noch unterwegs, und wir wollten den Nachtarbeiter nicht unnötig verdrießen. Dann kann er ausschlafen und ist hoffentlich besser drauf.«

Der Ermittler musste grinsen.

»Kluge Idee. Ich hoffe, wir sind rechtzeitig zurück. Falls nicht, bewirtet ihn bitte freundlich mit einem belebenden Heißgetränk, damit er bei Laune bleibt. Zumindest bis zum Beginn der Befragung.«

Sie verabschiedeten sich, und Álvarez setzte Bargfrede von dem Erfolg der Kollegen in Kenntnis.

* * *

Als der immer noch sichtlich angeschlagene Sozialarbeiter eine knappe Viertelstunde später vor ihm saß, überlegte Álvarez einen kurzen Moment lang, ob es angemessen wäre, sich zur Einleitung des Gesprächs bei seinem Gegenüber nach dessen Befindlichkeit zu erkunden. Er war sich wirklich nicht sicher, denn in Anbetracht seines Zustandes könnte Krlić die Frage des Kommissars als blanken Hohn verstehen und sich in der Folge entsprechend wenig kooperativ verhalten. Deswegen, und auch, um die Angelegenheit so kurz wie möglich zu halten, verzichtete Álvarez auf diese für ihn fragwürdige Form von Small Talk.

»Herr Krlić«, begann er, »wir haben von Ihnen sehr viel erfahren, was uns geholfen hat, den Hintergrund der Ereignisse besser einschätzen zu können. Dafür möchte ich mich bei Ihnen bedanken.« Besser, dachte Álvarez. Dank statt missverständlichem Ausdruck von Mitgefühl. »Was wir allerdings noch unbedingt klären müssen, ist das, was schlussendlich passiert ist und den Tod von Herrn Tadić unmittelbar herbeigeführt hat.«

Das Gesicht des Sozialarbeiters nahm unverzüglich wieder einen gepeinigten Ausdruck an. Der Kommissar konnte verstehen, dass es fast schon sadistisch war, Krlić immer wieder mit den Ereignissen vom 24. Februar zu konfrontieren. Aber immerhin war er, wenn möglicherweise nicht der Täter, dann doch zumindest der wohl einzige Tatzeuge. Es konnte auch in seinem Interesse sein, wenn sie Tadićs Mörder so schnell wie möglich aus dem Verkehr zogen. Denn es war nicht völlig undenkbar, dass dieser sich eines Besseren besinnen und den einzigen Zeugen vielleicht doch noch mundtot machen würde. Álvarez überlegte, ob er den Streetworker mit dieser Möglichkeit konfrontieren sollte, um ihn zum Reden zu bringen. Aber fürs Erste verzichtete er darauf, ihm Angst zu machen, und versuchte einen sanfteren Weg.

»Zlatan Tadić hat also schließlich auf Sie geschossen und Sie an der Schulter verletzt«, nahm er den Faden wieder auf, den er am Montagnachmittag hatte hängen lassen müssen.

Krlić nickte müde.

»Aber das Bewusstsein haben Sie dadurch nicht verloren.« Vielleicht waren Feststellungen momentan das beste Mittel, um Krlić zu aufschlussreichen Reaktionen zu motivieren, auch wenn es verhörtechnisch eine fragwürdige Methode war, weil sie Sachverhalte suggerierte statt zu erheben.

Der Befragte schüttelte langsam den Kopf.

»Haben Sie eine Vermutung, warum Tadić Sie nicht tödlich getroffen hat? Immerhin war er ja ein erfahrener Schütze, Sie konnten sich kaum bewegen, und die Distanz war nicht sehr groß.«

Dem Ermittler schien es, als setze sich Krlić innerlich nun endlich in Bewegung.

»Er selbst wurde ja auch getroffen.«

Aha.

»Im selben Moment?«

Krlić nickte. Wenn er die Wahrheit sagte, war er aus dem Schneider, denn bislang hatte er nichts davon erwähnt, dass

Tadić oder jemand anderes ihn zuvor wieder losgebunden hatte.

»Es gab also zwei Schüsse?«

Nicken.

»Und Sie waren aber noch gefesselt.«

War er.

»Und bei Bewusstsein?«

»Mehr oder weniger.«

»Aber doch immerhin so weit, dass Sie mitbekommen haben, was sich sonst alles im Raum abgespielt hat. Ob eine weitere Person anwesend war. Vielleicht auch, ob Tadić bereits zu diesem Zeitpunkt oder erst später zu Tode gekommen ist.«

»Das weiß ich nicht. Er wurde von einem Schuss getroffen und fiel um, aber ich konnte seine Vitalwerte nicht überprüfen. Ich war ja noch gefesselt.«

Diesmal nickte Álvarez. Immerhin mal eine kohärente Aussage des ehemaligen Arztes.

»Konnten Sie erkennen, wer den Schuss auf Tadić abgegeben hatte?«

Krlić schüttelte den Kopf.

»Jemand auf der Treppe«, murmelte er energielos.

Der Ermittler wartete eine Weile, ob der Streetworker seine Auskunft vielleicht noch präzisieren würde. Tat er aber nicht. Deswegen stieß Álvarez als Verlierer in diesem Gedulddduell ihn verbal an.

»Jemand.«

Eine Reaktion blieb aus.

»Einer von Tadićs Hilfskräften, der nicht vielleicht doch zurückgekehrt ist?« Da Álvarez sich diesen Pavao zeitnah vorknöpfen würde, war eine Auskunft des Streetworkers in dieser Sache von großer Wichtigkeit. Er wartete ungeduldig, dass sein Gegenüber sein träges Schweigen endlich mal überwinden würde und entschloss sich nun doch, etwas mehr Druck auszuüben.

»Herr Krlić, ich möchte eine Antwort. Es sei denn, Sie möchten wegen Behinderung der Ermittlungen drangekriegt werden. Davon rate ich Ihnen jedoch ab.«

Er beobachtete, wie Krlić seinen Kiefer aufeinanderpresste und dass der Stationsarzt, der bis dahin schweigend dabeigesessen hatte, Luft holte, um etwas zu sagen. Der Ermittler bat ihn durch einen Blick zu schweigen, und der Mediziner gab mit etwas unzufriedener Miene nach. Álvarez' Taktik schien erfolgreich.

»Ich kannte den nicht. Wirklich nicht. Ich hab den noch nie gesehen«, presste der Sozialarbeiter schließlich hervor.

Wenn das stimmte, waren Manni und Pavao wohl aus dem Schneider, denn sie hatten Krlić ja am Bauzaun in Empfang genommen. Aber Álvarez gab sich nicht so schnell geschlagen.

»Da sind Sie sich ganz sicher?«

Krlić nickte. Dann – endlich – kam eine Information, mit der man vielleicht etwas anfangen konnte.

»War aber auch jemand von … da unten. Er sprach Serbokroatisch mit ihm.«

»Hat er ihn mit Namen angesprochen?« Diese Information war wichtig, weil Álvarez daraus schließen konnte, ob der Neuankömmling den Zuhälter erst unter seinem neuen Namen hier in Deutschland kennengelernt hatte oder bereits unter seiner eigentlichen Identität im damaligen Jugoslawien. Das wiederum hätte einen Hinweis auf das Motiv liefern können – ob es um Rache für früher oder um gegenwärtige Streitigkeiten im Milieu gegangen war.

Der Sozialarbeiter schüttelte den Kopf. *Schade*, dachte Álvarez genervt. Und während er noch fieberhaft überlegte, wie er einen neuen Ansatz finden konnte, begann Krlić von ganz alleine zu erzählen.

SONNTAG, 24. FEBRUAR, GEGEN ABEND

Matej spürte einen Schlag und dann, mit etwas Verzögerung, das vertraute Gefühl, wie sich der Schmerz ausbreitete. Die Fesseln hinderten seinen Körper allerdings daran, nach vorne zu kippen. Nur halb bei Bewusstsein schaffte er es, sich zu wundern, dass er nicht nach unten zusammensackte. Was war los? Irgendwas stimmte nicht mit der Welt. Als wäre es eine Halluzination, lag auf einmal der Körper eines Mannes vor ihm auf dem Boden. Matej war geneigt, an eine *Out-of-body*-Erfahrung zu glauben und sich selbst beim Sterben zuzusehen, aber es gab Evidenzen, die dagegensprachen. Auch die Zeit schien verrückt zu spielen. Hatte er nicht eben eine Stimme gehört, die Serbokroatisch gesprochen hatte, die offizielle Verständigungssprache eines Landes, das nicht mehr existierte?

Jetzt trat jemand auf ihn zu und betrachtete ihn eine Weile, eine Waffe in der Hand. Das war definitiv nicht Tadić, denn – wie Matej langsam klar wurde – es war dessen Körper, der da leblos auf dem Boden des feuchtkalten Raumes lag. Er warf der Gestalt, die ihm gegenüberstand, einen panischen Blick zu. Er verstand überhaupt nichts mehr.

Die Gestalt betrachtete auch ihn eine Weile, dann bückte sie sich und schnitt Matejs Fußfesseln mit einem Taschenmesser durch. Sie richtete sich wieder auf, und bevor sie auch Matejs Handgelenke befreite, sagte sie: »Wenn du quatschst, finde ich dich überall. Den da«, die Gestalt wies auf Tadićs Körper, »habe ich auch gefunden.«

Matej nickte, richtete sich mühsam wieder auf und taumelte davon, die Treppe hinauf, in die eisige Abendluft. Es begann wieder zu regnen.

DONNERSTAG, 7. MÄRZ, VORMITTAGS

»Gesehen haben Sie also jemanden.« Diese Feststellung war im Grunde redundant, denn wer sonst hätte den Streetworker an besagtem Abend noch finden und losbinden sollen, wenn nicht der ominöse Dritte Mann.

Krlić nickte und wiederholte: »Aber gekannt habe ich ihn nicht.«

Álvarez bemühte sich, Ruhe zu bewahren. Dass die Kommunikation mit Krlić eine starke Tendenz zur Zirkularität aufwies, hatte er schon früher festgestellt. Diese Art von Hinhaltetaktik machte ihn wahnsinnig.

»Er hat Sie also losgebunden?«

Erneutes Nicken.

»Und einfach so gehen lassen?« Man musste ihm wirklich jede Kleinigkeit aus der Nase ziehen.

Wieder presste Krlić die Zähne zusammen, dann räumte er ein: »Ich war mir sicher, er würde mich beseitigen. Ich verstehe bis heute nicht, warum er mich laufengelassen hat. Aber er hat mich ja auch gewarnt. Ich hab gemacht, dass ich wegkam, damit er es sich nicht noch anders überlegt.«

Man merkte dem Mann an, dass er nach wie vor eine Scheißangst hatte. Verständlich bei einer solchen Drohung. Er stand emotional sehr unter Druck, und Álvarez nutzte diesen Umstand, indem er übergangslos weiter fragte.

»Können Sie den Mann denn beschreiben?«

Krlić zögerte mit einer Antwort und wirkte unentschlossen.

Deswegen setzte Álvarez nach:

»Ich verstehe, dass Sie befürchten, von Tadićs Mörder bedroht zu werden. Er hat sich ja offenbar klar ausgedrückt. Aber wenn wir ihn fassen, ist er auch für Sie keine Gefahr mehr. Davon abgesehen wird er von uns nicht erfahren, dass Sie uns geholfen haben.«

Mit der letzten Behauptung hatte der Ermittler sich weit aus dem Fenster gelehnt, das war allen Anwesenden klar, aber er brauchte die Täterbeschreibung von Krlić unbedingt. Dieser fügte sich schließlich darein.

»Mittelgroß. Oder eher etwas kleiner. Kräftig. Also – nicht im Sinne von dick, sondern wie jemand, der seinen Körper viel benutzt.«

»Gut trainiert, meinen Sie?«, half Bargfrede nach, doch Krlić wirkte unschlüssig.

»Jaaa – eher für körperliche Arbeit. Er hatte schon etwas Bauch.«

»Wie alt war er denn ungefähr?«, versuchte Álvarez, einen anderen Beschreibungsparameter ins Spiel zu bringen.

»Schwer zu sagen«, meinte Krlić zögerlich. Seine Stimme hatte ganz allgemein in den letzten Minuten an Festigkeit verloren, man merkte ihm seine seelische Erschöpfung an. Auch der Stationsarzt signalisierte durch ein entschlossenes Räuspern, dass er kurz davorstand, die Unterhaltung zu beenden. Jonas Bargfrede warf ihm einen bittenden Blick zu.

»War es ein eher junger Mann, so zwischen zwanzig und vierzig, oder darüber?«, versuchte der Kommissar dem Streetworker auf die Sprünge zu helfen.

»Älter, denke ich«, mutmaßte dieser und fügte von sich aus hinzu: »Wenige Haare. Oder so kurz geschoren, dass sie nach wenig aussahen. Farbe konnte ich nicht erkennen. Und sein Kopf war eher rund.« Mehr konnte man von Krlić nicht erwarten. Bargfrede bemerkte, dass das T-Shirt des Sozialarbeiters an dessen Körper klebte. Der Mann war durch. Jonas blickte seinen Chef fragend an, und dieser schien zur selben Einsicht gelangt zu sein. Er bedankte sich höflich bei Krlić und seinem Arzt, und die beiden Ermittler erhoben sich. Der Arzt geleitete sie zum Ausgang der Station und erkundigte sich mit deutlich erkennbarer Autorität: »Wird sich das noch oft wiederholen? Wir würden dem Patienten gerne die Chance geben, sich zu stabilisieren.«

Álvarez nahm ihm weder seine Bemerkung noch den gespannten Tonfall übel, entgegnete dem Arzt aber: »Wir werden noch jemanden vorbeischicken, um nach Herrn Krlićs Angaben eine Täterskizze anfertigen zu lassen. Und das Protokoll seiner Aussage wird er auch noch unterschreiben müssen. Aber damit wird die Sache für ihn erstmal abgeschlossen sein.«

Er hatte Krlić als möglichen Täter inzwischen nicht mehr ernsthaft auf dem Zettel. Gut, er hatte eines der besten Motive, die man sich denken konnte. Im Grunde dasselbe Motiv wie Tadić für seinen Rachefeldzug: die Auslöschung seiner gesamten Familie. Aber in Anbetracht der misslichen Lage, in der sich der Sozialarbeiter am Tatabend befunden hatte – und sein Bericht wurde durch die Befunde der Kriminaltechnik gestützt – erschloss sich dem Kommissar kein plausibles Szenario, in dem dieser Überlebende der Kriegsgräuel den anderen hätte erschießen können. Dazu hätte Krlić noch zu Lebzeiten Tadićs losgeschnitten werden müssen, um dann bewaffnet zu werden und Tadić schließlich ohne dessen Gegenwehr im Abgang von der Treppe aus umzulegen. Als Tathergang höchst unwahrscheinlich, denn es hätte wohl des Zutuns von mehr als nur einer dritten Person bedurft: Das spätere Mordopfer hätte ruhiggestellt werden müssen, solange sich jemand um Krlić kümmerte. Insofern hielt der Hauptkommissar den Bericht des Streetworkers für die am ehesten einleuchtende Darstellung, zumindest in deren letzter Version.

Im Verlauf dieser Überlegungen, die dem Hauptkommissar auf der Rückfahrt von der Klinik ins Präsidium durch den Kopf gingen, ließ sich schließlich Jonas Bargfrede vernehmen.

»Schlimm.«

Álvarez wurde aus seinen Gedanken gerissen und warf seinem am Steuer sitzenden Kollegen einen fragenden Blick zu.

»Was?«

»Was die Menschen einander so alles angetan haben, damals in Jugoslawien«, fügte der Jüngere erläuternd hinzu.

»Mmh«, machte Álvarez zustimmend und dachte: *Das Gleiche, was Menschen sich zu allen Zeiten angetan haben.* Aber er wollte den jungen Kollegen nicht vor der Zeit verbittern lassen, deswegen schwieg er.

DONNERSTAG, 7. MÄRZ 2002, GEGEN 13:15 UHR

In einem Befragungsraum des Polizeipräsidiums wartete bereits Pavao Tukša, einigermaßen brav vor seiner Kaffeetasse und einem Glas Wasser sitzend. Die Kollegen hatten sich Mühe gegeben. Um die Geduld des umtriebigen Geschäftsmannes zu honorieren, entschuldigte sich Hauptkommissar Álvarez beim Eintreten in den Befragungsraum erst einmal, dass er ihn hatte warten lassen.

»Wir mussten noch einen Verdächtigen befragen«, erläuterte er, um den Mann in Sicherheit zu wiegen, dass er nicht als solcher vernommen würde. Es wirkte.

»Wenn Sie ihn haben, sagen Sie es mir«, brummte Tadićs unglückseliger Personenschützer.

So weit würde Álvarez ihm allerdings nicht entgegenkommen, deswegen ließ er Pavaos Wunsch unkommentiert.

»Herr Tukša«, begann er übergangslos das Gespräch, »wir wären Ihnen dankbar, wenn Sie uns den Ablauf der Ereignisse am späten Nachmittag des 24. Februar aus Ihrer Sicht schildern könnten. Das war der Tag, an dem Ihr … Bekannter Zlatan Tadić zu Tode gekommen ist.«

Pavao nickte kooperativ.

»Er hatte einen Typ« – er sprach es *Tiip* aus – »zu der Baustelle von dem neuen Hochhaus bestellt. Wir sind zusammen hingefahren. Zlatan wollte im Keller auf den Typ warten, ich sollte ihn aber am Zaun einfangen« – er meinte wohl *empfangen*.

»Waren Sie allein am Zaun?«, fragte Álvarez.

Etwas widerwillig schüttelte Pavao den Kopf. In seinen Kreisen verpfiff man einander nicht.

»Kollege war auch da.«

Álvarez musste nicht einmal nachfragen, um dem Mann den Namen seines Begleiters zu entlocken. Es reichte ein ungeduldiges Wackeln mit dem Stift, den der Kommissar in der Hand hielt, um sich ergänzend zu der Tonaufnahme ab und an Notizen zu machen. Pavao war gewitzt genug, die Geste des Kommissars zu verstehen. Wahrscheinlich arbeitete man in seiner Branche mit den gleichen Tricks.

»Manni«, sagte er daher nur kurz.

Álvarez nickte anerkennend. Zur Belohnung verschob er die Frage nach dessen Nachnamen und gewohnheitsmäßigem Aufenthaltsort auf später. Falls dieser Manni den Kollegen vor Ort nicht ohnehin bekannt war. Wahrscheinlich aber würden sie dessen Aussage gar nicht mehr brauchen. Es sei denn, Manni sprach fließend serbokroatisch, wie es der mutmaßliche Täter Krlić zufolge getan hatte.

»Sie und Manni haben Tadićs Besucher also oben am Zaun erwartet?«, fasste der Kommissar Pavaos bisherigen Bericht zusammen.

Pavao nickte.

»Wie spät war es da? So ungefähr?«

»Fünf«, kam es knapp über den Tisch.

»Wussten Sie, warum sich Tadić mit diesem Mann treffen wollte?«

Ein kurzes, trockenes Lachen ertönte.

»Klar. Der wollte uns die Jasna abspenstig machen. Zlatan war nicht begeistert, wenn man seine Nutten klaute.«

»Hm«, machte Álvarez, »kannten Sie den Mann?«

»Krlić? Klar. Einer von diesen Typen, die glauben, sie können allen helfen. Aber sie stören nur die Geschäfte. Das hilft keinem.«

So konnte man die Dinge natürlich auch sehen. Der Bürger der ehemaligen Sozialistischen Bundesrepublik Jugoslawien war ganz offensichtlich schnell und unproblematisch im Kapitalismus angekommen.

»Und dieser Krlić ist dann tatsächlich auch gekommen?«

Pavao nickte desinteressiert. Álvarez konnte nicht erkennen, ob es dem Mann bereits zur Kenntnis gelangt war, dass die Ermittler Krlić längst in der Mache hatten.

»War sogar pünktlich. Wir haben ihn am Zaun getroffen und zu Zlatan gebracht.«

»Würden Sie uns erzählen, was dann geschah? Wir versuchen noch, den Tathergang zu rekonstruieren, da ist jedes Detail wichtig«, bemühte sich Álvarez, dem Selbstbewusstsein des Mannes zu schmeicheln. Das gelang. Mit einem überlegenen Lächeln spulte Pavao seinen Bericht ab, der sich im Wesentlichen mit Krlićs Darstellung der Ereignisse deckte.

»Sind Sie später noch einmal zu dem Rohbau zurückgekehrt?«, fragte ihn Álvarez, nachdem sein Gegenüber seinen Bericht damit beendet hatte, dass er und Manni durch den Starkregen zurück auf ihren Kiez getrabt waren. Zu Fuß, weil Tadić das Auto später selbst brauchen würde. Der verdrießliche Fachmann für Befriedung des Kiezes schüttelte auf die Frage des Ermittlers hin den Kopf.

»Ich musste noch arbeiten. Bei den Mädels vorbeischauen und so. Dass es ihnen auch gut geht, ne?«

Übertreib's nicht, dachte Álvarez genervt und konnte sich nicht verkneifen, Tadićs Schutzmann einen einzuschenken: »Und Ihren Chef haben Sie da draußen mit Krlić alleingelassen?«

Nun reagierte hinwiederum Pavao eher ungehalten.

»Der Typ war ja schließlich gefesselt. Und Zlatan hatte eine Waffe«, meinte er abschätzig.

»Ach ja?«, machte Álvarez, als sei ihm diese Information neu.

Pavao schien sich nicht ganz klar darüber zu sein, ob diese Auskunft, die ihm offenbar unkontrolliert entschlüpft war, jetzt gut oder schlecht für ihn war. Er rettete sich in Überheblichkeit.

»Klar. Der war doch nicht blöd.«

»Hatte er denn von Krlić etwas zu befürchten?«, fragte Álvarez mit gespielter Verwunderung.

Pavao betrachtete ihn skeptisch. Dann schien er aber zu beschließen, die Karten auf den Tisch zu legen, damit er am Ende nicht noch selbst in Verdacht geriet.

»Offen gesagt, ich glaube, die kannten sich schon länger. Das hab ich aber erst unten im Keller gemerkt. Ich meine, der Chef hat, hatte natürlich immer 'ne Waffe dabei, wenn er sich mit wem traf, der ihm in die Quere kam. Aber bei diesem Krlić – naja, der war nicht wirklich gefährlich. Erst als der Zlatan ihn sich genau angesehen hat, wurde es komisch.«

»Was meinen Sie mit ›komisch‹?«, wollte Álvarez es genauer wissen.

»Na, das schien eben, als ob er den auf einmal gekannt hat. Die hatten sich auf dem Kiez noch nie gesehen, deswegen sollten Manni und ich den Krlić ja für Zlatan aufgabeln, weil wir den ja schon ab und zu getroffen hatten. Der Chef selber aber nicht. Er hat ihn echt erst an dem Abend getroffen. Und irgendwas war da zwischen denen. Ich glaube, deswegen hat Zlatan uns auch weggeschickt. Das wollte er wohl mit diesem Krlić allein ausmachen.«

»Sie haben aber keine Idee, was die beiden möglicherweise verbunden hat?« Der Ermittler war wild entschlossen, aus Pavaos spontaner Redseligkeit das Maximum herauszuholen. Dieser ließ wieder sein unangenehm trockenes Lachen ertönen.

»Verbunden…! Eher getrennt. Den Zlatan hab ich noch nie so gesehen. Dem ist voll das Gesicht runtergefallen, wie man sagt. Der schien voll den Brast auf Krlić zu haben. Keine Ahnung. Vielleicht was von früher, als die noch unten waren.« Damit meinte er wohl das Herkunftsland scheinbar aller in diesen Fall Involvierten. Beziehungsweise die jetzigen Herkunftsländer im Plural. Deswegen erkundigte sich Álvarez:

»Wie lange kennen Sie Tadić denn schon?«

Pavao überlegte kurz.

»Zwei Jahre vielleicht. Davor hab ich bei 'ner Sicherheitsfirma gearbeitet. Aber Zlatan zahlte besser.«

Also keine langjährige Waffenbruderschaft, wenn das stimmte. Ohnehin konnte Álvarez nicht beurteilen, ob Tukša und sein verblichener Chef denselben nationalen Hintergrund hatten. Der Ermittler ließ sich der Vollständigkeit halber noch die Personendaten von Kollege Manni geben, sofern sie Pavao bekannt waren. Dann wollte er ihn eigentlich gehen lassen, als ihm noch ein Gedanke durch den Kopf schoss.

»Herr Tukša, mit einer Information könnten Sie uns noch helfen. Wir haben hier ein paar Fotos von Personen, auf die wir im Verlauf unserer Ermittlungen gestoßen sind. Wären Sie so nett uns zu sagen, ob Sie jemanden davon kennen?«

Pavao zuckte gleichgültig mit den Achseln zum Zeichen, dass er nichts dagegen einzuwenden hatte.

Álvarez bat Jonas, dem ehemaligen Personenschützer die Fotos der anderen Zeugen nach und nach vorzulegen. Er selbst beobachtete Pavaos Gesichtsausdruck scharf. Bei Jozef Vuk runzelte Tukša die Stirn. Der Kommissar grätschte sofort dazwischen und signalisierte Jonas mit der Hand, er möge die Präsentation unterbrechen.

»Den haben Sie schon mal gesehen?«, fragte Álvarez.

Pavao nickte.

»Stammkunde. Bei drei von unseren Mädchen.«

»Würden Sie uns sagen, bei welchen?«

Tukša zählte brav die Vornamen auf.

»Gab es mit diesem Kunden mal Ärger?«, wollte der Ermittler noch wissen.

Sein Gegenüber schüttelte den Kopf.

»Nie. Hat die Mädchen anständig behandelt, immer bezahlt, keinen Stress gemacht.«

»Wissen Sie, ob er und Tadić einander kannten?«

Erneutes Kopfschütteln.

»Keine Ahnung. Glaub nicht. Zlatan hat sich um die Freier nicht gekümmert, solange alles korrekt ablief und sie keinen Ärger gemacht haben. Dafür hat er auch uns gehabt, den Manni und mich.«

Álvarez nickte, fast ein wenig enttäuscht. Wahrscheinlich war also auch Vuk eine tote Fährte, solange er nicht ebenfalls Ambitionen auf ein neues Leben mit Jasna oder einer ihrer Kolleginnen hatte.

»Na gut, machen wir weiter.«

Er beobachtete, wie angesichts eines weiteren Fotos ein nahezu unmerkliches Zucken über Pavaos Gesicht lief. Der aber hatte sich sofort wieder im Griff. Álvarez warf eilig einen Blick auf das Foto, das diese Reaktion ausgelöst hatte. Er wartete jedoch ab, bis Bargfrede mit allen Bildern durch war. Erst dann fragte er lauernd:

»Sonst kannten Sie niemanden?«

Pavao schüttelte bemüht lässig den Kopf, aber es war zu erkennen, dass diese Geste nicht ganz der Wahrheit entsprach. Der Kommissar beschloss, ihn nicht unter Druck zu setzen, denn er wollte es vermeiden, dass Pavao die auf dem Foto abgebildete Person in Unruhe versetzte, sobald er das Präsidium verlassen hatte. Die Herrschaften sollten sich ruhig in Sicherheit wiegen. Deswegen entließ Álvarez den hoffnungsvollen Kiezkönigsaspiranten in vermeintlichen Gnaden.

»Sie haben uns trotzdem sehr geholfen, vielen Dank. Vielleicht werden wir später noch die ein oder andere Auskunft von Ihnen benötigen, deswegen würde ich Sie bitten, uns für alle Fälle Ihre Handynummer zu geben.«

Das schien Pavao zwar nicht ganz so gut zu gefallen, aber er lenkte ein. Er war wohl froh, dass die Angelegenheit für ihn letzten Endes glimpflich ausgegangen war.

* * *

Nachdem die Befragung Pavao Tukšas abgeschlossen war, machte der Hauptkommissar sich auf den Weg, um der zuständigen Staatsanwältin Bericht zu erstatten. Im Unterschied zu seinem Chef, Kriminalrat Lüders, schätzte Álvarez Staatsanwältin Christine Dahlberg, weil sie stets sachlich und unaufgeregt blieb. Er hoffte, dass auch ihrer Einschätzung zufolge genug Verdachtsmomente vorlagen, um Ratka Jovanović wegen ihres schwunghaften Handels mit jungen Frauen, deren Notlage sie ausnutzte, aus dem Arrest direkt in die U-Haft zu überführen. Die Liste ihrer Gesetzesverstöße war, wie stets in solchen Fällen, nicht gerade kurz und der Hauptvorwurf erheblich. Aber Álvarez wusste, dass für Dahlberg als Juristin nur die belastbaren Fakten zählten, und für diese mussten konkrete Belege vorweisbar sein. Außer den Pässen im Tresor der Jovanovićs und Jasnas Zeugenaussage hatte er da wenig zu bieten, weil Ratka Jovanović nach wie vor kein Geständnis abgelegt hatte.

Von Ratka Jovanović als Beifang zu seinem eigentlichen Fall mal abgesehen, schien es unwahrscheinlich, dass die Frau etwas mit dem Tod des Neffen ihres Mannes zu tun hatte. Fast bedauerte Álvarez dies. Jemanden wie Ratka Jovanović hätte er gerne für viele Jahre unter Verschluss gesehen, damit sie keinen weiteren Schaden anrichten konnte. Im Vergleich zu ihrem unheilvollen Wirken nahm sich das Betrugsvergehen ihres Mannes fast wie ein Kavaliersdelikt aus, auch wenn dem Kriminalhauptkommissar klar war, dass solche Abwägungen vor dem Gesetz nicht von Belang waren. Er hoffte allerdings, dass die Inhaftierung wenigstens einer der beiden Eheleute Jovanović den anderen davon abhalten würde, sich ins Ausland abzusetzen, und die Beweislage in Bezug auf Marko Jovanović war eindeutig stabiler als die Beweislast gegen seine Frau. Ob sie allerdings ausreichte, um Marko Jovanović zumindest so lange festzusetzen, bis die Ermittlungen der zuständigen Kolleginnen und Kollegen gegen dessen Frau abgeschlossen wären, war fraglich. Vielleicht konnte eine Klage seitens Stefan Kohlruschs als dem durch Markos Betrug Geschädigten der Sache dienlich sein. Álvarez nahm sich vor, den lokalen Geschäftsführer der *GropeBau* gleich nach seinem Termin bei Frau Dahlberg anzurufen. Es bestand ja zudem nach wie vor die Möglichkeit, dass Kohlrusch in seinem Begehren nach Jasna und einer künftigen Lebensgemeinschaft mit ihr beschlossen hatte, die Dinge selbst in die Hand zu nehmen. Allerdings nahm der Geschäftsmann auf Álvarez' Liste der Tatverdächtigen keinen der oberen Plätze mehr ein. Nach dem Gespräch mit Pavao Tukša hatte er jemand anderen ins Auge gefasst.

Zu seiner großen Erleichterung beurteilte die Staatsanwältin die Sachlage in Bezug auf Ratka Jovanović so, wie Álvarez es sich erhofft hatte. Der Hauptkommissar war heilfroh, dass sie seine argumentative Rechtfertigung der U-Haft für die mutmaßliche Mädchenhändlerin nicht allzu sehr strapazierte, denn er merkte die Folgen des Schlafmangels in der vorigen Nacht mittlerweile deutlich. Zwei schlaflose Nächte pro Woche waren für seine Altersklasse eindeutig zu viel, so angenehm sie auch gewesen waren. Eigentlich hatte er sich vorgenommen, Stefan Kohlrusch noch ein paar Fragen zu stellen. Für ein zielführendes Gespräch mit dem schwer verliebten, aber intelligenten Geschäftsmann jedoch hätte der Hauptkommissar einen klaren Kopf gebraucht, und davon konnte vor lauter eigener Liebesverwirrtheit und Übermüdung heute keine Rede mehr sein. Er beschloss daher, das Ganze auf den nächsten Tag zu verschieben. Der Typ würde ihm nicht davonlaufen, und den Ermittlungen wäre es sicherlich zuträglicher, mit Rücksicht auf seine eigene Verfassung Feierabend zu machen.

Álvarez war gerade dabei, sein Dienstzimmer zu verlassen, als sein Handy klingelte. Die angezeigte Nummer sagte ihm zunächst nichts, aber nachdem er sich gemeldet hatte, hörte er am anderen Ende die Stimme des ungewohnt beunruhigten Stefan Kohlrusch.

»Bearbeiten Sie auch Vermisstenfälle?«, kam dieser ohne große Einleitung zur Sache.

»Ich nicht. In solchen Angelegenheiten ist eine andere Abteilung zuständig«, erwiderte der Hauptkommissar. Er wartete ab, was Kohlrusch wohl vorbringen würde. Nach einem kurzen Moment fuhr dieser fort: »Jasna ist verschwunden.«

Auch Álvarez ließ sich ein paar Sekunden Zeit. Dann entgegnete er: »Machen Sie sich keine Sorgen. Wir haben sie untergebracht.«

»Verhaftet??« Die Stimme des Geschäftsmanns, der sich sonst so abgeklärt gab, klang geradezu entsetzt.

Álvarez betrachtete sich nicht wirklich als Sadisten, aber in Anbetracht des bisherigen Verlaufs der Ermittlungen ließ er den anderen trotzdem kurz zappeln, bevor er ihn erlöste.

»Nein, nicht verhaftet. Sie ist an einem sicheren Ort, denn wir brauchen sie noch als Zeugin für unsere Ermittlungen.«

»Gott sei Dank«, atmete Kohlrusch erleichtert auf, obgleich er auf Álvarez bislang keinen sehr gottesfürchtigen Eindruck gemacht hatte.

Der Eindruck, den Álvarez von ihm mittlerweile hatte, war vielmehr der eines blind verliebten Mannes, der vor lauter Verliebtheit den Kopf verloren hatte. Und dafür hatte er momentan großes Verständnis. Dennoch musste er sichergehen, dass dieser verliebte Mann nicht versucht hatte, seinem privaten Glück tatkräftig nachzuhelfen. Er überlegte fieberhaft, wie er diese Angelegenheit mit geringem Aufwand klären konnte, und hatte eine Idee.

»Herr Kohlrusch, Sie haben ja eine beeindruckend schnelle Karriere gemacht«, begann er und brachte seinen Gesprächspartner mit diesem abrupten Themenwechsel offenbar völlig aus dem Konzept. Das war gut.

»Äh, ja?«, stotterte Kohlrusch konfus.

Álvarez behielt die Ruhe.

»Ich habe mich gefragt, wann Sie denn zwischendrin Ihren Wehrdienst geleistet haben.« Mit dieser für den Geschäftsmann unerwarteten Frage wollte der Ermittler herausfinden, ob Kohlrusch im Umgang mit Waffen vertraut war. Diesem verschlug es für einen kurzen Augenblick die Sprache. Dann fing er sich und antwortete: »Gar nicht. Ich wurde ausgemustert.«

»Ach«, machte Álvarez und fragte interessiert: »Warum? Wenn ich fragen darf.«

»Kein Geheimnis«, erwiderte Kohlrusch leichthin, »ich bin nachtblind. Schon bei diffuser Beleuchtung sehe ich fast nichts mehr.«

Álvarez war aufrichtig verblüfft. Wenn Kohlrusch nicht log, war er damit wohl aus dem Schneider. Auf der Kellertreppe am Tatort war es zur Tatzeit trotz Tadićs Funzel viel zu dunkel gewesen, als dass jemand mit Hemeralopie zielsicher auf den Zuhälter hätte schießen können. Und dass der tödliche Treffer kein Zufall gewesen war, hatte die KTU ergeben.

»Warum?«, unterbrach Kohlrusch den Gedankengang des Kommissars.

»Wie hell muss es denn sein, damit Sie noch was erkennen können?«, fragte Álvarez, um sich zu vergewissern.

»Mehr oder weniger taghell. Abends in der Stadt muss es schon viel Leuchtreklame und starke Laternen geben, damit ich nicht vor die Wand laufe«, gab Kohlrusch Auskunft. Er schien wieder etwas an Selbstsicherheit zu gewinnen.

»Und was ist mit Kellerbeleuchtung? Eine Lampe mit, sagen wir, vierzig bis sechzig Watt?«, hakte Álvarez nach.

Kohlrusch lachte kurz.

»Vergessen Sie's. Mit einem Quadratmeter Grundfläche vielleicht.«

Das Gelass am Tatort war definitiv größer gewesen. Der Mann war raus. *Na gut* – Kriminalhauptkommissar Álvarez beugte sich den unbestreitbaren Fakten. Einen Kandidaten hatte er ja noch auf dem Zettel, und dem würde er sich morgen widmen. Der Ermittler bedankte sich höflich bei Stefan Kohlrusch, der am anderen Ende wahrscheinlich verdattert den Kopf schüttelte. Und wie sich die Romanze des Geschäftsmanns mit Jasna in Zukunft entwickeln würde, interessierte Álvarez nicht ernsthaft.

* * *

Auf dem Nachhauseweg schlug der zu lösende Fall in seinem Gehirn eine Schlacht gegen die Ereignisse der letzten Nacht. Letztere trugen den Sieg davon und übernahmen unverzüglich die Macht über Álvarez' Gedanken. War er jetzt etwa schwul? Mit Betonung auf »jetzt«?

Konnte man im Verlauf eines Lebens auf einmal und einfach so die sexuelle Orientierung ändern? Schließlich war er ja in den letzten Jahren immer wieder mal mit Frauen liiert gewesen. Wenngleich nie sehr lang. Und was waren das für Beziehungen gewesen: geprägt von Unsicherheit und Schuldgefühlen seinerseits. Mit Yaakov war alles so leicht gewesen, nachdem er den Sprung ins kalte Wasser gewagt hatte. Und so schön. Es hatte sich richtig angefühlt: keine Spur von Schuld, und das Gefühl von Unsicherheit hatte sich nur auf seine Unerfahrenheit in Bezug auf sexuelle Praktiken mit einem anderen Mann beschränkt. Yaakov war spielerisch darüber hinweggegangen.

Das hatte Manuel während ihrer gemeinsamen Nacht das Gefühl einer Sicherheit gegeben, die er mit seinen früheren Freundinnen nie empfunden hatte. Aber das allein war nicht ausschlaggebend. Vielmehr musste Manuel sich eingestehen, dass er sich Hals über Kopf in den Tänzer verliebt hatte. Gefühle wie diese hatte er noch nie erlebt – zum ersten Mal in seinem Leben gelangte er zu einem echten Verständnis der Metapher »Schmetterlinge im Bauch«. Dennoch schreckte er etwas davor zurück, den nächsten Kontakt von sich aus herzustellen. Würde Yaakov sich vielleicht dadurch bedrängt fühlen? Manuel konnte es jedoch kaum erwarten, dessen Stimme wieder zu hören. Und die SMS, die er heute im Auto empfangen hatte, war ja vielversprechend gewesen. Deswegen tippte er, kaum war er zuhause angekommen, in die Tastatur seines Handys: »Feierabend. Was machstn grad?«

Eine Antwort blieb aus. Manuel wurde von einer Mischung aus Panik und Verzweiflung ergriffen, bis ihm einfiel, dass Tänzer – wie auch andere Theaterschaffende – an den Abenden ja Proben, wenn nicht gar Vorstellungen hatten. Deswegen beruhigte er sich wieder und nahm erstmal eine Dusche, um den ganzen Schmutz abzuspülen, in dem er sich während des Arbeitstages hatte wälzen müssen. In bequemen Klamotten bereitete er sich sein Abendessen zu – als Sohn von Gastronomen hatte er durchaus Spaß am Kochen. Es entspannte ihn und brachte ihn nach der anstrengenden Ermittlungsarbeit auf andere Gedanken.

Nach dem Essen räumte er das Geschirr in die Spülmaschine, goss sich ein weiteres halbes Glas Wein ein, verkorkte die Flasche sorgsam wieder und verzog sich mit Weinglas und Handy ins Wohnzimmer auf sein Sofa. Er überlegte, auf welche Lektüre er Lust hatte. Lorca erschien ihm in Anbetracht der Dinge zu aufwühlend, deswegen entschied er sich für etwas Leichteres und landete schließlich bei Boccaccios *Decamerone*. Literatur der italienischen Renaissance schien ihm sehr dazu geeignet, sein Gemüt etwas zu beruhigen, auch wenn er immer wieder zu seinem Handy hinüberschielte, das auf dem Couchtisch lag.

Endlich – Erlösung. Es piepste und die Beleuchtung des kleinen Displays sprang an.

»Hatte Probe, sorry! Bin zieml k.o. ;-) Morgen? Hab abends frei.«

Manuels Herz hüpfte. Er konnte zwar noch nicht absehen, wie der Tag morgen verlaufen würde – das wusste man bei seiner Arbeit nie. Das häufig zitierte Motto »Freitags ab eins macht jeder Seins« galt in seiner Behörde jedenfalls nicht. Trotzdem tippte er: »Freu mich! :-))) Weiß nicht, wann morgen schluss, hoffe aber nicht so spät.«

Die Antwort kam zügig: »Meld dich einfach. Kanns kaum erwarten! :XXX«

Das Glück war für Manuel körperlich spürbar. Er schrieb zurück: »Ich auch! Schlaf gut! XXX«

Dann brauchte er ein paar Minuten, bis er sich in der Lage fühlte, aufzustehen und mit bebenden Knien nach nebenan ins Bett zu gehen.

BEI MIR, 200X

Der Bande hab ich nie getraut! Ich hätte gewarnt sein sollen. Der Marko, der ist ganz anständig. Aber der ganze Rest seiner Familie, das sind Parasiten. Nicht genug, dass die mich damals beim Ortsvorsteher verpetzt haben. Vier Jahre hat mir das eingehandelt – vier Jahre! Dafür, dass ich die Fahne unseres Volkes hochgehalten habe. Jeder anständige Mann sollte das tun. Aber in dieser Diktatur von Zecken kommste dafür auf die Insel. Naja, *tempi passati*, wie die an der Küste sagen. Aber schon erstaunlich, wie alle ihr Mäntelchen nach dem Wind hängen, sobald sich die Zeiten ändern. Auch der Željko und seine Brut. Wie der Vater, so der Sohn. Haben gedacht, sie können machen, was sie wollen. Sich nehmen, was sie wollen. Aber irgendwann bekommst du die Rechnung. Früher oder später muss man für alles bezahlen.

FREITAG, 8. MÄRZ 2002

Manuel Álvarez erwachte gut ausgeschlafen – voller Tatendrang, endlich einen mutmaßlichen Täter verhaften zu können und voller Vorfreude auf die zu erwartende Belohnung danach. Weil sein anstehender Einsatz ihn wieder auf schweres Geläuf führen würde, verzichtete er beim Anziehen widerwillig auf sein gewohntes Maß an dezenter Eleganz und wählte eine etwas unempfindlichere Hose, zu der er feste Schnürboots und einen Pullover tragen konnte. Darüber eine gefütterte Lederjacke statt seines Mantels. Als er sich im Spiegel betrachtete, fand er, er sehe aus, als hätte er vor, in den Pyrenäen wandern zu gehen. Ob Yaakov dieser eher legere Stil wohl gefallen würde? Manuel hatte allerdings nicht vor, abends in diesem Aufzug bei ihm zu erscheinen. Er würde sich nach Dienstschluss ohnehin umziehen.

Weil seine Wohnung ungefähr auf halber Strecke zwischen dem Polizeipräsidium und dem Zielort seines Vorhabens lag, rief er Bargfrede an und bat ihn, ihn mit dem Auto abzuholen. Dem Hauptkommissar war klar, dass Jonas lieber mit dem Fahrrad gekommen wäre, aber das passte heute eben nicht. Danach gab er in der Direktion Bescheid, dass er absehbar auch zwei Kollegen zur Verstärkung benötigen würde und bat darum, dass diese sich bereithalten möchten.

Dieses Mal war es Jonas Bargfrede, der mit erst unzufriedenem und schließlich geradezu wehmütigem Gesicht durch den Matsch stapfte, der an den Hosenbeinen der Männer bis zur halben Wade hochspritzte. Wahrscheinlich waren die Sneakers des jungen Kollegen funkelnagelneu, zumindest waren sie es bis heute Morgen gewesen. Es dauerte ein wenig, bis sie Kurt Möhle, den Polier, gefunden hatten. Er blickte die beiden Beamten überrascht an.

»Moin«, grüßte Hauptkommissar Álvarez entspannt. Möhle nickte zurück, mit fragendem Gesichtsausdruck.

Álvarez erlöste ihn, indem er nach seinen Mitarbeitern fragte, insbesondere nach dem einen, auf den er es abgesehen hatte. Möhle wies mit dem Kopf in die Richtung des Bauabschnitts, an dem sein kleines Team gerade tätig sein sollte. Álvarez und Bargfrede dankten und waren froh, dass der Weg dorthin gut planiert war. Als sie bei dem kleinen Trupp ankamen, reichten die Gesichtsausdrücke der drei Arbeiter von interessiert (Azubi Jaka Pavičić) über erstaunt (Jozef Vuk) bis zur gewohnten Muffeligkeit des Ivan Mornar. Auf eben diesen hatte Hauptkommissar Álvarez es abgesehen. Das schien auch sein Kandidat zu verstehen. Blitzschnell machte er auf dem Absatz kehrt und gab Fersengeld. Während Jonas unverzüglich hinter ihm her spurtete, nahm sich Álvarez noch die Zeit, genervt die Augen zu verdrehen. *Immer diese sinnlose Weglauferei*, dachte er, bevor er sich ebenfalls in Bewegung setzte.

Mornar war kräftig genug um Lasten zu heben, aber ein schneller oder ausdauernder Läufer war er nicht. Die beiden Ermittler stellten ihn in dem Bereich des Rohbaus, der wohl später der großzügige Eingangsbereich des Gebäudes sein sollte. Jonas hatte dem Arbeiter den Weg zum Ausgang des Baugeländes versperrt, und als Mornar Alternativen in Erwägung zog, schnitt Álvarez ihm den Weg ab. Mornars Reflexe schienen indes hervorragend zu funktionieren. Von Bargfrede unbemerkt griff er schräg hinter sich nach einer der für den Gerüstbau nicht benötigten Stangen, schwang sie herum und traf Álvarez mit voller Wucht auf dessen Rippen. Der Kommissar ging zu Boden, aber da hatte Bargfrede bereits den Umstand ausgenutzt, dass der Bauarbeiter ihm halb den Rücken hatte zuwenden müssen. Er griff ihn sich und zwang auch Mornar mit einem sanften Tritt in die Kniekehlen in die Horizontale. Mit einer geschmeidigen Bewegung legte er ihm Handschellen an. Dann blickte er zu seinem Chef hinüber, der nach Luft schnappte, obgleich ihm genau das Schmerzen zu bereiten schien.

»Geht's?«, rief Bargfrede ihm besorgt zu.

Álvarez nickte ohne rechte Überzeugung. Weil jede Bewegung unerträglich schmerzte, blieb er erst einmal liegen und hörte mehr als er beobachtete, wie Jonas die Kollegen und den Notarzt anrief. Die Kollegen trafen noch vor dem Krankenwagen ein. Sie verstauten den verbissen wirkenden Bauarbeiter im Auto, und Álvarez hörte, wie Bargfrede sie bat, den Mann in die Direktion zu bringen. Erst dann konnte Jonas sich seinem Chef zuwenden. Dieser lag immer noch unbeweglich auf dem Rücken. Trotz der Kälte verspürte Álvarez Hitze auf seiner Kopfhaut, wohl eine Folge der Schmerzen.

»Arzt kommt gleich«, versuchte Bargfrede ihn zu beruhigen, doch Álvarez merkte, dass der junge Kommissar sich damit eher selbst beruhigen musste.

»Wird gleich wieder gehen«, wollte er sagen, musste aber darauf verzichten, weil das Sprechen eine zu intensive Atemtätigkeit erfordert hätte. Er fluchte innerlich, weil er gerade keine Vorstellung davon hatte, wie er gleich diesen Mornar befragen sollte. Vorsichtig bemühte er sich, trotz der Schmerzen seine Atmung zu intensivieren.

Als Reaktion darauf hatte er das Gefühl, jemand würde ihm mit einem Messer zwischen die Rippen stechen. Ihm brach der Schweiß aus. Trotzdem gab er nicht auf. Es musste gehen. Und als nächstes würde er sich bemühen, sich auf die Seite zu drehen und aufzustehen. Möglicherweise verfügte Bargfrede über die Gabe der Telepathie, jedenfalls sagte er alarmiert: »Bleib liegen.«

Widerwillig fügte sich sein Chef und biss die Zähne aufeinander, denn ihm fiel ein, dass er ja heute Abend noch eine Verabredung hatte. Um ein Haar wären ihm vor

Verzweiflung die Tränen in die Augen geschossen, doch da trafen endlich der Notarzt und der Rettungswagen ein.

* * *

Sie hatten ihn im Krankenhaus geröntgt und sicherheitshalber noch einen Ultraschall gemacht, aber wie es aussah, hatte Álvarez dank seiner Lederjacke außer einer Rippenprellung und ausgeprägten Hämatomen keine schwerwiegenden Verletzungen davongetragen. Er war mit Schmerzmitteln druckbetankt worden und hatte sich danach – entgegen ärztlicher Empfehlung – mühevoll an seinen Arbeitsplatz zurückbegeben. Bereits in der Klinik hatte er eine SMS an Jonas Bargfrede abgesetzt, dass sie mit der Vernehmung Mornars auf ihn warten sollten. Doch als er in seiner Dienststelle ankam, musste er den Kollegen Eschbach erstmal davon überzeugen, am Verhör teilnehmen zu dürfen – oder nach seinem Verständnis: sich von dem Kollegen unterstützen zu lassen.

Mornar warf Álvarez einen seiner üblichen schlecht gelaunten Blicke zu, als dieser den Verhörraum betrat. Er schien überrascht, dass der Kommissar so schnell wieder auf den Beinen war. Vorsichtig ließ Álvarez sich auf einem der Stühle nieder, begleitet von einem Blick des Kollegen, der besagte: *Die schiere Unvernunft*. Doch Álvarez ignorierte diese Botschaft – das hatte er bereits bei seiner Mutter gelernt, wenn er im Winter das Haus verlassen wollte und ihrer Meinung nach zu dünne Kleidung getragen hatte. Sein Vater hatte es in Ordnung gefunden. Eleganz ging vor. Und Disziplin natürlich. Ihretwegen saß er jetzt hier und lag nicht im Bett.

»Herr Mornar«, begann er in so festem Ton wie er es schaffte. »Wir hatten Sie heute Morgen eigentlich nur fragen wollen, in welcher Beziehung Sie zu Herrn Pavao Tukša stehen.«

Er beobachtete um Mornars Augen herum das gleiche überraschte Zucken, das er am Tag zuvor bei Tukša wahrgenommen hatte. Interessant. Dennoch konnte er es sich nicht verkneifen, zunächst fortzufahren: »Die Tatvorwürfe des Widerstands gegen eine polizeiliche Maßnahme und des tätlichen Angriffs auf einen Polizisten hätten Sie sich ersparen können.«

Mornar presste die Lippen aufeinander. Er entschuldigte sich nicht.

»Kenne ich nicht«, presste er stattdessen hervor und meinte wohl eher Tukša als die ihm vorgehaltene Rechtslage.

»Telefonieren Sie häufiger mit Unbekannten?«, griff nun Kriminalhauptkommissar Eschbach ein und erntete einen überraschten Blick. »Aus dem Anrufprotokoll sowohl Ihres als auch Herrn Tukšas Handys geht eindeutig hervor, dass Sie am 24. Februar von 17:23 bis 17:26 Uhr miteinander gesprochen haben«, half Eschbach dem Gedächtnis des Befragten ein wenig nach. Dieser blieb stumm.

»Das war eine gute Stunde vor dem Tod Zlatan Tadićs, dessen Leiche Sie und Ihre Kollegen ja am nächsten Morgen gefunden haben. Sie erinnern sich sicherlich«, übernahm Álvarez wieder.

Mornar betrachtete mit ihn mit einer Miene, die zu besagen schien: *Und? Wie geht's weiter?*

Álvarez hätte ausflippen mögen, aber er beherrschte sich und fuhr fort: »Da war Tadić also noch am Leben und Pavao Tukša zumindest nicht weit vom späteren Tatort entfernt.«

Sein Gegenüber zuckte mit den Achseln und schwieg beharrlich.

»Halten Sie es für möglich, dass Tukša nach Ihrem Telefongespräch umgekehrt ist und Herrn Tadić getötet hat?« Eschbach klang fast freundlich.

»Woher soll ich das wissen?«, ranzte Mornar. Wenigstens atmete er noch.

»Worüber haben Sie denn gesprochen?«, fragte Álvarez emotionslos.

Mornar warf ihm einen Blick zu, in dem eine gewisse Verunsicherung mitzuschwingen schien. Er hatte dem Hauptkommissar offenbar nicht zugetraut, nach solch einem Schlag gleich wieder so fest im Sattel zu sitzen. Mit der Verunsicherung Álvarez gegenüber einher ging ein leichter Verlust an Selbstsicherheit. Er zuckte wieder mit den Schultern.

»Dies und das«, meinte er vage.

Unvorsichtigerweise schlug Álvarez angesichts dieser provozierenden Antwort mit der Hand auf den Tisch. Das hätte er besser gelassen, denn selbst die Tonnen von Schmerzmitteln konnten nicht verhindern, dass er nach dieser unkontrollierten Bewegung nur noch Sternchen sah. Zum Glück bemerkte Eschbach sofort den kurzen Blackout seines Kollegen und übernahm geistesgegenwärtig.

»Herr Mornar, hören Sie mit diesen Hinhaltetaktiken auf. Der Kollege hat Ihnen eine einfache Frage gestellt, eine Antwort darauf dürfte nicht so schwer sein, oder?«

Die Verunsicherung des Befragten hielt an.

»Wir wollten uns treffen. Was trinken, bisschen plaudern. War ja Sonntagabend.«

Álvarez war immer noch damit beschäftigt, wieder im Hier und Jetzt anzukommen, sonst wäre er wieder hochgegangen. Doch der Kollege Eschbach blieb ganz ruhig.

»Herr Tukša hat aber ausgesagt, er habe arbeiten müssen. Er schien keine Zeit für ein Feierabendbier gehabt zu haben.«

Mornar starrte bockig auf die Tischkante vor ihm.

»Na gut«, räumte er schließlich patzig ein, »ich wollte ihn was fragen.«

»Aha. Und was?«, fragte Eschbach höflich.

»Wegen … Ach, ist ja auch egal. Wegen ein Mädchen.« Er verstrickte sich zusehends in Albernheiten. Álvarez bewunderte die Geduld seines Kollegen.

»Und deswegen hat Herr Tukša *Sie* angerufen?«, wies dieser seelenruhig den Arbeiter auf die Unlogik seiner Behauptung hin, »Weil *Sie ihn* etwas fragen wollten?«

Mornar verstummte wieder.

»Wollen wir vielleicht einmal klar sortieren, was da am Sonntag vor sich gegangen ist?«, schlug Kriminalhauptkommissar Eschbach ihm freundlich vor. In Álvarez Gehirn begannen sich die Dinge trotz der Schmerzmittel langsam zu sortieren.

»Herr Tukša hat Sie angerufen, nachdem er von Tadić weggeschickt worden war«, stellte er einleitend fest.

Der Arbeiter nickte.

»*Er* wollte *Ihnen* etwas sagen, nicht wahr?« Man konnte es ja mal mit Freundlichkeit versuchen, dachte Álvarez, seinem Missbehagen zum Trotz.

Wieder nickte sein Gegenüber.

»Ging es um …«, Álvarez musste raten, versuchte aber, es nicht zu auffällig zu tun, »… um den Mann, mit dem Tadić sich treffen wollte, diesen Streetworker, Krlić?«

Mornar stieß die Luft heftig durch die Nase aus.

»Sicher nicht«, sagte er verächtlich. »Den kannte ich gar nicht.«

»Kennen Sie ihn denn jetzt?«, nutzte Álvarez diese unfreiwillige Information, die er durch das Verb in der Vergangenheit – *kannte* – erhalten hatte. Infolge dieser Frage machte Mornar eine Bewegung, die zeigte, dass ihm unbehaglich wurde.

»Wo haben Sie ihn denn kennengelernt? Oder wann?«, hakte Álvarez nach. Krlić befand sich ja seit einer Woche in stationärer Behandlung. Davor war er fast zwei Tage in polizeilichem Gewahrsam gewesen, das Zeitfenster für eine Bekanntschaft mit Mornar war also recht eng.

Mornar ließ sich Zeit mit einer Antwort, er überlegte wohl, wie er zu seinen Gunsten aus dieser misslichen

Situation wieder herauskommen konnte. Schließlich räumte er ein: »Er hatte ja helfen wollen.«

»Wer? Krlić?«

Mornar nickte.

»Wem denn?«

Der Arbeiter blickte Álvarez direkt ins Gesicht als wolle er ihn fragen: *Bist du so dumm oder hältst du mich für blöd?* Nach diesem mimischen Versuch des Machterhalts gab er auf.

»Der Jasna.«

Hatte etwa auch Mornar ein Auge auf das Mädchen geworfen? Überrascht hätte es Álvarez nicht. Bestimmt war auch Mornar trotz seiner stets demonstrativ zur Schau getragenen Sittlichkeit immer wieder auf dem Straßenstrich unterwegs gewesen, und Jasna strahlte etwas Anrührendes aus, das zweifellos männliche Beschützerinstinkte wecken konnte. Deswegen hakte Álvarez genau dort ein.

»Sie mögen sie«, konstatierte er.

Mornar hob die Augenbrauen, als er in Álvarez' Richtung blickte.

»Nicht so, wie Sie denken«, versuchte er mit fester Stimme den Vermutungen des Hauptkommissars etwas entgegenzusetzen.

»Was denke ich denn?«, konterte dieser.

Sein Gegenüber warf ihm einen verächtlichen Blick zu.

»Tadić, oder vielmehr: Jovanović, war ein Dreckschwein. Sein Vater war schon so. Der hat meine Schwester zur Hure gemacht und sein Sohn …« Er hörte auf zu sprechen. Álvarez wartete einen Moment, bevor er ihn dazu motivierte fortzufahren.

»Ja?«

»Sein Sohn hat mit ihrer Tochter dasselbe gemacht.«

Álvarez' Gedanken begannen zu rasen, so gut es in dem Wattebett aus Schmerzmitteln eben ging. Tadićs Vater war Željko Jovanović gewesen, der Bruder des Bauunternehmers

Marko Jovanović, das war bereits geklärt. Und auch, dass die Brüder Jovanović und Ivan Mornar aus demselben Dorf stammten, war längst kein Geheimnis mehr. Es lag nahe, dass sie alle sich früher gekannt hatten. Aber als Mornar Rijeka verlassen hatte und nach Deutschland gegangen war, musste Radan Jovanović alias Zlatan Tadić noch ein Kind gewesen sein. Und an welchem Punkt der Geschichte kam Mornars Schwester ins Spiel? War sie etwa Radans Mutter gewesen? Álvarez beschloss, das Knäuel von hier aus aufzudröseln, denn bei ihr schien alles begonnen zu haben.

»Wir sprechen über Željko Jovanović, Radans Vater und den Bruder Ihres Arbeitgebers Marko Jovanović?«, tastete der Ermittler sich vorsichtig heran.

Der Bauarbeiter nickte.

»Was hat er denn mit Ihrer Schwester gemacht?«, ging der Kommissar einen Schritt weiter.

Wieder presste Mornar die Lippen aufeinander.

»Er und seine Kumpels.« Näher äußerte er sich nicht zu diesen Ereignissen aus der Vergangenheit.

Álvarez nickte verstehend und verzichtete fürs Erste darauf, zu diesem Punkt detailliertere Informationen aus dem Mann herauszupressen.

»Sie kann froh sein, dass sie danach noch einen abgekriegt hat«, kommentierte dieser in der Logik seines patriarchalen Weltbildes. »War kein Hauptgewinn, der Krešimir, aber immer noch besser als keiner.«

»Das war dann Ihr Schwager, also der Mann Ihrer Schwester?«, versuchte der schmerzmittelumwölkte Hauptkommissar in diesem Gewimmel von Personen und verwandtschaftlichen Beziehungen den Faden nicht zu verlieren.

Mornar nickte, und Álvarez wagte den nächsten Vorstoß.

»Ist Ihre Schwester Radans Mutter? Aus ihrer … Verbindung mit Željko Jovanović?«

Sein Gegenüber wirkte, als wolle er den Kommissar mit Gift anspucken.

»Sind Sie irre?«, zischte er hasserfüllt. »Natürlich nicht. Željko hat später eine andere Frau geheiratet. Eine, die noch nicht verbraucht war. Vor der er noch Respekt haben konnte.«

Wenigstens hinsichtlich ihres Frauenbildes schienen sich Željko Jovanović und Ivan Mornar nicht wesentlich voneinander zu unterscheiden.

»Ok«, leitete Álvarez eine Zusammenfassung des bisher Gehörten ein. Seine rechte Seite und sein ganzer Brustkorb schmerzten; die Wirkung der Medikamente schien nachzulassen. Aber wenn er jetzt eine Pause machte, riskierte er, die Befragung heute gar nicht mehr abschließen zu können, weil er nach der Unterbrechung möglicherweise nicht mehr auf die Beine käme. Deswegen nahm er sich zusammen und fuhr fort: »Željko Jovanović hat gemeinsam mit seinen Kumpels Ihre Schwester missbraucht. Danach haben beide andere Partner geheiratet. Željko bekam einen Sohn, Radan, und Ihre Schwester eine Tochter, richtig?«

Mornar nickte.

»Sehr viel später«, ergänzte er. »Jasna ist fast zehn Jahre jünger als Radan.«

Dem Kommissar fiel es wie Schuppen von den Augen. Das Schmerzmittel hatte sein Denkvermögen offenbar stärker beeinträchtigt als er vermutet hatte.

»Jasna ist ... Ihre Nichte?«, vergewisserte er sich, ob er die verwandtschaftlichen Beziehungen korrekt erfasst hatte.

Mornar sah ihn an als hätte der Kommissar eben erst festgestellt, dass Wasser nass ist.

»Ja, natürlich. Was denken Sie denn?«

Álvarez versuchte trotz seiner Schwäche die Oberhand zu behalten. Zum Glück kam sein Kollege Eschbach ihm zu Hilfe.

»Wir versuchen nur, die Fakten nachvollziehbar festzuhalten«, ließ er sich mit ruhiger Stimme vernehmen.

Der Bauarbeiter machte eine bestätigende Bewegung mit dem Kopf, die erkennen ließ, dass dieser Versuch ihn nur wenig beeindruckte. Er enthielt sich jedoch einer Bemerkung. Mittlerweile zeigte auch er Anzeichen von Erschöpfung.

»Jasna ist die Tochter meiner Schwester Dejana«, wiederholte er müde, um dann mit einem erneuten Ausbruch von Wut und Hass hinzuzufügen: »Und dieses Dreckschwein Radan, oder Zlatan, wie er sich hier genannt hat, hat der Jasna sogar noch Schlimmeres angetan als sein verfluchter Vater ihrer Mutter.«

Eschbach nickte verständnisvoll, während sein Kollege Álvarez neben ihm versuchte, seine Schmerzen durch flache Atmung in den Griff zu bekommen.

»Wie haben Sie das herausgefunden?«, fragte Eschbach den Bauarbeiter. Dieser versuchte sich darauf einzustellen, dass offenbar jetzt wieder der andere Bulle übernahm.

»Meine Schwester hat mich vor knapp anderthalb Jahren angerufen. Sie hat mir erzählt, dass die Jasna verschwunden ist. Und dass wahrscheinlich die Ratka dahintersteckt.«

»Ratka Jovanović?«, vergewisserte sich Eschbach.

Mornar nickte geistesabwesend. Er war ganz in seiner Erzählung gefangen.

»Ich hab das zuerst nicht geglaubt. Ich hab da schon lange für Marko gearbeitet. Ein guter Mann, nicht so ein Arschloch wie sein Bruder. Meine Schwester hingegen – nun ja, sie trinkt. Meistens ist sie nicht bei klarem Verstand. Sie erzählt eine Menge Unsinn und glaubt auch selbst daran.«

Kein Wunder, dachte Álvarez, der dem Gespräch zwischen Mornar und dem Kollegen Eschbach so aufmerksam wie irgend möglich zu folgen versuchte.

»Aber ich hab dann trotzdem mal die Augen aufgehalten. Hab den beiden erzählt, dass meine Nichte verloren gegangen ist. Geguckt, wie sie reagieren.« Der Arbeiter machte eine Pause und trank einen Schluck Wasser aus dem Glas, das ein Kollege auf den Tisch gestellt hatte, bevor Álvarez eingetroffen war. Dann fuhr er fort: »Marko schien mir aufrichtig besorgt. Ich sag ja, er ist ein anständiger Kerl. Hat gleich gesagt, er würde sich mal umhören.« Er pausierte erneut, diesmal kürzer. »Die Ratka guckte irgendwie komisch. Ist mir aber erst gar nicht aufgefallen. Meine Schwester hatte mir ein Foto von der Jasna geschickt. Ich hatte die ja noch nie gesehen, jedenfalls nicht als Erwachsene.«

»Waren Sie nie mehr in Ihrer Heimat, seit sie nach Deutschland gekommen sind? Nicht einmal zu Besuch?«, fragte Álvarez etwas verwundert.

Mornar betrachtete ihn irritiert.

»Nicht, solange die Kommunisten da waren. Erst wieder im Krieg. Wir mussten ja die Heimat verteidigen. Aber da war ich nicht zuhause bei meiner Schwester. Danach bin ich wieder zurück hierher. Das da unten, das war ja gar nicht mehr meine Heimat, sondern ein anderes Land. Das von *denen*.«

Alles klar, dachte Álvarez sarkastisch, während der Bauarbeiter sich wieder Hauptkommissar Eschbach zuwandte, von dem er mehr zu halten schien.

»Das Foto hatte ich Marko und Ratka gezeigt. Wie gesagt, die Ratka hat irgendwie komisch geguckt. Und später hab ich dann mitbekommen, wie sie mal zu Radan sagte, er soll die Jasna lieber wegbringen, sonst könnte es Ärger geben. Jasna heißen zwar viele, aber da wurde ich misstrauisch.«

»Wussten Sie, was Radan Jovanović berufsmäßig treibt?«, fragte Eschbach.

Mornar wand sich ein wenig.

»Nun ja … Ja, ich hab's irgendwann rausgefunden. Hab ihn mal bei den Mädels auf der Cux gesehen. Sah aber nicht so aus wie ein Kunde.«

Mmh, dachte Álvarez. *Heißt also, du warst auch da.* Aber er schwieg und überließ die Befragung weiterhin seinem fitteren Kollegen.

»Wann kam Ihnen denn der Verdacht, dass Radan und Jasna ... geschäftlich verbunden waren?«, trieb dieser das Gespräch voran. Mit dieser Frage allerdings traf Mornars Zornesblitz nunmehr Kriminalhauptkommissar Eschbach. Dieser bemerkte es zwar, blieb aber gelassen, und Mornar kapitulierte.

»War ja irgendwie klar, nach Ratkas Bemerkung. Und dann hab ich sie gefunden, da auf der Straße. Sie hat mich natürlich nicht erkannt. Hat mich ja nie gesehen. Ich weiß nicht mal, ob sie weiß, dass es mich gibt. Ob Dejana ihr von mir erzählt hat, so verwirrt, wie die ist.«

Eschbach nickte mit einem Ausdruck von Mitgefühl, den Álvarez selten hinbekam. Diese durch und durch traurige Familiengeschichte konnte einem schon zu Herzen gehen, das ließ er den Arbeiter erkennen. Mitgefühl öffnete nicht selten Herzen – und Münder.

»Was haben Sie gedacht, als Sie verstanden, wie die Dinge zusammenhängen?«

Mornar blickte resigniert vor sich hin und presste in gewohnter Manier die Lippen aufeinander.

»Ich war … so wütend. Ich konnte es nicht glauben. Erst die Sache mit meiner Schwester, damals, und dann diese Scheiße mit ihrer Tochter«, brachte er stockend hervor. »Ich hab den nur noch gehasst. Hätte ihn am liebsten …« Er unterbrach sich rechtzeitig.

»… umgebracht?«, ergänzte Álvarez lauernd. Er wollte diese Sache endlich zu Ende bringen, bevor er vor Schmerzen vom Stuhl fiele.

Mornar zuckte mit den Schultern und starrte vor sich hin. Eschbach übernahm wieder.

»Haben Sie Pavao gebeten, das zu übernehmen?«

Der Arbeiter warf ihm einen fragenden Blick zu.

»Nein, warum?«

Der Kommissar machte eine unbestimmte Handbewegung.

»Um Radan zu bestrafen? Ihre Nichte von ihm zu befreien?«

Mornar lachte kurz und trocken auf.

»Ich bin doch nicht irre. Pavao hat für Radan gearbeitet. Der hätte ihm das doch sofort gesteckt.«

»Vielleicht aber auch nicht. Wenn er eigene Interessen verfolgte.«

Es war deutlich zu erkennen, dass diese Vermutung des Kommissars bei Mornar ein ausgeprägtes Unbehagen auslöste. Er versuchte sich aus dem Schlamassel zu manövrieren, indem er sich dumm stellte.

»Wie meinen Sie das?«

Álvarez' Schmerzen waren mittlerweile auf einem Niveau angelangt, das normalerweise für seine Ungeduld reserviert war. Jetzt kamen beide zusammen und konkurrierten um den besten Platz.

»Herr Mornar, verkaufen Sie uns bitte nicht für blöd«, brach es aus ihm heraus. »Wir haben mit Herrn Tukša bereits gesprochen und sind auch selbst gut über ihn orientiert.«

Von zwei Seiten trafen Álvarez ganz unterschiedliche Blicke – ein hasserfüllter von Mornar und ein warnender von Kollege Eschbach.

»Warum verhören Sie mich denn dann, wenn Sie von Pavao schon alles wissen?«, entgegnete Mornar ihm trotzig.

»Weil wir es von Ihnen auch nochmal hören wollen«, blaffte Álvarez zurück und verstummte erst wieder, als er Christophs Hand auf seinem Arm spürte – so vorsichtig wie möglich, um seine Schmerzen nicht zu verschlimmern. Álvarez honorierte diese Vorsicht, indem er den Mund hielt. Sein Ausbruch hatte ihn ohnehin zu viel Kraft gekostet.

»Wir wissen, dass Pavao und Sie miteinander telefoniert haben, und zwar um 17:23 Uhr am 24. Februar. Danach muss irgendetwas passiert sein, das Radan Jovanović das Leben gekostet hat. Dass der Sozialarbeiter Krlić damit zu tun hatte, ist unwahrscheinlich, denn er war während seines Meetings mit Radan Jovanović gefesselt.«

Stumpf stierte der Arbeiter vor sich hin und gab keinen Laut von sich.

»Die beiden hatten ja auch noch eine Rechnung miteinander offen«, tastete Eschbach sich vor, mit dem Versuch, etwas Druck von Mornar wegzunehmen. Vielleicht brachte ihn das wieder zum Reden. »Er wollte Ihrer Nichte helfen.«

Wenigstens bewegte sich Mornar wieder. Er nickte langsam.

»Ich weiß.«

»Haben Sie Ihre Nichte denn inzwischen kennengelernt?«

Der Arbeiter schüttelte den Kopf.

»Besser, sie weiß nichts von mir.«

Álvarez hätte gerne erfahren, was daran besser sein sollte, aber er ließ seinen Kollegen weitermachen.

»Woher wissen Sie dann von Krlićs Hilfsangebot?«

»Hat Pavao mir erzählt. Dass der Typ Ärger macht.«

»Woher kennen Sie und Pavao sich eigentlich?« Das kam völlig lässig von Eschbach und Mornar zickte gar nicht herum.

»Hab mich an ihn rangemacht, als ich mitbekommen habe, dass er für Radan arbeitet. Hier und da mal 'n Bier getrunken. Er wusste natürlich nicht, dass ich Jasnas Onkel bin. Hab ihm dann später erzählt, ich hätte auch 'ne Rechnung mit Krlić offen.« Er wiederholte unbewusst die Redewendung, die Eschbach kurz zuvor verwendet hatte, um das Verhältnis zwischen Krlić und Tadić zu beschreiben. »Danach hat Pavao mich angerufen, als er von der Baustelle wegging. Er sagte mir, dass jetzt die beste Gelegenheit ist, um Krlić eine zu verpassen.«

Machte Sinn. Dann hatte Pavao den Arbeiter nicht benutzt, um seinen Chef loszuwerden, sondern weil er durch

Mornar den Streetworker ein für alle Male aus dem Verkehr ziehen lassen wollte. Nur, dass er damit selbst zum Instrument von Mornars Rache geworden war. Denn die hatte einer ganz anderen Zielperson gegolten als dem traumatisierten Streetworker Krlić.

»Und dann haben Sie sich auf den Weg gemacht?«, motivierte Eschbach den Arbeiter mit seinem Bericht fortzufahren. Dieser machte eine einlenkende Bewegung mit dem Oberkörper, sagte zunächst aber nichts. Deswegen wurde Hauptkommissar Eschbach ein wenig nachdrücklicher. »Was geschah dann?«

Neben ihm rang der schmerzgeplagte Hauptkommissar Álvarez darum, dem Gespräch weiter folgen zu können, denn jetzt wurde es spannend. Mornar indes gab sich unaufgeregt. Oder war es schlichte Resignation?

»Bin zu der Baustelle gefahren. Der Pavao hatte mir gesagt, wo die beiden sind. Ich kenn mich ja da aus. Als ich zu der Treppe kam, hab ich den Radan schon gehört. Den anderen auch, der klang so, als täte ihm richtig was weh. Kein Wunder … Dann hab ich gesehen, wie Radan den erschießen wollte. Da hab ich den abgeknallt. Den Radan, mein ich. Der hat echt geglaubt, er kann machen, was er will.«

So einfach. Und mit etwas Glück und einem guten Anwalt käme er vielleicht sogar mit Nothilfe davon. Wogegen allerdings sprach, dass er bereits bewaffnet zum Tatort gekommen war. Aber darum hätten sich die Anwälte zu kümmern, das war nicht die Aufgabe der ermittelnden Kommissare.

»Und dann?«, ließ sich Álvarez mit schwacher Stimme vernehmen.

Mornar warf ihm einen Blick zu, den man fast als mitleidig interpretieren konnte.

»Hab mich vergewissert, dass ich den auch richtig getroffen habe. Hatte ich. Dann hab ich diesen Krlić losgemacht. Der war in einem schlimmen Zustand. Hat mir irgendwie leidgetan. Eigentlich hätte ich den ja beseitigen müssen, damit er mich nicht verpfeift. Aber er wollte ja Jasna helfen. Und Radans Feinde sind nicht meine Feinde. Ich hab dem gesagt, dass ich ihn überall finden würde, wenn er mich verrät.« Er betrachtete die beiden Kommissare skeptisch. »Hat er mich verraten?«

Álvarez ließ trotz aller Schmerzen ein kurzes, sarkastisches Lachen hören. Als ob sie gerade ihm das stecken würden. Aber Kollege Eschbach schüttelte ruhig den Kopf.

»Hat er nicht. Wir hätten beinahe *ihn* verhaftet. Er hatte ein gutes Motiv – Radan hatte seine zwölfjährige Tochter vergewaltigt und getötet.«

Mornar diese Information zu geben war ein psychologischer Trick von Eschbach. Álvarez verstand, dass sein Kollege damit an die Solidarität des Arbeiters appellierte und den Streetworker auf diese Weise davor schützen wollte, zu einem späteren Zeitpunkt doch noch von Mornars Rache eingeholt zu werden. Es funktionierte. Der Arbeiter schüttelte mit einem erkennbaren Anflug von Mitgefühl den Kopf.

»Diese Drecksau. Tut mir echt leid für diesen Krlić.«

Im Unterschied zu den beiden Jovanovićs zwei Tage zuvor machte Ivan Mornar kein Theater, als er fast ein Vierteljahrhundert nach seiner Entlassung von Goli otok wieder in die U-Haft überführt wurde. In Anbetracht dieses Umstands nötigte seine Schicksalsergebenheit Kriminalhauptkommissar Álvarez doch ein gewisses Maß an Respekt ab, obwohl er für Mornar nicht viel Sympathie übrig hatte. Kaum war der Arbeiter von der uniformierten Kollegin aus dem Verhörraum geführt worden, nahmen Álvarez' Schmerzen die volle Aufmerksamkeit des Hauptkommissars in Anspruch. Er musste sich an der Tischplatte abstützen um nicht vom Stuhl zu fallen. Sein Kollege Eschbach betrachtete ihn einen Moment und sagte dann: »Du fährst jetzt nach Hause, legst dich ins Bett und lässt dich für mindestens eine Woche krankschreiben. Den Abschlussbericht schreiben Jonas und ich.«

Álvarez sah sich nicht in der Lage, seinem Kollegen zu widersprechen. Nachdem er seine Jacke geholt hatte, rief er sich ein Taxi. Vor seiner Haustür angekommen, wuchtete Manuel sich mit letzter Kraft aus dem Fahrzeug, schlich zu seiner Haustür und stützte sich am Treppengeländer hinauf in die Wohnung. Im Badezimmer ließ er seine Kleidung ausnahmsweise mal einfach fallen, stellte sich unter die Dusche und vermied dabei den Blick in den Spiegel, weil er befürchtete, dass ihm angesichts seiner Blessuren die Sinne schwinden würden. Dann trocknete er sich vorsichtig ab, zog seinen Bademantel an und taumelte ins Bett. Trotz aller Schmerzen verlangte es ihn danach, Yaakov zu sehen. Andererseits war es ihm peinlich, gleich beim zweiten Date in einem so erbärmlichen Zustand zu sein.

Deswegen tippte er in die Tastatur seines Handys:

»Bin zuhause. Magst du kommen?« Er überlegte kurz, wie er so elegant wie möglich um eine Diskussion über den Treffpunkt herumkommen konnte. Dann ergänzte er: »Bin verletzt. Einsatz lief blöd :-(« Er schickte die SMS ab und hoffte, dass Yaakov sich nicht emotional erpresst fühlen würde. Schien aber nicht der Fall zu sein, denn die Antwort erfolgte unverzüglich und in einem Wort:

»KOMMME!«

Eine ungeheure Welle der Erleichterung überkam Manuel. Er tippte »Bring Ibu mit bitte« und schlief ein. Er wachte erst auf, als es an der Tür klingelte. Im ersten Moment vergaß er, dass er sich kaum bewegen konnte, um sofort aufs Übelste daran erinnert zu werden. Im zweiten Versuch quälte er sich mit Mühe aus seinem Bett und stützte sich zur Tür, drückte auf den Summer für die Haustür, öffnete die Wohnungstür, hoffte, er würde in der Vertikalen bleiben bis Yaakov oben war. Das gelang ihm ganz gut. Der Tänzer kam die Treppe heraufgestürmt, strahlte ihn an, fragte dann aber besorgt:

»Was ist passiert?«

Manuel spürte, dass seine Knie weicher wurden, was aber nicht nur an seinem beklagenswerten Zustand lag.

»Komm rein«, lächelte er etwas mühsam. Er schloss die Tür hinter Yaakov und musste sich dann dagegen lehnen, um nicht umzufallen.

Yaakov betrachtete ihn ernst, und Manuel überlegte, wie er seinem neuen Freund Bericht erstatten konnte, ohne ihn allzu sehr zu beunruhigen. Sein Zustand zwar ja nicht lebensbedrohlich, aber für jemanden, der nicht in seinem Beruf arbeitete, mussten solche Vorfälle dramatisch klingen.

»Soll ich dir helfen?« Yaakov machte eine Bewegung, die dazu geführt hätte, Manuel unter die Arme zu greifen. Aber genau das wäre jetzt am wenigsten hilfreich gewesen. Manuel grinste den Tänzer schief an.

»Warte kurz«, und als er Yaakovs fragenden Blick bemerkte: »Ich hab ne Eisenstange abbekommen. Rippenprellung. Tut scheiße weh.«

»Oh Mann«, machte Yaakov bestürzt.

»Aber deine Schulter könnte ich gut gebrauchen«, fügte Manuel hinzu. Sonst käme er nie von dieser Tür weg. Er schlich auf seinen Freund gestützt zurück ins Schlafzimmer, wo Yaakov ihn auf dem Bett erst absetzte und Manuel sich dann etwas mühevoll ausstreckte.

»Im Liegen geht's«, informierte er seinen Freund mit bemühtem Humor.

»Soll ich dir Wasser und Ibu bringen?«, fragte dieser.

»Wäre super.«

Als das erledigt war, streckte Yaakov sich neben Manuel aus und forderte einen präzisen Bericht ein. Bekam er. Das Ibuprofen tat seine Wirkung und Manuel war trotz seines angeschlagenen Befindens unglaublich glücklich. Yaakov hatte sich seitlich neben ihm ausgestreckt. Auf den Ellbogen gestützt, küsste er ihn und fuhr mit seinen Fingern sachte über Manuels unversehrte Körperhälfte. Die beiden Hälften des Bademantels glitten herab und ließen den Blick auf Manuels einseitig blauschwarzen Brustkorb frei. In Yaakov ging etwas Seltsames vor sich. Seine Augen wurden glasig und er schien förmlich zu erstarren. Manuel erschrak beinahe.

»Guck nicht hin«, sagte er und zog die rechte Hälfte des Mantels wieder über seinen Körper. Eigentlich war er selbst es, der die Spuren von Mornars Angriff nicht sehen wollte, aber die Reaktion seines Freundes hatte ihn gleichermaßen verstört. »Hey, alles ok. Ist nur blau.«

Weil Yaakov immer noch völlig weggetreten schien, zog Manuel seine Bettdecke über sich, um die ganze Malaise zu verstecken. Dann stieß er Yaakov sacht an, um ihn ins Leben zurück zu befördern.

»Hey«, sagte er nochmal, und langsam schien der Tänzer wieder zu sich zu kommen.

»Sorry«, sagte Yaakov und seine Stimme klang etwas angekratzt.

»Tut mir leid«, entschuldigte sich Manuel. Beide schwiegen einen Moment, dann fragte Manuel: »Möchtest du lieber gehen?«

Yaakov schien wieder vollständig zu erwachen und schüttelte den Kopf.

»Auf keinen Fall«, grinste er.

Manuel lächelte im Rahmen seiner Möglichkeiten zurück und beschloss – nicht zuletzt aus eigener Schwäche – Yaakov fürs Erste nicht zu seiner eigenartigen Reaktion zu befragen. Dann würde wohl einiges bis auf weiteres unter der Decke bleiben müssen …